에드거 앨런 포

Edgar Allan Poe 1809.1.19.~1849.10.7

19세기 가장 독창적인 시인, 소설가, 비평가. 추리소설의 창시자이자 공포소설의 완성자, 새로운 시 이론의 개척자로서 후대 문학계에 지대한 영향력을 미친 미국 근대문학의 선구자이다.

1809년 보스턴에서 태어났으며, 두 살 무렵 아버지와 어머니가 모두 세상을 떠나자 버지니아의 부유한 상인 존 앨런에게 입양되었다. 버지니아 대학에 입학해 고대어와 현대어를 공부했지만 도박에 빠져 빚을 지면서 양부와의 관계가 소원해졌다. 1년 만에 학교를 그만두고 가명으로 시집《테멀레인 외 다른 시들》(1827)을 출간했으나 주목받지 못했고, 두 번째 시집《알 아라프, 테멀레인 외 다른 시들》역시 큰 주목을 받지 못했다. 웨스트포인트사관학교에 입학한 후 계속되는 양부와의 불화로 파양당하고, 학교에서도 일부러 퇴학당했다. 그 후 단편 집필을 시작, 1832년 필라델피아 신문에 처음으로 다섯 편의 단편이 실리고, 이듬해 단편〈병 속의 수기〉가 볼티모어 주간지 소설 공모전에 입상하면서 두각을 나타내기 시작했다.

양부 존 앨런이 유산을 전혀 남기지 않고 사망하자 경제적 궁핍으로 인해 잡지사 편집자로 취직했고, 이 무렵 사촌여동생인 버지니아 클렘과 결혼했다. 음주 문제로 잡지사를 그만두고, 장편《낸터킷의 아서 고든 핌 이야기》(1838)와 단편집《기괴하고 기이한 이야기들》(1839)을 발표했다. 새로운 잡지사에서 일자리를 구했으나 곧 해고당하고 아내 버지니아도 폐결핵에 걸리자 절망으로 폭음에 빠져들었다. 이 시기에〈모르그 가의 살인〉,〈검은 고양이〉,〈황금 벌레〉등 다수의 유명 단편들을 집중적으로 발표했고, 1845년 시〈까마귀〉로 화제가 되면서 같은 해 시 창작에 관한 에세이〈작법의 철학〉을 발표했다. 소설과 시뿐 아니라 비평 활동도 활발히 했으며, 신랄한 비판으로 문단과 마찰이 심했다. 1847년 버지니아가 병으로 세상을 떠나자 정신적으로 더욱 피폐해졌다. 1849년 10월 볼티모어 거리에서 인사불성 상태로 발견되어 병원으로 이송되었으나 의식을 회복하지 못하고 40세의 나이로 사망했다.

20년이 채 안 되는 활동 기간 동안 포가 남긴 문학적 유산은 훗날 아서 코넌 도일, 쥘 베른, 프란츠 카프카, 스티븐 킹, 호르헤 루이스 보르헤스, 에도가와 란포 등 시대와 국적을 초월한 수많은 대가들에게 지대한 영향을 미쳤다. 현대 장르문학의 개척자일 뿐 아니라 지금도 영화, 뮤지컬, 음악 등 대중문화 전반에 끊임없이 영감을 주는 에드거 앨런 포를 기리기 위해 미국에서는 '에드거 상'을 제정해 매년 그의 업적을 기리고 있다.

타르 박사와 페더 교수 요법

에드거 앨런 포 전집 2 ———————— 풍자·유머 단편선

EDGAR ALLAN POE

타르 박사와 페더 교수 요법

에드거 앨런 포

권진아 옮김

시공사

일러두기

1. 이 책은 에드거 앨런 포의 단편소설 중 〈The System of Doctor Tarr and Professor Fether〉를 포함한 25편의 풍자·유머소설을 우리말로 옮긴 것이다.
2. 번역 대본으로는 미국 더블데이 출판사에서 나온 《The Complete Stories and Poems of Edgar Allan Poe》(1966)와 랜덤하우스 빈티지 출판사에서 나온 《The Complete Tales and Poems of Edgar Allan Poe》(1975)를 사용했다.
3. 지은이의 주와 옮긴이의 주는 본문 하단에 숫자로 표시했으며, 말머리에 [원주]라고 밝힌 것은 지은이 주이고, 그 밖의 것은 옮긴이 주이다.
4. 작품 중에는 오늘날 인권 보호의 견지에 비추어 부당하거나 부적합하다고 생각되는 표현이 있으나, 집필 당시 시대상을 반영한 점을 고려하여 원문대로 두었다.

차 례

타르 박사와 페더 교수 요법

18**년 가을 프랑스 남부지방을 여행하던 중, 가던 경로에서 몇 마일 떨어지지 않은 곳에 파리에서 의대 친구들에게 이야기를 많이 들었던 사립정신병원이 있다는 것을 알게 되었다. 그런 곳에 가본 적이 한 번도 없었기 때문에 이 기회를 놓칠 수 없다는 생각이 들었다. (며칠 전 우연히 만나 알게 된) 동행에게 한 시간 정도 여정에서 벗어나 그 시설을 둘러보자고 청했다. 동행은 이를 거절했는데, 첫째는 갈 길이 급하고, 둘째는 미친 사람을 보는 게 너무나 무섭다는 이유에서였다. 하지만 단지 자기에게 예의를 차리겠다는 이유로 호기심을 채울 기회를 버리지 말라고 간곡히 말하며, 자기는 천천히 가고 있을 테니 그날, 아니면 어쨌거나 다음 날이면 따라잡을 수 있지 않겠느냐고 했다. 동행이 작별인사를 하고 있는데, 문득 병원 구내에 들어가는 허가를 받기가 쉽지 않을 수도 있다는 생각이 들어서 이런 걱정을 이야기했다. 그는 사립정신병원은 공립병원보다 규정이 엄격하기 때문에 사실 원장인 마이야르 씨를 개인적으로 안다거나 신임장 같은 게 있지 않으면 어려울 수도 있다고 답했다. 그러면서 정신병에 대한 인상이 좋지 않아 자기는 들어가지는 않겠지만 마이야르 씨와는 안 지 몇 년이 됐으니 병원 문 앞까지 같이 가서 소개시켜주는 데까지는 도와주겠다고 덧붙였다.

나는 감사를 표했고, 우리는 큰길에서 벗어나 잡초로 뒤덮인 샛길로 들어갔다. 30분쯤 더 가자 길은 산기슭을 완전히 뒤덮은 울창한 숲에 가려 거의 자취를 찾을 수 없었다. 이 축축하고 음침한 숲을 헤치며 2마일 정도 더 가자 정신병원이 그 모습을 드러냈다. 병원은 멋진 대저택이었지만 많이 황폐했고, 오랜 세월 동안 방치되어 거의 사람이 살 수 있는 상황이 아니었다. 그 모습을 보자 무시무시한 두려움이 솟구쳤다. 말 상태를 점검하며 반쯤은 돌아가는 쪽으로 마음이 돌아섰다. 하지만 곧 내 나약함이 부끄러워져서 계속해서 앞으로 나아갔다.

정문으로 다가가는데 문이 살짝 열리면서 얼굴을 내밀고 우리를 바라보는 한 남자의 모습이 보였다. 남자는 곧 밖으로 나와 내 동행의 이름을 부르면서 따뜻하게 악수를 나누었고 말에서 내리라고 청했다. 바로 마이야르 씨였다. 세련된 예의와 진지하고 품위 있고 위엄 있는 분위기가 인상적인, 풍채 좋고 훤칠한 전형적인 신사였다.

동행한 친구는 나를 소개한 다음 내가 시설을 둘러보고 싶어 한다고 말하고 마이야르 씨에게서 갖은 배려를 다 해주겠다는 약조를 받은 다음 그곳을 떠났다. 그 후로 그를 다시 보지 못했다.

동행이 떠나자 원장은 조그맣지만 엄청나게 깔끔한 응접실로 나를 안내했는데, 방 안의 많은 책과 그림, 꽃 화분, 악기 등 여러 가지가 세련된 취향을 드러내고 있었다. 벽난로에서는 불길이 힘차게 타오르고 있었다. 굉장히 아름다운 젊은 여인이 피아노를 치며 벨리니의 아리아를 부르고 있다가 내가 들어오자 노래를 멈추고 우아한 인사로 나를 맞아주었다. 목소리가 낮고 전반적 태도가 차분했다. 표정에서 어쩐지 슬픔의 흔적이 보인다는 생각도 들었는데, 안색이 지나칠 정도로 창백하긴 했지만 내 취향으로는 나쁘지 않았다. 상복을 입은 여인의 모습이 내 가슴속에 존경과 흥미, 경탄이 뒤섞인 감정을 불러일으켰다.

파리에서 마이야르 씨의 병원은 흔한 말로 '진정요법'이라 불리는 치료법에 의거해 운영되고 있다고 들었는데, 이는 모든 처벌을 없애고 심지어 감금도 거의 하지 않으며, 비밀리에 지켜보기는 해도 환자들에게 자유를 허락하는 치료법이다. 그래서 대부분의 환자들이 정상인처럼 평범한 옷을 입고 집과 마당을 돌아다니도록 내버려둔다.

이런 인상을 염두에 두면서 나는 젊은 여인 앞에서 신중히 말했다. 그 여인이 제정신인지 확신할 수가 없었기 때문이다. 사실 여인의 눈에서 번득이는 뭔가 불안한 기색을 보면 제정신이 아닐 것 같다는 생각도 반쯤은 들었다. 그래서 나는 일반적인 소재, 정신병자라 해도 불쾌하거나 자극적이지 않을 것 같은 소재로만 대화를 나누었다. 여인은 내가 하는 모든 말에 극히 이성적인 태도로 대답했다. 심지어 여인이 내놓는 견해에도 견실하기 이를 데 없는 분별력이 담겨 있었지만, 광기라는 형이상학을 오랫동안 알아온 나는 그런 것들을 제정신의 증거로 믿지 않게 되었다. 그래서 나는 대화하는 내

내 경계를 늦추지 않았다.

이윽고 말쑥하게 제복을 차려입은 하인이 과일과 와인 등 다과를 쟁반에 내왔고, 내가 다과를 들기 시작하고 얼마 안 되어 여인은 방에서 나갔다. 여인이 나가자 나는 원장에게 의문을 담은 눈길을 던졌다.

"아닙니다." 그는 말했다. "아, 아니에요. 우리 가족입니다. 조카인데 아주 교양 있는 숙녀죠."

"의심한 것 진심으로 죄송합니다." 내가 대답했다. "하지만 물론 원장님께선 능히 용서해주시겠지요. 원장님의 탁월한 관리 능력을 파리에서 익히 들은 바라 혹시나 하는 생각이 들었습니다, 그러니까……"

"네, 네, 더 이상 말씀 안 하셔도 됩니다. 아니, 오히려 선생께서 보여주신 그 훌륭한 신중함에 제가 감사드려야지요. 그런 사려 깊은 태도는 청년들에게서는 좀처럼 찾기 힘들지요. 게다가 생각 없는 방문객들로 인해 뜻하지 않은 불행한 사고가 생긴 적도 한두 번이 아니고요. 예전 체제로 운영될 때는 환자들에게 여기저기 마음대로 돌아다닐 수 있는 특권을 주었는데, 병원을 시찰하러 온 지각없는 사람들이 자극하는 바람에 환자들이 위험한 발작을 일으킨 일이 종종 있었습니다. 그래서 엄정한 출입거부체제를 실시할 수밖에 없었지요. 분별력을 믿을 수 없는 사람은 절대 시설 안으로 들어올 수 없습니다."

"예전 체제로 운영될 때라니요!" 나는 그의 말을 되풀이했다. "제가 제대로 이해한 게 맞는지, 그러니까, 제가 수없이 들었던 '진정요법'을 이제는 쓰지 않는단 말씀이십니까?"

"지금은 그렇습니다." 그가 대답했다. "그 요법을 영원히 포기하기로 결정 내린 지 이제 몇 주 되었습니다."

"정말입니까! 정말 놀랍군요!"

그는 한숨 쉬며 말했다. "예전 관습으로 돌아가는 게 절대적으로 필요하다는 것을 깨달았습니다. 진정요법에는 늘 끔찍한 위험이 따랐고, 그 장점도 지나치게 과대평가되었죠. 이곳에서는 진정요법이 제대로 시행되었다고 믿습니다. 그걸 해본 곳이 하나라도 있다면 말이죠. 저희는 이성적인 인간이 할 수 있는 모든 것을 해봤습니다. 조금만 더 일찍 찾아오셨다면 직접 판단해보실 수 있었을 텐데 안타깝네요. 그런데 선생께서는 진정요법에 대해 상당히 잘 아시는 것 같군요. 구체적인 부분까지요."

"별로 그렇지 못합니다. 다 서너 단계 거쳐서 들은 이야기들에 불과해서요."

"쉽게 말해서 환자들이 집에 있는 것처럼 편하게 해주는 요법이라 할 수 있겠습니다. 우린 환자들의 머리에 있는 어떤 공상도 부정하지 않았지요. 그 반대로, 내버려둘 뿐만 아니라 장려하기까지 했습니다. 가장 성공적인 완치 사례들 상당수가 그렇게 해서 얻어진 겁니다. 귀류법[1]처럼 환자의 연약한 이성에 와닿는 논리는 없죠. 예를 들어 자기가 닭이라고 생각하는 환자들이 있었습니다. 치료법은 이

1 　전통적 형식논리학에서 어떤 판단의 모순판단을 참이라고 할 경우에 부조리에 빠지는 것을 밝힘으로써 전자가 참임을 증명하는 방법.

렇습니다. 환자의 망상이 사실이라고 고집하면서 그 사실을 충분히 인지하지 못하는 환자의 어리석음을 탓하는 거죠. 그래서 닭과 관계된 음식 외에는 아무것도 주지 않는 겁니다. 이런 식으로 하면 약간의 옥수수와 자갈로 놀라운 성과를 거두게 되죠."

"이런 식으로 동의해주는 게 다입니까?"

"그럴 리가요. 음악이나 춤, 체조, 카드놀이, 특정한 책들 등 간단한 오락도 중시합니다. 우린 환자 개개인을 평범한 신체적 질환을 치료하는 것처럼 대하고 '정신병'이라는 용어는 절대 사용하지 않아요. 이 요법의 강점은 환자들이 다른 환자들의 행동을 감시하게 하는 겁니다. 광인의 사고력과 분별을 믿어줌으로써 환자의 몸과 마음을 회복시켜주는 거죠. 이런 식으로 감시원 고용 비용을 상당히 줄일 수 있었습니다."

"처벌은 전혀 없었구요?"

"전혀요."

"환자들을 감금하지도 않았고요?"

"아주 드물게만요. 간혹 어느 환자의 병이 위험지경으로 심각해지거나 갑자기 폭력적으로 되면, 다른 사람들에게 영향을 주지 않도록 밀실로 데려가 보호자에게 넘길 때까지 거기 둡니다. 우린 난폭하게 날뛰는 환자들은 상대하지 않거든요. 그런 환자는 주로 공립병원으로 이송되죠."

"그런데 지금은 체제를 다 바꾸셨다구요. 지금이 더 나아졌다고 생각하시고요?"

"확실히요. 그 요법은 단점이 있었고 심지어 위험했습니다. 지금은 다행히 프랑스 전역의 정신병원에서 폐기되었죠."

"말씀을 들어보니 정말 놀랍군요." 내가 말했다. "그러니까 지금은 프랑스 어디에도 다른 정신병 치료법은 존재하지 않는다는 말씀이시군요."

"선생께선 아직 젊으시지만, 언젠가는 다른 사람들 이야기에 의존하지 않고 세상이 어떻게 돌아가고 있는지 스스로 판단하는 법을 배울 때가 올 겁니다. 들은 말은 아무것도 믿지 말고 본 것도 반만 믿어요. 우리 병원에 대해서도 어떤 무식한 사람들에게 속으신 게 분명하군요. 하지만 저녁을 드시고 여독이 충분히 풀리고 나면, 제가 병원을 안내하며 여기서 사용하는 요법을 소개해드리겠습니다. 저도, 그리고 이걸 본 모든 사람들도 이제껏 고안된 요법 중 비교할 수 없을 정도로 가장 효과적이라고 생각하는 요법이지요."

"직접 창안하신 겁니까?" 내가 물었다.

"자랑스럽게도 그렇습니다. 적어도 어느 정도는요."

나는 이런 식으로 마이야르 씨와 한두 시간 정도 대화를 나누며 정원과 온실을 둘러보았다.

"환자들은 보여드릴 수 없습니다." 그가 말했다. "지금 당장은요. 예민한 사람들은 그런 식으로 사람들에게 보이는 상황에 늘 좀 충격을 받아서 말입니다. 선생의 식욕을 떨어뜨리고 싶지는 않거든요. 식사부터 하시죠. 생트 무느르식 송아지 요리와 벨루테소스[2]를 곁

2   고기 육수와 달걀노른자, 크림으로 만든 화이트소스.

들인 콜리플라워를 대접해드리지요. 그러고 나서 클로 드 부조[3]를 한잔하시면 긴장이 충분히 풀리실 겁니다."

저녁 식사는 6시에 시작되었다. 원장을 따라 넓은 식당으로 들어가자, 25명에서 30명쯤 되는 사람들이 모여 있었다. 분명 지체 높고 교양 넘치는 사람들 같았지만 옷차림이 지나치게 화려했다. 옛 궁정의 과시적 화려함이 지나치게 강했다. 적어도 손님 중 2/3는 숙녀들이었는데, 그중 몇몇은 현재 파리 사람이라면 절대 세련된 취향으로 보지 않을 옷차림을 하고 있었다. 예를 들어 족히 일흔은 넘었을 것 같은 여인들이 반지와 팔찌, 귀고리 같은 보석들을 주렁주렁 단 채 가슴과 팔을 부끄러운 줄도 모르고 드러내고 있었다. 솜씨 좋게 만들어진 드레스도 거의 없었고, 하다못해 치수라도 제대로 맞는 옷을 입은 사람도 거의 없었다. 주위를 둘러보던 내 눈에 마이야르 씨가 응접실에서 소개해줬던 흥미로운 여인이 들어왔다. 하지만 놀랍게도 그녀는 버팀테[4]와 파딩게일[5] 차림에 굽 높은 구두를 신고 브뤼셀 레이스가 달린 지저분한 모자를 쓰고 있었는데, 모자가 어찌나 큰지 얼굴이 우스꽝스러울 정도로 작아 보였다. 처음 보았을 때는 몹시 어울리는 상복 차림이었는데 말이다. 간단히 말해서 거기 모인 사람들의 옷차림에는 뭔가 기묘한 분위기가 감돌았다. 그래서 처음에는 '진정요법'에 대한 원래 생각으로 다시 돌아가서, 혹시 정신병

---

3   부르고뉴산 와인.
4   고래 뼈 등으로 만들어 스커트를 부풀리는 용도로 사용했던 도구.
5   버팀테, 혹은 그것을 사용하여 부풀린 치마.

14

자들과 식사하는 것을 알고 식사 도중에 내가 불편해할까봐 식사가 끝날 때까지 마이야르 씨가 나를 속이려 하는 게 아닐까 하는 생각이 들었다. 하지만 남부지방 사람들은 케케묵은 생각이 가득 들어찬 어마어마한 괴짜라는 소리를 파리에서 들었던 게 생각났고, 몇몇 사람들과 이야기하다 보니 그런 걱정은 순식간에 말끔히 사라졌다.

식당 자체는 충분히 편안하고 널찍하긴 했지만 그다지 고상하지는 않았다. 예를 들어 바닥에는 카펫이 깔려 있지 않았다. 하지만 카펫이야 프랑스에서는 종종 없이 살기도 한다. 창문들에도 커튼이 없었다. 덧문은 닫혀 있었고, 보통 가게의 덧문들처럼 대각선으로 가로질러 놓은 쇠 빗장으로 단단히 잠겨 있었다. 이 식당은 이 대저택의 한쪽 날개[6]를 통째로 차지하고 있어서, 평행사변형의 삼면에 창문들이 있고 문은 나머지 하나에 있었다. 창문은 모두 열 개나 되었다.

상차림은 최고였다. 산해진미를 담은 접시들이 그득했다. 완전히 미개하다고 느껴질 정도의 사치스러움이었다. 고기는 아낙인[7]들에게 잔치를 벌여줘도 충분할 정도였다. 좋은 것들을 이렇게 아낌없이 낭비하는 광경은 평생 처음이었다. 하지만 그 배치에는 심미안이 거의 보이지 않았다. 차분한 조명에 익숙한 내 눈에는 식탁 위는 물론이거니와 입추의 여지가 없을 정도로 온 방 안에 늘어놓은 은 촛대의 수많은 양초들이 발하는 현란한 빛이 시리도록 눈부셨다. 하인 몇 명이 민첩하게 시중을 들었다. 방 저쪽 구석에 있는 커다란 식탁

---

6   성 등의 건물의 중심부에서 한쪽으로 뻗은 부분.
7   팔레스타나 남부에 살았던 거인족.

에는 바이올린과 파이프,[8] 트롬본, 북을 가진 사람들이 예닐곱 정도 있었다. 식사하는 동안 이 사람들이 음악이랍시고 내는 온갖 다양한 소음들 때문에 간간이 몹시 짜증이 났지만, 나만 빼고는 다들 즐기는 것 같았다.

대체로 눈앞의 모든 것들이 너무나 기괴해 보인다는 생각을 떨칠 수가 없었지만, 사실 세상에는 온갖 관습과 온갖 사고방식을 지닌 온갖 종류의 사람들이 있지 않은가. 나는 어떤 상황에서도 태연자약할 수 있을 정도로 여행깨나 해본 사람이라, 원장의 오른쪽에 아주 침착하게 앉아 왕성한 식욕을 과시하며 앞에 차려진 성찬을 양껏 먹었다.

그러는 사이 잡다한 대화가 활발하게 오갔다. 숙녀들은 늘 그렇듯이 말이 많았다. 거기에 있는 사람들 거의 모두가 교육을 잘 받았다는 것을 곧 알 수 있었다. 원장에게는 재미있는 일화가 무궁무진했다. 그는 정신병원 원장으로서 자기 입장을 이야기하는 데 거리낌이 없는 것 같았고, 사실 아주 놀랍게도 모든 사람들이 가장 좋아하는 화제는 광기였다. 환자들의 **변덕**과 관련된 재미있는 이야기들이 끝도 없이 나왔다.

"예전에 여기 이런 사람이 있었어요." 내 오른쪽에 앉은 땅딸막한 신사가 말했다. "자기가 찻주전자라는 망상에 빠진 사람이었는데, 아, 그런데 말이에요, 정신병자가 이런 별난 생각을 하는 게 대단히 이상한 일도 아니거든요. 프랑스에 있는 정신병원 중에서 인간 찻주

---

8 작은 플루트 모양으로 생긴 악기.

전자를 못 내놓는 병원은 거의 없을걸요. 우리의 신사는 영국산 찻주전자였는데, 아침마다 부드러운 사슴 가죽과 호분으로 정성껏 광을 내곤 했죠."

"그리고 또." 맞은편의 키 큰 남자가 말했다. "얼마 전에는 자기가 당나귀라고 생각하는 사람도 있었잖아요. 비유적으로 말하자면 사실 꽤 맞는 말이었죠.[9] 골치 아픈 환자였어요. 병원 밖으로 못 나가게 하느라 다들 꽤 고생을 했지요. 한참 동안 엉겅퀴 외에는 아무것도 안 먹겠다고 고집을 부렸지만, 다른 건 아무것도 못 먹게 하니까 그런 망상도 곧 치료되더군요. 그리고 또 발뒤꿈치로 계속 차대는 통에, 이렇게, 이렇게⋯⋯"

"드 콕 씨! 예의를 좀 갖춰주시면 좋겠네요!" 그 옆에 앉아 있던 나이 지긋한 여인이 불쑥 말을 막았다. "발 좀 제자리에 둬요! 제 양단치마가 다 더러워졌잖아요! 꼭 그렇게 사실적으로 예시를 해야 하나요? 여기 우리 친구분은 그런 걸 안 해도 다 이해하실 거예요. 정말이지 드 콕 씨는 그 가엾은 인간이 상상한 것만큼이나 당나귀랑 흡사하네요. 연기가 정말 자연스러워요."

"미 파르동! 마드무아젤!"[10] 그 말을 들은 드 콕 씨가 대답했다. "정말로 죄송합니다. 라플라스 양을 언짢게 할 생각은 전혀 없었습니다. 드 콕에게 마드무아젤과 와인을 마실 영광을 하사하지요."

드 콕 씨는 깊이 머리를 숙여 격식을 차려 가며 자기 손에 키스를

9 당나귀에는 '바보'라는 의미가 있다.
10 '대단히 죄송합니다, 아가씨'라는 의미다.

하더니 라플라스 양과 와인을 마셨다.

"자." 마이야르 씨가 나에게 말했다. "제가 이 생트 무느르식 송아지 고기를 좀 덜어드리지요. 아주 맛있을 겁니다."

건장한 하인 셋이 '몬스트룸, 호렌둠, 인포르메, 잉겐스, 쿠이 루멘 아뎀프툼'[11] 같은 것이 담긴 엄청나게 거대한 접시, 아니 목판 같은 것을 식탁 위에 막 무사히 내려놓은 참이었다. 하지만 자세히 보니 그것은 영국식 산토끼 요리 방식으로 입에 사과를 물리고 무릎을 꿇게 해서 통째로 구운 조그만 송아지 요리에 불과했다.

"감사합니다만 괜찮습니다." 내가 대답했다. "사실 전 생트 뭐라고 하셨죠? 하여간 이 송아지 요리는 그다지 좋아하지 않아서요. 저랑 별로 안 맞는 것 같습니다. 하지만 접시를 바꿔서 토끼 요리를 좀 맛보죠."

식탁에는 평범한 프랑스식 토끼 요리로 보이는 음식을 포함하여 몇 가지 곁들여진 요리들이 있었는데, 토끼 요리는 나도 기꺼이 추천할 수 있는 굉장한 진미다.

"피에르." 원장이 말했다. "이 신사분의 접시를 바꿔드리고 래빗 오샤[12] 좀 덜어드리게."

"뭐라구요?" 내가 말했다.

"래빗오샤요."

---

11   빛을 잃은 끔찍한 기형의 거대한 괴물. 《아이네이스》에서 외눈박이 괴물 키클롭스를 묘사하는 부분.

12   고양이를 곁들인 토끼 요리. 아예 고양이 고기로 토끼 고기인 양 만든 요리일 수도 있다.

"이런, 감사합니다만 다시 생각해보니 괜찮습니다. 전 그저 햄이나 좀 먹겠습니다."

이 지역 사람들 식탁에서는 무엇을 먹게 될지 알 수가 없다는 생각이 들었다. 저 래빗오샤든, 마찬가지지만 캣오래빗이든 한 점도 입에 넣지 않을 테다.

"그런가 하면." 식탁 끄트머리에 앉아 있던 시체처럼 창백한 사람이 끊겼던 대화를 계속 이어나갔다. "그런가 하면 온갖 괴짜들 중에 한번은 자기가 코르도바산 치즈라고 끈질기게 우겨대던 환자가 있었죠. 칼을 들고 다니면서 친구들에게 자기 다리 중간 부분을 조금 베어 먹어보라고 권하고 다녔지 뭡니까."

"정말 바보였죠." 다른 사람이 끼어들었다. "하지만 이 낯선 신사 분만 제외하고 우리 모두가 다 아는 그 사람과는 비교도 안 됩니다. 자기를 샴페인 병으로 생각해서 이런 식으로 늘 펑, 쉬익 하는 소리를 내고 다녔던 사람 말입니다."

그러면서 그 사람은 오른손 엄지손가락을 왼쪽 뺨 안에 넣었다 빼서 코르크 마개가 펑 하고 터지는 소리와 비슷한 소리를 내더니 혀를 치아 위로 교묘하게 굴려 샴페인 거품 빠지는 소리 비슷하게 쉬익거리는 소리를 몇 분 동안이나 계속해서 냈다. 아주 무례한 행동이라는 생각이 들었다. 척 봐도 마이야르 씨도 썩 유쾌해 보이지 않았다. 하지만 이 신사는 아무 말도 하지 않았고, 커다란 가발을 쓴 작고 바싹 마른 남자가 대화를 다시 이어갔다.

"자기가 개구리인 줄 알았던 무지한 인간도 있었는데, 사실 적지 않게 닮긴 했어요. 선생께서도 보셨어야 했는데." 여기서 그는 나를 향해 말했다. "얼마나 자연스러웠던지, 그걸 보셨으면 정말 재미있어 하셨을 겁니다. 그 친구가 개구리가 아니라면 개구리가 아니라서 정말 안타깝다는 말밖에 안 나올 정도니까요. 세상에서 가장 멋들어진 B 플랫 음으로 개골개골 이렇게 울어댔죠. 와인을 한두 잔 마시고 나면 식탁 위에 이렇게 팔꿈치를 올리고 입을 이렇게 쩍 벌리고 눈을 이렇게 굴리면서 엄청나게 빨리 깜박였죠, 이렇게요. 제가 확실히 장담하는데, 선생께서도 그 친구의 천재적 재주에 완전히 반하셨을 겁니다."

"어련하겠습니까." 내가 말했다.

"다음으로." 또 누군가가 말했다. "프티 가이야르라는 사람은 자기가 한 줌의 코담배라고 생각했는데, 엄지와 다른 손가락 하나로 자기를 집을 수가 없다며 고민이 이만저만이 아니었지요."

"쥘 드슐리에르라고 진짜 특이한 천재도 있었어요. 자기가 호박이라는 생각에 단단히 사로잡혀버렸죠. 자기를 파이로 만들라며 요리사를 괴롭혔는데, 요리사야 화를 내며 거절했죠. 제가 보기에 드슐리에식 호박파이는 실로 대단한 진미가 되었을 거라고 확신합니다!"

"놀랍군요!" 나는 이렇게 말하며 의아한 눈길로 마이야르 씨를 쳐다봤다.

"하하하!" 그 신사가 말했다. "헤헤헤! 히히히! 호호호! 후후후! 정말 재미있군요! 놀라지 마십시오, 친구. 여기 우리 친구가 재치 있고 익살 넘치는 친구라, 이 친구 말을 곧이곧대로 받아들이시면 안 됩니다."

"그런가 하면." 또 다른 사람이 말했다. "부퐁 르 그랑이라고 자기

나름으로 아주 특별했던 친구도 있었죠. 사랑 때문에 돌아버리는 바람에 자기한테 머리가 두 개 있다고 생각했어요. 하나는 키케로의 머리라고 주장했고 다른 하나는 복합체여서, 이마 꼭대기부터 입까지는 데모스테네스고 입부터 턱까지는 브로엄 경이라고 생각했죠. 그 친구가 틀렸다는 게 불가능하지는 않지만, 자기가 옳다고 선생도 설득했을 겁니다. 말솜씨가 아주 대단했거든요. 웅변에 대한 열정이 엄청나서, 그걸 보여주지 않고는 못 배겼죠. 예를 들어 이렇게 식탁 위에 펄쩍 뛰어올라서, 그러고는……"

이때 그 옆자리에 앉아 있던 사람이 그 사람 어깨에 손을 얹고 몇 마디 귀에 속삭이자, 돌연 이야기를 딱 멈추고 자기 자리로 돌아가 털썩 앉았다.

"다음으로는." 속삭이던 친구가 말했다. "인간팽이 불라르도 있었습니다. 왜 팽이라고 부르냐 하면, 사실 이 친구는 자기가 팽이로 개조되었다는, 우스꽝스럽지만 완전히 터무니없는 것만은 아닌 망상에 사로잡혔거든요. 그 친구가 도는 모습을 봤다면 선생께서도 폭소를 터뜨리셨을 겁니다. 한쪽 발꿈치로 지탱하고 서서 한 시간씩 돌곤 했죠. 이런 식으로요, 이렇게……"

이때 그가 귓속말로 가로막았던 친구가 거의 비슷한 임무를 수행했다.

나이 많은 여인 하나가 소리 높여 말했다. "하지만 지금 말한 불라르 씨는 미치광이, 그것도 기껏해야 아주 멍청한 미치광이였지요. 묻고 싶네요, 인간팽이라는 소리를 들어본 사람 있어요? 말도 안 되는 소리예요. 주아외즈 부인은 알다시피 훨씬 분별 있는 사람이었어요.

망상이 있긴 했지만 상식에 걸맞았고 부인을 아는 영광을 누린 모든 사람들에게 기쁨을 줬지요. 부인은 심사숙고 끝에 자신이 모종의 사고로 인해 수탉으로 변해버렸다는 걸 알았어요. 하지만 부인은 수탉으로서 예의 바르게 행동했지요. 어마어마한 위력을 과시하며 날개를 퍼덕였고, 이렇게, 이렇게, 이렇게, 울음소리는 또 얼마나 감미로웠는지! 꼬꼬댁! 꼬꼬댁! 꼬꼬댁! 꼬꼬꼬꼬!"

"주아외즈 부인, 예의를 갖춰주시면 감사하겠습니다!" 이때 화가 난 원장이 끼어들었다. "숙녀답게 행동하시든지 당장 식탁에서 떠나주시기 바랍니다. 선택을 하시지요."

(놀랍게도 방금 전까지 주아외즈 부인에 대해 막 설명하고 있다가 주아외즈 부인이라고 불린) 부인은 눈썹까지 빨개져서 원장의 질책에 몸 둘 바를 모르고 당황한 것 같았다. 부인은 고개를 푹 숙이고 한 마디 대답도 하지 않았다. 하지만 다른 젊은 여인이 주제를 이어받았다. 응접실에서 보았던 아름다운 여인이었다!

"주아외즈 부인은 바보였어요!" 그녀는 외쳤다. "하지만 결국 상당히 분별은 있었다고 외제니 살사펫이 그러더군요. 외제니는 아주 아름답고 애처로울 정도로 정숙한 아가씨로, 평범한 옷차림이 점잖지 않다고 생각해서 늘 옷 안에 들어가는 대신 옷 밖에 나오는 식으로 옷을 입고 싶어 했어요. 알고 보면 굉장히 쉽답니다. 그냥 이렇게만 하면 돼요. 그리고 이렇게, 이렇게, 이렇게, 그다음에는 이렇게, 이렇게, 이렇게, 그다음에는……"

"아이고, 저런! 살사펫 양!" 열두 개의 목소리가 한꺼번에 외쳤다. "무슨 짓을 하는 거예요? 그만둬요! 그걸로 충분해요! 어떻게 하는

지 똑똑히 알겠어요! 그만! 그만!"몇 명은 이미 살사펫 양이 메디치가의 비너스와 동급이 되는 것을 막으려고 자리를 박차고 일어났다. 바로 그 순간, 저택 중심부 어딘가에서 들려온 일련의 커다란 비명 내지 고함이 이 목적을 매우 효과적으로 수행해냈다.

이 고함에 나도 신경이 있는 대로 곤두섰지만, 나머지 사람들은 정말이지 불쌍할 지경이었다. 멀쩡한 사람들이 그렇게 혼비백산하는 모습은 평생 한 번도 본 적 없었다. 모두 다 시체처럼 얼굴이 하얗게 질려서 의자에 바싹 웅크리고 앉아 공포에 떨면서 알아들을 수도 없는 소리를 중얼거리며 반복되는 소리를 듣고 있었다. 소리가 다시 들려왔다. 이번에는 더 크고 더 가까운 데서 들리는 것 같았다. 세 번째는 매우 컸지만, 네 번째는 확실히 기세가 꺾여 있었다. 소리가 확실히 잦아드는 듯싶자 사람들도 금세 활기를 되찾았고, 다시 전처럼 활발하게 일화들이 이어졌다. 이제 나는 과감하게 소동의 원인을 물어보았다.

"별일 아닙니다." 마이야르 씨가 말했다. "흔히 있는 일이죠. 저희는 거의 신경 쓰지 않습니다. 정신병자들은 이따금 다 같이 고함을 지르거든요. 밤에 간혹 개 떼들이 그러듯이, 하나가 시작하면 줄줄이 따라서 말입니다. 하지만 그렇게 떼로 고함을 질러대다가 집단탈주 시도를 벌이는 일도 가끔 있습니다. 그럴 때면 약간의 위험이 우려되지요."

"몇 명이나 책임지고 계시는 거죠?"

"현재는 다 해서 열 명이 안 됩니다."

"주로 여성들이겠죠?"

"아, 아닙니다. 모두 남자입니다. 게다가 건장한 사람들이죠."

"그렇군요! 전 늘 정신병자의 대다수는 여성이라고 생각했는데요."

"일반적으로는 그렇습니다만 항상 그렇지는 않죠. 얼마 전까지는 여기 스물일곱 명 정도의 환자가 있었는데, 그중 열여덟이 여성이었어요. 하지만 최근에는 상황이 아주 많이 달라졌습니다, 보시다시피."

"예. 아주 많이 달라졌지요, 보시다시피." 이때 라플라스 양의 정강이뼈를 부러뜨린 신사가 끼어들며 말했다.

"예, 아주 많이 달라졌지요, 보시다시피." 모든 사람이 한꺼번에 되풀이했다.

"조용히 해요, 다들!" 원장이 버럭 화를 내며 외쳤다. 그러자 모두가 거의 1분이 다 되도록 죽은 듯이 침묵을 지켰다. 한 여인은 마이야르 씨의 말에 문자 그대로 복종해서[13] 엄청나게 긴 혀를 쑥 내밀고 식사가 끝날 때까지 한껏 풀 죽은 모습으로 양손으로 붙잡고 있었다.

"이 숙녀분 말입니다." 나는 마이야르 씨 쪽으로 몸을 숙여 속삭이며 말했다. "방금 말씀하신, 꼬꼬댁 하고 외치시던 이 숙녀분은 위험하지 않은 거죠, 네?"

"위험하지 않다니요!" 그는 놀라움을 숨기지 않고 외쳤다. "무슨,

---

13   'Hold your tongues'는 '조용히 하라'는 뜻으로 쓰는 표현이지만, 문자 그대로는 '혀를 잡고 있으라'는 뜻이다.

도대체 무슨 뜻으로 하시는 말씀입니까?"

"그저 약간 이상한 정도?" 나는 내 머리를 만지며 말했다. "특별히, 위험할 정도로 병이 든 건 아니라고 당연히 생각했는데요."

"맙소사! 도대체 무슨 상상을 하시는 겁니까? 이 숙녀분은 내 소중한 오랜 벗인 주아외즈 부인으로 저와 다름없이 완전히 정상입니다. 물론 약간의 기벽이야 있지만, 아시다시피, 나이 지긋한 여인들은 모두, 나이가 아주 많은 여인들은 모두 어느 정도는 괴짜 아닙니까!"

"그럼요." 내가 말했다. "그럼요. 그렇다면 여기 다른 신사 숙녀분들은……"

"제 친구들과 관리인들입니다." 마이야르 씨가 거만하게 자세를 꼿꼿이 하며 말을 잘랐다. "아주 좋은 친구들이자 보좌진들이죠."

"에, 모두 다요?" 내가 물었다. "여성분들까지 다요?"

"물론입니다." 그가 말했다. "여성들 없이는 아무것도 못 할 겁니다. 여성들은 세계 최고의 정신병원 간호사죠. 여성들에게는 자신만의 방법이 있습니다. 그 반짝이는 눈에선 엄청난 효과가 나오죠. 뱀이 노려보는 것 비슷하게 말입니다."

"그럼요." 내가 말했다. "그럼요! 행동이 좀 이상하지 않습니까? 약간 기묘하기도 하고…… 그렇게 생각하지 않으세요?"

"이상하다! 기묘하다! 아니, 정말로 그렇게 생각하시는 겁니까? 물론 너무 얌전을 빼지는 않죠…… 여기 남쪽에서는…… 마음 내키는 대로 합니다…… 인생을 즐기고 뭐 그런 거죠. 아시겠지만."

"그럼요." 내가 말했다. "그렇고말고요."

"그렇다면, 아마 이 클로 드 부조가 좀 알딸딸한 것 같은데……
이게 좀 세서…… 무슨 말인지 아시죠?"

"그럼요." 내가 말했다. "그럼요. 그건 그렇고 원장님께서 그 유명
한 진정요법 대신 도입하셨다는 그 요법 말입니다. 그게 굉장히 가
혹하고 엄격하다고 하신 것 맞습니까?"

"전혀요. 감금이야 어쩔 수 없이 폐쇄적이지만, 요법, 그러니까 의
학적 치료법은 환자들에게 오히려 우호적인 편이라고 할 수 있죠."

"그리고 이 새로운 체제는 원장님께서 만드신 거구요?"

"다 그렇다고 할 순 없습니다. 그중 일부는 타르 교수와 연관 있
죠. 아마 선생께서도 분명 들어보셨을 겁니다. 또 제 계획에서 변형
된 부분은, 기꺼이 인정하는 바이지만, 유명한 페더 교수에게서 가
져온 것입니다. 제 착각이 아니라면 선생께서도 그분과 매우 친분이
있는 걸로 압니다만."

"고백하기 부끄럽습니다만 두 분의 성함은 한 번도 들어본 적이
없습니다." 내가 대답했다.

"이럴 수가!" 원장이 의자를 홱 뒤로 빼고 손을 들어 올리며 소리
를 질렀다. "제가 잘못 들은 거겠죠! 잘못 말씀하신 거겠죠, 안 그래
요? 그 박식하신 타르 박사와 저명하신 페더 교수에 대해서 한 번도
들어본 적 없다구요?"

"제 무지를 인정하지 않을 수 없습니다만." 내가 대답했다. "그 어
떤 것보다 진실을 신성시할 수밖에 없겠죠. 그렇지만 이렇게 대단하
신 분들의 업적을 몰랐다니 정말 창피하기 이를 데 없군요. 당장 두
분의 저작을 찾아서 숙독해봐야겠습니다. 고백합니다만, 마이야르

씨 말씀을 들으니 정말로, 정말로 부끄럽군요."

그것은 사실이었다.

"그만하십시오." 그는 내 손을 잡으며 친절하게 말했다. "소테른산 와인이나 한잔하시지요."

우리는 와인을 마셨다. 사람들도 주저 없이 우리를 따랐다. 사람들은 잡담을 하고, 농담을 하고, 웃고, 터무니없는 짓을 수도 없이 했고, 바이올린은 찢어져라 비명을 지르고, 북은 요란하게 쿵쿵대고, 트롬본은 팔라리스의 청동 황소[14]처럼 울부짖었다. 술이 오를수록 상황은 점점 더 난장판이 되었고 급기야 은밀한 지옥도 같은 광경이 펼쳐졌다. 그동안 마이야르 씨와 나는 소테른과 부조를 주거니 받거니 하며 목청을 있는 대로 높여 대화를 이어갔다. 평소 어조로 말을 하면 나이아가라 폭포 바닥에 사는 물고기 목소리만큼도 들릴 수 없는 상황이었다.

"그런데 원장님." 나는 원장의 귀에 대고 소리를 질렀다. "저녁 식사 전에 예전 진정요법이 초래한 위험에 대해 뭐라고 말씀을 하셨잖아요. 그게 어떤 겁니까?"

"예." 그가 대답했다. "간혹 굉장히 위험한 상황이 생깁니다. 광인의 변덕이란 설명이 불가능하죠. 저는 정신병자들을 감시 없이 풀어 놓는 것은 절대 안전하지 않다고 생각합니다. 타르 박사와 페더 교수의 의견도 마찬가지고요. 광인이 잠시 동안은 소위 '안정'될 수 있

---

14 고대 시칠리아의 폭군 팔라리스의 지시로 만들어진 처형기구로, 황소 모양 청동상 안에 사람을 넣고 불을 지펴 죽여서 고통에 찬 비명이 황소의 입을 통해 나왔다고 한다.

겠죠. 하지만 결국에는 제어할 수 없게 되기 마련입니다. 잔꾀도 아주 유명하죠. 대단하구요. 목표가 있으면 엄청나게 지혜롭게 그 계획을 숨기고선 어찌나 능숙하게 제정신인 척하는지, 그 능력은 정신의학 공부를 하는 형이상학자들이 풀어야 할 가장 어려운 문제 중 하나입니다. 광인이 완전히 제정신처럼 보일 때야말로 구속복을 입혀야 할 때죠."

"하지만 원장님께서 말씀하신 위험 말입니다. 이 병원을 운영하시는 동안의 경험상, 정신병자에게 자유를 주는 게 위험하다고 생각하게 된 실질적 이유가 있습니까?"

"여기서요? 제 경험상? 뭐, 그렇다고 할 수 있죠. 예를 들어 얼마 전에도 바로 이 병원에서 이상한 일이 벌어진 적 있습니다. 그때는 '진정요법'이 시행되고 있던 때여서 환자들이 자유롭게 돌아다녔거든요. 환자들은 정말 얌전하게 행동했습니다. 각별히 얌전하게요. 분별이 있는 사람이라면 그 사실, 이 환자들이 놀라울 정도로 반듯하게 처신한다는 사실만으로도 뭔가 악마 같은 음모를 꾸미고 있다는 것을 알아차렸을 겁니다. 아니나 다를까, 어느 화창한 날 아침 감시원들은 손과 발이 묶여 병실에 내동댕이쳐졌고, 거기서 감시원들의 업무를 강탈한 정신병자들로부터 정신병자 취급을 받게 되었죠."

"그럴 수가! 그렇게 터무니없는 이야기는 평생 처음입니다!"

"사실입니다. 어떤 멍청한 친구 때문에 벌어진 일이었죠. 이제까지의 그 어떤 관리체제, 그러니까 그 어떤 정신병자 관리체제보다 더 나은 것을 만들었다는 생각을 어쩌다 하게 된 정신병자였습니다. 아마 자기가 고안해낸 것을 한번 시험해보고 싶었던 것 같아요. 그래서 나머지 환자들을 설득해 통치 권력을 전복하려는 음모에 끌어들였죠."

"실제로 성공했습니까?"

"물론입니다. 감시하던 사람들과 감시받던 사람들이 자리를 바꾸었지요. 하긴 정확히 그렇다고는 말할 수 없어요. 정신병자들은 그전에 자유를 누렸지만 감시원들은 곧바로 병실에 갇혀서 매우 무정한 취급을 받았으니까요."

"하지만 곧 반혁명이 일어났을 것 같은데요. 그런 상황이 오래 유지될 리가 없잖습니까. 주위의 이웃들, 시설을 보러 오는 방문객들이 경보를 울렸겠죠."

"그건 틀렸습니다. 반란군 대장이 너무 교활했거든요. 방문객을 일절 받지 않았어요. 예외가 단 한 번 있었는데 전혀 두려워할 이유가 없는, 굉장히 멍청하게 생긴 젊은이였죠. 그냥 재미로 좀 갖고 놀려고 병원을 둘러보게 해주었습니다. 실컷 속여먹고 나서 자기 갈길 가도록 내보내줬죠."

"그 정신병자들이 얼마나 오래 병원을 장악한 겁니까?"

"아, 그다지 오래는 아니었어요. 한 달은 확실하고. 그 이상은 잘 모르겠군요. 그동안 광인들은 정말 유쾌한 시간을 보냈습니다. 그건 분명합니다. 낡은 옷을 벗어던지고 이 가문의 의상과 보석을 마음껏 걸쳤죠. 저택 지하에는 상당한 와인이 보관되어 있었는데, 이 미친놈들은 와인깨나 마실 줄 아는 놈들이었죠. 정말 잘 살았습니다."

"그럼 치료법은, 그 반역자들의 대장은 어떤 종류의 요법을 실시했습니까?"

"그 문제라면, 이미 말씀드렸다시피 미친 사람이라고 바보는 아니에요. 솔직히 말해서 새 치료법이 그 전의 치료법보다 훨씬 더 나았습니다. 실로 아주 우수한 체제였죠. 간단하고 깔끔하고 어떤 문제도 없었죠. 사실 그건 기분 좋고……"

그 순간 앞서 우리를 당황하게 했던 고함이 또다시 연이어 들려오면서 원장의 말이 뚝 끊겼다. 하지만 이번에는 급속히 다가오고 있는 사람들이 내는 듯한 소리였다.

"맙소사!" 내가 외쳤다. "환자들이 탈출한 게 틀림없습니다."

"제가 우려하는 바도 그렇습니다." 마이야르 씨가 새하얗게 질린 얼굴로 대답했다. 그 말이 채 끝나기도 전에 창문 아래에서 커다란 고함과 욕설이 들려왔다. 이내 일군의 사람들이 바깥에서 방 안으로 진입하려는 것이 분명해졌다. 쇠망치 같은 것으로 문을 두들겨댔고, 어마어마한 기세로 덧문을 비틀고 흔들어댔다.

무시무시한 혼란이 이어졌다. 놀랍게도 마이야르 씨는 작은 탁자 밑으로 몸을 날렸다. 원장이라면 좀 더 확고한 결의를 보여줄 거라고 기대했는데 말이다. 지난 15분 동안 술에 만취한 나머지 자기의 의무를 다하지 못했던 연주자들이 갑자기 일제히 벌떡 일어나 악기를 잡고 식탁 위로 기어 올라가더니 다함께 〈양키 두들〉을 연주했다. 딱히 음이 맞진 않았지만 소동이 벌어지는 내내 적어도 초인적인 힘을 발휘한 연주였다.

그러는 사이, 병과 잔들이 널브러진 만찬 식탁 위로 이전에 식탁에 뛰어오르려다 억지로 저지당한 신사가 펄쩍 뛰어올랐다. 그는 자리를 잡자마자 연설을 시작했는데, 들리기만 했다면 분명 아주 근사한 연설이었을 것이다. 그와 동시에 팽이 애호증이 있는 남자가 양 팔을 몸과 직각이 되도록 좍 펼치고 엄청난 기세로 방 안을 돌기 시 작했다. 그는 명실상부 팽이처럼 보였고, 어쩌다 그가 지나가는 경 로에 들어온 사람들은 모두 쓰러져 나갔다. 이때 샴페인이 펑펑, 쉬 익쉬익 하고 터지는 엄청난 소리가 들려와서 주위를 둘러보니, 결국 만찬 도중 샴페인 병을 자처했던 사람에게서 나오는 소리였다. 또 개구리 인간도 자기가 내는 음 하나하나에 영혼의 구원이라도 달린 것처럼 개굴개굴 울어댔다. 이 난리 한가운데서 끝없는 당나귀 울 음소리가 다른 모든 소리를 뒤덮고 울려 퍼졌다. 내 옛 친구 주아외 즈 부인은 완전히 당황해서 어쩔 줄을 모르고 있었다. 정말이지 눈 물 없이는 볼 수 없는 광경이었다. 하지만 부인이 한 일이라고는 방 한구석 벽난로 옆에 서서 "꼬꼬댁 꼬꼬꼬꼬!"라고 끝도 없이 목청 껏 울어대는 것밖에 없었다.

이제 절정이, 이 드라마의 파국이 다가왔다. 올빼미 울음과 고함, 꼬꼬댁 소리 외에는 밖에서 들어오려는 무리에 대한 저항의 움직임 이라고는 조금도 없었기 때문에 열 개의 창문은 매우 신속하게, 거 의 동시에 안쪽으로 깨어졌다. 하지만 침팬지나 오랑우탄, 희망봉에 사는 거대한 검정 비비 같이 생긴 무리가 창문들을 뛰어넘어 완벽 한 군대처럼 달려 들어와 이 난장판 사이에서 싸우고 짓밟고 할퀴 고 울부짖는 모습을 보면서 느꼈던 그 경이와 공포의 감정은 절대 잊지 못할 것이다.

나는 흠씬 두들겨 맞은 후 소파 밑으로 굴러들어가 꼼짝도 않고 누워 있었다. 하지만 15분 정도 귀를 쫑긋 세운 채 방 안에서 벌어지는 상황을 듣고 있으려니, 이 비극의 결말이 어느 정도 이해되기 시작했다. 마이야르 씨가 들려준, 친구들을 선동해 반란을 일으킨 정신병자 이야기는 그저 자신의 위업일 뿐이었던 것 같았다. 이 신사는 실제로 약 2~3년 전에는 이 병원의 원장이었지만 본인도 정신이 이상해지면서 환자가 되었던 것이다. 나를 소개시켜준 동행은 이 사실을 모르고 있었다. 갑자기 제압당한 10명의 감시인들은 우선 흠뻑 타르칠을 당한 다음 깃털로 꼼꼼히 뒤덮여 지하 병실에 감금되었다.[15] 그들은 이렇게 한 달 넘게 감금당했고, 그동안 마이야르 씨는 (자신의 '요법'을 구성하는) 타르와 깃털뿐만 아니라 약간의 빵과 충분한 물도 관대히 허락했다. 물은 매일 퍼부어줬다. 마침내 한 사람이 하수도를 통해 탈출해서 나머지 사람들을 다 해방시켰다.

저택에서는 주요 수정을 거친 '진정요법'이 다시 시행되었다. 하지만 나는 자신의 '요법'이야말로 매우 우수하다는 마이야르 씨의 의견에 동의하지 않을 수 없다. 그의 정당한 평대로 그 요법은 "단순하고 깔끔하며 어떤 문제점도 전혀, 조금도 없는" 체제였다.

한마디만 더 덧붙이자면, 나는 타르 박사와 페더 교수의 저작을 찾아 온 유럽의 도서관을 다 뒤졌지만 그 노력은 완전히 실패여서 현재까지 단 한 권도 손에 넣지 못했다.

15　타르 박사와 페더 교수의 이름은 근대 유럽과 미국에서 행해진, 타르를 칠하고 깃털feather을 붙이는 폭력적 사적 제재의 방식에서 따온 것이다.

아무것도 남지 않은 남자

−지난 부가부, 키카푸 전투 이야기

울어라, 울어라, 내 눈이여! 하염없이 울어라.
삶의 반쪽이 다른 반을 무덤으로 보냈으니.
_코르네유[16]

언제 어디서 잘생긴 존 A. B. C. 스미스 명예준장을 처음 만났는지 기억이 나지 않는다. 누군가 나를 그 신사에게 소개해준 건 분명하다. 무슨 공식 모임에서였다는 것은 잘 알고 있고, 어떤 대단히 중요한 사안으로 열린 모임이었다는 건 확실한데, 모종의 장소에서 열렸다는 확신만 있을 뿐 이상하게도 그 이름은 완전히 잊어버렸다. 사실 준장을 소개받았을 때 내가 너무 당황한 바람에 시간이나 장소를 명확히 기억하는 게 불가능했다. 나는 신경과민 체질인데, 이건 집안 내력이라 어쩔 수가 없다. 특히 정확히 이해할 수 없는 것, 불가사의한 것이 조금만 나타나도 순식간에 딱할 지경으로 평정심을 잃고 만다.

문제의 인물의 개성에는 뭔가, 말하자면 대단한 데가 있었다. 내

16   희비극 〈르 시드〉 중에서.

가 표현하고자 하는 바를 온전히 전달하기에는 그저 부족한 말일 뿐이지만, 그렇다, 대단했다. 스미스는 키가 6피트 정도 되었고 존재감이 몹시 당당했다. 교양이 드러나고 좋은 가문을 암시하는 고상한 기품이 온몸에 넘쳐흘렀다. 스미스의 외모를 자세히 묘사하는 데서 나는 일종의 음울한 만족감을 느낀다. 그의 머리칼은 브루투스에게 경의를 표하기에도 충분할 정도로, 세상 그 어떤 머리칼보다 풍성하고 윤기가 흘렀다. 머리칼은 칠흑같이 검었는데, 이는 또한 상상조차 할 수 없는 그의 구레나룻의 색, 더 제대로 말하자면 세상 어디에도 없는 색이기도 했다. 알아챘겠지만, 그 구레나룻에 대해서는 흥분하지 않고는 말할 수가 없다. 태양 아래 가장 아름다운 구레나룻이라고 해도 과언이 아니기 때문이다. 그 구레나룻은 그 못지않게 빼어난 입을 늘 둘러싸고 있었고, 때로는 살짝 그림자를 드리우기도 했다. 치아는 세상에서 가장 완벽하게 고르고 눈부실 정도로 하얗게 반짝였다. 그 치아 사이로 적절한 순간마다 빼어나게 맑고 감미롭고 힘찬 목소리가 흘러나왔다. 내 지인은 눈 또한 발군으로 타고났다. 둘 중 하나만으로도 평범한 눈 두 개만큼의 가치가 있었다. 그 눈은 진한 갈색에다 굉장히 크고 반짝거렸는데, 가끔은 미묘한 곁눈질로 의미심장한 눈빛을 내비치곤 했다.

준장의 상반신은 단연코 내가 이제껏 본 것 중 최고로 근사했다. 기를 쓰고 봐도 그 멋진 균형미에서는 흠 한 점 찾을 수 없을 것이다. 이 진귀한 균형미가 아폴로 상마저 열등감으로 얼굴을 붉힐 만큼 한층 더 어깨를 돋보이게 했다. 잘생긴 어깨를 사랑하는 사람으로서 이렇게 완벽한 어깨는 이제껏 본 적이 없다고 말할 수 있다. 팔은 감탄스러울 정도로 멋지게 빚어졌다. 다리도 그 못지않게 탁월했다. 정말이지 아름다운 다리의 완벽한 예였다. 이 분야의 권위자들 모두가 그 다리의 진가를 인정했다. 살이 넘치지도 모자라지도 않았고, 거칠지도 연약하지도 않았다. 그 넙다리뼈의 곡선보다 더 우아한 곡선은 상상조차 할 수 없으며, 종아리뼈 뒤쪽도 딱 적당히 완만하게 튀어나와서 종아리는 적절하게 균형을 이루고 있다. 젊고 재능 있는 조각가인 내 친구 치폰치피노가 존 A. B. C. 스미스 명예준장의 다리를 한 번이라도 보았기를 바랄 뿐이다.

이렇게 절대적으로 잘생긴 남자들이 건포도나 블랙베리처럼 널려 있지는 않지만, 그래도 나는 조금 전에 언급한 뭔가 대단한 점, 이 새 지인에게 감도는 뭐라 형언할 수 없는 기묘한 분위기가 완전히 타고난 신체적 우월성에서만 나온다고는 생각할 수 없었다. 어쩌면 태도에서 나온다고 할 수도 있겠지만, 이것 역시 전적으로 확신이 들지는 않았다. 스미스의 태도에는 경직되었다고는 할 수 없어도 뭔가 딱딱한 데가 있었다. 이런 말을 써도 된다면, 그의 일거수일투족에는 자로 잰 듯한 정확성이 수반되었는데, 체격이 작은 사람이 이런 모습을 보였다면 허세나 거드름, 무리하는 기미가 적지 않게 풍겼겠지만, 그렇게 확실한 체격의 신사에게서 보일 때는 당장 자제나 좋은 의미에서의 오만으로 평가되었다. 간단히 말해 굉장한 체격에 걸맞은 태도로 여겨졌다.

스미스 준장을 소개해준 친절한 친구는 그에 대한 몇 가지 평을 내 귀에 속삭여줬다. 그는 대단한 사람, 매우 대단한 사람, 실로 이 시대 최고로 대단한 사람 중 하나였다. 특히 숙녀들의 총애를 받았는데, 주로 뛰어난 용기에 대한 호평 때문이었다.

"그 점에서는 스미스 준장을 당할 사람이 없지. 정말이지 완벽한 무법자, 진짜 싸움꾼이야. 그렇고말고." 내 친구는 목소리를 한껏 낮추어 미스터리한 어조로 나를 전율하게 하며 말했다.

"진짜 싸움꾼이야. 그렇고말고. 최근 저기 남부 아래쪽 습지대에서 부가부와 키카부 인디언들과 벌어진 격전에서 그걸 제대로 보여 줬지." (이 대목에서 내 친구는 눈을 크게 떴다.) "세상에! 그런 유혈과 폭력! **불세출의 용기!** 물론 들어봤겠지? 그 사람은……"

"이 사람아, 잘 지냈나? 안녕하십니까? 만나서 정말 반갑네!" 이 대목에서 준장 본인이 끼어들었다. 그는 가까이 다가와 내 친구의 손을 잡았고, 나를 소개받자 뻣뻣하지만 깊숙이 고개 숙여 인사했다. 그때 (그리고 지금도) 그렇게 맑으면서도 힘찬 목소리를 들은 적도, 그렇게 완벽한 치아를 본 적도 없다고 생각했지만, 바로 그 순간에만은 방해가 유감스러웠다는 말은 해야겠다. 앞서 들은 암시적인 귓속말로 인해 부가부와 키카푸 전투의 영웅에 대한 호기심이 한껏 치솟아 있었기 때문이다.

하지만 존 A. B. C. 스미스 명예준장과 즐겁고 심도 깊은 대화를 하다 보니 이내 그 유감도 말끔히 사라졌다. 내 친구는 곧 우리를 두고 떠났고, 우리는 오랫동안 단둘이서 대화를 나누었는데, 즐거울 뿐만 아니라 정말로 유익한 대화였다. 준장은 최고의 달변가에다 그 누구보다 상식이 풍부했다. 그럼에도 불구하고 그는 잘 어울리는 겸손한 태도로 그때 내가 가장 관심 있던 주제, 즉 부가부 전투가 벌어졌을 때의 불가사의한 정황에 대해서는 말을 삼갔다. 나 역시 나름

대로의 세심한 이해심을 발휘해 그 주제를 꺼내지 않았지만, 사실은 그 이야기를 하고 싶어서 입이 간질간질했다. 게다가 그 용맹한 군인은 철학적 주제를 선호했고, 특히 기계 발명의 급속한 진보에 대해 논하기를 좋아하는 것 같았다. 정말이지 대화를 어디로 끌고 가든 간에 언제나 어김없이 이 주제로 되돌아오곤 했다.

"이런 건 한 번도 없었네." 그는 말하곤 했다. "우린 멋진 사람들이고, 멋진 세상에 살고 있지. 낙하산과 철도, 침입자용 덫과 용수철 총,[17] 대양마다 증기선이 떠다니고, 나소 열기구 정기선이 곧 런던과 팀북투[18] 사이에서 정기운행을 하네. 사교생활과 예술, 상업, 문학에 미칠 그 어마어마한 영향을 그 누가 계산할 수 있겠나? 이건 전자기의 위대한 원리가 즉각적으로 낳은 결과가 될 걸세! 게다가 장담하지만, 이게 다가 아니야! 발명의 진보에는 정말 끝이 없네. 가장 멋진, 독창적인, 또 뭐가 있지? 어, 톰슨 씨? 그게 자네 이름 맞지? 거기다가 또 가장 **유용한**, 진실로 가장 **유용한** 기계장치들이 매일, 이런 표현을 써도 좋다면, 버섯처럼 솟아오르고 있네. 더 비유적으로 말하자면, 그래, 메뚜기야, 톰슨 씨, 메뚜기처럼 우리 주위와, 온, 스, 스, 사방에서 뛰어다니고 있다고!"

물론 톰슨은 내 이름이 아니지만, 스미스 준장과 헤어졌을 때 내가 준장에 대한 관심이 더 커졌고, 준장의 언변을 높이 사게 되었으며, 이 기계발전의 시대를 살아가는 우리가 누리는 소중한 특권들

---

17   영국에서 사유지 침범을 막기 위해 쓰는 장치.

18   아프리카 말리 공화국의 도시.

에 대해 깊이 이해하게 되었다는 것은 두말할 필요도 없다. 하지만 내 호기심은 완전히 채워지지 않았고, 나는 명예준장 본인에 대해, 특히 부가부와 키카푸 전투 중 그가 참여한 굉장한 사건들에 대해 지인들을 대상으로 당장 조사를 해보기로 결심했다.

드러멉 목사의 교회에서 그런 기회가 처음으로 나타났고, (호레스코 레페런스[19]) 나는 조금도 주저하지 않고 그 기회를 붙들었다. 어느 일요일 설교 시간에 내가 어쩌다 신도석에 앉았을 뿐만 아니라 훌륭한 수다쟁이 친구 타비타 T 양 바로 옆에 앉게 된 것이다. 나는 일이 잘 풀려나가는 것을 자축했는데, 거기에는 합당한 근거가 있었다. 존 A. B. C. 스미스 명예준장에 대해 뭔가 조금이라도 아는 사람이 있다면, 그건 분명 타비타 T 양이었다. 우리는 몇 번 손짓을 주고받은 다음 목소리를 낮춰 남몰래 활발하게 대화를 시작했다.

"스미스라구요!" 타비타 양이 내 간절한 물음에 대답했다. "스미스라니! 왜 존 A. B. C. 준장이라고 하지 않구요? 세상에, 그분에 대해서는 당신이 몽땅 다 알고 있는 줄 알았는데! 지금은 멋진 발명의 시대잖아요! 그 끔찍한 사건!―잔인한 키카푸족! 영웅적인 싸움, 불세출의 용기, 불멸의 명성. 스미스!―존 A. B. C. 명예준장! 있잖아요, 그 사람은······"

"사람은." 이 대목에서 드러멉 목사가 우리 귓전에서 설교단을 부술 것처럼 쿵 내리치며 목소리를 드높여 끼어들었다. "여인에게서 난 인간의 삶은 그저 짧을 뿐입니다. 꽃처럼 솟아났다 꺾이죠!" 나

---

19 "돌이켜 보기도 두렵지만"이라는 뜻으로 《아이네이스》에서 인용.

는 놀라서 신도석 끝으로 갔고, 그 성스러운 얼굴에 생생히 나타난 표정을 보고 설교단을 거의 부술 뻔했던 분노가 나의 타비타 양의 속삭임으로 촉발된 것임을 깨달았다. 어쩔 수가 없었다. 그래서 나는 얌전히 굴복하고, 순교자처럼 품위 있게 침묵을 지키며 우위를 점유한 그 훌륭한 설교에 귀를 기울였다.

다음 날 저녁 나는 조금 늦게 랜티폴 극장에 갔다. 상냥함과 전지全知함의 절묘한 표본과도 같은 애러벨라 코뇨센티 양과 미란다 코뇨센티 양의 박스석으로 들어가기만 하면 내 호기심을 당장 충족시킬 수 있을 거라고 확신했다. 훌륭한 비극배우 클라이맥스가 입추의 여지없이 들어찬 관객들을 앞에 두고 이아고 연기를 하는 중이라, 내 바람을 전달하는 데 약간 어려움이 있었다. 특히 우리 박스석이 무대 출입구 옆이어서 무대를 훤히 내려다보고 있었기 때문에 더 힘들었다.

"스미스요?" 마침내 내 질문의 취지를 파악한 애러벨라 양이 말했다. "스미스? 왜 존 A. B. C. 준장이라 하지 않구요?"

"스미스요?" 미란다는 생각에 잠긴 듯이 물었다. "세상에, 이보다 더 멋진 인물을 본 적 있어요?"

"한 번도 없습니다. 하지만 제발 말씀을……"

"아니면 이렇게 비길 데 없는 우아함은요?"

"맹세코 결코 없습니다! 하지만 부디 알려주시길……"

"아니면 무대 효과에 대한 올바른 감식안은요?"

"아가씨!"

"아니면 셰익스피어의 진정한 아름다움에 대한 이런 섬세한 이해력은요? 저 다리 좀 봐주세요!"

"젠장!" 나는 다시 언니 쪽으로 방향을 틀었다.

"스미스요?" 그녀가 말했다. "왜 존 A. B. C. 준장이라고 하지 않
죠? 끔찍한 일이었죠, 안 그래요? 나쁜 부가부족 놈들—야만적이고
등등—그래도 우린 멋진 발명의 시대에 살고 있죠! 스미스! 오, 맞아
요! 위대한 사람! 완벽한 무법자, 불멸의 명성, 불세출의 용기! 들어본
적이 없다니!" (이 대목에서는 비명을 질렀다.) "세상에! 있잖아요, 그
분은 맨……"

> "……맨드레이크로도
>
> 이 세상 어떤 수면제로도
>
> 어제까지 누리던
>
> 달콤한 잠을 처방받지는 못하리!"

이 대목에서 클라이맥스가 내 얼굴을 향해 내내 주먹을 휘두르면
서 바로 내 귓전에 대고 참을 수도 없고 참지도 않을 방식으로 고함
을 질러댔다. 나는 즉시 코뇨센티 자매를 떠나 곧장 무대 뒤로 가서
그 형편없는 악당이 죽을 때까지 절대 잊지 못할 정도로 흠씬 두들
겨 패주었다.

아름다운 미망인 캐슬린 오트럼프 부인이 주최한 야간음악회에
서는 이런 실망을 맛보지 않을 거라고 굳게 확신했다. 따라서 아름
다운 여주인과 얼굴을 마주하고 카드 테이블에 앉자마자 내 마음의
평화를 얻기 위해서는 꼭 해결해야만 하는 이 문제에 대해 질문을

던졌다.

"스미스요?" 게임 상대가 말했다. "왜 존 A. B. C. 준장이라고 하지 않죠? 끔찍한 일이었죠, 안 그래요?—다이아몬드라 그랬어요?—끔찍한 키카푸족 놈들!—우린 휘스트 게임을 하고 있다구요, 태틀 씨—하지만 지금은 발명의 시대죠, 분명히 유일무이한 시대라 할 만한—파르엑셀랑스[20] 시대—프랑스어 하죠? 오, 굉장한 영웅, 완벽한 무법자!—하트 없어요, 태틀 씨? 그럴 수가!—불멸의 명성이니 온갖 것들. 불세출의 용기! 못 들어봤다구요! 세상에, 그분에 대해 한 마디만……"

"만? 만 대위라구요?" 방 저쪽 구석에서 조그만 여자 침입자가 고함을 질렀다. "만 대위와 그 결투 이야기하고 있는 거예요? 아, 이건 꼭 들어야 해. 말해줘요. 계속해요, 오트럼프 부인! 이제 계속해요!"

그래서 오트럼프 부인은 이야기를 계속했다. 총살인지 교수형인지를 당한, 아니 총살과 교수형을 다 당했어야 마땅한 만 대위라는 작자에 대해서 말이다. 그렇다! 오트럼프 부인은 이야기를 계속했고, 나는 그 자리를 떠났다. 그날 밤 존 A. B. C. 스미스 명예준장에 대한 이야기를 조금이라도 더 들을 가능성은 없었다.

그래도 나는 불운의 파도가 언제까지 내게 밀어닥치지는 않을 거라고 자위하며 작은 천사처럼 매혹적인, 우아한 피루엣 부인의 사교 모임에서 대담하게 정보를 구해보기로 결심했다.

"스미스라구요?" 파드제퓌르[21] 동작을 하며 함께 빙빙 돌던 중 P

---

20   '최고의'라는 의미.

21   다리를 빨리 움직이다 작은 점프를 하는 동작.

부인이 말했다. "스미스요? 왜 존 A. B. C. 준장이라고 하지 않죠? 무시무시한 일이었어요, 그 부가부족, 안 그래요? 끔찍한 인디언들!—발끝을 바깥으로 하라구요! 정말 부끄러울 지경이네요—용기가 대단했죠, 가엾은 사람! 그래도 지금은 놀라운 발명의 시대니까요—오, 이런, 숨이 차네요—대단한 무법자, 불세출의 용기. 못 들어봤다구요! 그럴 수가. 앉아서 이야기해야겠어요. 스미스! 자, 그분에 대해서는 이것만……"

"〈만-프레드〉[22]라고 했잖아요!" 피루엣 부인을 자리로 안내하고 있는데, 바-블뢰 양이 고함을 질렀다. "누구 그렇게 들은 사람 없어요? 〈만-프레드〉라구요, 〈만-프라이데이〉가 아니라." 이 대목에서 바-블뢰 양이 매우 지엄하게 내게 손짓했고, 나는 바이런 경의 시극 제목에 대한 논쟁에 결판을 내기 위해 마지못해 P 부인을 두고 갈 수밖에 없었다. 올바른 제목은 절대 〈만-프레드〉가 아니라 〈만-프라이데이〉라고 몹시 신속하게 말해주고 피루엣 부인에게 돌아왔지만 부인은 어디에도 없었고, 나는 바-블뢰 가문 전체에 쓰라린 원한을 품은 채 그 집을 떠났다.

이제 사태는 정말로 심각해져서, 나는 당장 절친한 친구 시어도어 시니베이트를 찾아가기로 결심했다. 여기서라면 적어도 확실한 정보 비슷한 걸 얻을 수 있다는 걸 알고 있었기 때문이다.

"스미스라고?" 그는 느릿느릿 말끝을 빼는 특유의 말투로 말했다. "스미스라고? 왜 존 A. B. C. 준장이라고 하지 않나? 키카푸우족 일

22　바이런의 시극.

을 정말 잔인했지, 안 그런가? 대답해! 그렇게 생각 안 하나?—완벽한 무버업자—진심으로 말하지만, 정말 안 됐어!—멋진 발명의 시대지!—불세출의 용기! 그건 그렇고, 마아안 대위 이야기는 들었나?"

"만 대위 따위 지옥에나 가라 그래!" 내가 말했다. "이야기 계속하게."

"흠! 아, 그래! 프랑스에서 말하듯이, 뭐 라 멤 쇼오오오오즈.[23] 존 에에에이, 비이이이이, 시이이이 준장?" (이 대목에서 S는 코 옆을 손가락으로 누르는 게 적절하다고 생각했다.) "그러니까, 지금 스미스 일에 대해서 아무것도 모른다고 정말로, 진짜로, 양심적으로 암시하는 거 아니지? 내가 아는 만큼 모른다고, 어? 스미스? 존 에에에이, 비이이이이, 시이이이 준장? 세상에, 그 사람은……"

"시니베이트," 내가 간청하듯 말했다. "그 사람이 철가면인가?"

"아니야아아아!" 그는 건방진 표정으로 말했다. "달에서 온 사람도 아니고."

이 대답은 나를 모욕하는 말이 분명했다. 그래서 나는 몹시 격분한 나머지 친구 시니베이트에게 이 신사답지 못하며 못 배워먹은 행동에 대해 신속하게 해명할 것을 요구해야겠다고 굳게 결심하며 당장 그 집을 떠났다.

하지만 그러는 사이에도 내가 바라는 정보를 포기할 생각은 전혀 없었다. 아직 한 가지 수단이 남아 있었다. 정보의 원천으로 가는 것이다. 곧 준장 본인의 집으로 가서 이 지긋지긋한 수수께끼의 해답

---

23   '마찬가지'라는 의미.

을 명쾌하게 요구할 것이다. 적어도 거기에서는 애매하게 넘어갈 일은 없을 것이다. 나는 명백하고 단호하고 지엄할 것이다. 파이 껍질만큼 파삭파삭하고, 타키투스나 몽테스키외만큼 간결할 것이다.

내가 집을 찾아갔을 때는 이른 시각이어서 준장은 옷을 입고 있었다. 하지만 나는 급한 일이라고 사정해서 늙은 흑인 시종의 안내를 받아 즉시 준장의 침실로 들어갔고, 시종은 내가 있는 동안 내내 시중을 들며 자리를 지켰다. 방에 들어선 나는 물론 방주인을 찾아 주위를 둘러봤지만 주인은 금세 보이지 않았다. 내 발 바로 옆 바닥에 몹시 이상하게 생긴 커다란 꾸러미가 놓여 있었는데, 나는 별로 기분이 좋지 않았던 차라 걸리적거리지 않게 발로 걷어찼다.

"흠! 에헴! 꽤나 예의가 바르시군!" 그 꾸러미가 평생 한 번도 들어본 적 없는, 찍찍거리는 것도 아니고 휘파람 소리도 아닌 너무나 우스꽝스럽고 겨우 들릴까 말까 한 목소리로 말했다.

"에헴! 꽤나 예의가 바르시다고."

나는 기겁해서 비명을 지르며 방 저쪽 구석으로 줄행랑을 쳤다.

"세상에! 이봐, 친구." 꾸러미가 또다시 휘파람 비슷한 소리를 내며 말했다. "뭐, 뭐, 뭐, 아니, 뭐가 문제인가? 자넨 정말이지 나에 대해 전혀 모르는 것 같군."

이 모든 것에 대해 내가 뭐라고 할 수 있겠는가, 뭐라고? 나는 비틀거리며 안락의자로 다가가 털썩 앉은 다음, 눈을 휘둥그레 뜨고 입을 쩍 벌린 채 이 불가사의의 해답을 기다렸다.

"자네가 나를 모르다니 이상하군, 안 그런가?" 곧 그 형언할 수 없는 물체가 다시 끽끽거리며 계속해서 말했다. 지금 보니 그것은 바닥에서 스타킹 한쪽을 신는 것과 몹시 흡사한, 뭐라 설명할 수 없는 진화를 이뤄나가고 있었다. 하지만 분명 다리는 한쪽밖에 없었다.

"자네가 나를 모르다니 이상하군, 안 그래? 폼페이, 그 다리 가져와!" 그러자 폼페이가 그 꾸러미에게 이미 옷을 입힌, 매우 멋진 코르크 다리 하나를 넘겨주었고, 꾸러미는 순식간에 다리를 돌려 끼웠다. 그러더니 그것이 내 눈앞에 일어섰다.

"정말 살벌한 전투였네." 그것이 독백하듯 계속해서 말했다. "하지만 부가부, 키카부족이랑 싸우면서 생채기 정도로 끝날 수 있다고 생각해서는 안 되지. 폼페이, 이제 그 팔을 주면 고맙겠네. 토머스," (나를 돌아보며) "가 코르크 다리 분야에서는 최고지만, 혹시라도 팔이 필요하게 되면 꼭 비숍을 추천해주겠네." 그 순간 폼페이가 팔을 끼웠다.

"우리가 꽤나 훌륭하게 했지. 자, 이놈아, 이제 어깨와 가슴을 입혀야지! 어깨는 프티트가 최고로 잘 만들지만, 가슴이라면 두크로에게 가야 하네."

"가슴이라고요!" 내가 말했다.

"폼페이, 가발은 도대체 언제 준비가 될 건가? 머리 가죽 벗기는 건 결국 참 힘든 일이야. 그래도 드로르메에게 가면 근사한 가발을 구할 수 있지."

"가발이라니!"

"검둥아, 이제 이를 가져와! 좋은 이를 원하면 당장 팜리스에 가는 게 좋네. 값은 비싸지만 제품이 탁월하지. 덩치가 산만 한 부가부 놈이 총 개머리판으로 내리치는 바람에 근사한 이 몇 개를 삼켜버렸어.”

“개머리판! 내리치다니! 세상에!”

“아, 그럼, 그건 그렇고, 내 눈. 폼페이, 이놈아, 눈 끼워 넣으라고! 키카푸 놈들, 눈 도려내는 솜씨가 느려터지지는 않더군. 그런데 윌리엄스 박사 말일세, 알고 보면 소문과는 달라. 윌리엄스가 만든 눈으로 내가 얼마나 잘 보고 다니는지 상상도 못 할 걸세.”

이제 내 앞에 있는 대상이 더도 덜도 아닌 새 지인 존 A. B. C. 스미스 명예준장이라는 게 똑똑히 보이기 시작했다. 폼페이의 능숙한 처리로 그 사람의 모습에 현저한 변화가 일어났다는 것은 인정할 수밖에 없었다. 그래도 목소리는 여전히 많이 이상했다. 하지만 이 수수께끼조차 순식간에 밝혀졌다.

“폼페이, 이 시커먼 악당 같으니.” 준장이 깩깩거렸다. “네놈은 정말 입천장도 없이 날 내보낼 셈이냐.”

그러자 흑인 시종이 툴툴대며 사과하고는 주인에게 다가가 노련한 기수처럼 입을 벌리더니 그 안에서 도무지 알 수 없는 이상하게 생긴 기계를 능수능란하게 조정했다. 하지만 준장의 표정에 즉시 놀라운 변화가 나타났다. 다시 입을 열었을 때 들려온 것은 우리가 처음 만났을 때 들었던 그 감미롭고 힘찬 목소리였다.

“빌어먹을 부랑자 놈들!” 그가 너무나 맑은 음색으로 이야기해서, 그 변화에 나는 깜짝 놀랐다. “빌어먹을 부랑자 놈들 같으니! 내 입천장을 아작 낸 것도 모자라 굳이 혀를 7/8 정도나 잘라냈지 뭔가. 하지만 이런 좋은 제품을 만들기로는 미국에서 본판티를 따라갈 사람이 없네. 자신 있게 자네한테 추천할 수 있어.” (여기서 준장은 고개 숙여 인사했다.) "그리고 아주 즐겁게 사용하고 있다고 분명히 말할 수 있네."

나는 최대한 정중하게 준장의 친절에 감사를 표하고 곧바로 그 집에서 나왔다. 이제 사건의 진상이 완벽하게 이해가 되었다. 그렇게 오랫동안 나를 괴롭혔던 수수께끼가 완전히 이해되었다. 명백했다. 분명했다. 의심할 여지가 없었다. 존 A. B. C. 스미스 명예준장은 아무것도 남지 않은 남자였다.

사기

−정밀한 과학으로 간주되는

헤이, 사기 사기
고양이와 바이올린.[24]

세상이 시작된 이래 두 명의 제러미가 있었다. 하나는 고리대금에 대한 하소연을 썼고 제러미 벤담이라 불렸다. 그는 존 닐 씨로부터 상당히 존경받았고, 소소한 식으로 위대한 인물이었다. 다른 하나는 가장 중요한 정밀과학에 이름을 붙여주었고, 위대한 식으로, 사실 가장 위대한 식으로 위대한 인물이었다.

'속이다'라는 동사에서 나온 추상 개념인 사기는 충분히 잘 알려져 있다. 하지만 그 사실과 행위, 사기 자체는 다소 정의하기 어렵다. 하지만 사기 그 자체를 정의하지 말고 사기 치는 동물로서의 인간을 정의해보면 이 문제를 꽤 분명히 이해할 수 있다. 플라톤이 이 생각만 했어도 털 뽑힌 닭의 굴욕은 면했을 것이다.

플라톤에게 한 질문은 매우 적절했다. 털 뽑은 닭은 분명 '깃털

24   바이올린fiddle에는 '사기'라는 의미가 있다.

없는 두 발 동물'인데, 그렇다면 왜 그의 정의대로 인간이 아닌 것인가?[25] 하지만 나는 그 비슷한 어떤 질문에도 시달리지 않을 것이다. 인간은 사기 치는 동물이며, 인간을 제외하고는 사기 치는 동물은 없다. 이걸 논파하려면 닭장 하나의 닭들 털을 몽땅 뽑아야 할 것이다.

사기의 본질, 콧구멍, 원리를 구성하는 요소는 사실 코트와 바지를 입는 생물 특유의 특성이다. 까마귀는 훔친다. 여우는 속인다. 족제비는 선수 친다. 인간은 사기를 친다. 사기는 인간의 숙명이다. "인간은 슬퍼하게 되어 있다"라고 시인[26]은 말했다. 하지만 그렇지 않다. 인간은 사기 치게 되어 있다. 이것이 인간의 목적이고, 인간의 목표이고, 인간의 **최후**다. 그렇기 때문에 인간이 사기를 당하면 '끝장났다'고 말하는 것이다.

제대로 생각해보면 사기란 면밀함, 이익, 인내, 창의력, 대담함, 태연함, 독창성, 뻔뻔함, 그리고 **미소**를 재료로 하는 화합물이다.

면밀함: 당신의 사기꾼은 면밀하다. 작전은 소규모로 벌어진다. 사업은 즉석에서 현금이나 공인된 증서를 받을 수 있는 소매업이다. 혹시라도 거창한 투기의 유혹에 넘어간다면, 그는 당장 자기만의 특색을 잃고 소위 '금융업자'라고 부르는 사람이 되고 만다. 이 단어도 규모만 제외하면 모든 면에서 사기와 의미는 같다. 그래서 사기꾼을 브랍딩내그[27]에서 사기로 '금융 작전'을 벌이는 비밀 은행가로 간주

---

25 플라톤이 인간은 동물이고 발이 두 개이며 깃털이 없다고 정의하자 디오게네스가 깃털 뽑은 닭을 가져와 "여기 플라톤의 인간이 있다"라고 말했다는 일화가 있다.

26 로버트 번즈.

27 《걸리버 여행기》에 나오는 거인국.

하기도 한다. 은행가와 사기꾼의 관계는 호메로스와 '플래커스',[28] 마스토돈과 쥐, 혜성 꼬리와 돼지 꼬리의 관계나 다름없다.

이익: 당신의 사기꾼은 자기 이익에 따라 움직인다. 그는 그저 사기를 위한 사기 행각을 경멸한다. 사기꾼에게는 목표가 있다. 자기의 주머니, 그리고 당신의 주머니가. 그는 늘 결정적 기회를 노린다. 1번을 지켜본다. 당신은 2번이다. 그러니 알아서 조심해야 한다.

인내: 당신의 사기꾼은 인내한다. 쉽게 낙담하지 않는다. 은행이 파산한다 해도 눈도 깜박하지 않는다. 그는 꾸준히 자신의 목표를 추구한다. 그래서

개가 기름진 가죽에서 절대 물러나지 않듯이[29]

사기꾼도 자기 먹이를 절대 놓지 않는다.

창의력: 당신의 사기꾼은 창의적이다. 호방하게 건설적이다. 그는 줄거리를 이해한다. 일을 꾸미고 우회한다. 사기꾼이 알렉산더가 아니라면 디오게네스가 되었을 것이다. 사기꾼이 사기꾼이 아니라면 특허권 가진 쥐덫 제작자나 송어 낚싯대 제작자가 되었을 것이다.

대담함: 당신의 사기꾼은 대담하다. 과감한 사람이다. 아프리카로 전쟁을 몰고 간다. 돌격해서 모든 걸 정복한다. 프레이 헤런[30]의 단검

---

28   토머스 워드의 필명. 포에게 그다지 호평받지 못한 작가였다.

29   호라티우스의 《풍자》 중에서.

30   독어로 '자유로운 남자', 결국 무법자를 의미한다.

도 두려워하지 않을 것이다. 조금만 더 신중했다면 딕 터핀[31]도, 조금만 허튼소리를 덜 했다면 대니얼 오코넬[32]도, 머리가 1, 2파운드만 더 있었더라면 찰스 12세[33]도 괜찮은 사기꾼이 되었을 텐데.

태연함: 당신의 사기꾼은 태연자약하다. 전혀 불안해하지 않는다. 신경 자체가 없다. 꼬임이 넘어가 동요하는 법이 절대 없다. 절대 화내지 않는다. 집 밖으로 쫓겨나지만 않는다면. 사기꾼은 침착하다. 오이처럼 침착하다. 사기꾼은 차분하다. "버리 여사[34]의 미소처럼 차분하다." 사기꾼은 편안하다. 오래된 장갑처럼, 고대 바이아[35]의 여인처럼 편안하다.

독창성: 당신의 사기꾼은 독창적이다. 성실하게 독창적이다. 사기꾼의 생각은 모두 자기 생각이다. 사기꾼이라면 다른 사람의 생각을 가져다 쓰는 것을 경멸한다. 진부한 기술을 혐오한다. 독창적이지 못한 사기로 지갑을 손에 넣었다는 것을 알면 분명 되돌려주려 할 것이다.

뻔뻔함: 당신의 사기꾼은 뻔뻔하다. 그는 으쓱대며 활보한다. 허리에 손을 얹고 당당한 자세로 선다. 손은 바지 주머니에 찔러 넣는다. 당신 면전에 조소를 날린다. 당신의 곡식을 짓밟는다. 당신의 저녁

---

31   영국의 노상강도.

32   노예 폐지론자임을 천명해 미국의 노예제 옹호론자들 사이에서 인심을 잃은
      아일랜드의 정치인.

33   무모한 싸움꾼이었던 스웨덴의 왕.

34   영국 소설가 샬럿 수전 마리아 버리.

35   나폴리 근교의 바이아는 방탕함으로 유명했다.

을 먹고, 당신 술을 마시고, 당신 돈을 빌리고, 당신 코를 잡아당기고, 당신의 푸들을 걷어차고, 당신 아내에게 키스한다.

미소: 진정한 사기꾼은 미소 지으며 모든 일을 마무리한다. 하지만 이 미소는 사기꾼 외에는 아무도 보지 못한다. 매일의 작업을 끝내고 나서 그날 치의 노동을 완수하고, 밤에 자기 방에서, 오로지 자신만의 즐거움을 위해 미소 짓는다. 집으로 간다. 문을 잠근다. 옷을 벗는다. 촛불을 끈다. 침대에 눕는다. 베개에 머리를 누인다. 이 모든 것이 끝나면 당신의 사기꾼은 씩 미소 짓는다. 이건 절대 추측이 아니다. 당연한 사실이다. 선험적으로 추론하건대, 미소 없는 사기는 사기가 아니다.

사기의 기원은 인류의 유년기와 연결된다. 어쩌면 최초의 사기꾼은 아담일 것이다. 어쨌거나 이 과학의 흔적을 따라가면 까마득한 고대까지 거슬러 올라간다. 하지만 현대인은 사기를 우리의 멍청한 선조가 꿈도 꾸지 못한 완벽한 경지로 끌어올렸다. 그러니 흐름을 끊고 '옛날 속담'이나 늘어놓는 대신, 좀 더 '현대적인 예들'을 간략하게 이야기하도록 하겠다.

이런 게 아주 훌륭한 사기다. 예를 들어 한 주부가 소파를 사려고 큰 가구 도매상들을 들락날락하는 모습이 보인다. 마침내 주부는 다양한 소파를 갖춘 어느 가게에 도착한다. 문간에 서 있던 정중하고 청산유수의 말솜씨를 갖춘 사람이 주부에게 말을 건네며 안으로 들어오라고 청한다. 마음에 쏙 드는 소파를 찾아서 가격을 물어본 주부는 자기가 생각했던 것보다 적어도 20퍼센트는 낮은 가격을 듣고 놀라고 기뻐한다. 주부는 서둘러 물건을 구매하고, 계산서와 영수증을 받고, 최대한 빨리 집으로 보내달라는 청과 함께 주소를 남긴 다음, 점원의 인사 세례를 받으며 가게에서 나온다. 밤이 되어도 소파가 오지 않는다. 다음 날이 다 가는데도 소파는 여전히 오지 않는다. 하인을 보내 지연에 대해 문의한다. 거래 자체를 부정한다. 소파를 판 일도, 돈을 받은 일도 없다. 임시 점원 행세를 했던 사기꾼 외에는.

가구 도매상에는 가게를 지키는 사람이 아무도 없기 때문에 이런 식의 속임수에 필요한 모든 편의가 갖춰져 있다. 손님들은 들어와서 가구를 보고 나간다. 유의하는 사람도, 지켜보는 사람도 없다. 물건을 사고 싶거나 가격을 물어보고 싶은 사람이 있으면, 가까이에 종이 있으니 그거면 충분하다고 생각한다.

또 이런 굉장한 사기도 있다. 말쑥한 옷차림을 한 사람이 가게에 들어와서 1달러어치 물건을 사고는 다른 코트 주머니에 지갑을 두고 왔다며 곤란해한다. 그러고는 점원에게 이렇게 말한다.

"아, 괜찮아요! 그냥 이 물건을 집으로 좀 보내주시겠습니까? 그런데 잠깐만요! 거기도 분명히 5달러 지폐밖에 없는데. 하지만 물건과 함께 거스름돈 4달러도 같이 보내주실 수 있죠?"

"그럼요, 손님." 점원은 참 고상한 손님이라고 좋게 생각하며 대답한다. "오후에 들러서 물건 값을 주겠다면서 그냥 물건을 옆구리에 끼고 나가버리는 사람들도 있는데." 그는 혼자 중얼거린다.

소년을 시켜 꾸러미와 잔돈을 보낸다. 가는 길에 소년은 우연히 손님과 만난다. 손님이 외친다.

"아! 이거 내 물건이네. 벌써 집에 가져갔을 줄 알았는데. 계속 가럼! 우리 집사람, 트로터 부인이 5달러를 줄 게다. 그렇게 하라고 전해놓았어. 거스름돈은 나한테 주는 게 좋겠다. 우체국에 가야 해서 동전이 필요할지도 모르거든. 잘됐네! 하나, 둘…… 이 25센트 동전 괜찮은 거 맞지? 셋, 넷…… 맞군! 트로터 부인에게는 나를 만났다고 하고, 이번에는 꾸물거리지 말고 확실히 해라."

아이는 전혀 꾸물대지 않지만, 심부름을 마치고 돌아오는 데 아주 오랜 시간이 걸린다. 트로터라는 이름을 가진 부인이 없기 때문이다. 하지만 돈도 안 받고 물건만 줄 정도로 바보짓은 하지 않았다고 위안하며 자기만족에 빠져 가게에 돌아간 소년은 거스름돈은 어떻게 된 거냐는 주인의 물음에 몹시 기분이 상해 분노한다.

사실 정말 간단한 사기는 이런 것이다. 막 출항을 앞둔 배의 선장에게 공무원처럼 생긴 사람이 이례적으로 싼 도시세 청구서를 제시한다. 그렇게 수월하게 떠나게 된 게 기쁘기도 하고, 한꺼번에 들이닥치는 수백 가지 업무에 정신도 없는 선장은 즉시 청구된 돈을 지불한다. 약 15분 뒤, 어떤 사람이 좀 더 큰 액수의 청구서를 또 한 장 선장에게 내밀고, 이내 첫 번째 징세원이 사기꾼이었고 원래의 징세는 사기였음이 밝혀진다.

비슷한 예가 여기 또 있다. 증기선이 부두에서 출항 준비를 하고 있다. 여행객 하나가 여행 가방을 손에 든 채 부두를 향해 전력질주하고 있다. 그런데 갑자기 딱 멈추더니 몸을 굽혀 굉장히 당황한 기색으로 땅바닥에서 무엇인가를 주워든다. 지갑이다. "누구 지갑 잃어버리신 분 없습니까?" 그가 외친다. 딱히 지갑을 잃어버렸다는 사람은 아무도 없지만, 발견된 액수가 꽤 크다고 밝혀지자 주위가 크게 술렁댄다. 하지만 배는 지체할 수 없다.

"시간도 조수도 사람을 기다려주지 않습니다." 선장이 말한다.

"제발 잠시만 기다려주십시오." 지갑을 주운 사람이 말한다. "진짜 주인이 곧 나타날 겁니다."

"그럴 수 없습니다!" 책임자는 대답한다. "거기 던져둬요. 알겠습니까?"

"어떻게 하지?" 지갑을 주운 이가 몹시 괴로워하며 묻는다. "전 앞으로 몇 년 동안 돌아오지 않을 예정이라, 이렇게 큰돈을 양심적으로 계속 가지고 있을 수 없습니다. 부탁 좀 드리겠습니다, 신사분." (여기서 그는 바닷가에 있는 한 신사에게 말한다.) "선생님은 정직해 보이시는군요. 부디 이 지갑을 맡아서 주인을 좀 찾아주시겠습니까? 선생님은 믿어도 될 것 같습니다. 아시겠지만, '상당한 액수'의 지폐가 들어 있어서 말입니다. 지갑 주인이 분명히 선생님 노고에 보답을 하겠다고 할……"

"저한테요! 아니, 당신이죠! 지갑을 주운 사람은 당신 아닙니까."

"음, 정 그러시다면 제가 조금의 보상금만 받겠습니다. 그냥 선생님의 양심의 가책을 조금 덜어주자는 차원에서요. 어디 보자…… 어이구, 지폐가 다 100달러짜리군. 세상에! 100달러는 너무 많고…… 50달러면 분명 충분할 것 같은데……"

"저기로 던져요!" 선장이 말한다.

"하지만 저는 100달러만큼의 잔돈도 없고, 대체로 선생님이 더……"

"저기로 던져요!" 선장이 말한다.

"괜찮습니다!" 지난 1분여간 자기 지갑을 살피고 있던 바닷가의 신사가 외친다. "괜찮습니다! 제가 해결할 수 있어요. 여기 북미은행에서 발행한 50달러짜리가 있습니다. 이쪽으로 지갑을 던져요."

양심이 넘쳐나는 지갑 발견자가 몹시 주저하며 50달러를 받고 신사에게 지갑을 던지자, 배는 쉿쉿하고 연기를 내뿜으며 출발한다. 배가 떠나고 30분쯤 지난 후, '상당한 액수'는 '가짜진술'이고 이 모든 일이 거대한 사기극임이 밝혀진다.

이번에는 대담한 사기다. 통행료 없는 다리를 건너서만 갈 수 있는 어떤 장소에서 야외집회 같은 게 열린다. 사기꾼은 다리 위에 자리를 잡고 모든 통행인들에게 도보 통행자에게는 1센트, 말과 당나귀에게는 2센트 등등의 통행료를 부과하는 새 주州법이 생겼다고 정중하게 고지한다. 불평하는 사람들도 일부 있지만 다들 법에 따르고, 사기꾼은 손쉽게 50 내지 60불을 챙겨 집으로 돌아간다. 수많은 사람들에게서 통행료를 받는 일은 몹시 귀찮은 일이다.

이번에는 깔끔한 사기다. 한 친구가 돈을 갚겠다는 사기꾼의 약속을 받고 평범한 백지에 붉은 잉크로 제대로 된 계약서를 작성하고 서명한다. 사기꾼은 이런 백지를 수십 장 사서 매일 한 장을 수프에 적셔서 개에게 달려들게 하다가 마지막에는 입가심용으로 준다. 어음만기일이 되자, 사기꾼은 개를 데리고 친구 집을 방문해 지급 약속 이야기를 꺼낸다. 친구가 책상에서 계약서를 꺼내 사기꾼에게 건네주려는 순간, 사기꾼의 개가 펄쩍 달려들어 곧장 먹어치워버린다. 사기꾼은 자기 개의 어처구니없는 행동에 놀랄 뿐만 아니라 짜증과 화를 내며, 채무의 증거를 내놓는 대로 언제든 흔쾌히 채무를 청산

하겠다고 말한다.

이번에는 몹시 하찮은 사기다. 한 숙녀가 길거리에서 사기꾼의 공범에게 모욕을 당한다. 사기꾼이 바람같이 나타나 숙녀를 도와주고, 친구를 흠씬 패주는 척한 다음, 기어이 숙녀를 집까지 모셔다준다. 그는 가슴에 손을 얹고 아주 정중하게 작별을 고한다. 숙녀는 그에게 자기를 구해준 은인으로서 집에 들어와서 오빠와 아빠를 만나줄 것을 청한다. 그는 한숨을 쉬며 거절한다. "그렇다면," 숙녀가 중얼거린다. "제가 감사를 표할 방법이 정녕 없단 말인가요?"

"아니, 있습니다. 2실링만 빌려주실 수 있습니까?"

순간 너무 놀란 숙녀는 당장 기절해버리기로 작정한다. 하지만 다시 생각해보고는 주머니 지갑을 열어 동전을 건네준다. 다시 말하지만 이건 하찮은 사기다. 빌린 돈의 절반은 모욕도 가하고 그다음에는 가만히 서서 맞는 척하는 연기까지 한 사람에게 줘야 하기 때문이다.

이번에는 소소하지만 과학적인 사기다. 사기꾼이 술집의 바에 가서 담배 두 개비를 달라고 한다. 남자는 담배를 받고 슬쩍 살펴보더니 말한다.

"이 담배는 별로 안 좋아해요. 자, 다시 가져가고 대신 물 탄 브랜디나 한 잔 주시오."

물 탄 브랜디가 나오자 이를 들이켠 사기꾼이 문 쪽으로 걸어간다. 하지만 술집 주인의 목소리가 사기꾼을 잡는다.

"손님, 브랜디값 주시는 걸 잊어버리셨습니다."

"브랜디값이라니요! 브랜디 대신 담배를 주지 않았소? 뭘 더 달라는 거요?"

"하지만 손님, 제가 기억하기로, 담뱃값도 주시지 않으셨는데요."

"그게 무슨 소리요, 이 악당 같으니! 내가 담배를 돌려줬잖소. 저기 있는 저 담배 아닌가? 가져가지도 않은 물건에 돈을 내란 소리요?"

"하지만 손님." 이제 술집 주인은 당황해서 어쩔 줄을 모른다. "하지만 손님……"

"그 하지만 타령 좀 그만하시오." 사기꾼은 몹시 격분한 기색으로 말을 자르더니 문을 쾅 닫고 술집에서 빠져나간다. "그 하지만 타령도 그만하고, 여행객들한테 그런 수작도 그만하시지."

여기 또 굉장히 영리한, 단순함이 유난히 돋보이는 사기가 있다. 지갑이나 핸드백을 진짜로 잃어버리면 사람들은 큰 도시의 일간신문 하나에 지갑의 모양을 자세히 설명하는 광고를 낸다.

우리의 사기꾼은 이 광고에 실린 사실들을 베끼되, 제목과 전반적인 표현, 주소를 바꾼다. 예를 들어 원래 광고는 길고 장황하며 제목은 '지갑 분실!'이고 물건을 발견하면 톰 스트리트 1번지에 두라고 되어 있다. 베낀 광고는 짧고, 제목은 그냥 '분실'이고, 주인을 만날 수 있는 장소는 딕 스트리트 2번지, 혹은 해리 스트리트 3번지라고 고지한다. 게다가 그날 일간지 적어도 대여섯 개에는 광고를 싣되, 시간상으로는 원래 광고 몇 시간 뒤에 싣는다. 지갑을 잃어버린 사람이 광고를 읽는다 해도, 자신의 불운과 상관있다고는 좀처럼 생각하지 못할 것이다. 하지만 지갑을 발견한 사람은 적법한 주인이 말한 주소보다는 사기꾼이 쓴 주소로 갈 가능성이 대여섯 배는 더 높다. 사기꾼은 보상금을 지불하고 돈을 챙긴 다음 줄행랑친다.

이번 사례는 꽤 비슷한 사기다. 세련된 여인이 길거리 어딘가에서 굉장한 고가의 다이아몬드 반지를 떨어뜨렸다. 여인은 반지를 찾기 위해 광고를 내, 보석과 세팅을 정밀하게 묘사한 다음 모모 거리의 모모 번지로 반지를 가져오면 일체의 질문 없이 즉시 보상금을 주겠다며 40~50달러의 보상금을 내건다. 하루나 이틀 뒤 여인이 집을 비운 사이에 모모 거리 모모 번지 집에 벨이 울린다. 하인이 나타난다. 여인을 찾는 말에 외출 중이라고 하니, 그 놀라운 소식에 방문객이 극심한 안타까움을 표한다. 손님은 아주 중요하며 여인과 관계된 용무로 왔다. 사실 운 좋게도 여인의 다이아몬드 반지를 찾았다는 것이다. 하지만 어쩌면 다시 오는 게 좋을 것 같다. "아닙니다!" 하인이 말한다. "아니에요!" 즉시 불려온 여인의 여동생과 올케가 말한다. 요란스러운 확인 작업이 이어지고, 보상금이 지불되고, 반지를 가져온 사람은 거의 문밖으로 내동댕이쳐지다시피 떠난다. 여인은 돌아와서 동생과 올케에게 약간의 불만을 표시한다. 그들이 모조다이아몬드 반지에 40~50달러를 주었기 때문이다. 딱 봐도 납유리에다 진짜 금색동으로 만든 가짜 반지에 말이다.

하지만 사기란 정말이지 끝도 없기 때문에, 이 과학이 스며든 활용과 변형 사례들을 반만 이야기해도 이 글은 끝이 없을 것이다. 그러니 부득이 글을 끝맺는 수밖에 없을 텐데, 그 마무리로 얼마 전 바로 우리 도시를 무대로 벌어졌다가 이후 합중국의 더 순진한 다른 마을들에서도 성공을 거듭한, 매우 품위 있으면서도 정교한 사기를 간략히 소개하는 게 가장 좋지 않을까 한다. 모르는 지역에서 온 한 중년의 신사가 시내에 도착한다. 신사는 놀랄 만큼 정확하고 주의 깊고 차분하고 신중하게 행동한다. 흰 넥타이에, 오직 편안함만을 생각한 넉넉한 조끼를 입고, 밑창이 두껍고 편해 보이는 신발을 신고, 바지에는 허리띠를 매지 않는다. 사실 신사에게서는 부유하고 진지하고 정확하고 점잖은, 최고의 '사업가' 분위기가 물씬 풍긴다. 겉은 엄격하고 무정하지만 속은 부드러운, 수준 높은 고급 코미디에서 볼 수 있는 그런 사람, 말이 계약서나 다름없고 한 손으로는 자선을 베풀기로 유명하지만 다른 한 손으로 거래를 할 때는 동전 한 푼도 정확하게 요구하는 그런 사람 말이다.

신사는 엄청난 고심 끝에 적합한 하숙집을 얻는다. 그는 아이들을 싫어한다. 조용한 데 익숙하다. 질서정연한 습관이 있다. 식구가 많지 않은 조용하고 점잖고 독실한 가정을 선호한다. 하지만 조건은 아무래도 좋다. 다만 하숙비는 매달 1일에(오늘은 2일이다) 계산해야만 한다. 마침내 마음에 드는 집이 나타나자 신사는 여주인에게 어떤 일이 있어도 이 점을 잊지 말고 매달 1일 10시 정각에 청구서와 영수증을 보내야 하며 어떤 상황에서도 2일로 미뤄서는 안 된다고 신신당부한다.

이렇게 합의를 하고 나자 우리의 사업가 양반은 상류사회 사람들이 주로 모이는 동네보다는 점잖은 동네에 사무실을 얻는다. 신사가 무엇보다 경멸하는 것은 허식이다. "겉이 번지르르한 곳치고," 그는 말한다. "속이 꽉 찬 곳은 드문 법." 그 말에 하숙집 여주인은 너무나 깊은 감명을 받은 나머지 즉시 커다란 가족 성경을 펼쳐 솔로몬의 잠언 옆 넓은 여백에 이 말을 연필로 기록한다.

다음 할 일은 이런 식으로 어찌어찌해서 이 도시의 6페니짜리 주요 상업지에 광고를 싣는 것이다. 1페니짜리들[36]은 '점잖'지 않으며 모든 광고비를 선불로 요구하기 때문에 피한다. 우리의 사업가 양반에게는 일이 끝날 때까지는 절대로 보수를 지급하지 않는다는 굳은 신념이 있다.

구인: 이 도시에서 큰 사업을 시작하려는 광고주가 똑똑하고 능력 있는 사무원 서너 명을 구합니다. 급여는 넉넉히 지급합니다. 능력보다는 고결함을 보증하는 최고의 추천장을 기대합니다. 사실 업무상 높은 책임감이 필요하고 큰돈이 직원들의 손을 거칠 수밖에 없는 상황이라, 채용되는 사무원들에게 1인당 50달러의 보증금을 요구하는 것이 타당하다고 생각됩니다. 따라서 광고주에게 이 돈을 맡길 준비가 되지 않았거나 도덕성을 충분히 입증할 수 있는 추천장을 가져올 수 없는 사람은 지원할 필요가 없습니다. 독실한 젊은 이를 선호합니다. 지원 시각은 오전 10시에서 11시 사이, 오후 4시에서 5시 사이입니다.

보그스, 호그스, 로그스, 프로그스 사(社)
도그 스트리트 110번지

그달 31일까지 이 광고는 호그스, 보그스, 로그스, 프로그스 사에 독실한 젊은이들을 열다섯에서 스무 명 가량 불러 모은다. 하지만 우리의 사업가 양반은 그중 누구와도 서둘러 계약을 맺지 않는다. 사업가란 절대 조급하게 굴지 않는 법이다. 젊은이들의 신앙심을 살펴보기 위해 엄격하기 그지없는 교리문답을 하나하나 거친 후에야 고용이 성사되고, 훌륭한 보그스, 호그스, 로그스, 프로그스 사에서는 오로지 적절한 예방조치의 차원에서 50달러를 수령한다. 다음 달 1일 아침, 여주인은 약속대로 청구서를 내놓지 않는다. '오그스'로 끝나는 이름을 가진 회사의 팔자 좋은 사장은 분명 여주인의 이런 태만을 호되게 나무랐을 것이다. 그럴 목적으로 이 도시에 하루 이틀 더 남아 있을 마음이 들기만 했다면 말이다.

사실 경찰들은 여기저기 뛰어다니면서 통탄의 시간을 보내지만, 그들이 할 수 있는 일이라고는 그 사업가는 '헨니하이'라고 힘주어 공표하는 것밖에 없다. 일부 사람들은 경찰들이 하려는 말은 사실 그 사업가는 '엔. 이. 아이$_{n. e. i.}$'라는 것을 추측해낸다. 다시 말해 그 말은 매우 고전적인 표현인 '논 에스트 인벤투스[37]'로 이해해줘야 하는 것이다. 그러는 사이 그 젊은이들은 하나같이 전보다 덜 독실한 사람이 되었고, 하숙집 여주인은 1실링짜리 최고급 인도 고무 지우개를 사서 어떤 바보가 가족 성경의 솔로몬 잠언 옆 널찍한 여백에 적은 연필 메모를 몹시 정성 들여 지운다.

37   non est inventus, 본인소재불명.

기묘천사

−광상극

으스스한 11월 오후였다. 나는 저녁 식사로 소화가 잘 안 되는 송로버섯 요리를 필두로 한 음식들을 평소와 달리 양껏 먹은 다음, 발은 벽난로 울에 얹고 팔꿈치는 벽난로 앞에 끌어다 놓은 조그만 탁자에 올린 채 식당에 홀로 앉아 있었다. 탁자 위에는 명색뿐인 디저트로 여러 가지 와인과 위스키, 리큐어 병들이 놓여 있었다. 아침에 나는 글로버의《레오니다스》, 윌키의《에피고니아드》, 라마르틴의《성지순례》, 발로의《컬럼비아드》, 터커먼의《시칠리아》, 그리스월드의《진기한 일들》을 읽고 있었다. 그러니 기꺼이 고백하지만, 약간바보가 된 기분이었다. 라피트[38]를 거듭 들이켜며 정신을 차리려고해보았지만 아무 소용이 없자 절망감에 빠져 뿔뿔이 흩어져 있던신문에 전력을 기울였다. "주택 임대"와 "개 분실"란, 그리고 "아내와

---

38   보르도 와인의 한 종류.

수습생 도주"란 두 단을 꼼꼼히 읽은 다음, 큰 결심을 하고 사설에 도전해 처음부터 끝까지 읽었지만 한 자도 이해가 되지 않았다. 사설이 중국어로 쓰였을 가능성이 있다고 생각하고 끝에서 처음까지 다시 읽었지만, 결과는 마찬가지로 만족스럽지 못했다. 진절머리가 나서

"이 2절판 네 장,

평론가들도 비판하지 않는 행복한 글"

을 막 집어 던지려는 순간, 어쩐지 다음 단평에 눈길이 갔다.

"죽음에 이르는 길은 다양하고 기이하다. 런던의 한 신문에는 색다른 원인으로 사망한 남자의 기사가 실렸다. 이 남자는 '다트 불기' 게임을 하고 있었는데, 이는 모직에 긴 바늘을 끼워놓고 양철관을 통해 불어 과녁을 맞히는 게임이다. 그는 바늘을 관 반대쪽 끝에 꽂아놓고 다트를 힘차게 날리기 위해 숨을 강하게 들이마셨고, 그 바람에 바늘이 목 안으로 빨려 들어가버렸다. 바늘은 폐 속으로 들어갔고, 남자는 며칠 만에 죽고 말았다."

이 기사를 읽자, 정확한 이유는 알 수 없지만 분노가 마구 치밀어 올랐다. "이건!" 나는 외쳤다. "한심한 거짓, 형편없는 날조, 어느 비루한 삼류작가나 코카인[39]에서 벌어진 사건으로 조잡한 조작질을 하는 작자의 형편없는 창작물이군. 이런 작자들은 이 시대 사람들이 얼마나 터무니없이 잘 속아 넘어가는지 잘 알고 머리를 짜내

어 있을 법하지 않을 가능성, 자기들 말로 기묘한 사건들을 상상해 내지만," (나는 둘째손가락을 무의식적으로 코 옆에 갖다 대며 괄호 안에다 덧붙였다. "나 같은) 성찰하는 지성, 내가 가진 것과 같은 관조적 분별력으로 보면 최근 이러한 '기묘한 사건'이 불가사의하게 증가하는 것이야말로 단연코 가장 기묘한 사건이라는 게 당장 명백하거든. 이제부터 '색다른' 운운하는 이야기는 아무것도 믿지 않을 테다."

"맙소사, 구룸 옴마나 바보가 되까!" 이제껏 들어본 적 없는 놀라운 목소리가 대답했다. 처음에는—몹시 취했을 때 가끔 경험하는—귓속에서 울리는 소리라고 생각했지만, 다시 생각해보니 커다란 막대기로 빈 통을 두드릴 때 나는 소리와 더 흡사했다. 사실 음절과 단어가 발음되지만 않았다면 그렇게 결론 내렸을 것이다. 나는 타고나기를 겁이라곤 없는 데다 홀짝홀짝 마셔댄 라피트 몇 잔 덕분에 적잖게 대담해지기까지 해서, 전혀 놀라지 않고 그저 눈만 천천히 들어 올려 방을 찬찬히 둘러보며 침입자를 찾았다. 하지만 아무도 없었다.

"흠!" 수색을 계속하고 있는데 그 목소리가 다시 말했다. "돼지초럼 치한 게 분명하군. 내가 여기 바로 여페 잉는데도 모 뽀다니."

그 말에 나는 바로 코앞을 봐야겠다고 생각했고, 진짜로 식탁을 사이에 두고 바로 내 맞은편에 전혀 묘사할 수 없는 것은 아니지만 뭐라고 형언할 수 없는 사람이 앉아 있었다. 그자의 몸은 와인 통이

나 럼주 통, 혹은 그 비슷한 모양이었고, 너무나도 폴스타프[40] 같은 분위기를 풍겼다. 하체 말단에는 술통 두 개가 끼워져 있었는데, 그게 다리 역할은 다 하고 있는 것 같았다. 팔로 말하자면 몸통 상체 부분에 꽤 기다란 병 두 개가, 병목 부분을 손처럼 바깥쪽으로 한 채 대롱대롱 매달려 있었다. 그 괴물에게 달린 머리라고는 뚜껑 한가운데 구멍이 뚫린 커다란 코담배 상자 비슷하게 생긴 헤센 병사[41]의 수통뿐이었다. (눈 위로 깊숙이 눌러 쓰는 기사 두건처럼 위쪽에 채광 구멍이 달린) 이 수통이 구멍을 내 쪽으로 향한 채 술통 위에 불안하게 놓여 있었는데, 깐깐한 노처녀의 오므린 입처럼 생긴 그 구멍을 통해 그자는 자기 딴에는 분명 명료한 대화라고 생각하는 으르렁거리고 웅얼대는 소리를 내고 있었다.

"내 마른 돼지초럼 치한 게 분명하다고. 거기 앙자서 여기 앙즌 나를 모 뿌다니. 또, 고위보다 더 몽총한 게 붕명해. 싱무네 쓰인 그 짜도 몬 미짜나. 그건 사실이야. 한 짜도 남기몹시 다." 그가 말했다.

"도대체 누구십니까?" 나는 약간 당황하긴 했지만 몹시 품위 있게 말했다. "여긴 어떻게 들어온 거며, 무슨 말씀을 하시는 겁니까?"

"오떠케 드로온 곤지는 댁이 알 바 아이고. 내가 몬 말 하냐믄, 그야 내가 족졸하다고 생가카는 거를 말하는 고지. 내가 누궁지는, 바로 그골 지쩝 아라보라고 온 고고." 그자가 대답했다.

"술 취한 떠돌이군. 종을 울려서 하인에게 쫓아내라고 하겠소." 내

---

40   셰익스피어의 《윈저의 즐거운 아낙네들》과 《헨리 4세》에 나오는 희극적 인물.

41   독립전쟁 당시 독일군 용병.

가 말했다.

"헤헤헤!" 그자가 말했다. "후후후! 고로케는 몬 하지."

"못 한다고! 그게 무슨 소린가? 내가 뭘 못 해?" 내가 말했다.

"총 울리는 고." 그는 조그만 사악한 입으로 미소를 지으려 애쓰며 대답했다.

그 말을 듣고 나는 위협을 실행에 옮기기 위해 자리에서 일어나려 했지만, 그 무법자는 긴 병 하나를 식탁 너머로 유유하게 뻗어 자리에서 반쯤 일어난 나를 그 주둥이로 쳐서 다시 의자에 앉혔다. 나는 완전히 아연실색해서 잠시 어쩔 줄을 몰랐다. 그러는 동안 그자는 계속해서 말했다.

"그니까 가마니 양자 이쓰라고. 구로믄 내가 누궁지 알 고니까. 날 바! 보라고! 난 기묘천사다." 그가 말했다.

"정말 기묘하군." 나는 과감하게 대답했다. "하지만 천사는 날개가 있다고 늘 생각했었는데."

"날개!" 그자가 격분해서 외쳤다. "날개로 뭘 하능데? 맙소사! 날 닥으로 보능 고야?"

"아니, 그게 아니고!" 나는 놀라서 대답했다. "닭은 물론 아니지."

"구롬, 가마니 얌저니 양자 이쑤라고. 안 구롬 이 주먹으로 패주테니. 닥은 날개가 이코, 오빼미도 날개가 이코, 앙마도 날개가 이코, 대앙마도 날개가 이써. 천사는 날개 옵지. 난 기묘천사고."

"지금 나를 찾은 용건이……"

"용곤!" 그자가 외쳤다. "가미 천사한테 용곤을 묻따니 무슨 이론 똥개가 다 이쏘!"

그 말은 아무리 천사라 해도 참을 수 있는 선을 넘어섰다. 그래서 나는 용기를 그러모아 손 닿는 곳에 있던 소금통을 들어 침입자의 머리를 향해 집어 던졌다. 하지만 놈이 피했는지 내 조준이 부정확했는지, 내가 한 일이라고는 벽난로 위 시계 숫자판을 덮고 있던 크리스털을 부순 것뿐이었다. 천사는 전처럼 내 이마를 두세 번 연속해서 세게 때려 내 공격을 인지했음을 알렸다. 이 일로 나는 당장 복종태세에 들어갔고, 고백하기 부끄럽지만 아파서인지 화가 나서인지 눈물까지 몇 방울 흘렸다.

"맙소사!" 괴로워하는 내 모습을 보고 기묘천사가 마음이 풀어진 기색으로 말했다. "맙소사, 이 잉간 종말 치했든 종말 미안한가보네. 그로케 세게 마시몬 안 되지. 와인에 무를 타야지. 여기 이고 마셔. 차카지. 울지 말고. 쫌!"

그러면서 기묘천사는 자기의 병 손에서 따른 무색 액체로 (포트와인이 1/3 정도 차 있던) 내 잔을 가득 채웠다. 병 목 부분에 상표가 붙어 있기에 읽어보니 '키르센바서'[42]라고 적혀 있었다.

천사의 친절한 배려에 마음이 적잖이 진정되었고 계속해서 물로 내 포트와인을 희석시켜준 덕분에, 나는 마침내 천사의 놀라운 이야기를 들어줄 만큼 평정을 회복했다. 천사가 해준 이야기를 다 옮길 수는 없지만, 천사가 한 말을 통해 자신은 인간의 불행을 관장하며 자신의 업무는 회의론자들을 계속해서 놀라게 하는 기묘한 사건들을 일으키는 것이라는 사실을 알아냈다. 천사의 주장을 전혀 못

---

[42]   네덜란드에서 만드는 체리 브랜디.

믿겠다고 내가 과감하게 한두 번 말하자, 어찌나 화를 내던지 결국 아무 말 하지 않고 하고 싶은 대로 내버려두는 게 현명하겠다는 생각이 들었다. 그래서 천사는 오래오래 떠들어댔고, 그동안 나는 의자에 기대앉아 눈은 감은 채 건포도를 씹으며 포도 줄기를 방 안 여기저기에다 튕겼다. 하지만 오래지 않아 천사가 돌연 내 행동을 경멸의 뜻으로 해석했다. 격분한 천사는 자리에서 벌떡 일어나 채광구멍을 눈 위로 내려 쓰고 엄청난 저주와 정확히 이해할 수 없는 위협을 퍼붓더니 마침내 고개를 까딱 숙여 인사를 하며 《질블라스》[43]의 대주교처럼 "가득한 행복과 조금 더 나은 분별력"을 빌어준 다음 떠났다.

천사가 떠나자 마음이 놓였다. 홀짝홀짝 마신 라피트 고작 몇 잔 때문에 졸음이 몰려와서, 저녁 식사 후 습관대로 15분에서 20분 정도 잠시 선잠을 잘 생각이었다. 6시에는 꼭 지켜야 하는 중요한 약속이 있었다. 주택 보험이 그 전날 만료되어버렸는데, 약간의 언쟁 끝에 6시에 회사 이사회에 가서 갱신 조건을 합의하기로 되어 있었다. (너무 졸린 나머지 시계를 꺼낼 수도 없어서) 벽난로 위에 놓인 시계를 슬쩍 보니, 다행히 아직 25분 정도 여유 시간이 있었다. 5시 반이었다. 보험회사까지 걸어가는 데는 5분이면 충분했고, 보통 낮잠은 한 번도 25분을 넘겨본 적이 없었다. 그래서 나는 충분히 안전하다고 생각하고 곧 잠에 빠졌다.

충분히 잤다 싶어 다시 시계를 쳐다보았을 때, 기묘한 일들이 가

43   르 사즈의 피카레스크 소설.

능하다는 게 반쯤은 믿어졌다. 평소처럼 15분에서 20분 잔 게 아니라 겨우 3분 정도 졸았을 뿐이어서, 약속 시각까지는 아직도 27분이남아 있었다. 나는 다시 잠을 청했고, 마침내 두 번째로 잠에서 깼다. 경악스럽게도 시간은 여전히 6시 27분 전이었다. 벌떡 일어나 확인해보니 시계가 멈춰 있었다. 회중시계를 보니 7시 30분이었다. 두시간을 잤으니, 물론 약속 시각에는 한참 늦어버렸다. "별 차이 없을거야." 나는 말했다. "아침에 사무실에 들러서 사과하면 돼. 그나저나 시계는 어떻게 된 거야?" 시계를 살피던 나는 기묘천사가 이야기하는 동안 내가 방 안 여기저기에 튕긴 건포도 줄기 하나가 깨진 크리스털 틈으로 들어가 기묘하게도 끝부분을 바깥쪽으로 한 채 열쇠구멍에 들어가 박히는 바람에 분침의 순환이 정지되었다는 것을 발견했다.

"아하! 이렇게 된 거군. 딱 보니 알겠네. 자연스런 사고야. 그런 일이야 간혹 일어나게 마련이지." 나는 말했다.

나는 그 문제는 더 이상 신경 쓰지 않고 평상시 취침시각에 잠자리에 들었다. 침대 머리맡 독서대에 촛불을 올려놓고 《편재하시는신》을 몇 페이지 읽으려고 하다, 불행히도 20초도 되지 않아 초를 켜둔 채 잠들어버렸다.

기묘천사가 등장해 꿈자리가 몹시 뒤숭숭했다. 천사가 소파 끄트머리에 서서 커튼을 걷더니 그 혐오스러운 텅 빈 술통 같은 목소리로 내가 보인 멸시에 쓰디쓴 보복을 해주겠노라며 위협했다. 그는 모자를 벗어 관을 내 목구멍에 쑤셔 넣더니 팔 대신 달린 목이 기다란 병에서 키르셴바서를 끝도 없이 퍼부어 입속에 대홍수사태를 일으켜놓았다. 마침내 더 이상 고통을 참을 수 없게 된 순간 나는 잠에서 깼고, 때마침 쥐 한 마리가 독서대에 있던 불 켜진 초를 훔쳐 달아나는 걸 보긴 했지만 초를 가지고 구멍 안으로 들어가는 것을 막기에는 이미 늦어버렸다. 이내 숨 막히는 매캐한 냄새가 코를 찔렀다. 집에 불이 난 게 확실했다. 몇 분도 지나지 않아 불길이 맹렬하게 솟구쳤고, 믿을 수 없을 정도로 순식간에 집 전체가 화염에 휩싸였다. 방에서 나가는 길은 창문을 제외하고 모두 막혀 있었다. 하지만 모여 있던 군중이 재빨리 긴 사다리를 구해 와 세웠다. 나는 사다리를 이용해 황급히 내려오며 이제는 안전하다고 생각했다. 그 순간 통통한 배도 그렇고, 사실 전반적인 분위기와 생김새가 어딘가 기묘천사를 떠올리게 하는 커다란 돼지 한 마리가, 지금까지 진흙탕에서 조용히 졸고 있었던 돼지 한 마리가 갑자기 왼쪽 어깨가 가렵다는 생각을 하더니 그 어깨를 긁기에는 사다리 다리가 제격임을 발견했다. 다음 순간 나는 사다리에서 떨어졌고 운 나쁘게 팔이 부러지고 말았다.

보험도 잃고 불에 머리카락이 홀라당 다 타는 바람에 더 중요한 머리카락마저 잃게 된 이 사고로 나는 심각한 생각 끝에 결국 아내를 맞기로 결심했다. 일곱 번째 남편을 잃고 슬픔에 잠긴 부유한 미망인이 있어서, 그 상처 입은 마음에 달콤한 맹세를 건넸다. 미망인은 마지못해 내 소원을 들어주었다. 나는 감사와 애모의 마음을 담아 그 발치에 무릎을 꿇었다. 미망인은 얼굴을 붉히며 고개를 숙였고, 그 삼단 같은 머리가 그랑장이 임시로 마련해준 내 머리 가까이 다가왔다. 어쩌다 머리가 엉키게 되었는지는 알 수 없지만, 상황이 그렇게 됐다. 나는 가발이 벗겨진 정수리를 빛내며 일어났고, 미망인은 남의 머리를 반쯤 뒤집어쓴 채 나를 경멸하며 분노를 퍼부었다. 그리하여 미망인을 얻으려던 나의 희망은, 전혀 예상할 수는 없었지만 물론 자연스러운 순서에 따라 벌어진 사고로 인해 끝장나버렸다.

하지만 나는 절망에 빠지지 않고 조금 덜 무자비한 심장을 공략했다. 또다시 운명은 잠시 동안은 자비로웠다. 하지만 또다시 사소한 사건이 훼방을 놓았다. 명사들이 잔뜩 모이는 대로에서 약혼자를 만난 나는 최고로 정중한 인사로 약혼자를 맞으려고 서두르다 눈한쪽 구석에 조그만 이물질이 들어오는 바람에 잠깐 동안 눈이 전혀 보이지 않는 처지가 되었다. 눈이 다시 보이기도 전에 내 사랑하는 여인은 사라져버렸다. 내가 무례하게도 일부러 인사를 하지 않고 자기를 지나쳤다고 생각하고 돌이킬 수 없이 화가 난 것이다. 나는 이 갑작스러운 사태에 망연자실해서 서 있었다. (그럼에도 불구하고 이런 상황은 하늘 아래 누구에게나 벌어질 수 있는 일이다.) 여전히 눈이 안 보이는 상태로 있는데, 기묘천사가 나를 부르더니 내가 기대할 이유가 전혀 없는 정중한 태도로 도와주겠다고 제안했다. 천사는 내 아픈 눈을 몹시 상냥하고 능숙하게 살펴보더니 눈 안에 한 방울이 있다고 하면서 (그 '방울'이 뭐건 간에) 그걸 꺼내 내 고통을 없애주었다.

(운명이 나를 박해하기로 이다지도 작정했으니) 지금이 죽을 때라고 생각한 나는 가까운 강으로 갔다. 여기서 (태어났을 때처럼 죽지 못할 이유가 없으므로) 옷을 다 벗고 물살에 거꾸로 몸을 던졌다. 내 운명의 유일한 목격자는 브랜디에 젖은 낱알의 꾀임에 넘어

가 무리에서 비틀거리며 떨어져 나온 외톨이 까마귀뿐이었다. 내가 물에 들어가자마자, 이 새가 내 옷에서 가장 불가결한 부분을 낚아채서 날아가버렸다. 그래서 당분간 자살 계획을 미루고 내 하체 말단을 코트 소매에 끼워 넣은 다음, 그 사건이 요구하고 상황이 허락하는 한 최대한 날렵하게 악당을 추격하기 시작했다. 코를 공중으로 치켜들고 재산 절도범만 바라보면서 전속력으로 달리던 중, 나는 갑자기 내 발이 더 이상 대지에 발붙이고 있지 않다는 것을 깨달았다. 어떻게 된 상황이냐 하면, 절벽에서 떨어지는 바람에 당연히 산산조각이 났어야 하는 상황에서 운 좋게도 지나가던 열기구에 매달린 기다린 유도밧줄 끝을 붙든 것이다.

내가 서서 처한, 아니 매달려서 처한 이 끔찍한 곤경을 이해할 수 있을 정도로 정신이 들자, 나는 이 곤경을 머리 위 비행사에게 알리기 위해 허파가 터져라 고함을 질렀다. 하지만 오랫동안 안간힘을 다 썼지만 아무 소용이 없었다. 그 바보가 눈치를 못 챘거나, 그 악당이 눈치를 채지 않았던 것이다. 그러는 사이 기구는 급속히 상승했고 내 기운은 더 급속히 빠져나갔다. 곧 운명에 자신을 맡기고 조용히 바다로 떨어지려는 순간, 위쪽에서 들리는 텅 빈 목소리에 갑자기 정신이 번쩍 들었다. 느긋하게 오페라 가락을 흥얼대는 콧노래였다. 고개를 들어보니 기묘천사가 보였다. 천사는 팔짱을 낀 채 곤돌라 가장자리에 기대어 한가로이 파이프를 뻐금거리고 있었다. 자기 자신과도, 우주와도 사이가 끝내주게 좋아 보였다. 나는 말할 기운조차 없어서 그저 애원하는 태도로 바라보기만 했다.

천사는 내 얼굴을 똑똑히 봤으면서도 몇 분 동안이나 아무 말도 하지 않았다. 마침내 천사가 해포석 담배파이프를 입 오른쪽 구석에서 왼쪽 구석으로 조심스레 옮겨 물며 선심이라도 베푸는 듯이 말했다.

"누구도라?" 그가 물었다. "당체 고기소 몰 하는 고지?"

이 뻔뻔하고 잔인하고 허세 가득한 말에 나는 그저 "도와줘요!" 라는 외마디 대답밖에 하지 못했다.

"도아죠!" 악당이 내 말을 되풀이했다. "난 몬 해. 조기 평 이쓰니까 아라서 하라고. 그리고 쫌 고분고분해지고!"

이 말과 함께 천사가 무거운 키르센바서 병 하나를 내려 보냈는데, 그 병이 정확히 내 정수리에 떨어지는 바람에 머리가 완전히 박살 나는 줄 알았다. 이 생각이 마음에 든 내가 밧줄을 잡고 있던 손을 놓고 그 요괴와의 연을 쾌히 끊으려는 순간, 밧줄을 붙들고 있으라는 천사의 외침이 나를 붙들었다.

"잡꼬 이쏘!" 천사가 말했다. "소두르지 마라고. 그로지 마! 다른 평 주까, 아니면 이제 수리 깨서 종신이 좀 드나?"

이 말에 나는 급히 고개를 두 번 끄덕였다. 한 번은 지금은 다른 병은 잡고 싶지 않다는 의미에서 부정의 뜻으로, 한 번은 내가 맑은 정신이고 완전히 정신이 들었다는 걸 암시하는 긍정의 뜻이었다. 이렇게 해서 나는 천사를 약간 누그러지게 했다.

"그로믄 이제 미도?" 천사가 물었다. "드디어? 기묘한 일드리 가능하다는 골 밍나?"

나는 또다시 동의의 뜻으로 고개를 끄덕였다.

"그리고 나, 기묘천사도 미꼬?"

나는 다시 고개를 끄덕였다.

"자네가 잉싸불송 고즈만태고 바보라는 고또 인종하지?"

나는 또 한 번 고개를 끄덕였다.

"구럼 기묘천사에게 완조니 항보칸다는 뜻으로 오른손을 파지 왼쪽 주모니에 놓오."

명백한 이유로 이건 도저히 불가능한 일이었다. 우선 내 왼팔은 사다리에서 떨어질 때 부러졌고, 따라서 오른손으로 잡고 있던 밧줄을 놓는다면 완전히 다 놓을 수밖에 없기 때문이다. 까마귀를 다시 만나기 전까지는 바지도 없었다. 그래서 안타깝지만 부정의 뜻으로 고개를 내젓는 수밖에 없었고, 그럼으로써 천사에게 그의 매우 합당한 요구에 응하기에는 지금은 형편이 몹시 좋지 않다는 뜻을 전할 수밖에 없었다. 하지만 내가 고개를 젓자마자, "앙마항테나 가 보료!" 기묘천사가 울부짖었다.

이 말과 동시에 천사가 날카로운 칼로 내가 매달려 있는 유도밧줄을 그었고, 우연히 그 순간 우리가 있는 곳이 정확히 (내가 편력하는 동안 멋지게 다시 지어진) 내 집 바로 위였기 때문에, 나는 넓은 굴뚝 아래로 거꾸로 떨어져 식당 난로 위에 착륙했다.

(추락하는 바람에 완전히 기절했다가) 정신이 들어보니 새벽 4시였다. 나는 열기구에서 떨어진 자리에 그대로 뻗어 있었다. 머리는 불 꺼진 잿더미에 처박혀 있었고, 발은 뒤집혀 부서져 있는 조그만 탁자 잔해 위에서 휴식을 취하고 있었다. 그 주위에는 잡다한 디저트 조각들과 신문, 깨진 잔들, 산산조각 난 술병, 텅 빈 쉬담 키르셴바서 병이 흩어져 있었다. 그렇게 기묘천사는 복수를 완수했다.

단평에 X 넣기

'현자'가 '동방'에서 왔다는 것은 잘 알려진 사실이고, 터치앤고 불 릿헤드[44] 씨는 동부에서 왔으니, 따라서 불릿헤드 씨는 현자다. 부수적인 증명이 필요하다면, 바로 이것이다. B 씨는 편집자였다. 성미가 급하다는 게 그의 유일한 흠이었다. 사실 사람들이 비난하는 고집은 절대 흠이 아니다. 왜냐하면 본인은 이것이 당연히 자신의 장점이라고 생각하기 때문이다. 고집은 그의 강점이자 미덕이었다. 그게 '다른 무엇'이라고 설득하려면 브라운슨[45]의 논리를 총동원했어야 할 것이다.

터치앤고 불릿헤드가 현자라는 것은 증명했다. 그가 절대 틀리지 않는다는 것을 입증하지 못한 적은 딱 한 번뿐인데, 그것은 현자들

---

44   '일촉즉발의 고집불통'이라는 의미.

45   초월주의자였다가 가톨릭으로 개종한 작가 어레스티스 어거스터스 브라운슨.

의 적법한 고향 동부를 버리고 서부의 알렉산더더그레이트오노폴리스 내지 그 비슷한 이름의 도시로 이주했을 때였다.

그래도 공정하게 말해주자면 그가 마침내 그 도시에 정착하기로 결심했을 때는 그 지역에 신문사가, 따라서 편집자도 없다고 생각했기 때문이었다. 〈티포트〉사를 설립할 때 그는 자기가 이 분야를 독점하리라고 생각했다. 확신하건대 알렉산더더그레이트오노폴리스에서 수 년 동안 〈알렉산더더그레이트오노폴리스 가제트〉를 편집하고 출간하면서 조용히 살집을 불려온 (내 기억이 맞다면) 존 스미스라는 신사가 살고 있다는 것을 알았다면 그는 알렉산산더더그레이트오노폴리스에 산다는 것은 절대 꿈도 꾸지 않았을 것이다. 따라서 오로지 잘못된 정보로 인해서 불릿헤드 씨는 알렉스—'줄여서' 노폴리스라고 부르기로 하자—에 살게 되었지만, 이왕 거기 오게 된 이상 그는 자신의 고지, 아니 단호한 성격을 고수하여 그곳에 남기로 결심했다. 그렇게 그는 이 도시에 남았다. 그뿐만이 아니었다. 그는 인쇄기와 활자 등등 짐을 풀고, 〈가제트〉 바로 맞은편에 사무실을 얻었으며, 도착한 지 사흘째 아침에 〈알렉산*〉, 즉 〈노폴리스 티포트〉—내가 기억하는 한 이것이 그 신문의 이름이었다—창간호를 발간했다.

주요 논설은 통렬하다고까지는 할 수 없지만 훌륭했다. 전반적인 일들에 대해 특히 가차 없었다. 〈가제트〉의 편집자는 특별히 갈기갈기 찢어발겨놓았다. 불릿헤드의 일부 발언이 실로 어찌나 불같았던지, 그때 이후로는 지금도 여전히 생존해 있는 존 스미스를 볼 때마다 어쩔 수 없이 샐러맨더[46]가 떠오른다. 〈티포트〉의 단평 모두를 문자 그대로 옮길 수야 없지만, 그중 하나는 이러했다.

"오, 그렇다! 오, 우리는 안다! 오, 의심의 여지없이! 길 건너 편집자는 천재다. 오, 맙소사! 오, 세상에, 이런! 이 세상이 어떻게 되려는 걸까? 오, 시간이여! 오, 모세여!"

너무나 신랄하면서도 고전적인 이 사설은 이제껏 평화로웠던 노폴리스의 시민들 사이에 폭탄처럼 내려앉았다. 흥분한 사람들이 무리지어 거리 여기저기 모퉁이에 모였다. 모두가 진심으로 조마조마해하며 고귀한 스미스의 답변을 기다렸다. 다음 날 다음과 같은 답변이 등장했다. "어제 자 〈티포트〉에 추가된 문단을 인용하겠다. '오, 그렇다! 오, 우리는 안다! 오, 의심의 여지없이! 오, 맙소사! 오, 세상에! 오, 시간이여! 오, 모세여!' 아니, 이자는 온통 오ㅇ뿐이다! 이것이 이자의 순환논법의 원인이자, 왜 그에게도, 또한 그가 하는 모든 말에도 시작도 끝도 없는지를 설명해준다. 우리는 이 방랑자가 O가 들어가지 않은 단어를 쓸 수 있다고 믿지 않는다. 이렇게 O를 써대는 것이 이자의 습관일까? 그건 그렇고, 이자는 동부에서 몹시 허둥지둥 왔다. 이곳에서만큼 거기서도 O를 많이 썼을지 궁금하다. 오! 딱한 일이다."

이 명예롭지 못한 암시에 대한 불릿헤드 씨의 분노는 묘사하려 하지 않겠다. 하지만 제 나름의 원칙에 의해, 그는 사람들의 생각과는 달리 자신의 인격에 대한 공격에 화가 난 것 같지는 않았다. 그를 노발대발하게 한 것은 자신의 문체에 대한 조소였다. 뭐라고! 이 터치

46　　불 속에 산다는 전설의 도마뱀.

앤고 불릿헤드가! O가 없는 단어는 쓰지 못한다고! 그 건방진 놈이 실수했다는 것을 곧 깨닫게 해주겠다. 그렇다! 얼마나 큰 실수를 했는지 알려줄 테다, 그 애송이 녀석! 프로그폰디움[47] 출신의 이 터치앤고 불릿헤드는 존 스미스에게 이 불릿헤드가 마음만 내키면 그 하찮은 모음은 한 번도, 단 한 번도 넣지 않고도 한 문단, 아니! 사설 하나를 통째로 쓸 수 있다는 것을 보여줄 것이다. 하지만 아니지. 그건 존 스미스의 지적에 무릎을 꿇는 거지. 이 불릿헤드는 기독교 국가의 어떤 스미스가 변덕을 부려도 거기 맞추자고 문체를 바꾸는 짓 같은 것은 절대 하지 않을 것이다. 그런 되지도 않은 생각은 꺼져버려! 영원하라, O여! O를 지켜나갈 것이다. 최대한 O로 점철된 글을 쓰겠다.

이런 기사도적 결심에 불타오른 위대한 터치앤고는 이 불행한 사태에 대하여 다음 호 〈티포트〉에 이 단순하지만 결연한 단평 하나만을 달랑 내놓았다.

"〈티포트〉 편집자는 내일 아침 자 신문에서 〈가제트〉 편집자에게 문체 문제는 그(티포트)가 스스로 알아서 할 수 있으며, 또 알아서 할 것이라는 점을 그(가제트)에게 깨닫게 해주겠다고 삼가 통지하고자 한다. 그(티포트)는 그(가제트)의 비판이 그(티포트)의 자주적인 가슴에 불러일으킨 궁극적이며 실로 압도적인 경멸을 그(가제트)에게 특별한 만족(?)을 선사하기 위해 쓴 사설을 통해 보여줄 작정이

---

47 보스턴을 의미. 프로그폰드는 보스턴 커먼 공원에 있는 못 이름이다.

며, 영원의 표상이지만 그〈가제트〉의 초예민한 섬세함에는 불쾌함을 안겨주는 그 아름다운 모음을 그〈가제트〉의 온순하고 겸손한 종복〈티포트〉는 결코 피하지 않을 것이다. '버킹엄은 끝났다.'[48]"

위대한 불릿헤드는 명확히 말하기보다 이렇게 음침하게 암시한 무서운 협박을 수행하기 위해 '원고'를 달라는 온갖 간청을 무시했고 "인쇄기를 돌려야" 할 때라고 그〈티포트〉에게 공언하는 감독에게는 그저 "썩 꺼지라"고 말했다. 위대한 불릿헤드는 이렇게 모든 것에 귀를 닫은 채 기름을 써가며 동이 틀 때까지 앉아 미증유의 단평을 쓰는 데 몰두했다.

  "호오, 존! 어떠신가? 말했지 않소. 다음번에는 숲에서 나오기 전에 의기양양 울어대지 마시오! 자네가 밖에 나와 있는 걸 자네 모친은 아시나? 오, 저런, 저런! 그럼 지금 당장 집으로 가시게, 존, 콩코드의 그 가증스러운 오랜 숲으로! 숲속 집으로 돌아가라고, 늙은 올빼미 같으니. 가라고! 안 가겠다고? 오, 쳇, 존, 그러지 마시오! 가야 한다는 거 알잖소! 그러니 당장 가시게나. 천천히 가지도 말고. 알다시피, 여기 누구도 자네를 인정하지 않으니. 오, 존, 존, 안 가면 자네는 인간도 아니지, 아니고말고! 그저 닭, 올빼미, 소, 암퇘지, 인형, 앵무새, 가엾고 늙고 아무짝에도 쓸모없는 것, 통나무, 개, 돼지, 혹은 콩코드 습지의 개구리에 불과하오. 자, 진정, 진정하시오! 제발 진정하

---

48   당시 주로 상연되던 콜리 시버의 《리처드 3세》 개작판 중 한 대사.

라고, 이 바보야! 그렇게 울어대지 말라고, 늙은 수탉아! 그렇게 찡그리지 마시오, 그만하시오. 부르지도, 울부짖지도, 으르렁대지도, 멍멍 짖지도 마시오! 세상에나, 존, 그 꼬락서니가 뭐요! 말했지 않소. 그 바보 같은 늙은 앵무새 그만 좀 굴리고, 가서 술사발로 슬픔이나 잊으시오!"

(So ho, John! how now? Told you so, you know. Don't crow, another time, before you're out of the woods! Does your mother *know* you're out? Oh, no, no!—so go home at once, now, John, to your odious old woods of Concord! Go home to your woods, old owl,— go! You won't? Oh, poh, poh, John, don't do so! You've *got* to go, you know! So go at once, and don't go slow; for nobody owns you here, you know. Oh, John, John, if you *don't* go you're no *homo*—no! You're only a fowl, an owl; a cow, a sow; a doll, a poll; a poor, old, good-for-nothing-to-nobody, log, dog, hog, or frog, come out of a Concord bog. Cool, now—cool! *Do* be cool, you fool! None of your crowing, old cock! Don't frown so—don't! Don't hollo, nor howl, nor growl, nor bow-wow-wow! Good Lord, John, how you *do* look! Told you so, you know—but stop rolling your goose of an old poll about so, and go and drown your sorrows in a bowl!)

그런 엄청난 노력의 여파로 자연히 지칠 대로 지친 위대한 불릿헤드는 그날 밤 더 이상 아무 일도 할 수 없었다. 그는 단호하고 침착하면서도 의식적인 태도로 인쇄소 사환에게 원고를 넘긴 후, 느긋하게 집으로 걸어와 이루 말할 수 없이 품위 있게 침대로 들어갔다.

그사이 원고를 받은 사환은 허둥지둥 계단을 뛰어올라 활자통으로 가서 곧장 원고 식자작업에 돌입했다.

물론—첫 단어가 'So'였으므로—그는 우선 대문자 S 구멍에 손을 넣어 의기양양하게 글자를 꺼냈다. 이 성공에 고무된 그는 즉시 맹목적으로 성급하게 소문자 o통 안에 손을 던져 넣었다. 하지만 그의 손가락이 찾던 글자를 쥐지 않고 나왔을 때의 그 공포를 그 누가 이루 다 말할 수 있겠는가? 이제껏 아무 소용없이 빈 상자 바닥을 쳤을 뿐이라는 것을 알고 손마디를 문지르는 그의 놀라움과 분노를 감히 누가 묘사할 수 있겠는가? 소문자 o 구멍에는 소문자 o가 하나도 없었다. 두려움에 떨며 대문자 O가 들어 있는 칸을 슬쩍 들여다보자, 끔찍하게도 거기에도 몹시 비슷한 곤혹스러운 상황이 펼쳐져 있었다. 경악한 사환은 곧장 감독에게 달려갔다.

"감독님." 그는 숨을 헐떡이며 말했다. "o가 없어서 글자를 짤 수가 없어요."

"그게 무슨 소리야?" 밤늦게까지 붙들려 있게 되어 기분이 몹시 언짢은 감독이 으르렁댔다.

"사무실에 o가 하나도 없어요. 대문자도 소문자도 다."

"도대체, 도대체 통 안에 들어 있던 게 다 어떻게 된 거야?"

"저도 모르겠어요." 소년이 말했다. "〈가제트〉 사환 하나가 밤 내내 여기서 기웃거렸는데, 아무래도 그놈이 몽땅 다 가지고 튄 것 같아요."

"썩을 놈! 바로 그거군." 감독이 분노로 얼굴이 보랏빛이 되어 대답했다. "이렇게 하는 거다, 밥, 잘 들어. 기회가 되는 대로 놈들의 i와 (나쁜 놈들!) z를 다 가져와버리는 거야."

"그럴게요." 밥이 눈을 찡긋하더니 오만상을 찌푸리며 대답했다. "제가 가서 놈들에게 쓴맛을 보여주겠습니다. 하지만 그동안 이 단평은요? 오늘밤 인쇄를 해야 하잖아요. 아니면 큰 문제가 생……"

"길 테지만 **쥐뿔**이라도 있어야 말이지." 감독이 깊은 한숨을 쉬고 '쥐뿔'을 강조하며 말했다. "밥, 그 단평이 많이 긴가?"

"굉장히 길다고는 할 수 없죠." 밥이 말했다.

"아, 그럼! 네가 최선을 다해봐라! 인쇄는 반드시 해야지." 감독이 작업에 열중하며 말했다. "그냥 o 대신 다른 글자를 넣어. 어차피 그 인간이 쓴 쓰레기는 아무도 안 읽을 거니까."

"좋아요." 밥이 대답했다. "그렇게 하겠습니다!" 그리고 그는 중얼거리며 활자통으로 달려갔다. "괜찮네. 욕 안 하는 사람으로서 쓸만한 표현이야. 그러니까 나더러 놈들의 눈, 어, 그리고 빌어먹을 내장을 다 뽑아버리라는 말이지![49] 좋아! 이 몸이 그 일에는 딱 적임자지." 사실 밥은 겨우 열두 살에다 키는 4피트밖에 되지 않았지만, 소규모 싸움은 얼마든지 감당할 수 있는 인물이었다.

지금 말한 위급사태는 인쇄소에서 절대 드문 일이 아니다. 이유는 설명할 수 없지만, 사실 위급상황이 벌어지면 모자라는 활자를 대신해서 언제나 x를 사용한다. 아마 그 진짜 이유는 x가 가장 남아도

49　밥은 I를 눈^{eye}로, x^{izzard}를 내장^{gizzard}으로 잘못 알아들었다.

는 글자여서인 듯하다. 혹은 적어도 예전에는 그랬기 때문에, 인쇄공들 사이에서는 x로 대체하는 것이 관례가 되었다. 밥 역시 이런 경우에 익숙하게 써온 x가 아닌 다른 글자를 쓰는 것은 이단으로 생각했을 것이다.

"이 단평에는 x를 쓸 수밖에 없겠네." 이렇게 말하며 글을 훑어보던 그는 깜짝 놀랐다. "그런데 이렇게 미친 듯이 o를 쓰는 글은 생전처음 보는걸." 그렇게 그는 단호하게 x를 썼고, 글은 x투성이가 되어 인쇄소로 갔다.

다음 날 아침, 노폴리스 시민들은 〈티포트〉에 실린 아래의 괴상한 사설을 읽고 대경실색했다.

"호X, 존! X떠신가? 말했지 X소. 다X번X는 숲X서 나X기 전X X기XX XX대지 마시X! 자네가 밖X 나X X는 걸 자네 모친은 X시나? X, 저런, 저런! 그럼 지금 XX 집X로 가시게, 존, X코드X 그 가X스러X X랜 숲X로! 숲속 집X로 돌X가라고, 늙X X뻐미 같X니. 가라고! X 가겠다고? X, 쳇, 존, 그러지 마시X! 가X 한다는 거 X잖소! 그러니 XX 가시게나. 천천히 가지도 말고. X다시피, X기 누구도 자네를 XX하지 XX니. X, 존, 존, X 가면 자네는 X간도 X니지, X니고말고! 그저 닭, X뻐미, 소, X돼지, X형, X무새, 가X고 늙고 X무짝X도 쓸모X는 것, X나무, 개, 돼지, 혹X X코드 습지X서 개구리X 불과하X. 자, 진X, 진X하시X! 제발 진X하라고, X 바보X! 그렇게 XX대지 말라고, 늙X 수탉X! 그렇게 X그리지 마시X, 그만하시X. 부르지도, X부짖지도, X르X대지도, XX 짖지도 마시X! 세XX나, 존, 그 꼬락서니가 뭐

X! 말했지 X소. 그 바보 같X 늙X X무새 그만 좀 굴리고, 가서 술사
발로 슬픔X나 XX시X!"

"Sx hx, Jxhn! hxw nxw! Txld yxu sx, yxu knxw. Dxn't crxw,
anxther time, befxre yxu're xut xf the wxxds! Dxes yxur mxther knxw
yxu're xut? Xh, nx, nx! sx gx hxme at xnce, nxw, xhn, tx yxur xdixus
xld wxxds xf Cxncxrd! Gx hxme tx yxur wxxds, xld xwl,—gx! Yxu
wxnt? Xh, pxh, pxh, Jxhn dxn't, dx sx! Yxu've gxt tx gx, yxu knxw!
sx gx at xnce, and dxn't gx slxw; fxr nxbxdy xwns yxu here, yxu knxw.
Xh, Jxhn, Jxhn, if yxu dxn't gx yxu're nx hxmx—nx! Yxu're xnly a
fxwl, an xwl; a cxw, a sxw; a dxll, a pxll; a pxxr xld gxxd-fxr-nxthing-
tx-nxbxdy lxg, dxg, hxg, xr frxg, cxme xut xf a Cxncxrd bxg. Cxxl,
nxw—cxxl! Dx be cxxl, yxu fxxl! Nxne xf yxur crxwing, xld cxck!
Dxn't frxwn sx—dxn't! Dxn't hxllx, nxr hxwl, nxr grxwl, nxr bxw-
wxw-wxw! Gxxd Lxrd, Jxhn, hxw yxu dx lxxk! Txld yxu sx, yxu
knxw, but stxp rxlling yxur gxxse xf an xld pxll abxut sx, and gx and
drxwn yxur sxrrxws in a bxwl!"

이 불가사의하고 신비한 사설은 상상을 초월하는 소동을 불러일
으켰다. 사람들이 가장 먼저 한 생각은 이 상형문자 속에 어떤 악마
적 모반의 음모가 숨겨져 있다는 것이었다. 불릿헤드에게 린치를 가
하기 위해 다들 그의 집으로 몰려갔지만, 그 신사는 어디에서도 찾
아볼 수 없었다. 그는 사라졌고 누구도 영문을 알지 못했으며, 그 이

후로는 불릿헤드의 영혼조차 나타난 적 없었다.

적법한 대상을 찾지 못하자 마침내 군중의 분노는 가라앉았고, 이 불행한 사태에 대한 잡다한 의견들만 앙금처럼 뒤에 남았다.

한 신사는 이 모든 게 탁월한X-ellent 농담이라고 생각했다.

다른 신사는 불릿헤드가 실로 넘치는X-uberance 상상력을 보여줬다고 말했다.

세 번째는 그가 기인X-entric이라는 건 인정했지만, 그뿐이라고 했다.

네 번째는 그 글이 자신의 분노X-asperation을 일반적으로 표현X-press하려고 한 양키의 구상일 거라고 추측했다.

"차라리 후대에 본보기X-ample을 남기기 위해서라고 하지." 다섯 번째가 제안했다.

불릿헤드가 극단에까지 내몰렸다는 것은 모두가 보기에 명확했다. 사실 그 편집자를 찾지 못하자 다른 편집자에게 린치를 가하자는 이야기도 있었다.

하지만 더 평범한 결론은 그 일이 그저 기이X-traordinary하고 불가해in-X-plicable하다는 것이었다. 마을 수학자조차 이렇게 어려운 문제는 도무지 이해할 수 없다고 고백했다. 모두 알다시피 X는 미지의 양을 나타내는데, 이 경우에는 (그가 제대로 관찰했듯이) 미지의 양만큼의 X만 있었다.

(자신이 그 단평에 X를 넣었다는 것을 숨긴) 사환 밥은 매우 공공연하고 대담무쌍하게 자기의 의견을 피력하고 다녔지만, 그 의견은 받아 마땅한 관심을 받지 못했다. 그는 이 일은 자기가 보기에는 명백하다고 했다. 불릿헤드 씨는 다른 사람들처럼 술 마시자는 말에

넘어오는 법이 없이 늘 저주받을 XXX 에일만 줄곧 마셔댔으니, 그
당연한 결과 야만스러워져서 극단적$^{\text{X-treme}}$ 선을 넘게^{X}[50] 되었다는 것
이다.

50   십자가^{cross}를 나타냄.

사업가

체계가 사업의 생명이다.
_속담

나는 사업가다. 나는 체계적인 사람이다. 체계가 결국 핵심이다. 내가 세상에서 제일 경멸하는 인간들은 체계를 이해하지도 못하면서 지껄여대는 이상한 바보들이다. 글자에만 매몰되어 그 정신을 모독하는 인간들 말이다. 이런 인간들은 늘 세상에서 가장 말도 안 되는 짓을 소위 질서 정연한 방식으로 벌여나간다. 자, 이것이 명확한 역설이다. 진정한 체계는 평범하고 명백한 것들과만 관련되며 상궤를 벗어난 것에는 적용될 수 없다. "체계적인 멋쟁이 잭"이나 "조직적인 도깨비불" 같은 표현에 어떤 명확한 의미를 갖다 붙일 수 있겠는가?

아주 어린 시절 벌어진 행운의 사건이 아니었다면, 이 문제에 대한 내 의견이 지금처럼 명확하지 않을 수도 있었다. (내 유언장에 잊지 않고 꼭 언급할) 마음씨 좋은 늙은 아일랜드 유모가 어느 날 내가 지나치게 떼를 쓰자 내 발을 잡고 두세 번 휘두른 다음 "빽빽거리는 애송이"라며 내 눈을 결딴냈고 내 머리를 침대 기둥에 부딪쳐 뒤집힌 모자 꼴로 만들어놓았다. 이 사건이 내 운명을 결정하고 나를 출세하게 해줬다. 내 전두부에 당장 혹이 솟아올라 여름날에 볼 수 있는 것만큼이나 아름다운 질서의 기관이 되었다. 그리하여 나를 현재의 탁월한 사업가로 만들어준 조직성과 규칙성에 대한 애정이 확고히 자리 잡게 된 것이다.

세상에서 내가 증오하는 것이 있다면, 그건 바로 천재다. 천재들은 다 형편없는 바보다. 더 뛰어난 천재일수록 더 멍청한 바보다. 이 규칙에는 예외라고는 없다. 특히 천재는 사업가가 될 수 없다. 유대인에게서 돈을 뜯어낸다거나 소나무에서 최상급 육두구를 얻을 수 없는 것과 마찬가지다. 천재라는 작자들은 늘 옆길로 새서 '사물의 적합성'과는 전적으로 배치되며 사업이라고는 절대 봐줄 수 없는 환상적인 일이나 되지도 않은 투기로 빠진다. 그러니 이런 인간들은 직업의 성격에 따라 즉시 알아볼 수 있다. 상인이나 제조업자가 될 준비를 하거나, 면화나 담배 무역 등 특이한 일에 종사하려 하거나, 의류 상인이나 비누 제조인이 되려 한다거나, 변호사나 대장장이, 내과 의사 행세를 하거나, 뭐든 특이한 직업을 가지려는 사람을 보면 그 사람을 곧바로 천재로, 그러니 삼단논법에 따라 바보로 여겨도 좋다.

자, 나는 어느 모로 보나 천재가 아니라 평범한 사업가다. 내 일지와 장부를 보면 순식간에 알 수 있다. 내 입으로 말하기는 좀 뭐하지만, 이것들은 아주 잘 기록되어 있어서 정확성과 꼼꼼함에 있어서는 시계에도 뒤지지 않는다. 게다가 내 일을 늘 동료 인간들의 평범한 기질과 조화를 맞춰왔다. 이 점은 극히 소심한 부모님 덕분이라고 전혀 할 수 없는 게, 내 수호천사가 적시에 나타나 구원해주지 않았다면 내 부모님은 결국 나를 형편없는 천재로 만들었을 게 분명하기 때문이다. 전기에서 가장 중요한 것은 진실이며 자서전에서는 특히 더 그러하지만, 내가 열다섯 살쯤 되었을 때 가엾은 우리 아버지가 나를 소위 '우수한 사업을 하는 훌륭한 철물 및 위탁상인'의 회계 부서에 넣으려 했다는 사실은 내가 아무리 엄숙하게 말해도 좀처럼 믿기 힘들 것이다. 차라리 우수한 개뼈다귀라고 하지! 하지만 이 어리석은 일의 결과, 2~3일도 지나지 않아 나는 열이 펄펄 끓고 내 질서 기관 주위에 극심하고 위험한 두통이 몰려오는 바람에 바보 같은 가족들에게 돌려보내졌다. 당시 내 상태는 거의 가망이 없어서 6주 동안 아슬아슬한 상태가 계속되었고, 의사도 거의 포기하다시피 한 상황이었다. 그래도 심한 고생을 하긴 했지만, 나는 감사를 아는 아이였다. 나는 '우수한 사업을 하는 훌륭한 철물 및 위탁상인'이 될 위기에서 구원받았고, 이 구원의 매체가 되어준 혹과 애초에 이 매체를 내게 선사해준 친절한 여인에게 감사했다.

사내아이들은 대부분 열 살에서 열두 살 사이에 집을 떠나지만, 나는 열여섯 살까지 기다렸다. 어머니가 식료품 쪽 일을 해보게 하는 게 어떻겠냐는 말을 하지 않았다면, 그때조차 집을 떠나야 하는지 몰랐을 것이다. **식료품 쪽 일이라니!** 생각만 해도 끔찍하다! 나는 이 괴상한 노인네들의 장단에 춤을 추다가 결국 천재가 되어버릴 위험을 피해 즉시 집을 떠나 버젓한 일에 종사하기로 결심했다. 이 계획은 단번에 완벽한 성공을 거두어서, 열여덟 살이 되었을 무렵 나는 양복점 도보광고 분야에서 잘나가는 사업을 크게 하고 있었다.

나는 나의 가장 큰 특징인 체계적 방법을 엄격하게 준수함으로써 이 일의 번거로운 임무에서 벗어날 수 있었다. 꼼꼼한 체계가 내 청구서뿐만 아니라 행동의 특징이었다. 내 경우, 사람을 만든 것은— 돈이 아니라—체계였다. 적어도 내가 광고하는 재단사가 만들지 않은 부분은 말이다. 매일 아침 9시면 나는 그날의 옷을 받으러 재단사를 찾아간다. 10시에는 번화가나 그 외 유흥가로 갔다. 입고 있는 양복의 모든 부분을 연속해서 보여줄 수 있도록 정확하게 규칙적으로 이리저리 몸을 돌리는 내 기술은 이 업계를 좀 안다는 사람들이면 다들 감탄해 마지 않았다. 정오에는 어김없이 내 고용주인 컷앤컴어게인 씨의 가게로 손님을 데려갔다. 이 이야기는 당당하지만 눈물을 머금고 말하는데, 그 회사가 치졸하기 그지없는 배은망덕한 짓을 했기 때문이다. 우리 사이에 분쟁이 벌어지고 결국 갈라서게 된 이유인 그 하찮은 청구서의 어떤 항목도 이 업계의 성격을 잘 아는 신사라면 결코 과잉청구로 보지 않을 것이다. 하지만 이 점에 대해서는 자부심을 걸고 독자들이 직접 판단할 수 있도록 하겠다. 내 청구서는 다음과 같다.

	컷앤컴어게인 양복점에서 도보광고업자 피터 프로핏에게 지불	달러
7월 10일	평상시대로 번화가, 고객 유치.	$00.25
7월 11일	상기 동일.	00.25
7월 12일	거짓말, 이급: 손상된 검정 옷감을 확실치 않은 녹색이라고 판매.	00.25
7월 13일	거짓말, 최고급 규모의 일급 가공공단을 브로드클로스[51]라고 추천.	00.75

51   폭넓게 짠 질 좋은 모직물.

7월 20일	회색 피터샴 코트를 돋보이게 하기 위해 장식용 셔츠 가슴판 새로 구입.	00.2
8월 15일	이중누빔 밥테일 프록코트 입음. (그늘에서 706도.)	00.25
8월 16일	새로운 스타일 가죽끈 바지를 보여주기 위해 한 다리로 세 시간 동안 서 있었음. 시간당 한쪽 다리에 12 1/2센트.	00.37 1/2
8월 17일	평상시대로 번화가, 큰 고객(뚱뚱한 고객) 유치.	00.50
8월 18일	상기 동일. (중간 사이즈.)	00.25
8월 19일	상기 동일. (작은 남자, 지불이 짬.)	00.6
		$2.95 1/2

이 청구서에서 가장 논란이 된 항목은 장식용 가슴판에 2센트라는 매우 적절한 돈을 청구한 것이었다. 명예를 걸고 말하는데, 이건 그 가슴판 가격으로 절대 허황된 게 아니다. 그건 내가 본 중 가장 깔끔하고 예쁜 가슴판이었고, 그 덕분에 피터샴 코트가 세 벌 팔렸다고 굳게 믿는다. 하지만 양복점의 손위 재단사는 1페니만 주겠다고 하면서, 어떻게 하면 대판양지 한 장으로 같은 크기의 가슴판 네 개를 만들 수 있는지 직접 시범해 보였다. 하지만 내가 원칙을 고수했다는 점은 말할 필요도 없다. 사업은 사업이니, 업무적인 방식에 따라 해결해야 한다. 내게서 1페니를 사취한 행동―50센트를 순전히 사기 친 행동―에는 어떤 조직적 방식도, 어떤 체계도 없었다. 나는 당장 컷앤컴어게인을 그만두고 눈엣가시 업계, 즉 가장 수지가 맞고 모양새 좋으며 평범한 직종과는 무관한 업계에서 새 사업을 시작했다.

나의 엄격한 성실성, 절약 정신, 엄밀한 사업 습관이 여기서도 다시 발휘되었다. 내 사업은 승승장구했고, 곧 거래소에서 유명한 사람이 되었다. 사실 나는 겉만 번지르르한 일에는 절대 손대지 않았고, 업계의 착실하고 오랜 관행에 따라 천천히 일을 해나갔다. 이 업계에서 흔한 작업 하나를 하던 중 일어난 조그만 사건이 아니었다면, 물론 아직도 이 일을 하고 있었을 것이다. 부자 늙은이나 방탕한 상속자, 빚투성이 기업이 건물을 짓겠다는 생각을 하게 되면, 그 결심은 세상 누구도 말릴 수 없다. 이건 똑똑한 사람이라면 누구나 잘 아는 사실이다. 문제의 그 사실이야말로 눈엣가시 사업의 기본이다. 따라서 이런 작자 하나가 건축 계획을 세우자마자 우리 상인들은 계획된 부지의 한쪽 구석, 아니면 바로 옆에 있거나 앞에 있는 괜찮은 땅을 조금 확보한다. 그게 끝나면 건물이 반 정도 올라갈 때까지 기다린 다음, 고상한 건축가를 섭외해 건물 바로 맞은편에 장식용 진흙오두막을 올린다. 미동부 양식이나 네덜란드 양식 탑이건, 돼지우리건, 에스키모족이나 키카푸족[52]이나 호텐토트족[53] 양식의 희한한 건물이건 상관없다. 물론 그 건물은 부지와 석고에 들어간 초기 비용의 500배 이상의 보상금을 받지 않고는 절대 부술 수 없다. 그럴 수 있나? 질문을 해본다. 사업가에게 물어본다. 그럴 수 있다고 가정하는 게 비합리적이라고 할 것이다. 그런데도 바로 그런 일을 부탁하는 악랄한 기업이 있었다. 바로 그런 일을! 물론 나는 그들의 터무니없는 제안에 대답하지 않았지만, 그날 밤 알 수 없는 의무감에 그건물에 가서 전체에 검댕칠을 해놓았다. 그 비이성적인 악당들은 이 일로 나를 감옥에 집어넣었고, 내가 출소했을 때 눈엣가시 사업가

---

52   미국 원주민 부족.

53   남아프리카 원시부족.

들은 나와 관계를 끊지 않을 수 없었다.

생계를 위해 어쩔 수 없이 뛰어든 공갈폭행업은 섬세한 내 성격에
는 좀 맞지 않았지만 나는 마음을 좋게 먹고 일하러 갔고, 지금까지
그랬듯이 여기서도 쾌활한 늙은 유모가 내 머리에 박아 넣어준, 철
저하게 습관화된 체계적 정확성을 기해 거래처를 뚫었다. 그런 유모
를 유언장에서 언급하지 않는다면 정말이지 난 인간쓰레기다. 나는
모든 거래에서 엄격한 체계를 지키고 장부를 꼼꼼하게 기록하여 수
많은 난관을 극복했고 결국에는 이 업계에서 버젓한 입지를 구축할
수 있었다. 사실 업종을 막론하고 나보다 더 깔끔하게 사업을 하는
사람은 거의 없었다. 내 일지에서 한 페이지 정도만 옮겨보겠다. 그
러면 고상한 사람이라면 저지르지 않을 경멸스러운 짓, 즉 자화자찬
을 늘어놓지 않아도 될 것이다. 자, 일지는 거짓말을 하지 않는다.

1월 1일: 새해 첫날. 길에서 휘청거리는 스냅을 만났음. 메모: 괜찮
을 듯. 그 직후 그러프를 만났는데, 엉망진창으로 취해 있었음. 메모:
이자도 쓸 만해 보임. 장부에 두 사람을 올려두고 둘 다와 당좌계정
을 틈.

1월 2일: 거래소에서 스냅을 만나 올라가 발을 밟음. 주먹을 두 대
날려 나를 쓰러뜨림. 좋아! 다시 일어남. 내 대리인 백과 사소한 문
제. 나는 손해배상으로 1,000[54]을 원했지만, 백은 그런 단순 구타로
는 500 이상은 요구할 수 없다고 함. 메모: 백을 잘라야 함. 전혀 체계

54   10달러.

가 없음.

1월 3일: 그러프를 찾으러 극장에 감. 옆면 박스 좌석 두 번째 열, 뚱뚱한 여인과 날씬한 여인 사이에 앉아 있는 그러프를 발견. 오페라 안경으로 일행을 유심히 관찰하니, 뚱뚱한 여인이 얼굴을 붉히며 G에게 속삭임. 박스 쪽으로 가서 참견함. 대응하지 않음—실패. 무시하고 다시 시도—실패. 자리에 앉아 날씬한 여인에게 윙크를 날림. 만족스럽게도 내 목덜미를 잡고 들어 올리더니 아래층으로 집어 던짐. 목이 탈구되고 오른쪽 다리가 심하게 부러짐. 신나서 집에 돌아와 샴페인 한 병을 마시고 그 젊은이 앞으로 5,000을 장부에 기입함. 백도 그 정도는 될 거라고 함.

2월 15일: 스냅 사건 합의. 일지에 적힌 돈 50센트.

2월 16일: 악당 그러프 놈에게 5달러 받고 사건 종료. 양복값, 4달러 25센트. 순이익—장부 참조—은 75센트.

자, 아주 짧은 기간 사이에 1달러 25센트의 이익이 발생했다. 스냅과 그러프 건에서만 말이다. 독자들에게 엄숙하게 장담하지만, 이 발췌 부분은 내 일지에서 무작위로 뽑은 것이다.

하지만 돈과 건강은 비교할 수 없다는 옛말이 있다. 사실이다. 이일의 요구조건이 내 연약한 몸 상태로는 감당이 안 된다는 생각이 들었다. 그러다 결국 엉망이 되도록 얻어맞아 나도 정신이 하나도 없고 길거리에서 만난 친구들도 내가 피터 프로핏인지 알아보지 못하는 지경에 이르자, 내가 취할 수 있는 최고의 방편은 업종 전환이라는 생각이 들었다. 그래서 나는 진흙 튀기기로 관심을 돌려 몇 년 동안 그 일에 종사했다.

　이 일의 제일 큰 단점은 너무 많은 사람들이 이 일을 좋아해서 그 결과 경쟁이 무지막지하게 치열하다는 점이다. 도보광고나 눈엣가시 작전, 공갈·폭행을 할 만한 머리라고는 없는 무식한 작자들 모두 물론 진흙 튀기기라면 매우 잘할 수 있다고 생각한다. 하지만 진흙 튀기기에 머리가 필요 없다는 것만큼 잘못된 생각은 없다. 특히 체계 없이 이런 식으로는 아무것도 얻지 못한다. 나는 혼자 소매로만 일했지만, 오랫동안 몸에 밴 체계 덕분에 순조롭게 일을 해나갔다. 우선 심사숙고해서 내 구역을 선정한 다음, 그곳을 제외한 시내 어디에서도 절대 빗자루를 손에서 놓지 않았다. 즉시 가닿을 수 있는 아담한 웅덩이가 옆에 있도록 신경 썼다. 이렇게 해서 나는 신뢰할 수 있는 사람으로 알려지게 되었다. 하지만 말하건대, 이건 직업이라는 전투에서 절반에 불과하다. 내게 동전을 던져주지 않고 깨끗한 바지로 내 구역을 지나가는 사람은 아무도 없었다. 이런 내 업무 습관이 충분히 알려지면서, 나를 속이려는 사람도 전혀 없었다. 그런 일이 있었다 해도 내가 참지 않았을 것이다. 내가 남을 속이지 않는 만큼, 남이 나를 속이는 것도 참을 수 없었다. 물론 은행의 협잡이야 어쩔 수가 없다. 은행의 지급정지는 정말이지 나를 죽도록 불편하게 만들었다. 하지만 이는 개인이 아니라 기업이고, 기업은 잘 알다시피 걸어찰 수 있는 몸뚱이도, 저주할 영혼도 없지 않은가.

　이 일로 돈벌이를 하던 중 어느 재수 없는 날, 나는 똥개-물 튀기기라는, 약간 비슷하지만 전혀 점잖지 않은 사업과의 합병 제안에 넘어가버렸다. 내 구역은 시내 중심이라 확실히 더할 나위 없이 좋은 곳이었고, 내게는 끝내주는 검정 구두약과 구둣솔이 있었다. 내 개도 토실토실하고 약삭빠르기 이를 데 없는 놈이었다. 오랫동안 이 일에 종사해와서 업무를 잘 파악하고 있다고나 할까. 우리의 업무 순서는 보통 이랬다. 폼페이가 진흙탕에서 한참 구른 뒤 반짝거리는 구두를 신은 멋쟁이 신사가 보일 때까지 가게 문 앞에 앉아서 기다린다. 신사가 다가오면 마중 나가 웰링턴 구두에 자기 털을 한두 번 문지른다. 그러면 멋쟁이 신사는 욕을 퍼부어대며 구두닦이를 찾아 주위를 두리번거린다. 그 순간 내가 구두약과 솔을 들고 신사 앞에 떡하니 나타난다. 1분만 일하면 6펜스가 들어왔다. 이 일은 한동안 꽤 잘 되었는데, 사실 나는 욕심이 없었지만 내 개는 그렇지 않았다. 녀석에게 이익의 1/3을 주었지만, 놈은 반을 내놓으라고 주장했다. 그건 참을 수가 없었다. 그래서 우리는 싸우고 갈라섰다.

그다음에는 한동안 오르골 돌리기에 손을 댔는데, 그럭저럭 꽤 잘나갔다. 이건 평이하고 정직한 사업으로, 별다른 능력도 필요 없었다. 헐값에 오르골을 사서 기계를 열고 망치로 서너 번 호되게 쳐서 수리를 한다. 그러면 사업 목적에 맞게 상상 이상으로 음색이 개선된다. 이렇게 한 후에는 그저 오르골을 등에 지고 거리를 어슬렁어슬렁 돌아다니며 거리에 목재칩을 달거나 현관문 고리쇠에 사슴 가죽을 싸놓은 집만 찾으면 된다.[55] 그러면 걸음을 멈추고 오르골을 돌리는 것이다. 세상이 끝나는 날까지 거기 서서 돌릴 태세로 돌린

---

[55] 환자가 있어서 안정이 필요한 집을 말한다. 현관문 고리의 사슴 가죽, 거리에 다는 목재칩은 모두 소음을 줄이기 위한 장치다.

다. 곧 창문이 열리고 누군가 6펜스를 던지며 "조용히 하고 가라"고 청할 것이다. 실제로 이 정도만 받고 '가버리는' 사람들도 있다는 걸 알지만, 필요경비가 지나치게 큰 관계로 나는 1실링은 받아야 '가버린다.'

이 일도 꽤 잘됐지만, 뭔가 만족스럽지 않아서 결국 그만두었다. 사실 나는 원숭이가 없다는 핸디캡을 안고 있는 데다가, 미국 거리는 너무 진흙투성이고, 민주당원 무리가 너무 주제넘게 굴며, 짓궂은 꼬마 녀석들이 너무 많았기 때문이다.

그 후 몇 달 동안 일 없이 지냈지만, 큰 관심을 보인 덕에 마침내 가짜 우편 사업에서 한자리를 얻을 수 있었다. 여기 업무는 간단했지만 수익이 꽤 됐다. 이런 식이다. 아침 일찍 가짜 편지다발을 만들어야 한다. 편지 안에는 머리에 떠오르는 대로 아무렇게나 불가사의한 이야기를 몇 줄 적어넣은 다음, 편지마다 톰 돕슨이나 바비 톰킨스 식으로 서명을 한다. 편지를 접어 봉한 다음 뉴올리언스나 벵골, 보터니 만 등 멀리 떨어진 지명으로 가짜 소인을 찍고, 몹시 급하기라도 한 듯이 즉시 내 담당구역으로 출발한다. 나는 늘 대저택에 가서 편지를 배달하고 우편요금을 받는다. 요금 지불을 망설이는 사람은 아무도 없다. 특히 두 통일 때는 더욱 그렇다. 정말 바보들이다. 그리고 편지를 열어보기 전에 길모퉁이를 도는 것도 전혀 어렵지 않았다. 이 직업의 가장 큰 단점은 너무 많이, 그리고 너무 빨리 걸어야 하고 담당구역을 매우 자주 바꿔야 했다는 것이다. 게다가 양심의 가책이 몹시 컸다. 죄 없는 사람들이 매도당하는 소리를 듣는 게 힘들었고, 온 마을이 톰 돕슨과 바비 톰킨스에게 욕을 퍼부어대는 것도 듣기 끔찍했다. 나는 정나미가 떨어져서 이 일에서 손을 뗐다.

여덟 번째이자 마지막 투기사업은 고양이 기르기였다. 이 사업은 가장 즐겁고 수지맞는 일이었고, 사실 아무 어려움도 없었다. 잘 알려졌다시피 이 나라에는 최근 고양이가 너무나 심하게 들끓어서, 잊을 수 없는 지난 회기에 수많은 사람들이 서명한 탄원서가 입법부에 제출되었다. 이 시기 국회는 전에 없이 나라 사정에 밝았으며, 수많은 현명하고 건전한 법안들을 통과시킨 끝에 고양이 조례로 대단원을 장식했다. 이 법의 원안은 고양이 머리에 (하나당 4펜스의) 포상금을 제시했지만, 상원에서 주조항을 수정하여 '머리' 대신 '꼬리'로 바꿔놓았다. 이 수정안이 몹시 적절했던 관계로, 의회에서는 반대 없이 이에 동의했다.

주지사가 법안에 서명하자마자, 나는 전 재산을 투자해 수고양이와 암고양이들을 샀다. 처음에는 (값싼) 쥐를 먹일 형편밖에 되지 않았지만 녀석들이 성경 말씀을 놀라운 속도로 수행하는 바람에, 결국 후한 정책이 최선이라 생각하고 굴과 거북을 마음껏 먹였다. 이제 녀석들의 꼬리가 법정 가격으로 후한 수입을 가져다주고 있다. 마카사르 기름을 쓰면 1년에 삼모작까지 가능하다는 사실을 알아냈기 때문이다. 또한 기쁘게도 녀석들도 곧 이 일에 익숙해져서 오히려 그 부속물이 잘리는 편을 선호한다. 그리하여 나는 성공한 사람이 되었고, 허드슨 강가의 시골 대저택을 사려고 계약 중이다.

일주일에 일요일 세 번

"이 냉혹하고 멍청하고 고집불통에다 구석에 심술궂고 케케묵고 곰팡내 풍기는 잔인한 노인네 같으니!" 어느 날 오후 나는 상상 속 렴거전 종조부에게 주먹을 휘두르며 외쳤다. 상상에서만 가능한 일이다. 사실은 그 순간 실제로 한 말과 용기가 없어서 하지 못한 말 사이에, 실제로 한 행동과 할까 말까 생각했던 행동 사이에 약간의 사소한 차이가 존재했다.

거실 문을 열었을 때 그 뚱보 노인은 포트와인 한 잔을 못생긴 손에 들고 벽로 선반에 다리를 올려놓고 앉아 소곡을 완성하려고 기를 쓰고 있었다.

너의 빈 잔을 채워라!
너의 가득 찬 잔을 비워라!

"사랑하는 종조부님." 나는 문을 부드럽게 닫고 세상에서 가장 온화한 미소를 지으며 다가갔다. "종조부님께선 늘 너무나 친절하시고 사려 깊으시며 너무나 많이, 너무나 다양한 방식으로 자비를 보여주셨기에, 이 사소한 사항을 다시 한 번 말씀드리기만 하면 종조부님께서 확실히 전격적으로 동의해주실 것 같네요."

"에헴! 착한 녀석! 말해보거라!" 종조부가 말했다.

"사랑하는 종조부님(이 짜증 나는 늙은 악당아!), 종조부님께서 정말로, 진심으로, 저와 케이트의 결혼에 반대하실 의향은 아니라고 믿습니다. 그저 농담일 뿐이잖아요, 다 알아요. 하하하! 때론 참 유쾌하시다니까."

"하하하! 염병할 놈! 아니고말고!"

"그렇죠! 그렇고말고요! 농담이신 줄 딱 알았어요. 자, 종조부님, 저와 케이트가 지금 바라는 것은 오직 종조부님께 시간에 대해 조언을 얻는 것뿐입니다. 아시죠, 종조부님. 간단히 말해서, 언제가 종조부님께 가장 편하시겠어요? 그러니까, 결혼식을 어, 언제 올릴까요?"

"결혼식을 올린다고, 이런 깡패 같은 놈이 있나! 무슨 소리를 하는 게야? 때가 될 때까지 기다리는 게 좋아."

"하하하! 헤헤헤! 히히히! 호호호! 후후후! 아, 그거 좋군요! 참 멋지네요. 이런 재치라니! 하지만 종조부님, 저희가 지금 원하는 건 그저, 그러니까 정확한 시간을 좀 정해주셨으면 하는 거예요."

"아! 정확히?"

"네, 종조부님. 그러니까, 종조부님께 좋으실 시간으로요."

"그냥 임의로 내버려두면 안 되겠느냐, 바비? 예를 들어 1년 내 언제라거나? 정확히 말해야만 하나?"

"괜찮으시다면, 종조부님, 정확히요."

"음, 그렇다면, 바비, 넌 착한 녀석이지, 안 그러냐? 정확한 시간을 알아야겠다니, 내 이번만은 그 청을 들어주겠다."

"종조부님!"

"조용히 해라, 이놈아!" (나는 목소리를 죽인다.) "이번만은 들어주지. 동의를 해주고, 돈도 주마. 돈을 절대 잊어선 안 되지. 어디 보자! 언제가 좋을까? 오늘이 일요일 아닌가? 음, 그렇다면 정확히, 잘 들어라, 정확히! 일주일에 일요일이 세 번 있을 때 결혼하는 거다. 내 말 듣고 있냐, 이놈아! 뭘 그렇게 입을 쩍 벌리고 있어? 다시 말하마, 일주일에 일요일이 세 번 올 때 네가 케이트와 케이트의 돈을 다 가지게 되는 거다. 하지만 그때까지는 아니야. 이 귀찮은 녀석. 그때까지는 내가 죽는다 해도 안 된다. 내가 어떤 사람인지 알지? 난 약속은 반드시 지키는 사람이라고. 자, 이제 썩 꺼져라!" 그러더니 종조부는 포트와인을 들이켰고, 나는 절망에 빠진 채 그 방에서 뛰쳐나왔다.

내 종조부 럼거전은 몹시 '근사한 영국 노신사'였지만, 이 노래 속 신사와는 달리 약점들이 많았다. 종조부는 작고 뚱뚱하고 거만하고 성미 급한 딸기코 배불뚝이였고, 머리는 우둔해도 지갑은 두둑하고 자만심이 강했다. 세상에서 제일 마음씨가 좋지만, 넘치는 **변덕**으로 인해 종조부를 피상적으로 아는 사람들 사이에서는 수전노로 통했다. 수많은 훌륭한 사람들과 마찬가지로 종조부에게는 사람을 애태우는 기질이 있어 보였는데, 이는 얼핏 악의로 오해하기 딱 좋았다.

종조부는 누가 부탁만 하면 대번에 단호하게 "안 돼!"하고 대답했지만, 결국에는, 아주 한참 뒤에 보면 거절한 부탁이 거의 없었다. 지갑을 노리는 온갖 공격을 견고하게 방어했지만, 결국 뜯긴 돈의 액수는 대개 포위 기간, 그리고 저항의 강도와 정비례해서 커졌다. 종조부만큼 후하게 기부하면서 종조부만큼 품위 없이 기부하는 사람은 아무도 없었다.

종조부는 예술, 특히 순수문학을 깊이 경멸했다. 이는 "시인이 무슨 쓸모가 있나?"라는 카시미르 페리에의 건방진 짧은 질문에서 시작된 생각이었는데, 종조부는 이 말이 논리적인 재치의 최고봉이라며 익살스러운 발음으로 인용하곤 했다. 그러니 내가 시에 대해 조금이라도 언급하면 대단히 역정을 냈다. 하루는 호라티우스의 새 책 한 권을 부탁했더니, '포에타 나시투르 논 피트'[56]를 번역하면 '아무짝에도 쓸모없는 형편없는 시인'이라고 단언했고, 나는 그 말에 아주 화가 났다. '인문학'에 대한 반감 또한 최근 아주 커졌는데, 그것은 종조부가 자연과학이라고 추정하는 학문에 어쩌다 호감을 느끼게 되었기 때문이다. 어떤 사람이 길을 가다 종조부를 다름 아닌 엉터리 물리학 강사 더블 L. 디 박사로 착각하고 말을 건 적이 있었다. 이 일로 종조부의 생각은 완전히 바뀌었다. 이 이야기—결국 이건 이야기에 불과하니까—가 벌어진 시기에 럼거전 종조부는 자기 관심사와 맞아떨어지는 일들에 대해서만 온화하게 대화를 나눌 수 있는 사람이었다. 나머지는 완전히 웃어넘겨버렸다. 종조부의 정견

은 완강하고 이해하기 쉬웠다. 종조부는 호슬리[57]의 의견에 찬동하며 "사람들은 법을 지키는 것 외에는 법과 어떤 관계도 없다"고 생각했다.

　나는 이 노신사와 평생을 같이 살았다. 부모님께서는 돌아가실 때 나를 귀중한 유산이라며 그분께 남겼다. 이 늙은 악당이 나를—케이트만큼은 아니라 해도 거의—친자식처럼 사랑했다고 믿지만, 결국 나는 개 같은 취급을 받았다. 한 살 때부터 다섯 살 때까지는 감사하게도 규칙적으로 매질을 베푸셨다. 다섯 살부터 열다섯 살까지는 걸핏하면 교정시설에 보내겠다고 협박했다. 열다섯 살부터 스무 살까지는 하루가 멀다 하고 돈 한 푼 안 주고 쫓아내버리겠다고 장담했다. 나는 난봉꾼이었다, 그건 사실이다. 하지만 그때는 그게 내 천성의 일부였고, 하나의 신념이었다. 하지만 케이트는 내게 든든한 친구가 되어주었고, 나도 그걸 알고 있었다. 케이트는 착한 소녀였고, 럼거진 종조부를 끈질기게 졸라서 필요한 동의를 얻기만 하면 자신(돈과 모든 것)을 가질 수 있다고 말했다. 가엾은 케이트! 케이트는 겨우 열다섯이었고 동의가 없다면 장구한 다섯 번의 여름이 "그 더딘 날들을 질질 끌며 지나가기" 전까지는 얼마 안 되는 자기 재산에 손을 댈 수 없었다. 그렇다면 무엇을 할 것인가? 열다섯 살에는, 심지어 스물한 살(나는 이제 다섯 번째 올림피아드[58]를 막 지났기 때문이다)에도 앞에 놓인 5년은 500년이나 다름없었다. 우리

57　당시 로체스터의 주교.

58　옛 그리스의 4년기.

는 노신사를 포위하고 끈질기게 공격했지만 아무 소용이 없었다. 이건 종조부의 심술궂은 변덕에 안성맞춤으로 들어맞는 **피에스 드 레지스탕스**[59](유드와 카렘이라면 이렇게 말했을 것이다)였다.[60] 종조부가 우리 두 불쌍한 생쥐 앞에서 고양이처럼 군림하는 것을 봤다면 욥이라 해도 분노를 금치 못했을 것이다. 증조부는 마음속으로는 우리가 결혼하기를 그 무엇보다 열렬히 바랐다. 처음부터 그렇게 결정한 일이었다. 사실 우리의 지당한 소망에 따를 구실을 만들 수만 있었다면 (케이트의 돈은 케이트의 돈이고) 당신 주머니에서 만 파운드라도 내놨을 것이다. 하지만 그때 우리는 너무너무 경솔해서 직접 그 이야기를 꺼내버렸다. 진심으로 생각하지만, 그런 상황에서는 종조부도 어쩔 수 없이 반대하지 않을 수 없었을 것이다.

이미 말했듯이, 종조부에게는 약점들이 있었다. 하지만 종조부의 고집을 약점이라고 오해해서는 안 된다. 고집은 종조부의 강점 중 하나였다. "절대 약점이 아니었다." 내가 약점이라고 넌지시 말하는 것은 종조부를 괴롭히는, 노파 같은 기괴한 미신이다. 종조부는 꿈, 전조, 온갖 장광설을 신봉했다. 사소한 명예를 지나치게 꼼꼼하게 따졌고, 약속은 자기만의 방식으로 어김없이 지켰다. 이게 사실 종조부의 도락 중 하나였다. 서약의 정신은 일말의 망설임도 없이 무시

---

59 '가장 중요한 것, 압권, 백미'라는 의미.

60 루이-외스타슈 유드, 마리-앙투안 카렘은 포의 당대 프랑스 요리책 저자들로 유명했다. 1835년 《런던 쿼털리 리뷰》에 실린 유드의 책 서평에 대한 언급이 포가 편집자로 있던 《서던 리터러리 메신저》에 실린 적 있는데, 거기에 카렘의 요리를 '피에스 드 레지스탕스'라 표현하는 부분이 있다.

했지만, 서약의 문구는 어길 수 없는 계약이었다. 자, 식당에서의 대화가 있고 얼마 지나지 않은 어느 멋진 날, 케이트의 교묘한 지략 덕분에 우린 종조부의 이런 특이한 기질을 예기치 않게 이용할 수 있었다. 그리하여 현대의 방랑시인과 웅변가의 방식대로 이렇게 모든 시간과 거의 모든 공간을 장악하고 긴 서론을 마쳤으니, 이제 이야기의 핵심만 간단하게 요약하도록 하겠다.

그때 어쩌다보니—운명이 그렇게 명령했다—내 약혼자의 지인 중 1년 동안 해외를 떠돌고 방금 영국 해안에 상륙한 해군이 둘 있었다. 사촌과 나는 합심하여 이 신사들과 함께 10월 10일 일요일 오후에 럼거전 종조부를 찾아뵈었다. 우리 희망을 그렇게 무참하게 짓밟아버린 잊지 못할 결정이 떨어진 지 딱 3주가 지난 날이었다. 한 30분 동안은 이런저런 일상적인 이야기들을 한 끝에 우리는 마침내 몹시 자연스럽게 화제를 이렇게 몰고 갔다.

프랫 선장: "딱 1년 동안 떠나 있었군요. 오늘로 딱 1년입니다. 어디 보자! 맞군요! 오늘이 10월 10일이니까. 기억하시죠, 럼거전 씨, 작년 오늘 작별인사를 드리러 찾아왔었잖아요. 그나저나 이거 정말 대단한 우연의 일치군요, 안 그렇습니까? 여기 우리 친구 스미서턴 선장도 딱 1년 동안 떠나 있었거든요. 오늘로 딱 1년 맞지?"

스미서턴: "맞네! 정확히 1년이지. 기억하시죠, 럼거전 씨, 프랫 선장과 작년 바로 오늘 떠난다는 인사를 드리러 왔었지요."

종조부: "맞네, 맞아, 그랬지. 아주 잘 기억하고 있네. 정말로 신기한 일이군! 자네 둘 다 딱 1년을 떠나 있었군. 정말이지 굉장히 기묘한 우연의 일치구만! 더블 L. 디 박사라면 놀라운 동시발생이라 부

를 만한 일일세. 박사는⋯⋯"

케이트: [끼어들며] "아빠, 분명 뭔가 이상해요. 그때 프랫 선장님과 스미서턴 선장님은 같은 항로로 가지 않았거든요. 그럼 차이가 생기잖아요."

종조부: "난 그런 거 모른다, 이 말괄량이야! 내가 어떻게 알겠냐? 그저 더 놀랍다는 것밖에. 더블 L. 디 박사라면⋯⋯"

케이트: "아니, 아빠, 프랫 선장님은 혼곶[61]으로 돌았고, 스미서턴 선장님은 희망봉으로 돌았단 말이에요."

종조부: "그렇지! 하나는 동쪽으로, 다른 하나는 서쪽으로 갔지, 이것아. 그래서 둘 다 세계를 일주한 거지. 그나저나 더블 L. 디 박사는⋯⋯"

나: [황급히] "프랫 선장님, 부디 내일 저희 집에 오셔서 함께 저녁 식사를 하시지요. 스미서턴 선장님도요. 온갖 항해 이야기도 해주시고, 다 같이 휘스트 게임[62]도 하고, 또⋯⋯"

프랫: "휘스트라니, 이 친구야, 자네 잊었구먼. 내일은 일요일일세. 다른 날 저녁에⋯⋯"

케이트: "오, 아니에요! 로버트는 그렇게 못된 사람이 아니에요. 오늘이 일요일이에요."

종조부: "그렇고말고, 그렇고말고!"

프랫: "이거 두 분께 실례를 했군요. 하지만 착각할 리가 없는데.

---

61   남미 최남단의 곶.

62   카드놀이의 한 종류.

내일이 일요일 맞습니다. 왜냐하면……"

스미서턴: [깜짝 놀라며] "다들 무슨 소리를 하는 겁니까? 어제가 일요일 아니었습니까?"

모두: "저런, 어제라니요! 당신이 틀렸어요!"

종조부: "오늘이 일요일 맞네. 내가 그걸 모를까봐?"

프랫: "아닙니다! 내일이 일요일입니다."

스미서턴: "다들 제정신이 아니군요. 모두 다요. 어제가 일요일이었던 건 제가 이 의자에 앉아 있는 것만큼이나 확실합니다."

케이티: [벌떡 일어나며] "알겠다. 다 알겠어요. 아빠, 이건 아빠한테 결정이 달렸네요. 무슨 문제인지 아시죠. 잠시 시간을 주시면 금방 다 설명할게요. 정말 간단한 문제예요. 스미서턴 선장님은 어제가 일요일이었다고 해요. 그랬어요. 맞아요. 바비, 아빠, 저는 오늘이 일요일이라 하고요. 그래요. 우리도 맞아요. 프랫 선장님은 내일이 일요일이 된다고 주장하시죠. 그럴 거예요. 선장님도 맞아요. 사실 우리 모두 맞아요. 그래서 일주일에 일요일이 세 번 오는 거예요."

스미서턴: [잠시 후에] "그나저나, 프랫, 케이트가 우리를 완전히 이겼군. 우리 둘 다 이렇게 멍청할 수가! 럼거전 씨, 이렇게 된 겁니다. 지구 둘레는 2만 4천 마일이죠. 이 지구는 축을 중심으로 자전합니다. 정확하게 24시간 동안 서쪽에서 동쪽으로 2만 4천 마일을 도는 거죠. 이해가 되세요, 럼거전 씨?"

종조부: "물론이지. 물론. 더블……"

스미서턴: [목소리를 낮추며] "자, 그럼 시속 천 마일의 속도가 되죠. 자, 제가 이 위치에서 동쪽으로 천 마일을 간다고 가정해보세요.

물론 전 여기 런던보다 한 시간 더 일찍 일출을 맞습니다. 여러분보다 한 시간 일찍 태양을 보는 거죠. 같은 방향으로 또 천 마일을 더 가면 일출이 두 시간 더 빨라지고, 또 천 마일을 더 가면 세 시간 더 빨라지고, 그런 식으로 가다가 마침내 지구를 완전히 한 바퀴 돌아서 이 자리로 돌아오면, 동쪽으로 2만 4천 마일을 갔기 때문에 런던의 일출을 24시간이나 앞서게 되는 겁니다. 그러니까 전 여러분보다 하루 앞서 있는 거죠. 이해하시겠어요?"

종조부: "하지만 더블 L. 디 박사는……"

스미서턴: [매우 커다란 목소리로] "반대로 프랫 선장은 이 위치에서 서쪽으로 천 마일 갔을 때 한 시간, 서쪽으로 2만 4천 마일 갔을 때 24시간, 즉 런던 시각보다 하루가 늦어진 겁니다. 그래서 제게는 어제가 일요일이었고, 그런 고로 여러분은 오늘이 일요일이고, 그렇기 때문에 프랫에게는 내일이 일요일이 되는 거죠. 게다가 럼거전 씨, 분명히 우리 모두 다 옳아요. 왜 우리 중 누구 하나의 생각이 다른 사람 생각보다 우선시되어야 하는지 합리적인 이유가 없으니까요."

종조부: "세상에! 저런, 케이트, 바비! 네 말대로 이건 정말로 나에 대한 심판이구나. 하지만 난 내가 한 말은 지키는 사람이다. 잘 들어라! 얘야, 네가 좋을 때 이 아이(돈이랑 다)와 결혼해도 좋다. 끝! 빌어먹을! 사흘 연속 일요일이라니, 난 가서 더블 L. 디는 그 문제에 대해 어떻게 생각하는지나 알아봐야겠다."

종탑의 악마

몇 시입니까?
_속담

    다들 알다시피, 일반적으로 세상에서 제일 좋은—혹은 안타깝지만, 좋았던—곳은 네덜란드의 폰더포테이미티스 구다. 하지만 근처에 큰길이라고는 찾아볼 수 없는 다소 외진 곳에 있는 마을이라 아마 그곳에 가본 독자는 거의 없을 것이다. 따라서 그곳에 가본 적 없는 독자를 위해 내가 약간 설명을 하는 것이 적절할 것 같다. 사실여기서 나는 이곳 주민들에 대한 동정을 바라는 마음에서 최근 그지역 내에서 발생한 참사에 대해 이야기하려 하기 때문에, 이 설명은 더욱 필요하다. 나를 아는 사람이라면 내가 이렇게 자진해서 떠안은 의무를 최선을 다해 수행할 것이라고 믿어 의심치 않을 것이다. 역사가라는 이름을 갈망하는 사람이라면 응당 갖추어야 할 엄격한 공정성, 사실에 대한 신중한 관찰, 근거에 대한 성실한 조사에 만전을 기해서 말이다.

    화폐, 필사본, 비문을 모두 살펴본 결과, 나는 폰더포테이미티스

구가 처음 생겼을 때부터 현재와 전혀 다름없는 상태로 존재해왔다고 자신 있게 말할 수 있다. 안타깝지만 이곳이 처음 생긴 날에 대해서는 수학자들이 가끔 몇몇 대수학 공식에서 그냥 참고 넘어갈 수밖에 없는 그런 불확정적 확정성을 가지고 이야기할 수밖에 없다. 그러니 그날이 얼마나 까마득한 옛날인지에 대해서는 댈 수 있는 어떤 수치보다 적다고 할 수는 없다 정도로만 말하겠다.

폰더포테이미티스라는 이름의 어원에 대해서도, 슬프게도 그 못지않게 오리무중임을 고백한다. 이 어려운 문제에 대한 수많은 의견들—예리한 의견, 학술적인 의견, 그와는 충분히 반대인 의견—가운데 만족스러운 대답은 하나도 없었다. 크로우타플렌티와 거의 일치하는 그로스위그의 의견이 그중 낫다고 조심스레 말해본다. 그 의견은 이러하다. "폰더는 천둥이라 해석되고, 포테이미티스는 천둥을 의미하는 블릿첸의 폐어인 블레잇치즈와 유사하다." 사실 이러한 어원은 시의회청사 뾰족탑 꼭대기에 명백한 전기유동체의 흔적에 의해 지지를 받고 있다. 하지만 이런 중대한 주제에 대해 내 의견을 분명히 밝히지는 않겠다. 정보를 바라는 독자들은 둔더구츠의《까마득한 고대 일들에 대한 소소한 논의》를 참조하기 바란다. 또한 모노그램[63] 없이 색인어를 넣고 붉은색과 검은색 고딕체로 쓴, 블룬더부자드의 2절판《파생어》중 27페이지에서 5,010페이지를 참조하기 바란다. 또한 그 책 여백에 스투푼트푸프가 친필로 남긴 메모와 그룬툰트구첼이 아래에 단 주석들도 눈여겨보기 바란다.

---

63   첫 글자를 도안화하여 쓰는 것.

세워진 날짜와 이름의 유래를 둘러싼 모호함에도 불구하고, 앞서 말했듯이 폰더포테이미티스가 지금 시대의 모습과 늘 똑같은 모습으로 존재해왔다는 데는 의심할 여지가 없다. 이곳 최고령자조차 마을 어느 곳에서건 조금의 변화도 기억하지 못하며, 그런 가능성을 내비치는 것만으로도 모욕으로 간주된다. 마을 터는 원주가 1/4마일에 달하는 완벽한 원 모양 골짜기 안에 있고 완만한 산에 폭 둘러싸여 있는데, 그 산꼭대기를 넘어가본 사람은 아무도 없다. 마을 사람들은 그 너머에는 아무것도 없다고 믿기 때문에 그것은 당연한 일이다.

　(납작한 타일이 깔려 있는 평평한) 골짜기 가장자리를 따라 조그만 집 60채가 죽 늘어서 있다. 이 집들은 산을 등지고 있어서 당연히 각 집 정문에서 60야드밖에 안 떨어진 평야 중심을 바라보고 있다. 모든 집 앞에는 순환도로와 해시계, 양배추 24포기가 있는 작은 정원이 있다. 집들은 완벽하게 똑같아서 전혀 서로 구분이 되지 않는다. 까마득하게 오래된 집들이라 건축양식은 다소 이상하지만, 그렇다고 해서 그 그림 같은 아름다움이 절대 감해지지는 않는다. 집들은 단단히 구운, 테두리가 검은 조그만 붉은 벽돌로 지어서 벽이 거대한 체스판처럼 보인다. 박공들은 정면을 향하고 있고, 처마와 현관문 위로는 배내기 장식이 집 나머지 부분들만큼 크게 둘려 있다. 창문들은 좁고 깊어서, 창유리는 굉장히 작고 창틀이 넓다. 지붕은 꼬부라진 귀가 달린 기다란 기왓장들이 빼곡하게 덮고 있다. 목조부는 전반적으로 어두운 색이고 조각이 많이 되어 있지만, 패턴에는 거의 변화가 없다. 아득한 옛날부터 폰더포테이미티스의 조각

사들이 새길 줄 아는 것이라고는 시계와 양배추, 이 두 개뿐이기 때문이다. 하지만 이 두 개는 기가 막히게 잘 새겼고, 조각칼을 들이댈 공간만 있으면 놀라운 재간을 발휘해 사방에다 새겨놓았다.

집은 외관만큼 내부도 비슷하다. 가구도 모두 같은 도면으로 만들어진 것들이다. 바닥에는 사각 타일이 깔려 있었고, 검은 나무로 만들어진 의자와 탁자들에는 구부러진 가느다란 다리와 강아지 발 장식이 달려 있다. 넓고 높은 벽난로 선반의 앞면에 시계와 양배추가 새겨져 있을 뿐 아니라, 선반 위 한가운데에는 엄청난 소리를 내며 똑딱거리는 진짜 시계가 놓여 있고 양쪽 끝에는 양배추를 담은 꽃병이 기마시종처럼 놓여 있다. 양배추와 시계 사이에는 배에 동그란 구멍이 커다랗게 나 있는 배불뚝이 중국 인형이 놓여 있어서, 그 구멍을 통해 시계의 숫자판이 보인다.

벽난로는 크고 깊으며 심하게 구부러진 장작 받침쇠가 달려 있다. 벽난로에는 언제나 불길이 타고 있고, 그 위에는 사우어크라우트[64]와 돼지고기가 가득 든 냄비가 걸려 있으며, 훌륭한 안주인이 늘 분주히 냄비를 살피고 있다. 안주인은 푸른 눈에 얼굴이 불그스레한 약간 통통한 노부인으로 보라색과 노란색 리본으로 장식한 막대설탕 같은 커다란 모자를 쓰고 있다. 드레스는 주황색 무명혼방인데, 뒤는 아주 넉넉하고 허리 부분은 짤막하다. 사실 다른 점에서도 아주 짧아서 치마가 무릎 아래까지 내려오지 않는다. 다리는 다소 굵고 발목도 마찬가지지만, 괜찮은 초록색 스타킹으로 다 가리고 있

64　양배추를 발효해 만든 독일식 양배추 절임.

다. 분홍색 가죽 신발은 양배추 모양으로 주름 잡힌 노란 리본으로 묶여 있다. 왼손에는 약간 무거운 네덜란드제 시계를 차고 있고, 오른손에 든 국자로는 사우어크라우트와 돼지고기를 휘젓고 있다. 옆에는 뚱뚱한 얼룩 고양이 한 마리가 앉아 있는데, 꼬리에 금박시계가 묶여 있다. 아이들이 장난삼아 매달아놓은 것이다.

아이들은 모두 세 명으로 정원에서 돼지를 돌보고 있다. 셋 다 키는 2피트다. 뒤로 젖혀진 삼각형 모자를 쓰고, 허벅지까지 내려온 보라색 조끼에 사슴 가죽 반바지, 커다란 자개단추가 달린 긴 코트를 입고, 빨간 울스타킹과 커다란 은색 버클이 달린 무거운 신발을 신고 있다. 입에는 파이프를 물고 오른손에는 볼품없는 조그만 시계를 차고 있다. 파이프를 한 모금 빨고 쳐다보고, 한 번 보고 파이프를 한 모금 빤다. 뚱뚱하고 게으른 돼지는 양배추에서 떨어진 잎사귀를 주워 먹느라, 개구쟁이들이 고양이들 못지않게 멋지게 해주려고 돼지 꼬리에도 묶어놓은 금박시계를 차느라 바쁘다.

현관문 바로 앞에는 등받이가 높고 가죽으로 바닥을 대고 구부러진 다리와 강아지 발 장식이 달린 안락의자가 놓여 있고, 거기에는 늙은 집주인이 앉아 있다. 커다랗고 동그란 눈에 거대한 이중 턱을 한 몹시 뚱뚱하고 작은 노신사다. 옷은 아이들 옷이랑 비슷하고…… 더 이상은 말할 필요도 없다. 차이점이라고는 노인의 파이프가 아이들 것보다 조금 더 커서 더 큰 연기를 뿜어낼 수 있다는 것이다. 아이들처럼 노인도 시계가 있지만, 그 시계는 호주머니 안에 들어 있다. 사실 노인에게는 시계보다 더 중요한 일이 있는데, 그게 무엇인지는 곧 설명하겠다. 그는 오른쪽 다리를 왼쪽 무릎 위에 올린 채 앉아 심각한 표정으로 언제나 적어도 한쪽 눈으로는 평원 한가운데 눈에 띄게 자리한 어떤 물체를 단호하게 응시하고 있다.

그 물체는 시의회청사의 뾰족탑 안에 있다. 시의원들은 모두 접시 같이 큰 눈에 두툼한 이중 턱을 한, 작고 통통하고 기름지고 똑똑한 사람으로, 폰더포테이미티스의 일반 주민들보다 훨씬 더 긴 코트를 입고 훨씬 더 큰 버클이 달린 신발을 신고 있다. 내가 이곳에 체재하게 된 이래 시의회에서는 특별회의가 몇 번 열렸고 거기서 다음 세 가지 주요결의안이 채택되었다.

"훌륭한 옛 방식을 바꾸는 것은 잘못이다."

"폰더포테이미티스 밖에는 괜찮은 것이라고는 없다." 그리고 "우리는 시계와 양배추를 고수할 것이다."

시의회 회의실 위에는 뾰족탑이 있고, 그 뾰족탑 안에는 종탑이 있고, 그 안에는 아득한 옛날부터 마을의 긍지이자 경이였고 지금도 그러한, 폰더포테이미티스 구의 대시계가 있다. 이것이 바로 가죽바닥을 댄 안락의자들에 앉아 있는 노신사들의 눈이 바라보고 있는 대상이다.

대시계에는—뾰족탑의 일곱 면 당 하나씩—일곱 개의 숫자판이 있어서, 마을의 모든 구역에서 쉽게 보였다. 숫자판은 하얗고 크고, 시곗바늘은 검고 무겁다. 거기에는 종탑지기가 있는데, 그의 업무는 시계 관리가 유일하지만 이 업무야말로 완벽한 한직 그 자체다. 폰더포테이미티스의 시계는 이제껏 한 번도 문제가 있었던 적이 없기 때문이다. 최근까지는 그런 일을 가정하는 것조차 이단으로 여겨졌다. 기록이 남아 있는 까마득한 옛날부터 그 커다란 종은 규칙적으로 시간을 알렸다. 사실 마을에 있는 다른 모든 시계들과 손목시계들도 마찬가지였다. 이렇게 시간을 정확하게 지키는 곳은 없었다. 큰 추가 '12시!'라고 생각하는 순간, 고분고분한 추종자들 모두가 동시에 입을 열고 메아리처럼 대답했다. 간단히 말해, 선량한 마을 사람들은 사우어크라우트는 좋아했지만 시계는 자랑스럽게 여겼다.

한직을 맡은 사람들은 모두 사람들에게 다소 존경을 받는데, 폰더포테이미티스의 종탑지기는 가장 완벽한 한직이므로 세상에서 가장 완벽하게 존경받는다. 그는 마을 최고의 고관으로, 돼지들마저 존경심에 차서 우러러본다. 그는 마을의 그 어떤 노인보다 뒷자락이 긴 코트를 입고, 훨씬 더 큰 파이프와 신발 버클과 눈과 배를 지니고 있다. 턱으로 말하자면, 이중 턱을 넘어서서 삼중 턱이다!

지금까지 행복한 폰더포테이미티스를 묘사했다. 아아, 이렇게 그림 같은 마을이 불운을 맞봐야 하다니!

현명한 주민들 사이에서 오랫동안 전해 내려오는 말이 있다. "산 너머에서 좋은 일이 올 리가 없다"라는 말인데, 정말 이 말에는 뭔가 예언적인 데가 있었다. 그저께 정오 5분 전, 동쪽 산등성이 꼭대기에 몹시 이상하게 생긴 것이 나타났다. 물론 그런 일은 모든 사람의 관심을 끌었고, 가죽바닥 안락의자에 앉은 작은 노인들은 한쪽 눈을 그쪽으로 돌려 당황스러운 시선으로 이 현상을 바라보았지만, 다른 눈은 여전히 뾰족탑 시계에 고정시키고 있었다.

정오를 겨우 3분 남긴 시각, 문제의 그 우스꽝스러운 물체가 이국적으로 생긴 매우 조그만 남자라는 게 밝혀졌다. 그는 엄청난 속도로 산을 내려왔고, 곧 모든 사람이 그를 똑똑히 볼 수 있게 되었다. 정말이지 그는 폰더포테이미티스에서는 이제껏 본 적이 없는, 한껏 공들여 차려입은 조그만 남자였다. 남자의 안색은 진한 코담배색이었고, 매부리코에 완두콩 같은 눈, 커다란 입과 가지런한 치아를 지니고 있었는데, 그 치아를 보여주고 싶어 안달이 났는지 입이 귀에 걸릴 정도로 미소를 짓고 있었다. 모자는 쓰지 않았고 머리카락은 머리 지지는 종이에 싸서 깔끔하게 올리고 있었다. 옷은 (한쪽 주머니에 아주 기다란 하얀 손수건이 대롱대롱 매달려 있는) 몸에 잘 맞는 검은색 연미복에 검정 캐시미어 반바지를 입고 검은 스타킹과 커다란 검은 공단 리본을 나비매듭으로 묶은 뭉툭하게 생긴 펌프스를 신고 있었다. 한쪽 팔 아래에는 커다란 삼각모를, 다른 팔 아래에는 자기 몸의 다섯 배는 족히 되는 바이올린을 끼고 있었다. 왼손에는 금색 코담배 상자를 들고 있었는데, 온갖 환상적 스텝을 밟아가며 언덕을 깡충깡충 내려오는 동안 더할 나위 없이 만족스러운 기색으로 줄기차게 상자의 코담배 냄새를 맡았다. 세상에! 정직한 폰더포테이미티스 주민들에게는 너무나 놀라운 광경이었다!

솔직히 말해서 그자의 얼굴은 아무리 미소를 띠고 있어도 대담하면서도 불길한 인상을 풍겼다. 그가 마을로 껑충 도약해 들어왔을 때, 그 이상하게 뭉툭한 모양의 펌프스는 상당한 의심을 불러일으켰다. 그날 그를 봤던 많은 주민은 그 연미복 주머니에서 그렇게 눈에 거슬리게 튀어나와 있는 흰 삼베 손수건 아래를 들여다볼 수만 있다면 푼돈 정도는 기꺼이 내놓았을 것이다. 하지만 가장 정당

한 분노를 불러일으켰던 것은 그 멋쟁이 악당이 여기서는 판당고[65]
를 추고 저기서는 빙글빙글 돌면서도 스텝으로 박자를 맞춘다는 생
각은 안중에도 없어 보였다는 점이다.

　하지만 선량한 주민들이 눈을 활짝 뜨기도 전에, 정오를 30초 남
겨놓고 그 악당이 주민들 한가운데로 뛰어 들어오더니 여기서는 샤
세[66]를, 저기서는 발랑스[67]를, 그러다가 피루엣[68]과 파드제퓌르, 피전
윙[69] 동작을 선보이며 곧장 시의회청사 종탑으로 올라가, 당황하면
서도 근엄하게 담배를 피우고 앉아 있다 아연실색한 종탑지기와 마
주했다. 하지만 그 조그만 남자는 곧장 종탑지기의 코를 움켜쥐고
흔들고 잡아당기며 커다란 삼각모로 머리를, 그러고는 눈과 입을 내
리쳤다. 그러더니 커다란 바이올린을 들어 종탑지기를 어찌나 오랫
동안 흠씬 두들겨 팼는지, 종탑지기의 비대한 몸과 텅 빈 바이올린
이 일으키는 공명은 가히 더블 베이스 드러머 한 연대가 폰더포테이
미티스 뾰족탑의 종탑 위에서 북을 두들겨대는 소리라고 철석같이
믿을 수 있을 정도였다.

　이 방종한 공격이 주민들에게 어떤 필사적 복수의 행동을 하게
했을지는 알 수 없지만, 중요한 사실은 이제 반 초만 지나면 정오라
는 점이었다. 이제 종이 울리기 일보직전이었고 무엇보다 절대적으

65　3박자의 스페인 춤.

66　발을 미끄러지듯 빨리 옮기는 스텝.

67　한 발로 번갈아 균형을 잡아가며 움직이는 동작.

68　다리를 움직이는 동작이 최고조에 달했을 때 작게 점프하는 발레 동작.

69　뛰어올라 양발을 마주치는 동작.

로 중요한 것은 모든 사람이 자기 시계를 봐야 한다는 것이었다. 하지만 바로 이 순간, 뾰족탑에 있는 인간은 시계와는 아무 상관없는 짓을 하고 있다는 것이 명백했다. 그러나 이제 종이 울리기 시작했으므로 아무도 그 인간의 행동에 신경 쓸 겨를이 없었다. 다들 종소리가 울릴 때마다 그 숫자를 세어야 했기 때문이다.

"하나!" 시계가 울렸다.

"하나!" 가죽바닥 안락의자에 앉아 있는 폰더포테이미티스의 조그만 노신사들이 하나같이 되풀이했다. "하나!" 그들의 시계가 울렸다. "하나!" 그 아내들의 시계도 울렸다. "하나!" 아이들의 시계와 고양이와 돼지 꼬리에 묶여 있는 조그만 금박 시계도 울렸다.

"둘!" 대시계가 울렸다. 그리고 "둘!" 모든 장난감 시계가 울렸다.

"셋! 넷! 다섯! 여섯! 일곱! 여덟! 아홉! 열!" 시계가 울렸다.

"셋! 넷! 다섯! 여섯! 일곱! 여덟! 아홉! 열!" 다른 시계들이 울렸다.

"열하나!" 큰 시계가 울렸다.

"열하나!" 작은 시계들이 동의했다.

"열둘!" 시계가 울렸다.

"열둘!" 다들 완전히 흡족해서 목소리를 낮추며 대답했다.

"이제 열두시군!" 조그만 노신사들이 모두 시계를 집어넣으며 말했다. 하지만 큰 시계는 아직 끝나지 않았다.

"**열셋!**" 그가 말했다.

"악마다!" 조그만 노신사들이 안색이 창백해지며 파이프를 떨어뜨리더니 왼쪽 무릎에서 오른쪽 다리를 내리며 "헉" 하고 소리쳤다.

"악마다!" 그들은 신음했다. "열셋이라니! 열셋! 맙소사, 13시야!"

이후 벌어진 끔찍한 광경을 왜 굳이 묘사해야 하겠는가? 순간 폰 더포테이미티스의 모든 주민들은 통탄할 대혼란에 빠졌다.

"내 배가 어떻게 된 거야?" 모든 아이들이 아우성쳤다. "지금은 배가 고파야 하는데!"

"내 양배추는 어떻게 된 거야?" 모든 부인들이 비명을 질렀다. "지금은 곤죽이 되어야 하는데!"

"내 파이프는 어떻게 된 거야?" 모든 조그만 노신사들이 욕설을 내뱉었다. "이런 제기랄! 지금은 다 피웠어야 하잖아!" 그들은 미친 듯이 파이프를 다시 채우고 안락의자에 앉아 급속도로 맹렬하게 담배를 피워댔고, 골짜기는 순식간에 한치 앞도 보이지 않는 연기로 가득 찼다.

그사이 양배추들은 모두 겉이 시뻘개져서 마치 악마가 시계의 형태를 한 모든 것을 장악한 것만 같았다. 가구에 새겨진 시계들은 마법에 홀린 것처럼 춤을 추었고, 벽난로 선반 위의 시계들은 분노를 가라앉히지 못하고 계속해서 13시를 쳐댔다. 그렇게 뛰어다니며 몸부림치는 추의 꼬락서니는 정말 보기조차 끔찍했다. 하지만 그 무엇보다 무시무시한 광경은 꼬리에 매달린 시계가 울리는 것을 더 이상 견디지 못하고 사방으로 날뛰고 할퀴고 찌르고 꽥꽥, 빽빽 울고 으르렁대면서 사람들의 얼굴에 달려들고 페티코트 밑으로 파고 들어가면서 상식 있는 사람이라면 상상조차 할 수 없는 지독한 소음과 혼란을 일으키는 고양이와 돼지들이었다. 설상가상으로 뾰족탑 위의 그 작은 악당도 최대한 안간힘을 쓰고 있는 게 분명했다. 이따금 자욱한 연기 사이로 그놈의 모습이 슬쩍 보였다. 그자는 큰대자로 뻗어 있는 종탑지기를 깔고 앉아, 이로 종 밧줄을 물고 고개를 홱 하고 움직여 종을 잡아당겨 생각만 해도 귀가 먹먹해지는 소음을 일으켰다. 무릎에는 커다란 바이올린을 올려놓고 두 손으로 박자도 음정도 무시한 채 마구 문질러서 〈주디 오플래내건〉과 〈패디 오래퍼티〉를 연주하는, 얼빠진 장관을 보여줬다.

이 정도로 비참한 지경에 이르자 나는 정나미가 떨어져 그곳을 떠났다. 이제 나는 정확한 시간과 맛있는 양배추를 사랑하는 모든 사람에게 도움을 호소하는 바이다. 우리 다함께 그곳으로 가서 그 조그만 녀석을 뾰족탑에서 내쫓아 폰더포테이미티스의 옛 질서를 되돌려놓자.

위인 추대

모든 사람들이 깜짝 놀라 시선을 집중했다.
_홀 주교의 풍자시

    나는 위대한 사람이다. 과거에 그랬다는 말이다. 하지만 나는 주니어스[70]로 활동한 장본인도 아니고, 가면 속의 주인공도 아니다. 내이름은 로버트 존스이며, 펌-퍼지 시 어딘가에서 태어났기 때문이다.

    내가 태어나 맨 먼저 한 행동은 양손으로 코를 잡는 것이었다. 어머니는 그 모습을 보고 나를 천재라고 불렀다. 아버지는 기뻐 눈물을 흘렸고 내게 비부학鼻部學 논문[71]을 선물했다. 나는 기저귀를 떼기 전에 이 논문에 통달했다.

    이제 나는 과학 분야를 조금씩 알아가기 시작했다. 그리고 충분히 눈에 띄는 코가 있으면 그것만으로도 위인의 경지에 도달할 수

---

70   1769년부터 런던의 신문에 당시 지배층을 비판하는 투서에 쓰인 필명.

71   원문의 'nosology'는 질병분류학을 의미하지만 코에 관한 학문이라는 뜻으로 의도적으로 잘못 사용되고 있다.

있음을 곧 알게 되었다. 하지만 내 관심은 이론에만 국한되지 않았다. 나는 매일 아침 코를 두어 번 잡아당기고 여섯 모금을 삼켰다.

성년이 되고 난 뒤, 어느 날 아버지가 서재로 불렀다.

"아들아." 자리에 앉고 나자, 아버지가 이렇게 말했다. "네가 살아가는 주된 목적이 무엇이냐?"

"아버지. 비부학 연구를 위해 삽니다." 내가 대답했다.

"그렇다면 로버트. 비부학이란 무엇이냐?" 아버지가 물었다.

"아버지. 코에 대한 학문입니다."

"그러면 코란 무엇인지 알려줄 수 있느냐?"

"코란, 아버지." 나는 많이 부드러워진 말투로 대답했다. "약 천 명의 저자들이 저마다 다르게 정의했습니다." [여기서 나는 시계를 꺼냈다.] "지금 정오쯤 되었으니, 자정 전까지는 그 내용을 모두 살펴볼 수 있겠습니다. 그러면 우선, 바르톨리누스[72]에 따르면, 코란 돌기이자, 튀어나온 부분, 불거져 나온 이상 성장물, 그러니까……"

"그만하면 됐다, 로버트." 선량한 아버지가 말을 가로막았다. "네가 쌓은 폭넓은 지식에 깜짝 놀랐구나. 정말이지, 내 영혼에 맹세코." [여기서 아버지는 눈을 감고 한 손을 가슴에 올렸다.] "이리 오너라!" [여기서 아버지는 내 팔을 잡았다.] "네 교육은 이제 끝난 걸로 봐도 되겠구나. 이제 네 앞가림을 스스로 할 수 있겠다. 그리고 네 코를 따라가는 것보다 더 훌륭한 일은 없단다. 그러니, 그러니, 그러니……" [여기서 아버지는 나를 발로 걷어찼고, 나는 계단을 굴러

---

72   17세기에 활동한 덴마크의 의사.

내려가 문밖으로 나갔다.] "그러니 내 집에서 나가거라. 신께서 축복하시기를!"

마음속에서 신성한 영감이 느껴졌으므로, 이 사건을 차라리 행운이라고 여겼다. 나는 아버지의 조언을 길잡이로 삼기로 했다. 내 코를 따라가기로 결심했다. 그 자리에서 코를 한두 번 잡아당긴 뒤 곧바로 비부학에 대한 소논문을 썼다.

펌-퍼지 전체가 열광했다.

"놀라운 천재의 등장!" 〈쿼털리〉에서 이렇게 평가했다.

"최고의 생리학자!" 〈웨스트민스터〉에서는 이렇게 말했다.

"영리한 친구!" 〈포린〉에서는 이렇게 말했다.

"훌륭한 글재주!" 〈에든버러〉에서는 이렇게 말했다.

"심오한 사상가!" 〈더블린〉에서는 이렇게 말했다.

"위대한 인간!" 〈벤틀리〉에서 말했다.

"성스러운 영혼!" 〈프레이저〉에서 말했다.

"우리의 동지!" 〈블랙우드〉에서 말했다.

"그가 대체 누굴까?" 바-블루 부인이 말했다.

"대체 직업은 뭘까?" 큰딸 바-블루 양이 말했다.

"어디에 있을까?" 작은딸 바-블루 양이 말했다. 하지만 나는 이들에게는 눈길 한 번 주지 않았다. 나는 곧바로 화가의 작업실로 들어갔다.

블레스-마이-솔[73] 공작부인이 초상화를 그리기 위해 앉아 있었다.

---

73   아뿔싸.

소-앤-소[74] 후작은 공작부인의 푸들을 안고 있었다. 디스-앤-댓[75] 백작은 공작부인의 흰머리를 만지작거리며 희롱하고 있었다. 그리고 터치-미-낫[76] 전하는 부인의 의자 등받이 뒤에 기대고 있었다.

나는 화가에게 다가가 코끝을 들어 올렸다.

"어머, 아름답군요!" 공작부인이 한숨을 쉬었다.

"오, 저런!" 후작이 혀짤배기소리로 말했다.

"와, 충격적인걸!" 백작이 신음했다.

"아, 끔찍하군!" 전하가 으르렁거렸다.

"그 대가로 뭘 주면 되겠습니까?" 화가가 물었다.

"그 코 대가로 말이에요!" 공작부인이 외쳤다.

"천 파운드입니다." 내가 자리에 앉으면서 말했다.

"천 파운드라?" 화가가 곰곰이 생각하는 말투로 물었다.

"천 파운드요." 내가 말했다.

"아름답군요!" 그가 넋을 잃고 말했다.

"보증합니까?" 그가 불빛에 코를 돌려보며 물었다.

"합니다." 나는 코를 시원하게 풀면서 대답했다.

"정말로 진짜인가요?" 화가는 존경하는 손길로 코를 만져보며 물었다.

"흠!" 나는 코를 한쪽으로 비틀며 말했다.

74   아무개.

75   이것저것.

76   거만한 사람.

"누가 복제한 적은 없지요?" 그는 현미경으로 코를 살펴보며 따져 물었다.

"없습니다." 나는 코끝을 들어 올리면서 대답했다.

"감탄스럽군요!" 화가는 내 동작의 아름다움에 순간적으로 경계를 풀고 외쳤다.

"천 파운드입니다." 내가 말했다.

"천 파운드요?" 그가 말했다.

"그렇습니다." 내가 말했다.

"천 파운드라고요?" 그가 말했다.

"그렇다니까요." 내가 말했다.

"드리겠습니다." 그가 말했다. "굉장한 작품입니다!" 그는 그 자리에서 수표를 써주더니 내 코를 스케치했다. 나는 저민 스트리트에 방을 빌리고 여왕 폐하께 코의 초상화와 함께 〈비부학〉 제99판을 보냈다. 재미없는 난봉꾼 녀석, 황태자가 나를 만찬에 초대했다.

우리는 모두 위대한 인물이었고, 흔치 않은 사람들이었다.

현대의 플라톤 연구자도 있었다. 그는 포르피리오스,[77] 이암블리코스,[78] 플로티노스,[79] 프로클로스,[80] 히에로클레스,[81] 티루스의 막시

---

77   3세기의 신플라톤주의 철학자.

78   아시리아 태생의 신플라톤주의 철학자.

79   고대 후기 그리스 철학자.

80   신플라톤주의 최후의 대표적 철학자.

81   스토아학파 철학자.

무스,[82] 시리아노스[83]를 인용했다.

인간이 완전해질 수 있는 가능성을 주장하는 사람도 있었다. 그는 튀르고,[84] 프라이스,[85] 프리슬리,[86] 콩도르세,[87] 드 스탈,[88] 그리고 《쇠약하되 야심 있는 학생과의 대화록》[89]을 인용했다.

포지티브 패러독스 경도 있었다. 그는 모든 바보는 철학자이며, 모든 철학자는 바보라는 발언을 했다.

에스테티쿠스 에틱스도 있었다. 그는 불과 통일성, 원자에 대해서, 둘로 나누어지고 선재하는 영혼에 대해서, 친밀감과 불화에 대해서, 원초적 지성과 원자동일성 이론[90]에 대해서 이야기했다.

티올로고스 티올로지도 있었다. 그는 에우세비우스[91]와 아리아누스[92]에 대해서, 이단과 니케아 종교회의[93]에 대해서, 옥스퍼드 종교

---

82 그리스의 수사학자이자 철학자.

83 그리스의 신플라톤주의 철학자.

84 프랑스의 정치가, 경제학자.

85 영국의 윤리철학자.

86 영국의 화학자이자 성직자.

87 프랑스의 철학자이자 수학자.

88 프랑스의 여성 문인.

89 E. B. 불위의 비평서.

90 각 원자는 그것들이 이루는 물질과 같은 성질을 갖는다는 고전 철학의 교리.

91 로마의 역사가, 교회 역사의 아버지.

92 안세나의 총독이자 기독교인 박해자.

93 325년에 열린 종교회의이며, 부활절과 삼위일체 등에 대해 논의했다.

운동과 공존설에 대해서, 호모우시우스[94]와 호모우이오이시오스[95]에 대해서 말했다.

로쉐 드 캉칼[96]에서 온 프리카세도 있었다. 그는 붉은 혀 머리턴이라고 말했으며, 벨루테소스를 곁들인 콜리플라워, 생트 므느르식 송아지 요리, 생트 플로렝탕 양념, 모자이크식 오렌지 젤리라는 말도 했다.

비불루스 오범퍼도 있었다. 그는 라투르[97]와 마크브륀넨[98]에 대해서, 무소와 샹베르탱 와인에 대해서, 릭부르와 생 조르주 포도농장에 대해서, 오브리옹과 레옹빌, 메독 와인에 대해서, 바락과 프레냑 와인에 대해서, 그라베, 소테른, 라피테, 생 페레 와인에 대해서 언급했다. 그는 클로 드 보귀에 와인를 보고 고개를 젓더니 눈을 감은 채로 셰리와 아몬티야도를 구별해냈다.

피렌체에서 온 틴톤틴티노 씨도 있었다. 그는 치마부에, 아르피노, 카르파치오, 아르고스티노[99]에 대해서, 카라바치오의 우울에 대해서, 알바노의 유쾌함에 대해서, 티치아노의 색채에 대해서, 루벤스의

---

94   삼위일체설을 지지하는 기독교인.

95   삼위일체설에 반대하며 성부와 성자가 별개라고 주장하는 기독교인.

96   파리의 유명한 레스토랑.

97   프랑스 부르고뉴 지역의 포도 농장.

98   본래는 벤저민 디즈레일리의 소설 《비비안 그레이》의 등장인물이지만 술 이름처럼 보이도록 말장난을 한 것.

99   모두 이탈리아의 화가.

여자들에 대해서, 그리고 얀 스테인[100]의 익살에 대해서 이야기했다.

펌-퍼지 대학교의 총장도 있었다. 그는 달을 트라키아에서는 벤디스로, 이집트에서는 부바스티스로, 로마에서는 디아나로, 그리스에서는 아르테미스로 불렀다는 의견을 내놓았다.

이스탄불에서 온 위대한 터키인도 있었다. 그는 천사들이 말과 수탉, 황소라는 생각에 사로잡혀 있었고 제6의 천당에 사는 사람 누군가는 7만 개의 머리가 있고, 지구는 셀 수 없이 많은 녹색 뿔이 난 하늘색 암소가 지탱하고 있다고 생각했다.

델피누스 폴리글롯도 있었다. 그는 아에스킬로스의 잃어버린 비극 83편, 이사에우스의 연설문 54편, 리시아스의 담화문 391편, 테오프라스투스의 논문 180편, 아폴로니우스의 원뿔 곡선에 관한 여덟 번째 책, 핀다로스의 송가와 주신 찬가, 호메로스 2세의 비극 54편이 어떻게 되었는지 알려주었다.

페르디난드 피츠-포실러스 펠츠파도 있었다. 그는 지구 내부의 불길과 제삼기[101]의 형성에 대해서, 기체와 액체, 고체에 대해서, 석영과 이회토에 대해서, 편암과 숄, 석고와 트랩, 활석과 방해석, 섬아연석과 각섬석, 운모 판암과 역암, 남정석과 리튬 운모, 적철광과 투감각석, 안티몬과 옥수, 망간과 여러분이 원하는 모든 것에 대해 이야기했다.

그리고 내가 있었다. 나는 나에 대해서, 나에 대해서, 나에 대해

---

100 17세기 네덜란드의 화가.

101 신생대의 전반기로 약 6천 5백만 년 전부터 약 2백만 년 전까지의 시기.

서, 나에 대해서 말했다. 비부학에 대해서, 소논문에 대해서, 그리고 나 자신에 대해서 말했다. 나는 코끝을 쳐들어 보이고, 나에 대해서 말했다.

"경이로울 만치 명민한 사람이군요!" 황태자가 말했다.

"최고예요!" 손님들이 말했다. 그리고 이튿날 아침, 블레스-마이-솔 부인이 나를 찾아왔다.

"앨맥스[102]에 가겠어요, 예쁜 사람?" 부인은 내 턱을 톡톡 두드리며 말했다.

"꼭 가겠습니다." 내가 말했다.

"코도 그대로 가는 거죠?" 부인이 물었다.

"당연합니다." 내가 대답했다.

"그럼 여기 명함이 있어요, 내 목숨처럼 소중한 사람. 당신도 올 거라고 할까요?"

"친애하는 공작부인, 제 마음을 다해 꼭 가겠습니다."

"어머, 아니에요! 당신의 코를 다해 와야죠?"

"물론입니다, 내 사랑." 내가 말했다. 그리고 나는 코를 한두 차례 비틀었고, 앨맥스에 가게 되었다.

실내에는 사람이 많아서 숨이 막힐 지경이었다.

"그가 온다!" 누군가 계단에서 말했다.

"그가 온다!" 누군가 더 위쪽에서 말했다.

"그가 온다!" 누군가 그보다 더 위쪽에서 말했다.

---

102   18~19세기 런던에서 성업하던 여러 사교 클럽.

"그가 왔다!" 공작부인이 외쳤다. "그가 왔다, 사랑스러운 사람이!" 그리고 부인은 양손으로 나를 꽉 붙잡더니 콧등에 세 번 키스를 했다.

곧장 사람들 사이에서 동요가 일어났다.

"악마!" 카프리코르누티 백작이 외쳤다.

"신이시여, 우리를 지켜주소서!" 돈 스틸레토가 중얼거렸다.

"천 번의 벼락이 떨어지기를!" 그레루넬의 군주가 외쳤다.

"천 명의 악마들!" 블루덴누프의 선제후가 으르렁거렸다.

참을 수 없었다. 나는 화가 났다. 블루덴누프를 마주 보았다.

"이것 보세요!" 내가 그에게 말했다. "당신은 개코원숭이입니다."

"이것 보시오." 잠시 후 그가 대답했다. "벼락과 번개가 떨어지기를!"

더 이상을 바랄 수는 없었다. 우리는 명함을 교환했다. 이튿날 아침, 초크 농장에서 나는 그의 코를 쏘아 날려버리고 친구들을 찾아갔다.

"짐승!" 첫 번째 친구가 말했다.

"바보!" 두 번째 친구가 말했다.

"멍청이!" 세 번째 친구가 말했다.

"얼간이!" 네 번째 친구가 말했다.

"백치!" 다섯 번째 친구가 말했다.

"새대가리!" 여섯 번째 친구가 말했다.

"꺼져!" 일곱 번째 친구가 말했다.

이런 일을 다 겪고 나니 부끄러워져서 아버지를 찾아갔다.

"아버지, 제가 살아가는 주된 목적이 무엇입니까?"

"아들아." 아버지가 대답했다. "지금도 비부학 연구를 위해 사는 거란다. 하지만 선제후의 코를 쏜 것은 정도가 지나쳤다. 네 코는 훌륭하다. 그건 사실이야. 하지만 이제 블루텐누프는 코가 없다. 너는 망했어. 그는 이 시대의 영웅이 되었다. 펌-퍼지에서 위인의 위대함은 코의 크기와 비례하는 것이 틀림없지만, 맙소사! 코가 없는 위인과는 경쟁할 방법이 없으니 말이다."

미라와의 대담

어제저녁 좌담회가 약간 무리였던 것 같다. 머리가 깨질 듯이 아프고 미칠 듯이 졸음이 쏟아졌다. 그래서 계획대로 바깥에서 저녁 시간을 보내는 대신 저녁 한 술만 뜨고 곧장 자는 게 상책이겠다는 생각이 들었다.

물론 식사는 가볍게 해야 한다. 나는 치즈토스트를 몹시 좋아한다. 하지만 한 번에 1파운드 이상 먹는 건 언제라도 권장할 만하지 않다. 그래도 2파운드까지는 큰 반대는 없을 것이다. 그리고 2와 3 사이는 그저 숫자 하나의 차이일 뿐이다. 4파운드까지는 과감히 도전해봤다. 아내는 5라고 주장하지만, 그건 두 가지 다른 건수를 헷갈린 게 분명하다. 5라는 추상적 숫자는 기꺼이 인정하겠지만, 구체적으로 따지면 그건 흑맥주 병 개수와 상관있다. 양념 격으로 맥주를 곁들이지 않고는 치즈토스트를 먹을 수는 없으니까.

그렇게 간소한 식사를 마친 나는 내일 정오까지 푹 잤으면 하는 잔잔한 소망을 품고 취침용 모자를 쓴 다음 베개에 머리를 눕히고 탁월한 양심의 도움을 받아 곧장 깊은 잠속으로 빠져들어갔다.

하지만 인류의 소망이 이루어진 적이 있던가? 코를 세 번 골기도 전에 현관 초인종이 미친 듯이 울리고 고리쇠[103]를 쾅쾅 두들겨대는 소리가 들리는 바람에 나는 당장 잠에서 깨어났다. 그 직후 아직도 눈을 비비고 있는데 아내가 오랜 친구인 포노너 박사에게서 온 쪽지를 내 눈앞에 들이밀었다. 그 내용은 이러했다.

이 쪽지를 받자마자 무슨 일이 있어도 와주게, 친구. 와서 즐거운 일을 도와줘. 오랫동안 끈질기게 교섭한 끝에 시립 박물관 관장에게서 미라를 검사해도 좋다는 동의를 받았네. 바로 그 미라 말일세. 감은 천을 풀고 열어봐도 좋다는 허가를 받았어. 친구 몇 명만 올 걸세. 물론 자네를 포함해서 말이야. 미라는 지금 우리 집에 있고, 오늘 밤 11시에 풀기 시작할 걸세.

포노너

포노너까지 읽었을 때, 내 잠은 완전히 달아나고 없었다. 나는 환희에 차 침대에서 뛰쳐나와서 온갖 것들을 넘어뜨리며 옷장으로 달려가 실로 놀라운 속도로 옷을 입고 전속력으로 박사의 집을 향해 출발했다.

103　현관에 문 두드리는 용으로 달아놓은 고리.

그곳에는 열의에 찬 사람들이 모여 있었다. 다들 초조하게 나를 기다리고 있었다. 미라는 식탁 위에 길게 누워 있었다. 내가 도착하기 무섭게 검사가 시작되었다.

그 미라는 몇 년 전 포노너 박사의 사촌인 아서 아브레타시 대령이 나일 강 테베 한참 상류 쪽에 있는 리비아 산맥의 엘레이시아스 근처에 있는 무덤에서 가져온 두 구 중 하나였다. 테베의 무덤들보다는 덜 장엄해도 그곳의 작은 동굴들에는 이집트인의 사적인 생활을 보여주는 그림들이 많이 있기 때문에 더 흥미진진한 곳이다. 우리의 표본이 있었던 방에는 그런 그림들이 수두룩했다. 벽은 프레스코화와 얕은 부조들로 완전히 뒤덮여 있었고, 조각상과 꽃병, 화려한 패턴의 모자이크들이 고인의 재력을 보여주고 있었다.

그 보물들은 사브레타시 대령이 발견한 상태 그대로 박물관에 맡겨졌다. 즉 관은 전혀 건드리지 않은 그대로였다. 8년 동안 겉 부분만 조사를 받으며 그대로 있었던 것이다. 그리하여 이제 미라가 통째로 우리 손에 맡겨진 것이다. 약탈당하지 않은 골동품이 우리나라에까지 오는 일이 얼마나 드문지를 아는 사람이라면 이 행운을 자축할 이유가 충분하다는 것을 즉시 명백히 알 것이다.

식탁 쪽으로 다가가자 길이는 약 7피트, 너비는 약 3피트, 깊이는 2피트 반 정도 되는 커다란 상자가 보였다. 직사각형이지만 관 모양은 아니었다. 소재는 처음에는 플라타너스인 줄 알았지만 잘라보니 판지, 아니 더 정확히는 파피루스로 만든 종이반죽[104]이었다. 관은

104   젖은 종이와 아교를 섞어 이긴 것.

장례식 장면과 그 외 애도를 주제로 한 그림들로 빽빽하게 장식되어 있었는데, 그 사이사이에는 망자의 이름이 분명한 상형문자들이 온갖 다양한 위치에 그려져 있었다. 다행히 글리돈 씨[105]가 우리와 함께 있어서 어려움 없이 상형문자들을 해독해주었는데, 그건 단순한 음성기호로 알라미스타케오라는 말이라고 했다.

상자를 망가뜨리지 않고 여느라 좀 힘이 들었지만, 마침내 그 임무를 완수하고 보니 그 안에는 바깥쪽 상자보다 훨씬 작지만 그 밖에는 모든 면에서 첫 번째와 완전히 똑같은 관 모양의 두 번째 상자가 있었다. 두 상자 사이의 틈은 송진으로 메워져 있었는데 그 때문에 안쪽 상자의 색은 약간 변색되어 있었다.

(꽤 수월하게) 이 상자를 열자 마찬가지로 관 모양을 한 세 번째 상자가 나타났다. 소재가 삼나무여서 아직도 삼나무 특유의 향기로운 냄새를 뿜고 있다는 것 외에는 두 번째 상자와 별반 다른 점이 없었다. 두 번째와 세 번째 상자 사이에는 전혀 틈이 없어서 하나가 다른 하나 안에 정확하게 딱 들어맞았다.

세 번째 상자를 열자 미라가 나와서 바깥으로 들어냈다. 흔히 보듯이 아마포 천이나 붕대로 둘둘 싸여 있을 거라고 생각했지만 그 대신 파피루스로 만들어 회반죽을 입히고 두껍게 도금을 한 뒤 그림을 그린 덮개가 나왔다. 그림들의 주제는 영혼의 의무라고 추정되는 여러 가지 일들, 영혼이 여러 신들을 배알하는 장면이었는데, 수없이 등장하는 동일한 인물은 십중팔구 미라가 된 망자의 초상인

105　이집트학을 미국에 알리고 강연을 한 조지 로빈스 글리돈.

것 같았다. 망자의 이름과 직책과 친척들의 이름과 직책을 나타내는 음성 상형문자가 원주형 혹은 수직으로 머리부터 발끝까지 새겨져 있었다.

목에는 날개 달린 구珠로 스카라베[106] 등 신들의 형상을 표현한 영롱한 색의 원주 모양 목걸이를 두르고 있었고, 허리에도 그 비슷한 허리띠를 차고 있었다.

파피루스를 벗기자 완벽하게 보존된 살이 드러났다. 아무런 냄새도 나지 않았다. 색깔은 불그스름했다. 피부는 딱딱하고 부드럽고 윤이 났다. 치아와 머리카락 상태도 좋았다. 눈은 제거(한 듯)했고 대신 유리눈알이 들어 있었다. 너무 한곳만 물끄러미 바라보는 것 같은 시선만 제외하면 아주 아름답고 근사하게 생생했다. 손톱과 발톱은 금칠되어 번쩍거렸다.

글리돈 씨는 피부가 불그스름한 것으로 보아 완전히 역청으로만 방부처리를 한 것 같다는 의견을 내놓았지만, 쇠 도구로 표면을 긁어내 나온 가루를 불에 던져보자 장뇌와 그 외 달콤한 나뭇진의 향기가 선명하게 풍겨 나왔다.

내장을 꺼내는 용도로 보통 있게 마련인 구멍들을 꼼꼼히 찾아보았지만 놀랍게도 구멍이라고는 전혀 없었다. 그 당시에는 우리 중 누구도 구멍 없이 온전한 미라가 종종 발견된다는 사실을 몰랐다. 보통 뇌는 코를 통해 빼내고 내장은 옆구리를 절개해서 제거한 후, 온몸의 털을 제거하고 씻고 소금 처리를 한 다음 몇 주 동안 둔다. 그

---

106 풍뎅이 모양의 부적.

러고 나서 소위 미라 만들기 절차가 시작된다.

구멍의 흔적을 찾을 수 없자 포노너 박사는 해부도구들을 준비했다. 그때가 2시가 넘은 시각이었다. 그때 다들 내부 검사는 다음 날 저녁까지 미루자고 합의하고 일단 헤어지려고 했는데, 누군가 볼타 전지로 한두 가지 실험을 해보자고 제안했다.

적어도 3, 4천 년은 되었을 미라에게 전기를 흘려본다는 것은 아주 현명하다고는 할 수 없어도 충분히 참신한 생각이어서 다들 즉시 달려들었다. 우린 1/10은 진심으로, 9/10은 장난으로 연구실에 전지를 연결 배치하고 이집트인을 그쪽으로 옮겼다.

돌처럼 단단하게 굳은 다른 곳들에 비해 경직이 조금 덜해 보이는 관자놀이 근육 일부를 고생고생 끝에 겨우 드러내어 전선과 연결해보았지만, 물론 예상했다시피 전기가 통했다는 기미는 전혀 보이지 않았다. 첫 번째 시도만으로도 사실 결정적인 것 같았다. 이 어이없는 짓에 너털웃음을 터뜨리며 다들 작별인사를 하려던 찰나, 어쩌다 미라의 눈을 쳐다본 내 시선이 즉시 놀라움으로 고정되었다. 사실 잠깐 본 것만으로도 우리 모두가 유리라고 생각했던, 그 강렬한 응시 때문에 처음부터 눈에 띈 안구가 지금은 대부분 눈꺼풀에 뒤덮여 있어서 백막의 일부만 보인다는 것이 너무나 확연했다.

나는 소리를 질러 그 사실을 알렸고, 곧 모두가 이를 확인했다.

그 현상을 보고 내가 놀랐다고는 말할 수 없다. 왜냐하면 내 경우는 정확히 말해 '놀란' 게 아니었기 때문이다. 그래도 흑맥주를 마시지 않았더라면 약간 불안해했을지도 모른다. 사실 다른 사람들은 자신들을 덮친 완전한 공포심을 감추려는 시도조차 하지 않았다.

포노너 박사는 보기조차 애처로웠다. 글리돈 씨는 괴상한 방식으로 몸을 감추었다. 실크 버킹엄 씨는 네발로 기어서 식탁 밑으로 들어 갔다는 것을 절대 부인하지 못할 것이다.

하지만 최초의 충격이 가시고 나자 우리는 당연히 당장 실험을 더 하기로 결심했다. 이번에는 오른쪽 엄지발가락이 대상이었다. 우리는 족무지 소골 바깥쪽 위를 절개하여 외전근 뿌리까지 들어갔다. 전지를 재조절한 다음 이등분한 신경에 전류를 흘려보내는 순간, 미라가 생생히 살아 있는 것 같은 동작으로 처음에는 오른쪽 무릎을 거의 복부와 맞닿을 정도로 끌어당기더니, 다음에는 믿을 수 없이 다리를 힘차게 죽 펴서 포노너 박사를 걷어찼고, 그 결과 그 신사는 투석기에서 날린 화살처럼 창문 밖으로 튕겨 날아가 그 아래 거리에 떨어졌다.

우리는 엉망이 된 희생자의 유해를 수습하러 떼 지어 달려 나갔지만, 다행히도 열렬한 학구열에 불타 기이할 정도로 황급히 계단을 올라오고 있는 박사를 도중에서 만났다. 박사는 엄정하고 열정적으로 우리 실험을 속행해야 한다는 결의에 차 있었다.

따라서 박사의 충고에 따라 우리는 그 자리에서 미라의 코끝을 깊게 절개했고, 박사는 손을 그 위에 덥석 놓더니 코끝을 끌어당겨 힘껏 전선에 갖다 댔다.

정신적으로도 신체적으로도—비유적으로도 문자 그대로도—그 결과는 전율 그 자체였다. 먼저 시신이 눈을 뜨더니 반스 씨[107]가 팬

---

107   유명 코미디언 존 반스.

터마임에서 그렇듯이 몇 분 동안 매우 급속히 깜박였다. 두 번째는 재채기를 했고 세 번째는 꼿꼿이 앉더니 네 번째로 포노너 박사의 면전에 대고 주먹을 휘둘렀고 다섯 번째로는 글리돈 씨와 버킹엄 씨를 돌아보고 유려한 이집트어로 이렇게 말을 거는 것이었다.

"신사분들, 여러분의 행동에 충격과 굴욕감을 느꼈다는 말을 해야겠소. 포노너 박사에게는 아예 기대도 안 했소. 아는 것도 없는 딱한 뚱보 얼간이에 불과하니까. 불쌍하게 생각하고 용서해야지. 하지만 당신, 글리돈 씨 그리고 당신, 실크 씨는 이집트 여행도 하고 살아보기도 해서 우리 예법을 안다고 생각했는데. 이집트에 너무나 오래 있어서 이집트어를 모국어만큼이나 유창하게 하는 당신이, 미라들의 믿음직한 친구라고 늘 믿었던 당신이, 정말이지 당신들한테는 더 신사다운 행동을 기대했었소. 그런데 옆에 가만히 서서 내가 이렇게 무례한 취급을 당하고 있는 걸 지켜보고만 있다니. 내가 어떻게 생각해야겠소? 저 어중이떠중이들이 이 비참하게 추운 날씨에 내 관을 열고 내 옷을 벗기는 걸 방임하다니 그걸 어떻게 생각해야 하오? (핵심적으로) 저 파렴치한 악당 포노너 박사가 내 코를 잡아당기는 걸 돕고 부추기다니 이걸 도대체 어떻게 생각해야 한단 말이오?"

물론 그 상황에서 이런 연설을 들으면 문을 향해 도망가거나 쓰러져 경기를 일으키거나 졸도하는 게 당연할 것이다. 이 중 한 가지는 벌어지게 마련이다. 사실 그중 하나든 전부든 이런 것들이야말로 가장 사람이 취하게 마련인 행동들이었다. 그런데 정말이지 왜, 어째서 우리가 그중 어떤 행동도 취하지 않았는지 알 수가 없다. 하지만 어쩌면 진정한 이유는 시대정신 속에서 찾아야 할 것이다. 이 시대정신은 전적으로 모순의 법칙에 의거해나가고 있어서, 이제는 모순과 불가능에 있어 모든 것의 해결책으로 전반적으로 인정받고 있으니까. 혹은 어쩌면 결국 그저 미라가 너무나 자연스럽고 침착한 태도로 일관해서 그 말이 그렇게 끔찍하게 들리지 않았는지도 모른다. 어쨌건 간에 사실은 명백하다. 우리 중 그 누구도 특별히 경악한 티를 내지도 않았고 뭐가 특별히 잘못되었다고 생각하는 것 같지도 않았다.

나는 모든 게 다 괜찮다고 확신했다. 그래서 그저 이집트인의 주먹이 닿는 영역 밖으로 떨어져 있기만 했다. 포노너 박사는 바지 주머니에 손을 집어넣은 채 미라를 뚫어져라 쳐다보더니 얼굴이 점점 있는 대로 새빨개졌다. 글리돈 씨는 수염을 쓰다듬으며 셔츠 칼라를 추켜올렸다. 버킹엄 씨는 고개를 떨군 채 오른손 엄지손가락을 왼쪽 입가에 넣었다.

이집트인은 엄한 표정으로 몇 분 동안이나 버킹엄을 쳐다보더니 마침내 빈정대며 말했다.

"말 좀 해보시죠, 버킹엄 씨? 제 질문 들었습니까, 못 들었습니까? 입에서 손가락 좀 떼고!"

그러자 버킹엄 씨가 움찔하면서 오른손 엄지손가락을 왼쪽 입가에서 빼더니, 그 보상으로 이번에는 왼손 엄지손가락을 앞서 말한 구멍의 오른쪽 가에 집어넣었다.

B 씨에게서 아무런 대답을 얻지 못하자, 그는 글리돈 씨 쪽으로 짜증스레 몸을 돌리더니 지엄한 어조로 대체로 우리 의도가 무엇이었는지 설명하라고 요구했다.

글리돈 씨가 음성학으로 길게 대답했다. 미국 인쇄소에 상형문자 활자만 있었더라도 그 근사한 연설 전체를 원문 그대로 여기 기록한 다면 정말 좋을 텐데.

이 기회를 빌려 미라와 함께 나눈 다음 모든 대화는 (나와, 이집 트를 여행한 적 없는 다른 일행들의 경우) 매개, 그러니까 글리돈 씨 와 버킹엄 씨의 통역을 매개로 하여 고대 이집트어로 이루어졌다는 사실을 말해두겠다. 이 신사들은 미라의 모국어를 비길 데 없이 유 창하고 우아하게 했지만 (물론 완전히 현대적이어서, 당연히 이방 인에게는 완전히 새로울 수밖에 없는 관념들이 도입되었기 때문에) 두 여행자는 특정 의미를 전달하기 위해 감각으로 이해할 수 있는 형식을 이용할 수밖에 없는 상황에 간간이 이르곤 했다. 예를 들어 한번은 이집트인이 '정치'라는 용어를 이해하지 못하자 결국 글리 돈 씨가 벽에다 숯으로 코에 뾰루지가 난 초라한 행색의 신사가 왼 쪽 다리는 뒤로 빼고 주먹을 쥔 오른팔을 앞으로 내민 채 나무그루 터기 위에 서서 눈은 하늘로 치켜뜨고 입은 90도 각도로 벌리고 있 는 모습을 그렸다. 마찬가지로 버킹엄 씨도 완전히 현대 개념인 '휘 그당whig'을 전달하지 못하자 마침내 (포노너 박사의 제안으로) 얼굴 이 몹시 창백해져서는 자기 가발을 벗는 데 동의했다.

쉽게 이해하겠지만 글리돈 씨의 이야기는 주로 미라의 붕대를 풀 고 배를 갈라봤을 때 과학에 거대한 이익이 생긴다는 점에 주안점 을 두고, 그런 근거에서 특히 알라미스타케오라는 한 미라에게 끼쳤 을 불편에 사과했으며, 이 사소한 문제들이 이제 해명되었으니 하려 던 실험들을 계속하는 게 좋지 않겠냐고 슬쩍 암시(암시 이상이라고는 좀처럼 보기 힘들었다)하는 것으로 끝을 맺었다. 이 시점에 포노너 박사는 도구를 준비했다.

연사의 제안에 대해 알라미스타케오는 나로서는 뭔지 알 수 없었지만 약간 양심의 가책을 느끼는 것 같았다. 그래도 사과에 대해 만족감을 표하며 식탁에서 내려오더니 주위를 둘러싼 사람들과 악수를 나누었다.

이 의식이 끝나자 우리는 즉시 실험대상이 수술 칼에 입은 피해를 분주히 복구했다. 관자놀이 상처를 꿰매고 발에 붕대를 감고 코끝에는 검정 회반죽을 1제곱인치 발랐다.

이제 백작(이것이 알라미스타케오의 직함 같았다)이 몸을 덜덜 떠는 게 보였다. 분명 감기에 걸린 것이다. 박사가 냉큼 자기 옷장으로 가더니 곧 제닝스[108]가 최고급으로 만든 검정 연미복, 혁대 달린 하늘색 격자무늬 바지, 분홍색 깅엄 슈미즈,[109] 펄럭이는 문직 조끼, 헐렁한 흰 오버코트, 갈고리 손잡이가 달린 지팡이, 챙 없는 모자, 에나멜가죽 부츠, 어린이용 담황색 장갑, 안경, 구레나룻 한 벌[110]과 리전시 스타일 남성용 목 스카프를 들고 돌아왔다. 백작과 박사의 치수가 (2대 1 정도의 비율로) 달라서 이 옷들을 이집트인 몸에 맞춰 입히느라 좀 애를 먹었다. 하지만 모든 게 정리되고 나자 옷을 입었다고 할 만한 모양새가 되었다. 그리하여 글리돈 씨가 팔을 내밀

---

108   브로드웨이에 위치한 고급 양복점 윌리엄 T. 제닝스 회사.

109   여성 속옷.

110   19세기 초 구레나룻의 유행으로 가짜 구레나룻이 생산되기도 했다.

어 백작을 부축하고 불 가의 편안한 의자로 안내했고, 박사는 종을 울려 담배와 와인을 가져오게 했다.

대화는 이내 활기를 띠었다. 물론 알라미스타케오가 아직도 살아 있다는 놀라운 사실에 대해 다들 호기심을 표했다.

"전 당연히 백작께서 돌아가셨을 때가 충분히 됐다고 생각했습니다." 버킹엄 씨가 말했다.

"저런, 난 겨우 700살 정도밖에 안 됐소. 우리 아버지는 천수를 하셨지만, 돌아가실 때 노망 기미조차 없었지." 백작이 깜짝 놀라며 대답했다.

여기서 활발한 질문과 계산이 이어졌고, 그 결과 미라의 나이를 크게 잘못 판단했다는 게 확실해졌다. 미라가 엘레이시아스 지하묘지에 묻힌 지 5050년하고도 몇 달이 흘렀던 것이다.

버킹엄 씨가 다시 말했다. "하지만 제 말은 매장 당시의 나이와는 상관없습니다. (백작께서 아직 젊은이라는 건 사실 기꺼이 인정합니다.) 제가 하고 싶었던 말은 직접 보여주신 것처럼 백작께서 역청에 싸여 계셨던 그 어마어마한 시간 말입니다."

"뭐에?" 백작이 말했다.

"역청요." B 씨가 주장했다.

"아, 그렇지. 무슨 말인지 얼핏 알 것도 같군. 그것도 물론 써도 되겠지만, 우리 시대에는 승홍 말고 다른 건 거의 사용하지 않았소."

"하지만 저희가 특히 이해가 안 되는 것은 5천 년 전에 이집트에서 사망해서 매장되었는데 어떻게 오늘 여기 멀쩡하게 살아 있느냐는 겁니다." 포노너 박사가 말했다.

"내가 당신 말대로 죽었다면." 백작이 대답했다. "여전히 죽어 있는 게 맞겠지. 보아하니 당신들은 아직 전기 사용의 초기 단계에 있어서 옛날 우리 시대에는 상식이었던 일도 못 하고 있으니. 하지만 사실은 이렇소. 내가 강경증에 걸렸는데 가장 친한 친구 녀석들이 내가 죽었거나 죽은 게 틀림없다고 생각하고는 당장 미라로 만들어버린 거요. 미라 처리과정의 주요 원리들은 다들 잘 알고 있을 거라 생각하는데?"

"아니, 다는 아닙니다."

"아, 그렇군. 개탄스러운 무지로고! 지금은 자세히 설명할 수는 없지만, (제대로 말해서) 이집트에서 미라를 만든다는 것은 그 절차의 대상이 되는 모든 동물적 기능을 무기한으로 억류시키는 거라오. 여기서 '동물'이라는 단어는 생기와 정신, 육체를 다 포함하는 광의의 의미로 사용한 거고. 다시 말하지만 미라 처리과정에서 가장 중요한 원리는 그 절차의 대상이 되는 모든 동물적 기능을 즉시 억류시켜 영원히 정지시키는 거요. 간단히 말해서 미라가 되는 당시 그 사람이 어떤 상태였건 간에 그 상태로 죽 남게 되는 거지. 나는 운 좋게도 스카라베의 피를 물려받아 댁들이 지금 보듯이 산 채로 미라가 된 거요."

"스카라베의 피라고요!" 포노너 박사가 외쳤다.

"그렇소. 스카라베는 매우 뛰어나고 귀한 귀족 가문의 표지, 즉 '문장'이오. '스카라베의 피'를 물려받았다는 것은 그냥 스카라베를 표지로 쓰는 가문 사람이라는 뜻이고. 비유적인 말이지요."

"하지만 이게 백작께서 살아 있는 것과 무슨 관련이 있습니까?"

"이집트에서는 미라로 만들기 전 보통 내장과 뇌를 다 빼내는 게 관습인데, 스카라베 일족만 이 관습을 따르지 않았소. 그러니 내가 스카라베 일족이 아니었더라면 나도 내장과 뇌가 없는 신세였을 테고, 그것 없이는 살기 어렵겠지."

"그러니까 전해 내려온 모든 미라들이 스카라베 일족이라는 말씀이지요?" 버킹엄 씨가 말했다.

"물론이오."

"저는 스카라베는 이집트 신들 중 하나라고 생각했는데요." 글리돈이 몹시 온순한 태도로 말했다.

"이집트 뭐 중 하나라고?" 미라가 벌떡 일어나며 버럭 소리 질렀다.

"신들이요!" 여행자가 되풀이했다.

"글리돈 씨, 그런 말을 하다니 정말 경악스럽군요." 백작이 다시 의자에 앉으며 말했다. "지구상의 그 어떤 나라도 하나 이상의 신을 인정한 적이 없소. 스카라베, 이비스[111] 등은 (비슷한 생물들이 다른 나라에서 그랬던 것처럼) 상징이나 매개요. 직접 다가가기에는 너무나 존엄하신 창조주께 경배를 드릴 때 사용하는 상징이나 매개 말이오."

침묵이 흘렀다. 마침내 포노너 박사가 대담을 재개했다.

"백작의 설명을 들으니 나일 강 근처 지하 묘지에는 스카라베 일족의 다른 미라들도 아직 산 상태로 존재하고 있을 가능성이 있겠

---

[111] 새의 머리를 가진 이집트의 신, 조류 따오기.

군요."

"물론이오." 백작이 대답했다. "어쩌다 살아 있는 상태로 미라가 된 모든 스카라베는 지금도 살아 있소. 일부러 미라가 된 몇몇 사람들도 유언집행자가 혹시 업무를 소홀히 했다면 아직 무덤에 남아 있을 수 있고."

"설명 좀 해주시죠." 내가 말했다. "'일부러 미라가 되었다'는 게 무슨 뜻입니까?"

"기꺼이 해드리지." 미라가 안경 너머로 나를 유유히 훑어본 후 말했다. 내가 미라에게 직접 질문한 것이 처음이었기 때문이다.

"기꺼이." 그가 말했다. "우리 시절 인간의 평균 수명은 약 800년이었소. 아주 엄청난 사고를 당하지 않고서야 600살 이전에 죽는 일은 거의 없었지. 천 년을 사는 사람은 거의 없었지만 800살은 자연 수명이라고 다들 여겼소. 앞서 설명한 미라의 원리가 발견되자, 이 자연수명을 몇 회 할부로 나눠서 살면 건전한 호기심을 충족시키면서 동시에 과학도 발전시킬 수 있을 거라는 생각을 우리 철학자들이 하게 된 거요. 역사를 보면 사실 이런 일이 불가피하다는 것을 경험이 증명하고 있소. 예를 들어 한 역사가가 500살까지 살면서 엄청나게 공을 들여 책을 쓴 다음, 임시 집행자에게 500년이든 600년이든 일정 기간이 지난 다음 부활시켜달라는 지시를 남겨놓고 곱게 미라가 되었다 칩시다. 그 기간이 지나고 보면 십중팔구 자신의 위대한 저작이 마구잡이 공책 같은 처지가 되어 있는 꼴을 보게 될 거요. 그러니까 격앙된 주석자들이 개떼처럼 몰려들어 상충되는 추측들과 수수께끼, 개인적 언쟁을 벌이는 학문의 투기장 꼴이 되어 있는 거지. 주석 또는 교정이라는 이름으로 돌아다니는 이 추측 등이 원저작을 완전히 가리고 왜곡하고 압도해버려서 저자가 자기 책을 찾으려면 등불을 들고 돌아다녀야 할 지경이 되는 거요. 겨우 찾는다 해도 찾아 헤맨 보람도 절대 없고. 그 책을 완전히 다시 쓰고 나면 그 즉시 자기가 원래 살았던 시대로부터 구전되어 내려오는 이야기들을 자신의 개인적 지식과 경험에 의해 바로잡는 작업에 착수하는 게 역사가의 필수적 의무로 간주되었소. 이렇게 여러 현자들이 여러 시대를 거쳐가며 다시 쓰고 개인적으로 개정한 덕분에 우리 역사가 완전히 우화로 전락하지 않을 수 있었던 겁니다."

"실례합니다만." 그때 포노너 박사가 이집트인의 팔에 손을 살짝 올리며 말했다. "실례합니다만, 잠시만 끼어들어도 되겠습니까?"

"얼마든지요, 선생." 백작이 자세를 꼿꼿이 하며 대답했다.

"질문 하나만 하겠습니다." 박사가 말했다. "역사가가 개인적으로 자기 시대에 관한 구전을 수정했다고 하셨잖습니까. 이런 카발라[112] 중에서 평균적으로 어느 정도가 옳은 걸로 확인된 겁니까?"

"적절히 지칭한 그 카발라라는 것은 재서술되지 않은 역사에 기록된 사실들과 대체로 정확히 일치하오. 그러니까 어떤 상황에서든 그 둘 다에서 손톱만큼의 부분도 전적으로는, 근본적으로는 틀리지 않았다는 말이오."

"하지만," 박사가 다시 말을 이었다. "백작이 매장된 후로 적어도 5천 년이 지난 게 확실하니 누구나 보편적으로 관심을 갖는 주제인

---

[112] 유대교의 밀교적 부분, 입으로 직접 전수된 구전 혹은 전통을 뜻함.

창조에 대해, 구전은 아니더라도, 당시 역사에는 당연히 충분히 분명하게 쓰여 있겠죠. 백작도 아시겠지만 겨우 천 년 전에 일어난 일이니까요."

"선생!" 알라미스타케오 백작이 말했다.

박사가 되풀이해서 말했지만 추가설명을 아주 많이 한 후에야 그 외국인을 이해시킬 수 있었다. 백작이 마침내 주저하며 말했다.

"선생이 말한 생각은 솔직히 완전히 새롭군요. 우리 시대에는 우주(혹은 이렇게 부르는 게 더 좋다면 이 세상)에 시작이 있었다는 특이하기 짝이 없는 생각을 한 사람은 아무도 없소. 한 번, 딱 한 번 어떤 공론가가 인류의 기원에 대해 그 비스름한 소리를 늘어놓는 걸 들어본 적은 있소. 이 사람이 당신도 쓰는 아담(혹은 붉은 흙)이라는 말을 사용했지. 하지만 그 사람은 그 말을 (천 가지 하위 종들이 발아하듯이) 기름진 땅에서 자연발생적 발아하는 것을 가리키는 포괄적 의미로 썼소. 그러니까 거대한 다섯 무리의 인간들이 서로 뚜렷이 다르지만 거의 동등한 지구상 다섯 개의 구역에서 자연발생적으로 발아하여 동시에 발생한 일 말이오."

그 순간 대체로 모두가 어깨를 으쓱했고 한두 사람은 의미심장하게 이마를 만졌다. 실크 버킹엄 씨는 먼저 알라미스타케오의 후두부를 슬쩍 보더니 다음에는 전두부를 쳐다보고 다음과 같이 말했다.

"그 시대 인간의 오랜 수명과, 백작께서 설명하셨듯이, 간간이 그 수명을 할부로 나눠 산 풍습이 지식의 전반적 발전과 혼합에 분명 크게 기여했겠군요. 따라서 현대인, 특히 미국인과 비교했을 때 고대 이집트인이 과학의 모든 항목에서 현저하게 뒤떨어진 것은 전적으로 이집트인 두개골이 탁월하게 단단했기 때문이라고 추정되는 바입니다."

"솔직히 말해서 무슨 말인지 모르겠소. 과학의 어떤 항목을 말하는 거요?" 백작이 아주 온화하게 대답했다.

그 순간 우리 모두 입을 모아 골상학 가설과 동물자기[113]의 경이로움에 대해 상세하게 설명했다.

백작은 우리 말을 끝까지 듣더니 몇 가지 일화를 들려주었고, 이들은 갈과 슈프르츠하임[114]의 원형은 까마득한 옛날 이집트에서 번성했다가 사라져 거의 잊혔으며, 메스머[115]의 책략은 이集, 그리고 그 비슷한 수많은 것들을 만들어낸 테베의 현자들에 비하면 하찮은 속임수에 불과하다는 것을 분명히 보여주었다.

이때 내가 백작에게 그 시대 사람들은 일식을 계산할 수 있었냐고 물었다. 그는 비웃음을 띠며 그렇다고 말했다.

그 말에 약간 당황하긴 했지만 내가 천문학에 대해 다른 질문들을 하기 시작하자 이제껏 입을 꾹 다물고 있었던 한 신사가 이 분야는 달 표면의 플루타르크[116]나 (프톨레마이오스가 누구든지 간에) 프톨레마이오스한테나 물어보라고 내 귀에 속삭였다.

다음으로는 미라에게 볼록렌즈와 유리 제조 일반에 대해 물었지

113　최면술을 실시했을 때 시술자로부터 피시술자에게 흐른다고 추정하는 가상의 액체 또는 힘.

114　골상학의 창시자인 프란츠 요제프 갈과 그의 제자 요한 가스파르 슈프르츠하임.

115　최면요법의 창시자인 프리드리히 앤턴 메스머.

116　플루타르크는 〈달의 표면에 관하여〉라는 논문을 썼다.

만, 내 질문이 다 끝나기도 전에 입을 꾹 다물고 있던 그 신사가 또 팔꿈치를 슬쩍 건드리며 제발 디오도로스 시켈로스[117]를 좀 읽어보라고 간청했다. 백작은 대답 대신 그저 우리 현대인에게 이집트인처럼 카메오 세공을 할 수 있는 현미경이 있는지 물었다. 이 질문에 어떻게 답해야 할지 생각하고 있는데 포노너 박사가 매우 비상한 방식으로 전면에 나섰다.

"우리 건축물을 좀 봐요!" 그가 이렇게 외치는 통에 여행자 둘이 크게 분노하여 멍이 들 때까지 그를 꼬집었지만 헛수고였다.

"보십시오." 그가 열렬하게 외쳤다. "뉴욕 볼링그린 공원의 분수를! 그게 너무 거대하다면 잠시 워싱턴 D. C.의 국회의사당을 생각해봐요!" 이 선한 의사는 자기가 말한 건물의 균형미를 조목조목 설명해나갔다. 주랑만 해도 지름 5피트짜리 기둥이 10피트 간격으로 24개나 늘어서 장식하고 있다고 설명했다.

백작은 아즈낙에 있는 큰 건물들, 시간의 여명이 터오기도 전에 초석이 세워졌지만 그가 매장되던 시대에도 아직 테베 서쪽 광활한 모래평야에 남아 있던 그 잔해들 중 그 어느 하나의 규모도 하필 그 순간 정확히 생각나지 않아 유감이라고 했다. 하지만 (주랑 이야기가 나온 김에) 기억나는 것은, 카르낙이라는 교외에 있는 별것 아닌 궁전에 붙은 주랑에는 둘레가 37피트나 되는 기둥이 25피트 간격으로 144개나 서 있다고 했다. 나일 강에서 이 주랑으로 가려면 길이가 2마일이나 되는 도로를 지나야 하는데, 거기에는 높이가 20, 60,

117   그리스 역사가.

100피트나 되는 스핑크스와 조각상, 오벨리스크들이 죽 늘어서 있다고 했다. (최대한 기억해봤을 때) 궁전 자체는 한쪽 면 길이가 2마일이고 전체 둘레가 7마일 정도 됐다. 벽 안팎에는 온통 상형문자가 빼곡하게 그려져 있었다. 박사가 말하는 국회의사당 50~60개가 이 벽 안에 지어질 수 있었을 거라고 주장하지는 않겠지만, 약간 기를 쓰고 쑤셔 넣어보면 200~300개는 문제없이 들어갈 수 없을 거라고는 절대 확신할 수 없다고 했다. 하지만 박사가 묘사한 볼링그린 공원의 분수가 정교하고 장엄하며 탁월하다는 점은 양심적으로 부정하지 않겠다고 백작은 말했다. 그런 것은 이집트든 어디서든 본 적이 없다는 것만은 인정한다는 것이다.

여기서 내가 백작에게 우리의 철도를 어떻게 생각하느냐고 물었다.

"뭐, 별로 할 말이 없소." 그가 대답했다. "좀 좁고 구상도 형편없고 조잡하더군. 우리 이집트인들이 높이가 150피트나 되는 오벨리스트들과 신전을 통째로 옮길 때 사용했던 철홈 파진, 널찍하고 평평하고 곧은 인도와는 물론 비교도 안 되고."

나는 기계의 어마어마한 힘에 대해 이야기했다.

미라는 그 방면에서는 우리 현대인도 조금 안다는 데는 동의했지만, 내가 심지어 카르낙의 조그만 궁전 상인 방에 아치를 올리는 작업이나 할 수 있었겠냐고 물었다.

이 질문은 못 들은 척하기로 하고 자분정[118]이 뭔지 아느냐고 물

---

[118]   지하수가 수압에 의해 저절로 솟아 나오는 샘.

었다. 하지만 미라는 그저 눈썹을 치켜 올리기만 했다. 그때 글리돈 씨가 내게 간절히 눈짓하더니, 대오아시스에서 물을 찾아 땅을 파 내려가던 기술자들이 최근 자분정을 하나 발견했다고 소리 죽여 말했다.

이번에는 우리의 강철에 대해 이야기했지만 외국인은 콧대를 세우며 우리의 강철이 오벨리스크에서 볼 수 있는, 오로지 구리칼붙이로 새긴 섬세한 조각을 할 수 있겠냐고 물었다.

이 말에 우리는 너무 당황한 나머지 공격 방향을 형이상학쪽으로 바꾸는 게 좋겠다고 생각했다. 우리는 《다이얼》[119]이라는 책을 가져오게 한 다음, 그중 명확하지는 않지만 보스턴 사람들이 대진보 운동이라고 부르는 일에 대해 쓴 한두 장을 읽었다.

백작은 그저 대운동은 자기 시대에는 수두룩했으며, 진보에 대해서는 한때 굉장히 성가셨지만 진보된 것은 절대 없었다고만 답했다.

다음에는 민주주의의 미덕과 중요성에 대해 이야기했지만 백작에게 자유로운 참정권이 있고 왕이 없는 곳에서 사는 우리가 누리는 장점들을 제대로 각인시키기란 몹시 힘들었다.

백작은 뚜렷한 관심을 보이며 들었고 사실 적지 않게 흥미를 갖는 것 같았다. 우리 말이 끝나자 그는 오래전 그와 매우 비슷한 일이 있었다고 말했다. 이집트에서 열세 지방이 돌연 자유를 선언하고 나머지 인류에 굉장한 본을 보여주기로 결심했다. 그들은 지혜로운 이들을 모아 인간이 상상할 수 있는 가장 독창적인 헌법을 만들었다.

---

119   18세기 초반 미국 초월주의자들이 펴낸 잡지.

한동안은 놀랄 만큼 잘 꾸려갔다. 다만 늘 엄청나게 잘난 척하긴 했지만 말이다. 하지만 그 실험은 이 열세 지역이 15~20개쯤 되는 다른 지역과 합병하면서 지상에서 유례를 찾아볼 수 없는, 가장 지독하고 참을 수 없는 전제주의가 탄생하면서 끝났다.

나는 그 독재자의 이름이 뭐냐고 물었다.

백작이 기억하기로 그 이름은 몹[120]이었다.

뭐라고 답해야 할지 몰라 나는 목소리 높여 이집트인이 증기를 몰랐다는 것을 애도했다.

백작은 깜짝 놀라며 나를 쳐다보았지만 아무 대답도 하지 않았다. 하지만 입 다물고 있던 신사가 팔꿈치로 내 갈비뼈를 쿡 찌르며 그만하면 충분히 웃음거리가 되지 않았냐고, 현대 증기기관은 헤론[121]의 발명품에서 기원하여 살로몬 데 카우스를 거쳐 나온 것도 몰랐느냐고 물었다.

이제 패배의 위험이 임박했지만 다행히도 포노너 박사가 기운을 끌어모아 우리를 구하러 돌아왔다. 그는 이집트 사람이 진심으로 현대인과 온갖 의복에서 경쟁이 된다고 생각하겠느냐고 물었다.

이 질문에 백작은 자기가 입은 바지의 허리띠를 내려다보더니, 다음에는 연미복 꼬리를 잡아 눈앞에 바싹 갖다 대고 몇 분 동안 물끄러미 바라보았다. 마침내 옷자락을 내린 백작의 입이 서서히 귀에서 귀까지 벌어졌다. 하지만 공작이 대답을 했다는 기억은 없다.

---

120   폭도.

121   고대 그리스의 기계공학자로 최초의 증기기관을 만들었다.

여기서 우리는 다시 원기를 회복했고, 박사는 몹시 당당하게 미라에게 다가가 시대를 막론하고 이집트인이 포노너의 마름모꼴 과자나 브랜드레스의 알약 제조법을 안 적이 있었는지 신사로서 명예를 걸고 솔직히 말해주기를 희망했다.

우리는 초조하게 대답을 기다렸지만 소용없었다. 대답은 나오지 않았다. 이집트인은 얼굴을 붉히더니 고개를 숙였다. 이렇게 형편없는 승리도, 이렇게 마지못해 참아주는 패배도 없었다. 정말이지 나는 가엾은 미라의 굴욕을 더 이상 보고 있을 수가 없었다. 나는 모자에 손을 갖다 대고 뻣뻣하게 인사를 한 다음 그 집을 떠났다.

집에 오니 새벽 4시가 넘은 시각이었고 나는 곧장 잠자리에 들었다. 지금은 오전 10시다. 나는 7시부터 일어나서 내 가족과 인류를 위해 이 기록을 남기는 중이다. 가족은 더 이상 보지 않을 생각이다. 아내는 잔소리꾼이다. 사실 나는 지금 생활과 19세기의 생활 전반이 다 지긋지긋하다. 모든 것이 다 잘못되어가고 있다는 확신이 든다. 게다가 2045년에 누가 대통령이 되는지도 정말 알고 싶다. 그러니 면도를 하고 커피 한 잔을 마시고 나면 포노너 박사의 집으로 가서 몇 백 년 동안 미라로 만들어달라고 할 작정이다.

안경

수년 전에는 '첫눈에 반하는 사랑'이라는 생각을 비웃는 것이 유행이었지만, 지적인 사람들도 감정적인 사람들 못지않게 늘 그 존재를 옹호해왔다. 사실 윤리적 자력 혹은 자력의 미학이라 칭할 수 있을 현대적 발견 덕분에 가장 자연스러운, 따라서 가장 진실하고 강력한 애정은 마치 전기라도 통한 듯한 교감이 일어나며 마음속에서 생겨난다는 생각이 그럼직한 일이 되었다. 다시 말해 가장 빛나고 가장 오래도록 지속되는 정신적 족쇄는 한눈에 단단히 고정되어버리는 그런 족쇄다. 지금부터 내가 하려는 고백은 이 입장의 진실성을 증명하는, 이미 거의 셀 수 없을 정도로 많은 사례들에 한 가지 일화를 더 보태게 될 것이다.

내 이야기에는 꽤 상세한 설명이 필요하다. 나는 아직 굉장히 젊다. 아직 스물둘도 채 되지 않았다. 현재 내 성은 굉장히 평범하고 서민적인 성, 심슨이다. '현재'라고 한 이유는 내가 그 이름으로 불리기 시작한 게 아주 최근 일에 불과하기 때문이다. 먼 친척인 아돌퍼스 심슨 씨가 남긴 막대한 유산을 상속받기 위해 작년에 법적으로 이 성으로 바꾸었기 때문이다. 유산 상속의 조건은 내가 유언자의 이름, 그러니까 세례명이 아니라 성을 받는 것이었다. 내 세례명은 나폴레옹 보나파르트다. 더 정확히 말하자면 이건 내 이름과 가운데 이름이다.

나는 마지못해 심슨이라는 성을 받아들였다. 왜냐하면 나는 내 진짜 성씨인 프루아사르가 불후의 《연대기》를 쓴 작가의 후손일 가능성이 있다고 믿고, 이유 있는 자부심이 있었기 때문이다. 그나저나 이름 이야기가 나온 김에, 내 바로 윗대 선조들 이름의 발음이 특이하게 우연히 일치하는 이야기를 좀 해볼까 싶다. 우리 아버지는 파리 출신의 프루아사르 씨였다. 열다섯 살의 나이로 아버지와 결혼한 어머니는 은행가 크루아사르의 장녀, 크루아사르 양이었고 겨우 열여섯 살에 시집온 외할머니는 빅토르 브아사르라는 분의 장녀였다. 브아사르 씨는 매우 특이하게도 므아사르 양이라는, 비슷한 이름을 가진 여성과 결혼했다. 이분 역시 결혼할 당시 아이나 다름없었고, 그 어머니인 므아사르 부인 역시 결혼 제단으로 인도될 때 겨우 열네 살이었다. 이렇게 어린 나이에 결혼하는 일이 프랑스에서는 흔했다. 어쨌거나 우리 집안에는 므아사르, 브아사르, 크루아사르, 프루아사르가 완전 직계로 내려온다. 하지만 내 이름은 이제 법적으로 심슨이 되었고, 그게 어찌나 싫었던지 한때는 그 쓸모없고 짜증 나는 조건이 붙은 유산을 상속받는 것을 실제로 망설이기까지 했다.

개인적으로 타고난 것이라면 결코 부족하지 않다. 부족하기는커

녕 균형 잡힌 몸에 세상 사람들 열에 아홉은 잘생겼다고 할 얼굴이라고 생각한다. 키는 5피트 11인치이다. 검은 곱슬머리에다 코도 충분히 잘생겼고 눈은 커다랗고 회색이다. 사실 시력이 극히 불편할 정도로 약했지만 그래도 겉으로는 그런 결함은 전혀 보이지 않았다. 하지만 이 문제가 늘 아주 성가셨기 때문에 안 해본 치료가 없었다. 안경을 끼는 것만 제외하고 말이다. 젊고 잘생긴 나는 자연히 안경이 싫었고 안경은 결단코 쓰지 않겠다고 거부해왔다. 정말이지 안경처럼 젊은이의 얼굴을 꼴사납게 만들거나, 경건하거나 나이든 인상까지는 아니라 해도 점잖 떠는 인상을 만들어버리는 물건을 본 적이 없다. 안경은 노골적인 겉치레와 허세의 기미를 풍긴다. 이제까지 나는 이 두 가지 없이도 그럭저럭 잘 살아왔다. 하지만 결국 하등 중요할 것도 없는 개인적인 이야기를 너무 많이 한 것 같다. 내 기질이 쾌활하고 성급하고 열렬하고 열정적이라는 것, 지금까지 일평생 여성들을 헌신적으로 사랑해왔다는 것을 덧붙이는 것으로 만족하겠다.

지난겨울 어느 날 밤, 나는 친구 텔벗과 함께 P 극장 박스석에 들어갔다. 오페라 공연이 있었는데 유례없이 관심을 끈 광고 덕에 극장은 발 디딜 틈 없이 붐볐다. 하지만 우리는 예약해둔 앞자리에 앉기 위해 제시간에 도착했고, 힘겹게 사람들을 헤치고 우리 자리로 걸어갔다.

열렬한 뮤지컬 애호가인 내 친구는 두 시간 내내 무대에서 눈을 뗄 줄 몰랐고, 그사이 나는 주로 이 도시의 명사로 구성된 관객들 구경을 즐겼다. 구경을 할 만큼 하고 프리마돈나에게 시선을 돌리려는 찰나, 내 눈은 지금까지 보지 못했던, 개인 박스석에 앉은 한 사람에게 못 박히듯 고정됐다.

천 년을 산다 해도 그 사람을 봤을 때의 그 강렬한 감정은 결코 잊지 못할 것이다. 일찍이 본 적 없는 절묘하게 아름다운 여인이었다. 무대를 향해 얼굴을 돌리고 있어서 몇 분 동안은 얼굴이 보이지 않았지만 윤곽만으로도 성스러웠다. 다른 말로는 그 놀라운 균형미를 충분히 담아낼 수가 없다. '성스럽다'는 말조차 말도 안 되게 미약하게 느껴진다.

아름다운 여인의 마법, 여성적 우아함이라는 마법에는 언제나 내가 저항할 수 없는 힘이 있었지만 여기에는 사람으로 육화된 우아함, 상상력을 있는 대로 펼쳐 열렬히 꿈꿔온 아름다움의 이상이 있었다. 박스석의 구조상 그 여인의 모습이 거의 다 보였는데, 키는 중간 키보다 조금 더 컸고, 절대적이라고는 할 수 없지만 거의 위엄이 풍기는 모습이었다. 완벽한 풍만함과 곡선미가 감미로웠다. 뒤통수밖에 안 보이기는 했지만 두상은 그리스 신화의 프시케에 비견할 만했고, 공기처럼 얇은 베일로 만든 우아한 모자는 그 두상을 가린다기보다 오히려 돋보이게 해서 아풀레이우스[122]의 공기로 짠 옷감을 떠올리게 했다. 박스석 난간 위로 늘어뜨린 오른팔의 절묘한 균형미에 내 온몸의 신경이 전율을 일으켰다. 팔 윗부분은 현재 유행 중인 헐렁한 트임 소매에 뒤덮여 있었지만 그 길이는 팔꿈치 조금 아래까지밖에 오지 않았다. 그 아래에는 얇은 소재의 꼭 달라붙는 소매가 있었는데, 소매 끝에 달린 풍성한 레이스 소재의 소맷부리가 손등

122   로마의 철학자.

을 우아하게 덮고 섬세한 손가락만 드러내놓고 있었다. 그 손가락에는 끼고 있는 번쩍이는 다이아몬드 반지는 척 보기에도 엄청나게 값진 반지라는 것을 알 수 있었다. 감탄을 불러일으키는 동그란 손목의 매력을 더욱 돋보이게 해주는 팔찌에는 주인의 부유함과 까다로움을 한눈에 확실히 보여주는, 화려한 보석으로 장식된 가지 모양의 걸쇠가 달려 있었다.

나는 갑자기 돌로 변해버리기라도 한 것처럼 환영과도 같은 여왕의 자태를 30분은 족히 바라보았고, 그 30분 동안 '첫눈에 반하는 사랑'에 관한 온갖 이야기와 노래의 강력한 힘과 진실을 십분 실감했다. 이 감정은 심지어 여성미의 표본으로 온갖 칭송을 다 받던 여인들 앞에서 경험했던 어떤 감정과도 완전히 달랐다. 설명할 수 없는, 영혼과 영혼이 자석에 이끌리는 것 같은 공감이 내 시선뿐만 아니라 내 모든 사고력과 감정을 눈앞의 저 감탄스러운 대상에 못 박아놓기라도 한 것 같았다. 나는 내가 깊이, 미친 듯이, 돌이킬 수 없이 사랑에 빠졌다는 것을 보았고, 느꼈고, 알았다. 심지어 사랑하는 사람의 얼굴도 보기 전에 말이다. 정말이지 나를 사로잡은 열정이 어찌나 강렬하던지, 아직 보지 못한 얼굴이 알고 보니 그저 평범할 뿐이라 해도 그 감정은 거의 조금도 약해지지 않을 거라고 진심으로 믿었다. 하나뿐인 진실한 사랑, 첫눈에 반하는 사랑의 본질은 너무나 변칙적이라 이 사랑을 만들고 조종하는 것처럼 보이는 외부적 조건들이 실제로는 그 사랑에 어떤 영향도 주지 못했다.

이렇게 이 사랑스러운 여인의 모습에 정신없이 빠져 있을 때, 관중석에서 갑자기 소란이 일어나는 바람에 그 여인이 머리를 내 쪽으로 살짝 돌렸고 덕분에 그 옆얼굴을 완전히 볼 수 있었다. 그 아름다움은 심지어 내 기대를 뛰어넘었다. 하지만 거기에는 딱히 뭐라고 설명할 수는 없지만 뭔가 실망스러운 데가 있었다. '실망스럽다'고 하긴 했지만 딱 들어맞는 말은 아니다. 내 감정은 차분해지면서 동시에 고조되었다. 황홀함보다는 차분한 열정, 열정적 평정에 가까운 감정이었다. 아마도 그 얼굴에서 풍기는 성모 같은, 점잖은 부인 같은 분위기에서 비롯된 느낌 같았다. 하지만 나는 금세 완전히 그것 때문만은 아니라는 것을 깨달았다. 뭔가 다른 것이 있었다. 뭔가 잘 정리가 안 되는 수수께끼가, 내 흥미를 크게 고조시키면서도 살짝 혼란스럽게 하는 표정이 있었다. 사실 내 감정은 감수성 풍부한 젊은이가 어떤 미친 짓이라도 저지를 수 있는 그런 상태였다. 그 여인이 혼자 있었다면 나는 분명히 그 박스석에 들어가 어떤 위험을 무릅쓰고라도 말을 걸었을 것이다. 하지만 다행히도 그 여인에게는 동행이 둘 있었는데, 신사 한 명과 그녀보다 몇 살 어려 보이는 깜짝 놀랄 정도로 아름다운 여인이 함께였다.

어떻게 하면 앞으로 그 부인을 소개받을 수 있을지, 아니면 어떻게 하면 지금 그 여인의 아름다운 모습을 좀 더 또렷이 볼 수 있을지 천 가지 계획이 머릿속에서 오락가락했다. 그 여인과 더 가까운 자리로 옮기고 싶었지만 극장에 사람이 너무 많아서 불가능했다. 게다가 운 좋게 오페라 안경을 가지고 있다 하더라도, 최근 상류사회에 내려진 단호한 포고는 이런 경우 오페라 안경 사용을 엄격하게 금지하는 분위기였다. 하지만 내겐 안경이 없었고 나는 절망에 빠졌다.

마침내 나는 동행에게 물어보기로 했다.

"탤벗, 오페라 안경 가지고 있지. 나 좀 줘보게." 내가 말했다.

"오페라 안경! 안 돼! 내가 오페라 안경으로 뭘 할 거라고 생각하는 건가?" 그러면서 친구는 초조하게 무대 쪽으로 다시 고개를 돌렸다.

"하지만 탤벗." 나는 어깨를 잡아당기며 계속 말했다. "내 말 좀 들어보게. 저기 박스석 보이지? 저기! 아니, 그 옆. 자네 저렇게 아름다운 여인을 본 적 있나?"

"정말 아주 아름답군." 그가 말했다.

"도대체 누굴까?"

"세상에, 저 여인이 누군지 모른단 말인가? '저 여인을 모른다는 건 자네가 무명이라는 걸 증명하는 걸세.'[123] 그 유명한 랄랑드 부인 아닌가. 당대 최고 미인으로 온 동네의 화제였던. 엄청난 부자에다 미망인이어서 아주 근사한 결혼 상대지. 파리에서 방금 왔다네."

"아는 사람인가?"

"그럼. 영예롭게도."

"소개 좀 시켜줄 텐가?"

"물론. 기꺼이 해주지. 언제가 좋겠나?"

"내일 1시. B 저택으로 자네를 찾아가겠네."

"좋아. 그럼 이제 좀 조용히 해주게. 혹시라도 가능하다면."

이 점에서는 탤벗의 충고를 따를 수밖에 없었다. 어떤 질문이나 제안을 해도 그가 완고하게 귀를 닫고 남은 시간 내내 무대에서 벌

---

123 《실낙원》의 구절 "나를 모른다는 건 자네가 무명이라는 걸 증명하네"를 조금 바꾼 인용.

어지는 일에만 집중했기 때문이다.

그동안 나는 랄랑드 부인에게 시선을 고정시키고 있었고, 운 좋게도 마침내 그 얼굴을 정면으로 볼 수 있었다. 절묘하게 아름다운 얼굴이었다. 이는 물론 탤벗이 충분히 알려주지 않았다 하더라도 내 심장이 이미 말해준 사실이었다. 하지만 여전히 알 수 없는 뭔가에 마음이 불편했다. 마침내 나는 이렇게 결론 내렸다. 뭔가 침통하고 처연한, 더 적절하게 말하자면 지친 분위기가 그 얼굴의 젊음과 생기에서 무엇인가를 빼앗아갔지만 그 대신 천상의 부드러움과 위엄을 부여했다고, 그래서 물론 열정적이고 낭만적 내 기질에는 열 배는 더 큰 관심을 불러일으킨다고.

그렇게 눈 호강을 하던 중, 부인이 거의 눈치챌 수도 없을 정도로 살짝 움찔했다. 마침내 나는 부인이 갑자기 내 강렬한 시선을 눈치챘다는 것을 깨달았다. 심장이 쿵쾅댔다. 그래도 나는 부인에게 너무나 매혹된 나머지 단 한 순간도 시선을 뗄 수가 없었다. 부인이 고개를 돌리는 바람에 다시 보이는 것이라고는 빚어놓은 것 같은 뒤통수 윤곽뿐이었다. 몇 분 후 내가 아직도 쳐다보고 있는지 궁금하기라도 한 듯이 부인이 다시 고개를 서서히 돌려 다시 내 이글거리는 시선과 마주쳤다. 부인은 그 커다란 눈을 즉시 내리깔았고 뺨은 짙은 홍조로 물들었다. 하지만 놀랍게도 두 번째는 고개를 돌리지 않았을 뿐만 아니라 허리띠에서 양알 안경을 꺼내 들고 조절하더니 안경 너머로 몇 분 동안 나를 유심히 신중하게 쳐다보는 게 아닌가.

천둥이 내 발치에 떨어졌다 해도 그렇게 놀라지는 않았을 것이다. 다른 여인이 그런 대담한 행동을 했다면 불쾌하거나 혐오스러웠겠지만 나는 그저 놀랐을 뿐, 조금도 불쾌하거나 혐오스럽지 않았다. 하지만 그 모든 일은 너무나 평온하게, 너무나 태연하게, 너무나 침착하게, 너무나 고상하게 이루어졌다. 간단히 말해서 뻔뻔함이라고는 조금도 느껴지지 않은 그 행동에 나는 그저 감탄하고 놀랄 뿐이었다.

내가 보기에는 처음 안경을 들었을 때 부인은 나를 슬쩍 관찰해보고 만족한 것 같았다. 그런데 안경을 다시 넣으려던 부인이 마치 다른 생각이 떠오른 듯이 안경을 다시 쓰더니 몇 분 동안, 적어도 확실히 5분은 족히 되는 시간 동안 나를 뚫어져라 바라보았다.

이는 미국 극장에서는 너무도 눈에 띄는 행동이라 사람들의 시선을 끌었고, 관객들 사이에서 희미한 동요나 웅성거림이 일어났다. 나는 잠시 혼란에 빠졌지만, 랄랑드 부인의 표정은 조금도 변함이 없었다.

호기심—만약 그게 이유였다면 말이다—을 충족한 부인은 안경을 내리고 다시 조용히 무대로 시선을 돌렸다. 이제는 전처럼 내 쪽으로 옆모습만 보이고 있었다. 나는 무례한 짓이라는 걸 충분히 알면서도 변함없이 계속해서 부인을 쳐다보았다. 이내 부인의 머리가 천천히 살짝 방향을 바꾸었고 나는 곧 부인이 무대를 보고 있는 척하지만 사실은 나를 주의 깊게 보고 있다고 확신했다. 그렇게 매혹적인 여인이 이런 행동을 했으니, 그 행동이 내 흥분한 마음에 어떤 영향을 주었는지는 말할 필요도 없을 것이다.

내 열정을 다 바친 그 미모의 여인은 약 15분 동안 그렇게 나를 면밀히 관찰하더니 동행한 신사에게 뭐라고 말을 걸었고, 부인이 이야기하는 동안 두 사람의 시선으로 보아 내 이야기를 하고 있는 게 분명했다.

대화를 마친 랄랑드 부인은 다시 무대를 바라보았고 몇 분 동안은 공연에 집중하는 것 같았다. 하지만 그 몇 분이 지나자 허리띠에 차고 있던 안경을 다시 들더니 전처럼 나를 정면으로 바라봤다. 나는 극도로 흥분했다. 부인은 관객들 사이에서 재개된 웅성거림을 무시하고는 앞서 나를 너무나 기쁘고 당황스럽게 했던 것과 똑같은, 기적적으로 침착한 태도로 나를 머리부터 발끝까지 관찰했다.

보통이 아닌 이 행동에 나는 완전히 들뜨고 흥분해서 연심의 황홀경에 빠져들었고 당황하기보다 오히려 대담해졌다. 미친 듯이 강렬한 내 사랑은 나와 시선을 마주한 그 당당한 미인의 존재 외에 모든 것을 잊어버렸다. 기회를 엿보다 관객들이 완전히 오페라에 빠졌다고 생각한 순간, 내 시선이 마침내 랄랑드 부인과 시선이 마주쳤고 나는 그 순간을 놓치지 않고 살짝, 하지만 확실하게 고개를 숙여 인사했다.

부인의 얼굴이 확 달아오르며 시선을 피했다. 그러더니 누가 내 경솔한 행동을 눈치채지 않았는지 살피는 것처럼 천천히 조심스럽게 주위를 둘러보더니 옆에 앉은 신사 쪽으로 몸을 기울였다.

그제야 내가 저지른 부적절한 행동에 얼굴이 화끈 달아오른 나는 당장 내 행동이 폭로될 거라고 생각했다. 내일 마주할 권총의 환영이 잽싸고도 불편하게 머릿속을 떠돌았다. 하지만 부인이 그 신사에게 말도 없이 그저 프로그램을 건네는 걸 보고 나는 즉시, 크게 안심했다. 하지만 그 직후 부인이 다시 주위를 은밀히 둘러본 후 반짝이는 눈을 들어 내 눈을 정면으로 물끄러미 바라보면서 진주 같은 치아를 드러내고 보일까말까 하게 미소 지으며 고개를 두 번 또렷하고 분명하게 끄덕거렸을 때 내가 받은 충격과 깊은 놀라움, 내 심장과 영혼을 강타한 황홀한 당황스러움이 어땠을지 독자 여러분이 미약하게나마 상상할 수 있으리라 생각한다.

물론 그 기쁨과 황홀함, 끝없는 흥분은 길게 말해봤자 소용없다. 넘치는 행복으로 돌아버린 사람이 있다면 그게 바로 그 순간의 나였다. 나는 사랑에 빠졌다. 내 첫사랑이었다. 그렇다고 느꼈다. 형언할 수 없는 최고의 사랑이었다. '첫눈에 반한 사랑'이었고, 또 첫눈에 알아봐주고 보답받은 사랑이었다.

그렇다, 보답을 받은 것이다. 어떻게 한순간이라도 그걸 의심할 수 있겠는가? 내가 왜 그래야 하나? 그렇게 아름답고 부유하고 분명 교양이 넘치고 훌륭한 가정교육을 받고 사회적 지위가 높고 어느 모로 보나 너무도 존경할 만하다고 확신하는 부인이 한 그런 행동을 달리 어떻게 해석할 수가 있겠는가? 그렇다, 부인은 나를 사랑했다. 나만큼이나 맹목적이고, 타협을 모르고, 계산하지 않고, 제멋대로고, 절대 억제할 수 없는 열정으로 내 열렬한 사랑에 보답해주었다. 하지만 이 감미로운 상상과 생각은 순간 무대 장막이 내려오면서 중단되었다. 관객들은 자리에서 일어났고, 곧 통상적인 소란이 이어졌다. 나는 다짜고짜 탤벗을 버리고 랄랑드 부인 가까이 가려고 안간힘을 썼다. 하지만 사람들이 너무 많아서 그 시도는 실패했고, 결국 부인을 쫓는 것을 포기하고 집으로 발길을 돌릴 수밖에 없었다. 부인의 옷자락 끝도 건드려보지 못해서 상심했지만, 이튿날 탤벗을 통해 정식으로 소개받을 수 있다는 생각을 하니 그나마 위안이 되었다.

드디어 다음 날이 되었다. 그러니까 길고 지루한, 초조한 밤이 가고 마침내 새날이 밝아온 것이다. 그러고도 '1시'까지의 시간은 달팽이처럼 느리고 지루하고 헤아릴 수 없이 길었다. 하지만 스탐불도 끝이 있다[124]고 하듯이, 이 긴 유예의 시간에도 끝이 왔다. 시계가 울렸다. 종소리의 울림이 사라지기 무섭게, 나는 B 저택으로 들어가 탤벗을 찾았다.

"나가셨습니다." 탤벗의 종복이 말했다.

"나갔다고!" 나는 비틀비틀 몇 걸음 뒷걸음치며 대답했다. "이보게, 이건 절대 불가능하고 있을 수 없는 일이네. 탤벗은 나가지 않았어. 그게 무슨 소리란 말인가?"

"아무 소리도 아닙니다, 나리. 그저 주인님께서 안에 안 계신다는 거지요. 그게 다입니다. 아침 식사를 하시자마자 말을 타고 S로 가셨습니다. 일주일 동안 자리를 비우신다는 말씀을 남기시고요."

나는 공포와 분노로 망연자실한 채 굳어버렸다. 대답을 하려 했지만 혀가 움직이지 않았다. 마침내 나는 분노로 창백해진 얼굴을 하고 속으로는 탤벗 집안사람들 모두 에레보스[125] 가장 깊숙한 곳에나 떨어지라고 저주를 하며 발걸음을 돌렸다. 이 사려 깊은 오페라광 친구가 나와의 약속은 완전히 잊어버린 게, 약속을 하자마자 잊어버린 게 틀림없었다. 그는 언제고 간에 자기가 한 말을 꼼꼼하게

---

124   콘스탄티노플에 대한 속담.

125   이승과 저승 사이의 암흑지역.

챙기는 사람은 아니었다. 어쩔 수 없었다. 그래서 나는 애타는 마음을 최대한 억누르고 침울하게 거리를 산책하며 남자 지인을 만나기만 하면 랄랑드 부인에 대해 헛된 질문들을 던졌다. 내가 알아낸 소문에 의하면 부인은 모르는 사람이 없고 안면이 있는 사람도 많았지만, 이곳에 온 지 몇 주밖에 안 되기 때문에 개인적으로 아는 사람들은 얼마 되지 않았다. 이 사람들은 비교적 잘 모르는 사람들이라 정식 아침 방문 절차를 통해 나를 소개시켜줄 수도 없고, 그러려고 하지도 않을 것이다. 절망에 빠진 채 그렇게 서서 친구 셋과 내 마음을 온통 사로잡은 주제에 대해 이야기하고 있는데, 마침 그 주제 자체가 우연히 옆을 지나가는 것이 아닌가.

"세상에, 저기 부인 아닌가!" 한 친구가 외쳤다.

"정말로 아름답군!" 두 번째가 소리쳤다.

"지상에 내려온 천사로군!" 세 번째가 소리 질렀다.

보니, 거리를 천천히 달려 우리 쪽으로 다가오고 있던 지붕 없는 마차 안에 오페라 극장에서 본 황홀한 여인이 박스석에 함께 앉아 있던 젊은 여인과 함께 앉아 있었다.

"동행도 놀라울 정도로 늙지를 않네." 처음 말했던 친구가 말했다.

"그러게 말일세." 두 번째 친구가 말했다. "여전히 눈이 부시네. 하지만 기술이 기적을 행하는 법이지. 맹세코 5년 전 파리에서 봤을 때보다 더 좋아 보이는군. 여전히 아름답잖아. 안 그런가, 프루아사르? 아니, 심슨."

"여전히라고!" 내가 말했다. "안 그럴 이유가 뭔가? 하지만 친구와 비교하면 금성 옆의 희미한 양초 같고, 안타레스[126] 옆의 개똥벌레

168

같군."

"하하하! 심슨, 자네 눈썰미가 대단하구만. 독창적이란 말일세."

여기서 우리는 헤어졌다. 친구들 중 하나가 유쾌한 보드빌 음악을 흥얼거리기 시작했는데, 내 귀에 들린 것은 이 부분뿐이었다.

니농, 니농, 타도

타도 니농 드 랑클로![127]

하지만 이 짧은 순간에도 한 가지는 크게 위로가 되었다. 비록 그게 내 불타는 열정을 더 부추기기는 했지만 말이다. 랄랑드 부인의 마차가 우리 옆을 지나가는 순간, 부인이 나를 알아봤다는 기색을 알아챈 것이다. 뿐만 아니라 확실히 인지했다는 표시와 더불어 세상에서 가장 천사 같은 미소로 축복해주기까지 했다.

소개 문제는 탤벗이 시골에서 돌아올 때가 되었다고 생각할 때까지 희망을 접을 수밖에 없었다. 그동안 나는 사람들이 즐겨 찾는 놀이장소로 유명한 곳이라면 어디든 끈질기게 찾아다녔고, 마침내 처음 부인을 보았던 극장에서 다시 그녀를 만나 한 번 더 눈길을 교환하는 지극한 행복을 맛보았다. 하지만 2주가 지난 후에야 생긴 일이었다. 그사이 나는 매일 탤벗의 집에 찾아가 안부를 물어봤지만 그

---

126 전갈자리에서 가장 밝은 별.

127 니농 드 랑클로는 17세기 프랑스의 고급 매춘부이자 살롱의 주인으로 뛰어난 재치와 미모로 80세가 넘어서도 열렬한 추종자들을 거느렸다고 한다.

때마다 하인으로부터 "아직 돌아오지 않았다"는 천편일률적인 대답만 듣고 북받치는 분노에 휩싸이곤 했다.

따라서 문제의 그날 저녁 나는 거의 미치기 일보직전이었다. 사람들 말이 랄랑드 부인은 파리 사람으로 최근 파리에서 왔다고 했다. 갑자기 돌아가버릴 수도 있지 않을까? 탤벗이 오기 전에? 그래서 내 눈앞에서 영영 사라져버릴 수도 있지 않을까? 그건 참을 수 없는 끔찍한 생각이었다. 미래의 행복이 걸려 있는 문제인지라, 나는 남자답게 결심하고 행동하기로 작정했다. 간단히 말해서 나는 연극이 끝나자마자 부인의 집까지 따라가서 주소를 적었고 다음 날 아침 내 마음을 다 쏟아부은 편지를 공들여 길게 썼다.

내 편지는 대담하고 자유로웠으며, 한마디로 열정적이었다. 나는 아무것도, 심지어 내 약점조차 숨기지 않았다. 우리의 낭만적인 첫 만남, 심지어 우리 사이에 오갔던 시선까지 넌지시 언급했다. 부인의 사랑을 확신한다는 과감한 소리까지 하면서, 이런 확신과 열렬한 사모의 마음을 고려해 이 주제넘은 행동을 용서해주십사 청했다. 세 번째로는 정식으로 만날 기회가 생기기 전에 부인이 이곳을 떠날까 봐 두렵다는 이야기를 했다. 그리고 마지막으로 내 세속적 환경, 즉 재산에 대해 솔직하게 털어놓고 내 마음과 약속을 바치며 이제껏 내가 쓴 편지들 중 가장 열렬한 편지를 끝맺었다.

나는 피가 마르는 심정으로 답장을 기다렸다. 답장은 한 세기는 족히 될 듯한 시간이 흐르고서야 도착했다.

그렇다, 실제로 온 것이다. 이 모든 게 낭만으로 보이겠지만 정말로 랄랑드 부인으로부터, 우상처럼 숭배하는 아름답고 부유한 랄랑드 부인으로부터 편지를 받은 것이다. 그 아름다운 눈은 고결한 마음을 그대로 드러내고 있었다. 부인은 진정한 프랑스 여인답게 얌전 떠는 세상의 관습 따위 무시하고 이성의 솔직한 명령을, 본성의 자비로운 충동을 따랐다. 부인은 내 제안을 경멸하지 않았다. 침묵 속에 몸을 숨기지도 않았다. 편지를 뜯어보지도 않고 돌려보내지도 않았다. 심지어 그 아름다운 손가락으로 직접 쓴 답장을 보내주었다. 편지의 내용은 이랬다.

무슈 심슨 나라 아름다운 팔로 잘 못 쓰는 거 파르동[128]해줘요. 오직 최근 도착, 그래서 레튜디에[129]할 오포르튜니티[130] 없었어요.

오폴로지[131]의 마니에[132]에 대해 나 할 말은, 아아! 무슈 심슨 짐작 너무 정확해요. 나 더 말해야 해요? 아아! 나 너무 많이 말할 준비 안 되었어요?

외제니 랄랑드

이 고결한 편지에 나는 백만 번이나 입을 맞추었고, 지금은 잊어버렸지만 그 외에도 천 가지는 되는 터무니없는 짓들을 저질렀다. 그

128   용서.
129   공부.
130   기회.
131   변명.
132   방법.

래도 탤벗은 돌아오지 않았다. 아아! 자신의 부재가 친구에게 어떤 고통을 줬는지 조금이라도 짐작할 수만 있었다면, 동정심 많은 성격상 나를 구해주러 금세 달려오지 않았을까? 그래도 그는 오지 않았다. 편지를 썼다. 답장이 왔다. 급한 용무 때문에 붙들려 있지만 곧 돌아오겠다고 했다. 초조해하지 말고 날뛰는 열정을 가라앉히고 마음을 달래주는 책들을 읽고 호크[133]보다 센 술은 마시지 말고, 철학에서 위안을 찾으라고 신신당부했다. 이런 바보가 있나! 자기가 올 수 없으면, 이성적으로 왜 소개장 하나 못 써 보내나? 나는 다시 편지를 써서 당장 소개장을 좀 보내달라고 부탁했다. 이 편지는 그의 하인이 겉면에 연필로 다음과 같은 메모를 써서 되돌려 보냈다. 이 악당이 시골에 가서 주인을 만났던 것이다.

어제 S를 떠나셨고 어디로 가셨는지는 모릅니다. 어디로 가셨는지, 언제 돌아오시는지 말씀하지 않으셨습니다. 제가 나리 필체를 알고 있고 나리는 늘 이래저래 서두르시는 편이라, 편지를 돌려드리는 게 최선이라 생각했습니다.

스텁스 올림

이 일 이후 난 말할 필요도 없이 주인과 하인 모두를 지옥의 신께 바쳤지만, 화내봤자 소용도 없었고 불평해봤자 위로도 되지 않았다.

---

[133]   독일 라인 지방산 백포도주.

하지만 아직 남은 방책이 있었으니 그것은 타고난 내 대담성이었다. 지금까지 성과가 좋았으니 이제 이걸 끝까지 이용해보겠노라 결심했다. 게다가 우리 사이에 편지까지 이미 오갔는데 적정선만 지킨다면 단순히 격식 없는 행동 정도로 랄랑드 부인이 무례하다 여길리가 없지 않은가. 편지 일 이후로 나는 부인의 집을 지켜보는 습관이 생겼고, 그리하여 부인이 황혼 녘이면 창문에서 내려다보이는 공원에서 제복 입은 흑인 하인을 대동하고 산책하는 습관이 있다는 것을 알게 되었다. 나는 어스름히 저물어가는 달콤한 한여름 저녁 그늘진 울창한 숲속에서 기회를 엿보다 부인에게 말을 걸었다.

수행 하인을 잘 속이기 위해 나는 부인과 오래전부터 잘 아는 사람인 양 자신 있게 말을 걸었다. 부인은 진정한 파리 사람다운 침착함으로 단번에 그 신호를 알아채고 내게 인사를 하며 매혹적인 작은 손을 내밀었다. 시종은 당장 뒤로 물러났고, 이제 우리는 가득 차다 못해 흘러넘치는 마음을 오랫동안 솔직하게 털어놓았다.

랄랑드 부인의 영어는 글보다 말이 더 서툴러서, 우리는 프랑스어로 이야기할 수밖에 없었다. 열정을 나누기에 너무나 적합한 이 달콤한 언어로 나는 타고난 충동적 열정을 마음껏 풀어놓았고 화술을 있는 대로 동원하여 당장 결혼해달라고 간청했다.

내 조급함에 부인은 미소 지었다. 예법이라는 예의 흔한 변명을 역설했다. 행복의 기회가 영영 사라져버릴 때까지 수많은 사람들의 행복을 막는 그 걱정거리 말이다. 부인은 말하기를 내가 부인을 알고 싶어 한다는 것을 너무 무분별하게 친구들에게 알렸고, 따라서 내가 부인과 친분이 없다는 것도 알려졌으며, 따라서 우리가 언제

서로 알게 되었는지 숨길 방법이 없다고 했다. 그러고는 얼굴을 붉히며 우리가 알게 된 게 극히 최근이라는 사실을 언급했다. 당장 결혼하는 것은 부적절하고 상스러우며 기괴한 일이 될 것이다. 이 모든 이야기를 어찌나 매력적으로 순진하게 하는지, 나는 상심한 와중에도 홀린 듯이 설득당했다. 부인은 심지어 내가 성급하고 경솔했다고 웃으면서 나무라기까지 했다. 부인이 누구이며 전망과 인맥, 사회적 지위가 어떤지 알지조차 못한다는 것을 기억하라고 했다. 한숨을 내쉬며 말하긴 했지만, 청혼을 다시 생각해보라고 부탁했다. 내 사랑을 열병이라고, 도깨비불이라고, 공상이나 환상이라고, 심장보다는 상상이 만들어낸 근거 없고 불안정한 산물이라고 불렀다. 달콤한 황혼의 그림자가 우리 주위를 어둡게, 더 어둡게 물들여가는 동안 이런 말들을 해놓고선 그 요정 같은 손으로 내 손을 부드럽게 잡아 이제까지 쌓아온 모든 논쟁의 구축물을 달콤한 한순간 한달음에 무너뜨려버렸다.

나는 진정한 연인만이 할 수 있는 방식으로 최선을 다해 대답했다. 내 헌신적 사랑에 대해, 열정에 대해, 부인의 엄청난 미모에 대해, 내 열정적 찬탄에 대해 상세히, 끈질기게 이야기했다. 사랑의 행로, 절대 순탄하지 않은 진정한 사랑의 행로를 둘러싼 위험들을 설득력 있게 설명하고 그렇기 때문에 그 행로를 쓸데없이 길게 만드는 것은 명백히 위험한 일이라고 추론하며 결론을 지었다.

이 마지막 주장에 결국 부인의 완강한 결심이 약해진 것 같았다. 부인의 마음은 누그러졌지만 그래도 내가 제대로 고려하지 못한 장애물이 분명히 있다고 했다. 이것은 특히 여인이 강조하기에는 예민한 문제였다. 이 이야기를 꺼내면 자신의 기분을 희생할 수밖에 없지만 그래도 나를 위해서라면 어떤 희생이라도 치를 수 있다고 했다. 부인은 넌지시 나이 문제를 꺼냈다. 우리 사이의 나이 차에 대해 내가 충분히 알고 있는가? 남편의 나이가 몇 살, 심지어 열다섯 살에서 스무 살 정도 아내의 나이보다 많아야 한다는 것이 세상이 용인하는, 심지어 적절하다고 생각하는 바였다. 부인은 아내의 나이가 절대로 남편의 나이보다 많아서는 안 된다는 믿음이 있었다. 부자연스러운 나이 차는 안타깝게도 아주 많은 경우 불행한 삶으로 귀결되는 법이었다. 이제 부인은 내 나이가 스물두 살을 넘지 않는다는 것을 알고 있었다. 반면 나는 나의 외제니의 나이가 그보다 상당히 많다는 것을 아마 모르고 있었다.

부인이 하는 이 모든 이야기에서 고귀한 영혼이, 솔직한 품위가 보였고 그것에 나는 기쁘게, 황홀하게, 영원히 구속당했다. 엄청난 황홀한 감정을 도저히 억누를 수가 없었다.

"사랑하는 외제니!" 나는 외쳤다. "도대체 무슨 소리를 하는 겁니까? 당신 나이가 제 나이보다 어느 정도 많아요. 그게 어때서요? 세상의 관습은 그저 수많은 진부한 어리석음에 불과해요. 우리처럼 서로 사랑하는 사람들에게 1년이 한 시간과 다를 게 뭐가 있습니까? 전 스물둘입니다. 맞아요. 사실 당장 스물셋이라고 부르는 게 좋겠어요. 사랑하는 외제니, 당신 나이도 기껏해야, 나이를 먹었다고 해봤자 기껏해야, 기껏해야……"

여기서 나는 잠시 말을 멈추고 랄랑드 부인이 내 말을 가로막고 자기 진짜 나이를 말해주기를 기다렸다. 하지만 프랑스 여인이란 직설적으로 말하는 법이 거의 없으며, 곤란한 질문에 대답할 때는 늘 자기만의 노련한 답변이 있는 법이다. 이 경우 외제니는 지난 몇 분 동안 품속에서 뭔가를 찾는 시늉을 하다가 마침내 잔디 위에 세밀화 하나를 떨어뜨렸다. 나는 즉시 그림을 주워 부인에게 건넸다.

"가지고 있어요!" 부인이 매혹적인 미소를 지으며 말했다. "저를 위해 간직해줘요. 실제보다 훨씬 더 잘 그려진 그 여인을 위해서. 게다가 그 그림 뒤에서 아마 바라던 정보도 발견할 수 있을 거예요. 정말 이젠 좀 어두워졌네요. 아침에 한가할 때 보세요. 오늘 밤에는 절집에 데려다줘요. 친구들이 작은 음악회를 할 예정이거든요. 약속하는데, 멋진 노래도 들을 수 있답니다. 우리 프랑스 사람들은 당신네 미국인들처럼 딱딱하게 격식을 차리지 않으니 오랜 친구라고 하면서 당신을 슬쩍 데리고 들어갈 수 있어요."

부인은 이렇게 말하며 내 팔을 잡았고 나는 부인을 집까지 바래다주었다. 부인의 저택은 아주 근사했고, 분명 가구 취향도 세련되었을 것이다. 하지만 이 부분은 내가 판단할 입장이 못 되는 것이, 우리는 막 어두워졌을 때 도착했는데 미국 고급저택에서는 더운 여름 동안 하루 중 가장 쾌적한 이 시각에는 좀처럼 불을 켜지 않기 때문이다. 내가 도착하고 약 한 시간 후에야 주 응접실에 갓 달린 아르강 등[134]이 딱 하나만 켜졌다. 그래서 이 방이 보통 아닌 세련된 취향으로 한결같이 화려하게 꾸며져 있다는 것을 볼 수 있었다. 하지

---

134 A. 아르강이 발명한 등으로 원통형 심지의 안팎에서 공기를 공급해 기름을 완전히 연소시키는 구조의 등.

만 사람들이 주로 모여 있는, 응접실과 연결되어 있는 다른 두 방은 저녁 내내 쾌적한 어둠을 그대로 유지했다. 이는 사람들에게 적어도 빛과 어둠 중 선택권을 주는 괜찮은 관습으로, 바다 너머 우리 친구들도 당장 받아들이는 게 제일 좋을 것이다.

그렇게 보낸 그날 저녁은 단연코 내 인생 최고의 감미로운 시간이었다. 친구들의 음악 실력에 대한 랄랑드 부인의 평가는 과장이 아니었다. 빈을 제외한 어떤 사교모임에서도 그렇게 뛰어난 노래는 한 번도 들어본 적이 없었다. 연주자들도 많았고, 다들 재능이 탁월했다. 노래는 주로 여성들이 불렀는데, 하나 같이 수준급의 실력을 보여주었다. 마침내 "랄랑드 부인"을 부르는 단호한 외침이 들리자 부인은 허세도, 반대도 없이 나와 나란히 앉아 있던 긴 의자에서 곧바로 일어나 한두 명의 신사들과 오페라에 함께 왔던 여자 친구를 대동하고 주 응접실에 자리한 피아노 쪽으로 갔다. 내가 부인을 피아노까지 호위하고 싶었지만, 그 집에 소개된 정황을 생각할 때 눈에 띄지 않고 있던 자리에 그대로 있는 게 좋겠다는 생각이 들었다. 그래서 노랫소리는 들을 수 있었지만 노래하는 모습을 보는 기쁨은 빼앗길 수밖에 없었다.

부인은 그 자리에 있던 사람들에게 전기처럼 강렬한 인상을 준 것 같았지만, 내가 받은 느낌은 그보다 훨씬 더했다. 그 느낌을 어떻게 적절히 묘사할 수 있을지 모르겠다. 어느 정도는 분명 내 마음을 온통 사로잡은 사랑의 감정 때문이었지만, 더 중요한 것은 노래 부른 이가 가진 최고의 감수성을 확신했기 때문이었다. 멜로디건 레치

타티보¹³⁵건 부인보다 더 열정적으로 **표현하기란** 예술의 경지를 넘어서는 일이었다. 〈오텔로〉¹³⁶ 속 로맨스를 낭독할 때의 그 발성, 〈몬테키와 카풀레티〉¹³⁷ 중 "내 무덤 위에서"라는 대사를 할 때의 그 음색은 아직도 내 기억 속에서 울려 퍼진다. 저음은 완전히 기적과도 같았다. 부인의 목소리는 콘트랄토¹³⁸ D에서 높은 소프라노 D까지 3옥타브를 넘나들었고, 산카를로¹³⁹ 극장도 너끈히 채울 만큼 힘차면서도 성악곡의 온갖 어려운 기교―상승음계와 하강음계, 종지법, 장식음―를 한군데도 틀림없이 정확하게 불렀다. 〈몽유병의 여인〉 피날레 부분의 다음 대사에 담은 효과는 가히 놀라울 정도였다.

아! 가슴속 충만한 행복감에
인간의 사고란 무력하구나.

여기서 부인은 말리브란¹⁴⁰을 흉내 내어 벨리니의 원곡을 바꾸어 테너 G까지 내려갔다가 순식간에 두 옥타브를 뛰어넘어 최고음역 위의 G까지 올라갔다.

이렇게 기적과도 같은 노래 솜씨를 보여준 후 부인은 피아노에서

---

135 오페라에서 낭독하듯 노래하는 부분.

136 로시니의 오페라.

137 벨리니의 오페라.

138 가장 낮은 여성음.

139 나폴리의 극장.

140 19세기 초 스페인의 메조소프라노 마리아 말리브란.

일어나 다시 내 옆자리에 앉았고, 나는 부인의 노래가 준 기쁨에 대해 가슴속 열정을 다 쏟아부어 경탄을 표했다. 놀라움에 대해서는 전혀 언급하지 않았지만 나는 사실 진심으로 놀랐다. 평소 대화할 때 목소리에서 뭔가 연약함을, 아니 주저하며 떠는 듯한 기색을 느꼈기 때문에 이렇게 놀라운 노래 실력을 보여주리라고는 전혀 예상하지 못했다.

이제 우리는 어떤 거리낌도 없이 진지한 대화를 쉬지 않고 길게 나누었다. 부인은 내게 예전에 있었던 일들에 대해 이야기해달라고 했고, 한마디 한마디를 숨도 쉴 수 없을 정도로 집중해서 들었다. 나는 아무것도 감추지 않았다. 나를 철석같이 믿는 부인의 애정 앞에 어떤 것도 감출 권리가 없다는 생각이 들었다. 예민한 나이 문제에 대한 부인의 솔직함에 고무된 나는 여러 가지 사소한 결점들을 완전히 솔직하게 말했을 뿐만 아니라 도덕적 결함, 심지어 신체적 결함까지도 모두 고백했다. 그것들을 밝히는 것은 훨씬 더 큰 용기가 필요하다는 점에서 훨씬 더 확실한 사랑의 증거였다. 대학 시절 저질렀던 철없는 짓들에 대해, 낭비벽에 대해, 흥청망청 술 마시고 다녔던 일들에 대해, 빚에 대해, 불장난 같은 연애들에 대해 이야기했다. 심지어 한때 고생했던 경미한 결핵성 기침, 만성 류머티즘, 유전적 통풍으로 인한 격통까지 다 털어놓았다. 그리고 마지막으로 지금까지 조심조심 감춰왔던 불쾌하고 불편한 시력 문제를 고백했다.

"마지막으로 말한 문제 말이에요." 랄랑드 부인이 웃으며 말했다. "그걸 고백하다니 너무 어리석은 짓이군요. 털어놓지 않았다면 당연히 아무도 눈치채지 못했을 텐데. 그건 그렇고, 기억해요?" 순간 방

안의 어둠에도 불구하고 부인의 뺨에 짙은 홍조가 떠오르는 것이 눈에 보이는 것만 같았다. "지금 제가 목에 걸고 있는 이 조그만 시력 보조기 본 기억이 있나요? 내 사랑?"

부인은 이렇게 말하면서 오페라 극장에서 나를 몹시 당황하게 만들었던 양알 안경을 손가락으로 빙빙 돌렸다.

"그럼요. 기억하고말고요." 나는 안경을 살펴보라고 건네준 섬세한 손을 열정적으로 잡고 외쳤다. 정교하게 양각과 세공을 하고 반짝이는 보석들을 박은, 복잡하고 화려한 안경이었다. 빛도 거의 없는 어두운 방 안에서조차 아주 값진 물건이라는 것을 알 수 있었다.

"좋아요! 내 사랑!" 뭔가 열렬한 부인의 태도에 나는 다소 놀랐다. "좋아요, 당신은 값으로 가치를 매길 수 없는 부탁을 진심으로 했어요. 내일 결혼하자고 청을 했죠. 제가 당신의 간절한 탄원에, 덧붙이자면 제 마음의 간청에 굴복해야 할까요? 그 보답으로 아주 작은 부탁을 할 권리가 제게도 있지 않을까요?"

"말만 해요!" 나는 사람들이 우리를 돌아볼 정도로 힘차게 외쳤다. 사람들만 없었다면 당장 부인의 발아래 무릎을 꿇었을 것이다. "말만 해요, 내 사랑, 나의 외제니, 내 연인! 말해줘요! 말도 하기 전에 난 이미 그 부탁에 굴복했소."

"그렇다면 이겨내세요. 내 사랑." 부인이 말했다. "당신이 사랑하는 외제니를 위해 마지막으로 고백한 그 작은 약점을 이겨내요. 이건 신체적 약점이라기보다 정신적 약점이에요. 장담하는데 그건 당신의 고결한 본성과 너무나 어울리지 않고 평상시의 솔직한 성격과도 너무 앞뒤가 안 맞아서, 더 이상 내버려두면 조만간 분명 당신을

매우 불쾌한 곤경에 빠뜨리고 말 거예요. 절 위해 이 허세를 이겨내
줘요. 당신도 인정하듯이 이 허세로 인해 약한 시력을 암묵적으로
부정하게 되잖아요. 문제를 덜어줄 일반적 방법을 거부함으로써 실
질적으로 약점을 부정하고 있잖아요. 그러니 당신이 안경을 쓰길 원
하는 내 바람을 이해할 수 있겠죠. 쉿! 절 위해 안경을 쓰겠다고 이
미 동의했잖아요. 제 손에 들고 있는 이 작은 물건을 받아요. 시력에
는 큰 도움이 되지만 보석으로는 사실 대단한 가치가 있는 건 아니
에요. 이렇게, 아니면 이렇게 조금만 변경하면 안경 모양으로 눈에
쓸 수도 있고 외알 안경으로 조끼 주머니에 넣고 다닐 수도 있어요.
하지만 절 위해 늘 첫 번째처럼 쓰겠다고 이미 동의한 거죠?"

　이 요구에 나는 적지 않게—고백해야만 하나?—당황했다. 하지만
이 요청에 붙어 있는 조건으로 인해 주저한다는 것은 물론 생각조
차 할 수 없었다.

　"좋아요!" 순간 나는 열정을 있는 대로 끌어모아 외쳤다. "좋아요.
흔쾌히 동의합니다. 당신을 위해서라면 어떤 기분이든 희생하겠어
요. 오늘 밤은 이 소중한 안경을 외알 안경용으로 제 가슴에 품고 있
겠습니다. 하지만 당신을 아내라고 부를 수 있는 기쁨을 얻게 되는
그날 새벽이 되면 바로 이 코 위에 쓰겠습니다. 그리고 그때부터는
덜 낭만적이고 덜 멋지더라도 확실히 당신이 바라는 편리한 모양으
로 쓰도록 하지요."

　이제 우리 대화의 화제는 내일 일에 대한 구체적 준비로 넘어갔
다. 약혼자로부터 텔벗이 막 시내에 도착했다는 소식을 들었다. 나
는 당장 친구를 만나고 마차를 구하기로 했다. 밤 음악회가 2시 전

에 끝나는 일은 거의 없으니, 그때쯤에는 마차를 문 앞에 대기시킬 수 있다. 사람들이 떠나느라 어수선한 틈을 타서 랄랑드 부인은 사람들 눈에 띄지 않고 쉽게 마차에 탈 수 있을 것이다. 그러고 나서 우리를 기다리고 있는 목사님 댁으로 가서 결혼식을 올리고 탤벗을 내려준 다음, 고국 사교계가 이 일에 대해 뭐라고 떠들건 간에 내버려두고 동양으로 짧은 여행을 떠날 것이다.

모든 계획을 다 짠 후 당장 탤벗을 찾으러 나왔지만 그 세밀화를 보기 위해 잠깐 집에 들르지 않을 수 없었다. 안경의 강력한 힘을 빌려 그림을 들여다봤다. 빼어나게 아름다운 얼굴이었다! 빛나는 커다란 눈! 당당한 그리스식 코! 풍성한 검은 머리! "아!" 나는 기쁨에 들떠 혼자 중얼거렸다. "진정 내 사랑의 모습을 고스란히 담은 그림이 아닌가!" 그림을 뒤집어보자 이런 글귀가 있었다. '외제니 랄랑드, 27살 7개월.'

나는 탤벗의 집으로 가서 당장 친구에게 나의 행운을 알렸다. 그는 당연히 엄청나게 놀랐지만 진심으로 축하해주었고 무엇이든 힘닿는 데까지 도와주겠노라고 했다. 한마디로 우리는 계획을 문자 그대로 수행했다. 예식이 끝난 지 딱 10분 후인 새벽 2시, 나는 랄랑드 부인, 아니 심슨 부인과 함께 지붕 달린 마차를 타고 시내를 벗어나 쏜살같이 북동쪽으로 달리고 있었다.

탤벗이 짜준 계획을 이랬다. 밤새 달려서 도시에서 20마일 정도 떨어진 C마을에서 처음으로 마차를 멈추고 이른 아침을 먹고 약간 휴식을 취한 다음 다시 갈 길을 가는 것이었다. 그리하여 마차는 정확히 4시에 마을에서 가장 큰 여관 앞에 멈춰 섰다. 나는 사랑하는 아내의 손을 잡아 마차에서 내려준 후 곧 아침 식사를 주문했다. 그동안 우리는 조그만 응접실로 안내받아 자리에 앉았다.

이제는 거의 동이 틀 때가 다 되었다. 내 옆에 앉은 천사를 황홀하게 바라보는데 문득 이상한 생각이 머리를 스쳤다. 미모로 정평 난 랄랑드 부인을 안 이후로 그 아름다운 모습을 환한 대낮에 가까이에서 보는 것이 정말이지 지금이 처음이었다.

"내 사랑, 자 이제." 부인이 내 손을 잡으며 말하는 바람에 이런 생각들도 중지되었다. "자, 이제 우리가 떼려야 뗄 수 없는 하나가 되었으니, 당신의 열정적 간청에 굴복해 제가 할 몫은 다 했으니, 당신이 들어줘야 할 조그만 부탁, 당신이 지키겠다고 한 조그만 약속도 잊지 않았겠죠? 어디 보자! 기억해볼게요! 그래요, 어젯밤 당신이 외제니에게 했던 소중한 약속이 토씨 하나 틀리지 않고 술술 기억나는군요. 들어봐요! 이렇게 말했었죠. '좋아요. 흔쾌히 동의합니다. 당신을 위해서라면 어떤 기분이든 희생하겠어요. 오늘 밤은 이 소중한 안경을 외알 안경용으로 제 가슴에 품고 있겠습니다. 하지만 당신을 아내라고 부를 수 있는 기쁨을 얻게 되는 그날 새벽이 되면 바로 이 코 위에 쓰겠습니다. 그리고 그때부터는 덜 낭만적이고 덜 멋지더라도 확실히 당신이 바라는 편리한 모양으로 쓰도록 하지요.' 정확히 이렇게 말했죠, 사랑하는 여보, 안 그래요?"

"맞아요." 내가 말했다. "당신 기억력이 대단하군요. 아름다운 외제니, 그 사소한 약속을 피할 생각은 분명히 전혀 없습니다. 봐요! 보세요! 제법 잘 어울리지 않습니까?" 나는 양알 안경을 보통 안경 모양으로 만들어 조심스레 제 위치에 올려놓았다. 그러는 동안 심슨 부인은 모자를 고쳐 쓰고 팔짱을 낀 채 다소 뻣뻣하고 새침한, 사실 약간 품위 없는 자세로 의자에 똑바로 앉아 있었다.

"세상에!" 안경테를 코 위에 얹기 무섭게 나는 소리 질렀다. "아이고! 맙소사! 이 안경에 무슨 문제가 있는 거지?" 나는 재빨리 안경을 벗어 실크 손수건으로 정성껏 닦은 다음 다시 썼다.

하지만 첫 번째에 무엇인가 놀라운 일이 벌어졌었다면, 두 번째는 그 놀라움이 경악으로 커졌다. 깊고 극심하고 실로 끔찍한 경악이었다. 도대체 이건 뭘까? 내 눈을 믿을 수 있을까? 정말로? 그것이 문제였다. 저것은, 저것은, 저것은 립스틱인가? 저것들은, 저것들은, 외제니 랄랑드의 얼굴에 있는 저것들은 주름살인가? 오, 제우스여! 크고 작은 모든 신들과 여신들이여! 도대체, 도대체, 도대체, 도대체 치아는 어떻게 된 건가? 나는 안경을 바닥에 난폭하게 내던지고 벌떡 일어나 양손을 허리에 짚은 채 심슨 부인을 똑바로 마주 보고 응접실 바닥 한가운데 똑바로 섰다. 공포와 분노로 게거품을 뿜으며 이를 드러냈지만 동시에 한 마디 말도 할 수 없이 무력했다.

이미 말했다시피 외제니 랄랑드, 그러니까 심슨의 영어 실력은 글보다 말이 하등 나을 것 없었다. 그런고로 당연히 부인은 평상시에는 절대 영어로 이야기하지 않으려 했다. 하지만 분노란 숙녀도 극한 상황으로 몰고 가는 법이라, 이 경우 심슨 부인도 자기가 제대로 이해도 못 하는 언어로 대화를 시도하는 아주 극단적 선택을 했다.

"저기, 무슈." 부인은 잠시 동안 대경실색해서 나를 쳐다보다가 말했다. "저기, 무슈? 머가요? 머가 문제죠? 그거 무도병[141] 걸린 거예요? 나 좋아서 아니면, 왜 보지도 않고 물건 사요?"

"이런 비열한!" 내가 숨을 고르며 말했다. "당신, 당신은 천하에 야비한 노파야!"

"노파? 늙어? 나 그렇게 안 늙어! 여든두 살보다 하루도 안 많아."

"여든둘이라고!" 나는 벽 쪽으로 휘청거리며 냅다 소리 질렀다. "이런 말도 안 되는! 그림에는 스물일곱 하고도 7개월이라더니!"

"물론! 그건 그래. 맞아! 그 초상화는 55년 전에 그렸으니까. 두 번째 남편 무슈 랄랑드와 결혼할 때, 그때 첫 번째 남편 무슈 무아사르와 딸 위에 그렸어."

"무아사르라고!" 내가 말했다.

"그래요, 무아사르." 부인은 내 발음을 흉내 내며 말했는데, 솔직히 말해서 별로 좋지는 않았다. "그게 머가? 당신 무아사르 대해 머알아?"

"아무것도 몰라, 이 늙은이야! 그 사람에 대해선 아무것도 몰라요. 한때 그런 이름의 조상이 있었다는 것밖에."

"그런 이름! 그 이름 머 할 말 있어? 조흔 이름이야. 부아사르도 그래. 그것도 좋은 이름이야. 내 딸, 마드무아젤 무아사르, 무슈 부아사르와 결혼합니다. 둘 다 아즈 훌륭한 이름."

"무아사르?" 나는 소리 질렀다. "게다가 부아사르라고! 도대체 무슨 소리를 하는 겁니까?"

"무슨 소리? 무아사르와 부아사르라고. 이름 이야기 하니, 크루아

141 　신체 각 부의 근육이 불규칙으로 움직이는 병으로, 얼핏 보면 춤을 추는 것 같이 보여서 무도병이라고 불린다.

사르와 프루아사르도 좋다 생각해. 내 딸의 딸, 마드무아젤 부아사르는 무슈 크루아사르 결혼하고, 또 내 딸의 손녀, 마드무아젤 크루아사르는 무슈 프루아사르 결혼합니다. 그런데 당신은 그거 별로 안 좋은 이름이라 그러겠지."

"프루아사르라니!" 나는 기절할 것 같았다. "설마 무아사르, 부아사르, 크루아사르, 프루아사르라고 그런 겁니까?"

"그래요." 부인은 다시 의자에 깊숙이 기대앉아 다리를 쭉 펴며 말했다. "그래요, 무아사르와 부아사르, 크루아사르, 프루아사르. 하지만 무슈 프루아사르, 그 사람 아즈 바보였어. 당신처럼 완전 천치였지. 라 벨[142] 프랑스 떠나 이 멍청한 미국에 왔으니. 여기 와서 아즈, 아즈 멍청한 아들 있다고 들어요. 아직 볼 기회 없지만. 나도 내 동행 스테퍼니 랄랑드 부인도. 그 아이 이름 나폴레옹 보나파르트 프루아사르. 당신 아마 그것도 별로 안 좋은 이름이라 하겠지."

이야기의 길이 때문인지 내용 때문인지는 알 수 없지만 이 이야기가 심슨 부인에게 매우 이상한 울화를 불러일으킨 것 같았다. 힘들게 이야기를 마치자 부인은 마법에라도 걸린 것처럼 의자에서 벌떡 일어났는데, 그 바람에 허리 받침[143]이 통째로 바닥에 떨어졌다. 자리에서 일어서자 이를 갈고 팔을 휘두르고 소매를 걷어 올리고 내 얼굴에 주먹을 휘둘러대더니, 마지막으로 모자와 함께 어마어마하게 값지고 아름다운 흑발로 만든 풍성한 가발을 머리에서 잡아 뜯

142   아름답다는 의미.
143   치마를 부풀게 하려고 허리에 대는 것.

186

듯이 벗겨 외마디 소리와 함께 바닥에 내동댕이쳤다. 그러고는 고통스러운 분노를 못 이겨 무아지경으로 모자와 가발을 짓밟으며 판당고를 춰댔다.

그러는 사이 소스라치게 놀란 나는 부인이 비운 의자에 털썩 주저앉았다. "무아사르와 부아사르!" 내가 생각에 잠긴 채 되풀이하는 동안 부인은 피전윙을 시전했고, 내가 "크루아사르와 프루아사르!"라고 읊조리는 사이 또 한 번을 더 해냈다. "무아사르와 부아사르와 크루아사르와 나폴레옹 보나파르트 프루아사르! 입에 담지도 못할 이 늙은 독사야, 그게 나야, 그게 나라고. 내 말 들려? 그게 나야." 이 시점에 내가 목청껏 소리를 질렀다. "그게 나라고! 내가 나폴레옹 보나파르트 프루아사르라고! 고조할머니랑 결혼을 안 했다 해도, 영원히 저주나 받아라!"

외제니 랄랑드 부인, 준男 심슨 부인, 과거의 무아사르 부인은 진실로 내 고조할머니였다. 젊은 시절 미모를 자랑했던 고조모는 심지어 여든둘의 나이에도 소녀 시절의 당당한 키와 빗은 듯한 두상, 아름다운 눈과 그리스인 같은 코를 유지하고 있었다. 이런 것들과 진주 파우더, 립스틱, 가발, 틀니, 허리 받침에다 파리 최고 디자이너들의 도움으로 프랑스 수도의 한물 간 미인들 사이에서 그럭저럭 상당한 입지를 구축했던 것이다. 이런 점에서는 정말이지 그 유명한 니농 드 랑클로와 거의 어깨를 겨룰 만하다고 할 수 있을 것이다.

고조모는 어마어마하게 부자인 데다가 두 번째 결혼에서는 아이도 없이 미망인이 되었기 때문에 미국에 있는 나를 생각해내고 나를 상속자로 만들 생각으로 두 번째 남편의 먼 친척인 절세미인 스테퍼니 랄랑드 부인과 함께 미국을 방문했던 것이다.

오페라 극장에서 고조모는 내 시선을 눈치챘고, 안경으로 나를 관찰하다가 자신과 가족처럼 닮은 데가 있음을 문득 깨달았다. 자신이 찾던 상속자가 실제로 그 도시에 있다는 것을 알고 흥미를 느낀 고조모는 동행자에게 나에 대해 물었다. 함께 있던 신사는 나를 알고 있어서 내가 누구인지 말해주었다. 그렇게 정보를 얻자 고조모는 다시 한 번 나를 유심히 관찰했다. 나에게 큰 용기를 줘서 앞서 말한 터무니없는 짓을 하게 만들었던 바로 그 행동이었다. 하지만 고조모는 이상한 우연으로 내가 자신이 누구인지 알아차렸다는 생각을 하고 내 인사를 받아주었다. 나쁜 시력과 화장 기술에 속아 낯선 부인의 나이도, 매력도 전혀 모르는 나는 탤벗에게 저 부인이 누구냐며 열정적으로 물었고, 그는 당연히 내가 젊은 미인에 대해 묻는다고 생각하고 "유명한 미망인 랄랑드 부인"이라고 완벽한 진실을 알려준 것이었다.

다음 날 아침, 거리에서 내 고조모는 오래전 파리에서 알았던 탤벗을 만났고 대화는 자연스럽게 나에 관한 이야기로 흘러갔다. 내 나쁜 시력에 대한 설명도 그때 탤벗이 해줬다. 나는 전혀 모르고 있었지만 내 나쁜 시력은 이미 소문이 자자했다. 선량한 늙은 친척은 내가 자신의 정체를 알고 있다고 생각했던 게 착오였다는 것을, 내가 알지도 못하는 늙은 여성에게 극장에서 공공연히 애정을 표현하는 바보 같은 짓을 했다는 것을 알고 분노했다. 이 무분별한 행동에 벌을 주기 위해 고조모는 탤벗과 함께 계략을 짰다. 탤벗은 나를 소개해주지 않기 위해 의도적으로 나를 피했다. 길거리에서 내가 "그 아름다운 미망인 랄랑드 부인"에 대해 묻고 다녔을 때도 다들 당연히 젊은 쪽을 말한다고 생각했다. 그러니 탤벗의 집에서 나온 직후 만난 세 친구와 나눈 대화도, 그 친구들이 니농 드 랑클로에 대해 넌지시 언급하던 바도 쉽게 설명될 수 있을 것이다. 나는 랄랑드 부인을 낮에 가까이에서 볼 기회가 없었고, 밤 음악회에서는 안경의 도움을 받지 않으려는 어리석은 치기로 인해 부인의 나이를 알아차릴 수 없었다. 사람들이 노래를 청한 '랄랑드 부인'도 젊은 부인이었고 부름에 응해서 일어난 사람도 젊은 부인이었다. 고조모는 계속 나를 속이기 위해 부인과 동시에 자리에서 일어나 주 응접실에 있는 피아노까지 그 부인을 데려갔다. 그때 내가 고조모를 에스코트해 가려고 했다면, 그 자리에 그대로 있는 게 좋겠다고 말할 생각이었다. 하지만 내 신중한 생각 때문에 그럴 필요가 없었다. 경탄하지 않을 수 없었던, 부인이 젊다고 생각했던 내 인상을 확신하게 해주었던 그 노래들도 스테퍼니 랄랑드 부인이 부른 것이었다. 안경은 장난에 질책을, 속임수의 경구에 따끔함을 더하기 위해 건네준 것이었다. 안경을 건네면서 내가 그렇게 특히 중시하는 허세에 대해 일장연설을 할 기회도 생겼다. 굳이 덧붙일 필요도 없겠지만 노부인이 쓰던 안경알은 내 나이에 더 잘 맞는 알로 미리 바꾸어놓았다. 안경은 사실 내게 맞춘 듯이 딱 맞았다.

운명의 매듭을 묶는 척했을 뿐인 목사는 탤벗의 절친한 친구였고 성직자가 아니었다. 하지만 그는 탁월한 '마부'였다. 그는 사제복을 벗고 외투를 입은 후 '행복한 부부'를 태운 마차를 시내 밖으로 몰았다. 탤벗은 그 옆자리에 앉았다. 그렇게 두 악당은 '사건의 전말을 최후까지 지켜보았고' 반쯤 열려 있던 여관 응접실 창문을 통해 이 드라마의 대단원을 웃으며 즐겁게 관람했다. 아무래도 이 인간 둘 다에게 결투를 신청하지 않을 수 없을 것 같다.

하지만 나는 내 고조모의 남편이 아니다. 생각만 해도 너무나 마음이 놓인다. 나는 랄랑드 부인, 스테퍼니 랄랑드 부인의 남편이다. 선량한 노친척께서는 나를 사망 시—혹시라도 사망할 경우—유일한 상속자로 삼았을 뿐 아니라 수고로이 중매를 서가며 나와 랄랑드 부인을 맺어주었다. 결론적으로 나는 앞으로 영원히 연애편지 쓰는 일이 없을 것이며, 안경을 쓰지 않고는 누구도 만나지 않을 것이다.

절대 악마에게 머리를 걸지 마라

─교훈이 있는 이야기

　돈 토머스 데 라스 토레스는 〈연시戀詩〉 서문에서 이렇게 말했다. "콘 탈 퀘 라스 코스툼브레스 데 운 아우토 세안 푸라스 이 카스타스, 임포르타 무이 포코 퀘 노 세안 이구알멘테 레베라스 수스 오브라스." 쉽게 영어로 옮기자면, 작가의 윤리의식이 개인적으로 순수하다면 그 작품의 교훈은 무엇이건 상관없다는 뜻이다. 아마 돈 토머스는 지금 그 주장으로 인해 연옥에 있을 것으로 추정된다. 〈연시〉가 절판되든지 독자가 없어서 완전히 책장 붙박이 신세가 될 때까지 돈 토머스를 계속 연옥에 붙들어두는 게 시적정의 차원에서도 좋을 것 같다. 모든 소설에는 교훈이 있어야 한다. 비평가들은 더 적절하게도 모든 소설에는 교훈이 있다는 것을 발견했다. 과거 필리프 멜란히톤[144]은 〈바트

144　16세기 독일 종교개혁가.

라코마이오마키아〉[145]에 대한 논평에서 시인의 목적은 소란에 대해 염증을 불러일으키는 것이라고 했다. 피에르 라 세인은 한 단계 더 나아가 젊은이들에게 먹고 마시는 것에 대한 절제를 권장하는 것이 목적이라고 했다. 마찬가지로 야코뷔스 위고는 호메로스가 유니스를 통해 장 칼뱅을, 안티누스를 통해 마틴 루터를, 로토파기를 통해 신교도 일반을, 하피[146]를 통해 네덜란드인을 암시하려고 했다는 의견을 내놓았다. 현대의 고전주석자들도 그 못지않게 예리하다. 이 친구들은 〈대홍수 이전 사람들〉[147]에서 숨은 의미를, 〈포와탄〉[148]에서 우화를, '울새'[149]에서 새로운 견해를, 〈엄지동자〉[150]에서 초월주의를 증명해냈다. 간단히 말해서 누구도 몹시 심오한 의도 없이는 글을 쓸 수 없다는 것이 밝혀진 것이다. 그리하여 작가들은 큰 고생을 덜게 되었다. 예를 들어 소설가는 교훈에 대해 신경 쓸 필요가 없다. 그러니까 교훈은 어디엔가 있게 마련이고, 교훈과 비평가가 다 알아서 할 것이다. 제때가 되면 작가가 의도한 것과 의도하지 않은 것 모두가 《다이얼》[151]이나 《다운이스터》[152]지에 작가가 의도했어야 할 것

145 '개구리와 쥐의 전쟁'이라는 의미로 〈일리아스〉를 패러디한 코믹 영웅시. 저자에 대해서는 호메로스라는 설을 비롯해 이견이 분분하다.

146 새의 몸에 인간 여자의 머리를 한 그리스 신화 속의 괴조.

147 제임스 맥헨리의 시.

148 세바 스미스의 운문 로맨스.

149 전래동요 〈누가 울새를 죽였나?〉.

150 전래동화.

151 초월주의의 기관지.

152 포가 만든 허구의 잡지 이름.

들과 함께 다 실리게 되어 있으며, 그래서 모든 것이 결국에는 깔끔하게 정리될 것이다.

그러므로 아는 체하는 바보들이 내게 가하는 비난, 즉 내가 교훈적인 이야기, 아니 더 정확하게 말해서 교훈이 있는 이야기를 쓰지 않았다는 비난에는 근거가 없다. 그 인간들은 내 뜻을 분명히 하고 내 교훈을 발전시킬 운명을 띤 비평가들이 아니다. 그게 비밀이다. 조만간《노스 아메리칸 쿼털리 험드럼》지에서 그들의 어리석음을 부끄럽게 여기게 해줄 것이다. 그때까지 처형을 유예하고 나에 대한 비난을 가라앉힐 방편으로 슬픈 이야기를, 의문의 여지없이 분명한 교훈이 있는 이야기를 덧붙이고자 한다. 뛰어가면서도 제목에 커다란 대문자로 적어놓은 교훈을 읽을 수 있을 것이다. 이런 식의 이야기 구성에 대한 공은 나한테 인정해줘야 하는데, 이는 독자들에게 전달하고자 하는 의견을 마지막까지 미루어두었다가 우화 끄트머리에 가서야 슬쩍 집어넣는 라 퐁텐[153] 등의 방식보다 훨씬 더 현명한 방식이다.

'죽은 자를 욕되게 하지 말라'는 로마 12표법 중 하나이며, '죽은 자에 대해서는 좋은 말 외에는 하지 말라'는 탁월한 훈령이다. 문제의 죽은 자가 보잘것없는 죽은 자라 할지라도 말이다. 따라서 죽은 내 친구 토비 대밋[154]을 나무라는 것은 전혀 내 의도가 아니다. 토비가 무뢰한이었다는 것은 사실이고 결국 개처럼 죽었지만 그 악덕

---

153   라 퐁텐 우화로 알려진 시인이자 우화 작가.

154   포는 욕을 연상시키는 단어Dammit, 빌어먹을로 말장난을 하고 있다.

들이 토비의 탓은 아니다. 그것들은 모친의 개인적 결함에서 나왔다. 토비의 모친은 토비가 아기였을 때 최선을 다해 매질을 했다. 규칙을 중시하는 성격이라 이러한 의무를 늘 기쁨으로 여겼던 데다가, 아기들은 질긴 스테이크나 신식 그리스 올리브 나무처럼 때리면 반드시 더 나아지기 때문이다. 하지만 가엾은 여인 같으니라고! 안타깝게도 모친은 왼손잡이였고 아이는 왼손으로 때리느니 차라리 때리지 않고 내버려두는 편이 낫다. 세상은 오른쪽에서 왼쪽으로 돈다. 아이를 왼쪽에서 오른쪽으로 때리는 것은 좋지 않다. 제대로 된 방향으로 한 대 때릴 때마다 나쁜 습성을 몰아낸다면, 반대쪽으로 한 대 칠 때마다 그만큼의 사악한 습성이 들어오게 된다. 나는 토비가 매 맞는 자리에 종종 있어봤는데 심지어 발길질 당하는 방식에서도 토비가 나날이 더 나빠진다는 게 보였다. 마침내 나는 눈물이 그렁그렁한 눈을 하고 저 악당에게는 더 이상 희망이 없다는 것을 알았다. 토비가 아프리카 꼬마로 착각할 정도로 얼굴이 시커멓게 멍이 들도록 두들겨 맞고도 온몸을 비비 틀며 발작을 일으키는 것 외엔 어떤 효과도 없는 것을 본 어느 날, 나는 더 이상 참을 수가 없어서 무릎을 꿇은 채 목소리를 드높여 토비의 파멸을 예언했다.

사실 토비는 사악함에 있어서는 끔찍할 정도로 조숙했다. 생후 5개월에 말도 할 수 없을 정도로 울화를 터뜨리기 일쑤였다. 6개월에는 카드 한 벌을 물어뜯어놓았다. 7개월에는 늘 여자아기들을 붙들고 키스를 해댔다. 8개월에는 금주 맹세에 서명하기를 지엄하게 거부했다. 이렇게 달을 거듭할수록 그의 사악함은 커져만 갔고, 마침내 첫돌 무렵에는 콧수염을 기르겠다고 우겼을 뿐만 아니라 저주하고 욕설을 퍼붓고 자기주장을 하느라 내기를 거는 습성이 생겼다.

　이 신사답지 못한 버릇으로 인해 내가 토비 대밋에게 예언한 파멸이 결국 그를 삼키고 말았다. 그 습관은 '대밋이 성장하면서 함께 자라났고 대밋이 강해질수록 더 강해져서' 결국 어른이 되었을 때 그는 도박을 제안하는 말을 섞지 않고는 한 문장도 내뱉지 못하는 지경이 되었다. 실제로 내기를 걸었다는 말이 아니다, 절대. 내기를 거느니 차라리 알을 낳았을 것이다. 이 정도는 토비를 옹호해줄 수 있다. 토비에게 있어서 내기는 그저 공식에 불과할 뿐, 그 이상은 아니었다. 내기를 거는 표현에는 어떤 의미도 없었다. 하등 무해하다고는 할 수 없다 해도 단순한 욕설에 불과했다. 문장을 끝맺는 가공의 문구일 뿐이었다. 토비가 "모모를 걸겠다"로 해도 그 말을 곧이곧대로 받아들이는 사람은 아무도 없었지만, 그래도 나는 토비를 말리는 게 내 의무라는 생각을 떨치지 못했다. 그것은 비윤리적 습관이라고 토비에게 말했다. 천박한 습관이라는 것을 믿으라고 애원했다. 사회에서 용납하지 않는 습관이라고 했다—이건 정말이지 진실이다. 법률로 금지되었다고 말했다—거짓말할 의도는 추호도 없었다. 질책했지만, 아무 소용이 없었다. 논증했지만, 허사였다. 애원했지만, 씩 웃기만 했다. 간청했지만, 웃음을 터뜨렸다. 설교를 늘어놓았지만, 코웃음을 쳤다. 협박해봤지만, 욕설을 퍼부었다. 걷어차니, 경찰을 불렀다. 코를 잡아당기니, 코를 풀면서 악마에게 머리를 걸겠다고 해서 다시는 그 실험은 엄두도 내지 못했다.

　가난은 대밋의 모친이 아들에게 남긴 또 하나의 악이었다. 토비는 지긋지긋할 정도로 가난했다. 내기 운운하는 욕설이 실제 금전적인

면으로 넘어가지 않는 것은 분명 그 때문이었다. 토비가 "1달러를 걸지"라는 수사를 쓰는 것을 한 번도 들어본 적이 없다는 사실은 말할 필요도 없을 것이다. 토비는 주로 "네가 원하는 걸 걸겠어"라거나 "네가 감히 도전할 것을 걸겠어"라거나 "하찮은 걸 걸지" 등의 표현을 썼고, 더 의미심장하게는 "악마에게 머리를 걸겠어"라고 말했다.

토비는 이 마지막 말을 가장 좋아하는 것 같았다. 아마도 위험부담이 가장 적어서였던 것 같다. 그는 극도로 인색해졌다. 누가 자기 내기에 응했다 해도 머리가 작으니 손해도 작았을 것이다. 하지만 이는 내 생각일 뿐이고 토비 생각도 그런지는 확신할 수 없다. 어쨌거나 자기 머리를 은행수표처럼 걸어대는 막돼먹은 부적절함에도 불구하고 토비는 문제의 그 문구를 나날이 더 즐겨 쓰게 되었다. 하지만 그게 부적절하다는 것은 토비의 심술궂은 기질로는 절대 이해하지 못할 일이었다. 결국 그는 다른 모든 내기 형식은 다 버리고 오로지 "악마에게 머리를 걸겠다"는 말만 집요하게 썼고, 이에 나는 놀란 만큼이나 불쾌감을 느꼈다. 나는 이해할 수 없는 상황에 늘 불쾌함을 느낀다. 불가해한 상황에 부닥치면 사람은 생각을 하지 않을 수 없게 되고 결국 건강을 해친다. 사실 대밋이 그 불쾌한 말을 상습적으로 내뱉을 때의 분위기에는 뭔가가, 그 말투에는 뭔가 처음에는 흥미롭지만 나중에는 몹시 불편한 점이, 현재로선 더 정확한 말을 찾지 못해 일단 괴상하다고밖에 부를 수 없는 뭔가가 있었다. 하지만 콜리지라면 이를 신비하다고, 칸트라면 범신론적이라고, 칼라일이라면 뒤틀렸다고, 에머슨이라면 초기묘하다고 했을 것이다. 나는 그것을 아주 싫어하게 되었다. 대밋의 영혼은 위태로운 상태에 처해 있었다. 나는 그 영혼을 구하기 위해 있는 힘껏 열변을 토해보기로 결심했다. 아일랜드 연대기에서 성 패트릭이 두꺼비를 섬겼다고 하듯이 토비를 위해 일하겠노라고, 즉 "그의 처지를 자각하게 해주겠다"고 맹세했다. 나는 즉시 그 일에 착수했다. 다시 한 번 전력을 다해 타일러봤다. 다시 한 번 힘을 끌어모아 마지막 충고를 시도해보았다.

내 일장연설이 끝났을 때 대밋은 몹시 애매한 행동을 보였다. 잠시 동안은 그냥 호기심 가득한 표정으로 말없이 내 얼굴을 쳐다보기만 했다. 하지만 곧 고개를 한쪽으로 갸우뚱하면서 눈썹을 한껏 치켜 올렸다. 그러고는 손바닥을 펴 보이며 어깨를 으쓱했다. 그러고는 오른쪽 눈을 찡긋했다. 그러고는 왼쪽 눈으로 같은 동작을 반복했다. 그러고는 두 눈을 질끈 감았다. 그러고는 그 결과가 진심으로 걱정될 정도로 두 눈을 힘껏 부릅떴다. 그러고는 엄지손가락을 코에 갖다 대고는 나머지 손가락들로 자기가 생각하기에는 적절한, 뭐라 말할 수 없는 동작을 했다. 마지막으로 손을 허리에 얹고 당당한 자세를 취하더니 생색내며 대답을 해주었다.

그 대답의 표제들만 기억난다. 내가 입 다물고 있으면 감사하겠다. 내 충고는 전혀 바라지 않는다. 내가 넌지시 암시한 모든 것들을 혐오한다. 자기 일은 자기가 알아서 할 만큼 나이가 들었다. 아직도 자기를 아기 대밋으로 생각하는가? 자신의 성품을 비판하려는 말을 하려는 것인가? 자기를 모욕할 작정인가? 바보 아닌가? 한마디로 내 어머니는 내가 집에 없다는 걸 알고 계신가? 이 마지막 질문은 나를 진실한 사람으로 여겨 한 것이며, 내 대답에 따를 것이다. 그는 다시 한 번 내가 집에 없다는 것을 내 어머니가 알고 있는지 명확히 물었다. 당황하는 것을 보니 상황을 알겠다며, 어머니가 모르고 있다는 데 악마에게 자기 머리를 걸겠다고 말했다.

대밋은 내 대답을 기다리지 않았다. 그는 휙 돌아서더니 품위 없이 황급하게 내 앞에서 떠났다. 그로서는 그게 잘한 짓이었다. 나는 상처 입었다. 심지어 분노가 치밀어 올랐다. 이번 한 번만은 그 모욕적인 내기에 기꺼이 응하고 싶은 심정이었다. 대적[155]에게 대밋의 조그만 머리를 기꺼이 바치고 싶었다. 사실 우리 어머니는 내가 그저 잠깐 외출했다는 것을 아주 잘 알고 있었다.

천국이 위안을 주리라. 발을 밟히면 무슬림이 하는 말이다. 의무를 행하는 과정에서 모욕을 당했지만 나는 그 모욕을 남자답게 견뎠다. 하지만 이제는 이 가련한 인간을 위해 내가 해야 할 일은 다 한 것 같았다. 나는 더 이상 내 충고로 그를 괴롭히지 않고 그 자신과 자신의 양심에 맡기기로 결심했다. 하지만 조언을 들이미는 짓은 자제한다 해도 함께 어울리는 것까지 완전히 그만둘 수는 없었다. 심지어 덜 쾌씸한 성벽들에는 장단을 맞춰주기까지 했고, 때로는 미식가들이 겨자 맛을 칭찬하듯 눈물을 글썽이며 대밋의 사악한 농담들을 찬미하기도 했다. 그 흉악한 소리들을 듣고 있노라면 마음이 한없이 슬퍼졌기 때문이다.

어느 화창한 날, 우리는 팔짱을 끼고 산책을 하다 강 쪽으로 걸어갔다. 강에는 다리가 있었고 우리는 그 다리를 건너기로 했다. 다리

---

155 大敵, 인류의 큰 적, 악마.

에는 풍상을 막아주는 지붕이 덮여 있었는데 창문이 거의 없어서 통로는 불편할 정도로 어두웠다. 통로에 들어서자 바깥의 환한 빛과 안쪽의 어둠의 대조가 마음을 무겁게 짓눌렀다. 불행한 대밋의 기분은 그렇지 않은지, 내가 병적으로 우울하다는 데 악마에게 머리를 걸겠다고 나섰다. 대밋은 평소보다 기분이 좋아 보였다. 몹시 활력이 넘쳤는데 너무 지나칠 정도라 뭔지 알 순 없지만 불편한 의심이 들었다. 초월주의자들에게 영향을 받았을 수도 있다. 하지만 이 점에 대해 결정적으로 말하기에는 이 병의 특성에 대해 정통하지 않은 데다가, 안타깝게도 《다이얼》지에 있는 친구들도 옆에 없었다. 그럼에도 내가 이런 생각을 하게 된 이유는 이 가엾은 친구가 무슨 심한 흥이라도 들었는지 완전히 어릿광대 같은 짓들을 했기 때문이다. 앞에 뭐가 나타나든 하나도 넘기지 않고 말릴 새도 없이 몸을 비틀어 아래로 지나가거나 위로 뛰어넘었다. 어떨 때는 고함을 치며 어떨 때는 혀 짧은 소리로 온갖 괴상한 소리들을 해댔지만, 표정만큼은 내내 세상에서 가장 진지했다. 정말이지 저 인간을 발로 차야 할지 불쌍히 여겨야 할지 갈피를 잡을 수가 없었다. 마침내 다리를 거의 다 건너가서 보도가 끝나는 지점에 거의 다 왔을 때, 우리 앞을 약간 높은 십자형 회전문이 가로막았다. 나는 평상시처럼 문을 밀면서 조용히 빠져나왔다. 하지만 이렇게 도는 것은 대밋의 기질에는 맞지 않았다. 그는 회전문을 뛰어넘겠다고 고집하면서 그 위 공중에서 피전윙 스텝을 할 수 있다고 했다. 양심적으로 말해서 대밋이 그걸 할 수 있다고는 생각하지 않았다. 온갖 것들 위에서 피전윙을 해내는 일인자는 내 친구 칼라일인데, 그건 칼라일도 할 수 없는 일이었다. 그걸 토비 대밋이 할 수 있다고는 믿을 수 없었다. 그래서 나는 그건 허세이고 절대 할 수 없는 일이라고 일장연설을 늘어놓았다. 이 말에 대해서는 곧 후회하게 되었다. 대밋이 곧장 자기가 할 수 있다는 데 악마에게 머리를 걸겠다고 나섰기 때문이다.

예전에 한 결심에도 불구하고 이 불경한 소리를 꾸짖으려는 순간, 내 팔꿈치 근처에서 "에헴!" 비슷한 조그만 기침 소리가 들렸다. 나는 깜짝 놀라 주위를 둘러보았다. 마침내 내 시선은 다리 골조 구석에 있는 점잖아 보이는 조그만 절름발이 노신사에게 가닿았다. 노인의 외모는 더할 나위 없이 경건했다. 검은 정장을 완벽하게 차려입었을 뿐만 아니라 셔츠는 티 하나 없이 깨끗했고 칼라는 흰 스카프 위로 단정하게 접혀 있었으며, 머리는 여자아이처럼 앞가르마를 해서 넘겼다. 손은 생각에 잠긴 듯이 배 위에 맞잡고 있었고 두 눈은 조심스레 위를 향하고 있었다.

노신사를 자세히 관찰해보니 짧은 바지 위에 검은 실크 앞치마를 하고 있었다. 매우 이상한 차림새였다. 하지만 그런 이상한 정황에 대해 뭐라고 말을 하기도 전에 노신사가 다시 한 번 "에헴!" 하고 내 말을 가로막았다.

나는 이 말에 즉시 대답할 준비가 되어 있지 않았다. 사실 이렇게 간결한 말에는 거의 대답할 수 없는 법이다. "허튼소리!"라는 말 한 마디에 당혹을 금치 못한 계간지도 있지 않은가. 그러니 대밋에게 도움을 요청했다는 사실도 스스럼없이 말할 수 있다.

"대밋." 나는 말했다. "뭐 하고 있어? 안 들려? 저 신사분이 '에헴!'이라고 하잖아." 나는 이렇게 말하며 친구를 준엄하게 바라보았다. 사실

난 굉장히 당황했는데 사람이 많이 당황하면 미간을 찌푸리며 무서운 표정을 지어야 한다. 그렇지 않으면 분명 바보처럼 보이고 만다.

"대밋." 내가 말했다. 내 의도는 전혀 그게 아니었지만, 그 말은 몹시 욕설처럼 들렸다. "대밋, 저 신사분이 '에헴!'이라고 하지 않나."

깊이를 내세워 내 말을 옹호하려고 하지 않겠다. 깊이 있는 말이라고 생각하지도 않았다. 하지만 우리가 하는 말의 효과가 늘 우리 눈에 보이는 중요성과 비례하지는 않는 법이다. 내가 대밋을 팩사 폭탄[156]으로 완전히 날려버렸다거나 《미국의 시인과 시》로 머리를 후려갈겼다 해도, 내가 "대밋, 뭐 하고 있어? 안 들려? 저 신사분이 '에헴!'이라고 하잖아"라는 단순한 말을 건넸을 때보다 그를 더 당황하게 만들 수는 없었을 것이다.

"설마!" 대밋은 전함에 쫓기는 해적선이 차례차례 올리는 깃발보다도 얼굴빛이 마구 바뀐 후에야 마침내 헐떡이며 말했다. "정말 그렇게 말했나? 어쨌든 곤란한 상황이니 낯 두껍게 나가는 게 낫겠군. 그럼 나도 에헴!"

이유는 전혀 알 수 없지만, 이 말에 노신사는 기뻐하는 것 같았다. 그는 다리 구석 자리에서 우아하게 절뚝거리며 앞으로 걸어 나와 대밋의 손을 잡고 친절하게 악수를 했고, 그러는 내내 인간이 상상할 수 있는 한 최고로 순수하고 인자한 태도로 그의 얼굴을 똑바로 쳐다보았다.

"자네가 이길 거라고 확신하네, 대밋." 신사가 한없이 솔직한 미소

---

156   나폴레옹 전쟁 때 앙리-조셉 팩사 장군이 발명한 폭탄.

를 지으며 말했다. "하지만 알겠지만 우린 그저 형식상이라 해도 시도는 해봐야 하거든."

"에헴!" 친구는 깊은 한숨과 함께 코트를 벗고 허리에 손수건을 묶고는 눈을 찡그리고 입을 삐죽거려 뭐라 할 수 없는 표정을 지으며 대답했다. "에헴!" 그리고 잠시 후 다시 한 번 "에헴!" 소리를 냈다. 그 후로는 "에헴!" 외에는 어떤 말도 하지 않았다. '아하!' 나는 속으로 생각했다. '토비 대밋으로서는 상당히 놀라운 침묵인걸. 분명 앞서 너무 수다스럽게 떠들었기 때문에 생긴 결과겠지. 극단은 또 다른 극단을 낳는 법이니. 내가 마지막으로 일장연설을 늘어놓던 날 그렇게 거침없이 내밀었던 그 수많은 대답 못 할 질문들은 기억하는지 궁금하군. 어쨌거나 초월주의는 다 나았나보네.'

"에헴!" 마치 내 생각을 읽기라도 한 것처럼 토비가 생각에 잠긴 늙은 양 같은 표정을 하고 대답했다.

노신사는 이제 토비의 팔을 잡아 어둑한 다리 안쪽, 회전문에서 몇 걸음 떨어진 곳으로 데리고 갔다. 신사가 말했다. "여보게, 양심적으로 자네한테 이 정도는 뛰게 해주지. 자네가 멋지게, 초월주의적으로 뛰어넘는지 볼 수 있도록 내가 회전문 옆에 자리를 잡을 때까지 여기서 기다리게. 화려하게 피전윙을 보여주는 것도 잊지 말고. 알겠지만 그저 형식일 뿐이야. 내가 '하나, 둘, 셋, 가'라고 하겠네. '가'에 출발하는 걸세."

그러고는 회전문 옆에 자리를 잡고는 심오한 생각에 잠긴 것처럼 잠시 가만히 있다가 고개를 들더니, 내 생각에, 보일락 말락 하게 미소를 지으며 앞치마 끈을 바싹 조여 맨 다음 대밋을 한참 쳐다보다 마침내 약속한 말을 외쳤다.

　　하나―둘―셋―가!

　　불쌍한 내 친구는 정확히 '가'에 맞춰 힘차게 달리기 시작했다. 회전문은 로드 씨[157]처럼 그다지 높지 않았고 그렇다고 로드 씨의 평자들처럼 많이 낮지도 않았지만, 대체로 토비가 뛰어넘을 수 있을 거라는 확신이 들었다. 하지만 실패하면 어떻게 하나? 아, 그게 문제였다. 실패하면 어떻게 하나? "노신사가 무슨 권리로 다른 신사에게 뛰라고 하는 거지? 저 조그맣고 꼼꼼한 늙은이가 도대체 누구길래? 만약 나한테 넘으라고 한다면 난 안 해. 절대로. 상관 안 해, 저 노인이 악마건 뭐건." 말했다시피 그 다리는 우스꽝스러운 방식으로 지붕을 덮고 아치형 통로를 만들어놓아서 늘 소리가 귀에 거슬리게 울렸다. 마지막 네 마디 말을 하기 전까지는 그 메아리 소리가 그렇게 선명하게 들린 적이 없었다.

　　하지만 내가 한 말, 혹은 내가 한 생각, 혹은 내가 들은 말에 마음이 뺏긴 것은 한순간에 불과했다. 가엾은 토비는 출발한 지 5초도 안 되어 바닥에서 뛰어올랐다. 날렵하게 달려와 다리 바닥에서 크게 도약하더니 공중으로 솟구치면서 다리를 화려하게 휘저었다. 허공 높이 치솟아 회전문 바로 위에서 멋들어지게 피전윙 동작을 선보였다. 물론 나는 대밋이 계속 가서 문을 넘지 않은 게 몹시 이상하

<hr>

157　포의 시를 희화화한 윌리엄 W. 로드.

다고 생각했다. 하지만 그 도약은 찰나에 불과했고 내가 무슨 심오한 생각을 할 틈도 없이 대밋은 회전문을 넘지 못하고 출발했던 쪽에 똑바로 떨어졌다. 그와 동시에 노신사는 회전문 너머 아치의 어둠 속에서 자기 앞치마 안으로 철퍼덕하고 떨어진 무엇인가를 앞치마로 잡아 감싸더니 힘껏 속도를 높여 절뚝거리며 사라졌다. 이 모든 것에 나는 어안이 벙벙했지만 생각하고 있을 겨를이 없었다. 대밋이 꼼짝도 하지 않고 조용히 누워 있었기 때문이다. 나는 대밋이 자존심이 상해서 내 도움을 바라고 있다고 결론 내렸다. 서둘러 가보니 대밋은 소위 심한 부상을 입은 상태였다. 실은 대밋의 머리가 사라지고 없었던 것이다. 주변을 샅샅이 뒤져봐도 머리는 온데간데 없었다. 그래서 나는 대밋을 집으로 데리고 와서 동종요법의사[158]를 부르기로 결심했다. 그러는 사이 어떤 생각이 내 뇌리를 스쳐서 옆에 있는 다리 창문을 열어본 순간, 슬픈 진실이 모습을 드러냈다. 회전문 위 5피트 정도 높이에 버팀쇠 역할을 하는 납작한 쇠막대가 넓은 쪽을 수평방향으로 해서 보도의 아치를 가로지르며 뻗어 다리 구조를 지탱하고 있었다. 이 버팀쇠 모서리에 내 불행한 친구의 목이 정확하게 부딪친 것이 틀림없었다.

이 끔찍한 사고 이후 토비는 오래 버티지 못했다. 동종요법 의사는 충분히 소량의 약을 주지 못했고, 그나마 적게 준 약조차 환자가 복용을 망설였다. 그래서 결국 토비는 상태가 악화되어 마침내 모든

---

158 인체에 질병 증상과 비슷한 증상을 유발시켜 치료하는 방법. 질병 원인과 같은 물질을 소량 사용하여 증상을 낫게 할 수 있다고 믿었다.

탕아들에게 교훈을 남긴 채 죽고 말았다. 나는 토비의 무덤을 내 눈물로 적시고, 그의 가문 문장의 방패에 좌경선[159]을 그은 다음, 얼마 안 되는 장례식 비용 청구서를 초월주의자들에게 보냈다. 그 악당들은 지불을 거부했고, 따라서 나는 즉시 대밋을 파내어 개 먹이로 팔아 치워버렸다.

159   방패의 오른쪽 위에서 왼쪽 아래로 비스듬히 내리그은 띠줄.

셰에라자드의 천두 번째 이야기

진실은 허구보다 기이하다.
_속담

　최근 동양에 대해 연구하던 중《텔미나우 이짓소오어낫》[160]이라는 저작을 참고할 기회가 생겼는데, 이 책은 (시므온 조카이데스의 《조하르》처럼) 유럽에조차 거의 알려지지 않았고, 내가 알기로 아마《미국 문학의 별난 일들》[161]의 저자를 제외하고는 미국인이 인용한 적이 한 번도 없는 책이다. 이 굉장한 저작을 몇 페이지를 넘겨본 나는 지금까지 문학계가 장관의 딸 셰에라자드의 운명을《아라비안 나이트》에 그려진 대로 이상하게 잘못 알고 있었다는 것을 발견하고 적잖이 놀랐다. 또한 그 이야기의 결말이 완전히 틀린 것은 아니지만, 이야기가 끝나는 지점에서 더 나아가지 않았다는 점에서 적어도 잘못된 결말이라는 사실도 놀라웠다.

　이 흥미로운 주제에 대해 샅샅이 알고 싶은 호기심 많은 독자들

160　'지금 말해달라 그런가 아닌가'라는 의미.

161　아이작 디스레일리의 1844년 저서.

은《이짓소오어낫》을 참고하기 바라지만, 그동안 내가 그 책에서 발견한 내용을 요약해서 들려줘도 되지 않을까 한다.

잘 알겠지만 흔히 알려진 판본의 내용은 이러하다. 왕비를 질투할 충분한 사유가 있는 어느 왕이 왕비를 죽일 뿐만 아니라 매일 밤 자신의 왕국에서 가장 아름다운 처녀를 아내로 맞았다가 다음 날 아침 사형 집행인에게 넘기겠다고 자신의 수염과 선지자들에게 맹세한다.

여러 해 동안 왕은 이 맹세를 문자 그대로, 경건한 정확성을 기해 수행하여 독실한 감정과 탁월한 분별을 갖춘 사람으로 큰 신뢰를 받았다. 그러던 어느 날 (기도시각이 분명한) 오후, 수상이 불쑥 찾아와 자신의 딸에게 좋은 생각이 있는 것 같다고 아뢰었다.

그 딸의 이름은 셰에라자드로, 그녀의 생각은 미인에 부과되는 절멸세금으로부터 나라를 구하든지, 모든 여걸들의 관례대로 시도해보다 죽음을 맞겠다는 것이었다.

따라서 비록 (희생을 더 가치 있게 만들어주는) 윤년은 아니었지만, 셰에라자드는 아버지인 수상에게 왕에게 가서 딸과 결혼해줄 것을 청해달라고 부탁한다. 왕은 이 결혼을 기꺼이 수락하지만 (어차피 왕은 수상의 딸과 결혼할 작정이었고, 오직 수상이 두려워 하루하루 미루고 있었을 뿐이었다) 그 과정에서 수상이건 아니건 자기의 맹세나 특권을 조금이라도 포기할 생각은 전혀 없다는 뜻을 모든 사람들에게 확실히 천명한다. 따라서 아름다운 셰에라자드가 그런 짓은 절대 하지 말라는 아버지의 금쪽같은 조언에도 불구하고 왕과 결혼하겠다고 고집하고 실제로 결혼했을 때, 내가 좋든 싫든 셰에라자드가 결혼하겠다고 우기고 결혼했을 때, 그 여인은 그 상황이 허락하는 한 그 아름다운 검은 눈을 최대한 크게 뜨고 있었다.

하지만 (마키아벨리를 읽은 게 분명한) 이 현명한 처녀에게는 아주 교묘한 계획이 있는 듯했다. 무슨 그럴듯한 핑계를 댔는지는 잊어버렸지만, 결혼식 날 밤 여동생과 쉽게 대화를 나눌 정도로 왕과 왕비의 침대에서 충분히 가까운 침상에서 자도록 일을 꾸며둔 것이다. 그리고 새벽닭이 울기 조금 전 (어차피 아침이면 목을 비틀 작정이니 더 나빠질 일도 없는 아내의 소원을 참아준) 훌륭한 군주인 남편을 조심스레 깨웠다. 셰에라자드는 여동생에게 (물론 작은 목소리로) 들려주고 있던 (내 생각에는 쥐와 검은 고양이에 관한) 몹시 흥미진진한 이야기로 (탁월한 양심과 태평한 소화력으로 곤히 자던) 왕을 깨우는 데 성공했다. 날이 밝았는데도 이 이야기는 끝나지 않았고 셰에라자드는 일의 순리대로 이제 일어나—교수형보다 더 유쾌할 리야 거의 없지만 아주 조금 더 고상한—교살형을 당할 시간이 된 터라 이야기를 마무리 짓지 못할 상황이 되었다.

하지만 안타깝게도 왕의 호기심이 건실한 종교적 원칙을 넘어선 터라, 왕은 그날 밤 검은 고양이(검은 고양이였다고 생각한다)와 쥐 이야기의 결말이 듣고 싶어서 이번 한 번만 맹세의 집행을 다음 날 아침까지 미루기로 했다.

하지만 밤이 오자 셰에라자드는 검은 고양이와 쥐(푸른 쥐였다) 이야기를 마무리 지었을 뿐만 아니라 자기도 모르는 사이에 (내가 잘못 안 게 아니라면) 남색 태엽으로 감는 태엽장치로 격렬하게 달리는 (초록색 날개가 달린) 분홍색 말에 관한 복잡한 이야기 속으로 이미 깊이 들어와 있었다. 이 이야기에 왕은 그 전 이야기보다 더 깊이 빠졌고, (교살형 시각이 되기 전에 이야기를 끝내려는 왕비의 온갖 노력에도 불구하고) 이야기가 마무리되기 전에 날이 밝자, 또다시 전처럼 그 의식을 24시간 미루는 수밖에 도리가 없었다. 다음 날 밤도 비슷한 상황이 벌어져 비슷한 결과로 이어졌고, 그다음 날도, 그리고 또 그다음 날도 마찬가지였다. 그래서 결국 어쩔 수 없이 천 일하고도 하룻밤이나 자신의 맹세를 지킬 기회를 잃어버린 그 훌륭한 군주는 그때쯤에는 그 맹세를 완전히 잊어버렸거나, 정식으로 맹세를 해제했거나, (더 그럴듯하게는) 전속 고해신부의 머리뿐만 아니라 자신의 맹세도 완전히 깨버린 것 같았다. 어쨌거나 이브의 직계후손인 셰에라자드는 모두가 알고 있듯이 이브가 에덴동산의 나무 밑에서 주운 이야기 바구니 일곱 개를 아마도 모조리 상속받은 것 같았다. 마침내 셰에라자드는 승리를 거두었고, 미인에 대한 세금도 폐지되었다.

자, (우리에게 남겨진 이야기의 결말인) 이 결말은 분명 극히 적절하고 유쾌하다. 하지만 오호통재라! 수많은 유쾌한 것들과 마찬가지로 이 결말도 유쾌하긴 하지만 진실은 아니다. 내가 이 잘못을 바로잡을 수 있는 것은 전적으로 《이짓소오어낫》 덕분이다. 프랑스 속담에 "더 좋은 것은 좋은 것의 적이다"라는 말이 있다. 셰에라자드가 이야기 바구니 일곱 개를 상속받았다고 했을 때, 왕비가 그걸 복리이자로 불려서 마침내 일흔일곱 개가 되었다는 말을 덧붙였어야 했다.

"사랑하는 동생아." 천두 번째 밤 셰에라자드가 말했다. (여기서부터는 《이짓소오너낫》에 적힌 그대로 인용한다.) "사랑하는 동생아, 이제 교살형이라는 이 사소한 난관도 다 지나갔고 이 혐오스러운 세금제도도 기분 좋게 폐지되고 나니, 너랑 (미안하지만 신사답지 않게 코를 고는) 폐하께 선원 신드바드 이야기의 결말을 다 들려주지 않은 무분별한 짓을 저질렀다는 생각이 드는구나. 이 사람은 내가 들려준 이야기 말고도 수많은 흥미진진한 모험을 했거든. 하지만 사실 그 이야기를 해주던 어느 날 밤 너무 졸린 나머지 이야기를 뚝 끊어버렸단다. 이 통탄할 만행을 알라께서 용서해주시기를. 그래도 아직은 이 태만한 짓을 수습하기에 늦지 않았으니, 폐하가 저 끔찍한 코골이를 멈추도록 한두 번 꼬집어준 다음 곧바로 너에게 (그리고 원하신다면 폐하께) 이 놀라운 모험담의 뒷이야기를 들려줄게."

《이짓소오어낫》에서 읽은 바에 의하면, 셰에라자드의 여동생은 이 말에 별로 대단한 감사를 표하지 않았다. 하지만 왕은 몇 번 꼬집힌 끝에 드디어 코골이를 멈추었고 "흠!" 그리고 "후!"하는 소리를 냈다. (분명 아랍어인) 이 말들을 왕이 이제 경청할 자세를 갖추었고 더 이상 코를 골지 않도록 최선을 다하겠다는 뜻으로 받아들인 왕비는 상황이 만족스럽게 정리된 것을 보고 즉시 선원 신드바드 이야기를 다시 시작했다.

"'마침내 나이가 들어.'" (이는 셰에라자드가 들려준 이야기에서 신드바드 본인이 하는 말이다.) "'마침내 나이가 들어 몇 년간 집에서 조용한 생활을 즐기고 나니, 저는 다시 한 번 외국을 돌아다니고 싶은 열망에 사로잡혔습니다. 그래서 어느 날 가족에게 제 계획을 전혀 알리지 않은 채 값은 나가지만 부피는 크지 않은 물건들을 좀 꾸리고 이를 옮겨줄 짐꾼을 고용해 함께 해안으로 갔고, 아직 가보지 못한 지역으로 저를 데리고 이 왕국을 떠나줄 배가 도착하기를 거기서 무작정 기다렸죠.

모래사장에 짐을 놓고 나무 밑에 앉아 배를 찾을 요량으로 바다를 내다보았지만, 몇 시간이 지나도 배라고는 하나도 보이지 않았습니다. 마침내 이상하게 와글거리는 것 같기도 하고 윙윙대는 것 같기도 한 소리가 들리는 듯한 기분이 들었어요. 짐꾼도 한참 귀를 기울여보더니 자기도 들린다고 하더군요. 곧 그 소리가 더 커지면서, 소리의 진원지가 다가오고 있음을 더 이상 의심할 수 없게 되었습니다. 마침내 수평선 끝에 까만 점이 보이는가 싶더니 급속히 그 크기가 커져갔어요. 그것은 수면 위로 몸을 거의 드러낸 채 헤엄쳐 오는 거대한 괴물이었습니다. 괴물은 가슴 주위로 거대한 물보라를 일으키고, 지나온 경로를 따라 저 멀리 뒤까지 남겨진 불줄기로 바다를 환히 밝히며, 상상할 수 없이 빠른 속도로 우리를 향해 다가왔어요.[162]

가까이 다가오자 그것의 모습이 똑똑히 보였습니다. 길이는 가장 높은 나무 세 그루를 합친 것과 같고, 그 너비는, 오, 숭고하시고 자비롭기 이를 데 없는 칼리프여, 폐하 왕궁의 알현실만큼이나 넓더군요. 몸체는 보통 물고기와는 완전히 달라서 바위처럼 단단했고, 몸통을 완전 둘러싼 가늘고 새빨간 선만 제외하면 수면 위에 떠 있는 부분은 모조리 칠흑처럼 새까맸습니다. 수면 아래 있는 복부는 괴

---

162   이 괴물은 증기선 전함이다.

물이 큰 파도와 함께 오르락내리락할 때만 이따금씩 슬쩍 보였는데, 안개 낀 날 달빛 같은 색깔의 금속성 비늘로 온통 덮여 있었어요. 평평한 등은 거의 흰색이었고, 몸 전체 길이의 반 정도 되는 가시돌기 여섯 개가 등에서 위쪽으로 돋아나 있었습니다.

이 무시무시한 괴물에게는 입 같은 것은 보이지 않았지만, 이 결핍을 보충이라도 하려는 것처럼 눈이 적어도 여든 개는 달려 있었는데, 그 눈들은 초록색 잠자리처럼 툭 튀어나온 모양으로 몸통 전체를 빙 둘러가며 위아래 두 줄로, 새빨간 선과 나란히 달려 있어서 그 줄이 꼭 눈썹처럼 보였지요. 이 무시무시한 눈들 중 두세 개는 다른 것들보다 훨씬 더 컸고 순금처럼 보였습니다.

말씀드렸다시피 이 괴물은 어마어마한 속도로 우리에게 돌진해 오고 있었지만, 완전히 마법에 의해 움직이는 게 분명했습니다. 괴물에게는 물고기 같은 지느러미도, 오리 같은 물갈퀴도, 배 비슷하게 바람을 타고 움직이는 바닷조개 같은 날개도 없었고, 그렇다고 뱀장어처럼 꿈틀거리며 전진하지도 않았거든요. 머리와 꼬리는 완전히 똑같이 생겼는데, 다만 꼬리에서 멀지 않은 곳에 콧구멍 역할을 하는 작은 구멍 두 개가 있어서 그 구멍을 통해 귀를 찢을 듯이 불쾌한 소음을 내며 깊은숨을 맹렬하게 내뱉어냈지요.

이런 끔찍한 괴물을 본 우리는 공포에 질렸지만, 더 가까이 온 괴물의 등 위에 사람과 크기와 모양이 비슷하고 전반적으로 매우 흡사하게 생긴 동물이 수두룩하게 타고 있는 것을 보자 공포보다 더 큰 놀라움이 우리를 덮쳤습니다. 인간과 다른 점이라고는 (인간처럼) 옷을 입지 않고 (분명 타고난 듯한) 흉측하고 불편한 덮개를 썼다는 것뿐이었는데, 그 덮개는 천과 아주 흡사하긴 했지만 피부에 너무 딱 붙어 있어서 그 불쌍한 것들을 우스꽝스럽게 거북한 몰골로 만들 뿐 아니라 분명 심한 고통을 주는 것처럼 보이더군요. 머리 꼭대기에는 사각형 모양의 상자를 얹고 있었는데, 처음 봤을 때는 터번 같은 것인 줄 알았지만, 곧 굉장히 무겁고 단단하다는 것을 알게 되었습니다. 그래서 그 엄청난 무게로 그 동물의 머리를 어깨 위에 안정되고 안전하게 유지시키기 위해 고안한 장치라고 결론 내렸습니다. 목둘레에는 우리가 개에게 채우는 (노예의 상징이 틀림없는) 검은 목걸이를 하고 있었는데, 다만 더 넓고 훨씬 더 딱딱해서 이 가엾은 것들은 몸을 동시에 움직이지 않고는 머리를 어느 방향으로도 움직일 수 없었죠. 그러니 자기 코, 대놓고 못생긴 건 아니라 해도 신기하게 생긴 납작한 들창코만 줄곧 바라보고 있을 수밖에 없는 신세였습니다.

괴물이 우리가 있는 바닷가에 거의 도착했을 때, 눈 하나가 불쑥 길게 튀어나오더니 거기서 엄청난 섬광과 함께 자욱한 연기가, 그리고 천둥소리라고밖에 할 수 없는 소음이 뿜어져 나왔습니다. 연기가 걷히자, 사람도 아니고 짐승도 아닌 그 이상한 것 하나가 거대한 괴물의 머리 가까이에 서서 우리에게 크고 거칠고 불쾌한 억양으로 말을 걸더군요. 그 소리가 완전히 코에서 나오지만 않았다면 아마 언어라고 착각했을 겁니다.

그렇게 분명히 말을 걸어오자 뭐라고 대답을 해야 할지 모르겠더라구요. 무슨 말인지 전혀 이해할 수가 없었으니까요. 난감한 나머지 공포에 질려 기절 일보직전인 짐꾼을 돌아보며 저게 어떤 종류의 괴물이며, 원하는 게 무엇인지, 그 등 위에서 우글거리는 저것들은 뭔지 물었습니다. 제 질문에 짐꾼은 공포에 질린 와중에도 최선을 다해 답해주었어요. 예전에 이 바다 괴물에 대해 들은 적 있는데, 내장은 유황, 피는 불로 이루어진 잔인한 악마로 악령들이 인간에게 고통을 주기 위해 만들어낸 괴물이고, 그 등에 타고 있는 것들은 다만 좀 더 크고 사나울 뿐, 개나 고양이에게 종종 기생하는 해충들과 같다고요. 나쁘긴 하지만 그 해충들도 쓸모는 있는 게, 그것들이 괴물을 갉아먹고 찔러대면서 괴롭히기 때문에 괴물이 으르렁대며 악행을 저지르는 데 필요한 분노를 자극하고, 결국 악령의 복수심에 찬 사악한 계획을 수행하게 한다는 겁니다.

이 이야기를 듣자 당장 도망쳐야겠다는 결심이 서더군요. 저는 뒤도 한 번 안 돌아보고 전속력으로 언덕으로 달아났고, 짐꾼도 저만큼이나 잽싸게 도망갔습니다. 하지만 짐꾼은 거의 반대방향으로 달려갔고, 덕분에 제 짐들을 가지고 탈출할 수 있었죠. 그 짐들은 짐꾼이 아주 잘 보관하고 있으리라고 믿습니다. 다시 짐꾼을 본 적이 없으니 그건 제가 결정할 수 있는 일이 아니긴 합니다만.

저는 (보트를 타고 해안에 내린) 그 인간해충 떼에게 미친 듯이 추격당한 끝에 붙들려 손발이 묶인 채 괴물에게 끌려갔고, 그 즉시 괴물은 다시 바다 한가운데로 헤엄쳐 나갔습니다.

이렇게 되고 보니 편안한 집을 떠나 이런 모험으로 목숨을 위태롭게 만든 제 어리석은 행동이 뼈저리게 후회되더군요. 하지만 후회해봤자 소용없으니, 현 상황을 최대한 이용하고 동료들에게 권력을 행사하는 듯 보이는, 트럼펫 든 인간짐승에게 호감을 사려고 노력했습니다. 제 노력은 아주 성공적이어서 며칠 만에 그 인간짐승은 각종 호의를 표시했고, 결국에는 언어라고 명명하기에는 너무 하찮은 자기들 언어의 기초를 가르쳐주려는 수고까지도 마다하지 않더군요. 그래서 마침내 저는 그 인간짐승과 쉽사리 이야기할 수 있게 되었고, 세상을 보고 싶은 제 열렬한 소망을 전달하는 데 성공했습니다.

'와쉬쉬 스쿼쉬쉬 스퀵, 신드바드, 헤이-디들 디들, 그런트 운트 그럼블, 히스, 피스, 휘스.' 어느 날 저녁 식사 후 그가 제게 말했습니다. 아이고, 대단히 죄송합니다. 폐하께서 코크네이[163] 사투리를 모르신다는 것을 제가 깜박했습니다. (인간 짐승들이 코크네이라고 불렸거든요. 제 생각으로는 저들의 언어가 말의 언어와 수탉의 언어를 연결하는 고리라서가 아닐까 합니다.)[164] 폐하께서 허락하신다면, 제가 통역을 하지요. '와쉬쉬 스쿼쉬쉬' 운운은 이런 뜻입니다. '친애하는 신드바드, 자네가 정말로 훌륭한 친구라서 기쁘네. 우리는 이제 소위 세계 일주라 불리는 것을 하려고 하네. 자네가 그렇게 세상을 보고 싶어 하니 내 파격적으로 자네를 이 괴물의 등에 공짜로 태워주겠네.'"

《이짓소오어닛》에 따르면, 셰에라자드가 거기까지 이야기했을 때 왕이 왼쪽에서 오른쪽으로 돌아누우며 말했다.

"사랑하는 왕비여, 당신이 지금까지 신드바드의 모험 후반부를

---

163   런던 사람을 의미하는 코크니cockney.

164   말의 울음소리는 'neigh' 닭의 울음소리는 'cock-a-doodle-doo'다.

빠뜨렸었다니 실로 참으로 놀랍구려. 몹시 재미있고 신기한 이야기가 아닌가."

왕이 이렇게 의견을 말하자, 아름다운 셰에라자드는 다음과 같이 이야기를 계속했다.

"신드바드는 이런 식으로 이야기를 계속 했어요. '저는 그 인간짐승의 친절에 감사를 표했고, 대양을 엄청난 속도로 헤엄쳐 가는 괴물 위에서 곧 아주 편안한 나날을 보냈습니다. 비록 세상 그쪽 부분의 바다 표면은 절대 평평하지 않고 석류처럼 둥글어서 소위 늘 언덕을 오르락내리락하듯 다녀야 하긴 했지만요.'"

"그것참 특이했겠군." 왕이 이야기를 끊으며 말했다.

"그렇지만 사실이랍니다." 셰에라자드가 대답했다.

"의심스럽기는 하지만 어서 이야기를 계속해보시게." 왕이 대꾸했다.

"그러지요." 왕비가 말했다. "'괴물은,' 신드바드는 계속 이야기했습니다. '말씀드렸다시피 언덕을 오르락내리락하며 헤엄쳤고, 우리는 마침내 어떤 섬에 도착했습니다. 둘레가 수백 마일이나 되는 섬이었지만, 애벌레[165] 같이 생긴 조그만 것들이 바다 한가운데 마을을 이루어 생긴 섬이었죠.'"

"흠!" 왕이 말했다.

"'이 섬을 떠나,' 신드바드는 말했습니다. (셰에라자드는 남편의 무례한 소리를 전혀 알아차리지 못했기 때문이다.) '이 섬을 떠나 다른

---

165   [원주] 산호석.

섬으로 갔는데, 그곳 숲은 딱딱한 돌로 이루어져 있었어요. 나무가 어찌나 단단한지 도끼로 자르려고 했더니 최고로 담금질한 도끼도 산산조각 나지 뭡니까.'"[166]

"흠!" 왕이 또다시 말했지만, 셰에라자드는 왕에게 개의치 않고 신드바드의 말로 이야기를 계속 이어갔다.

---

166 [원주] 텍사스에서 가장 놀라운 절경 중 하나가 파시뇨 강 수원지 근처에 있는 석화 숲이다. 이는 꼿꼿이 선 채로 돌로 변한 수백 그루의 나무로 이루어진 숲으로, 몇몇 나무들은 일부만 돌로 변한 채 아직도 자란다. 이 사실에 자연철학자들은 크게 놀랐고, 기존의 석화 이론은 이에 따라 수정되어야만 한다. _케네디.

　이 이야기는 처음에는 의심받았지만, 암석지대인 블랙힐스에 수원지를 둔 샤이엔 혹은 시엔 강의 본류 근처에서 완전히 석화된 숲이 발견되면서 입증되었다.

　지질학적으로 보나 경치로 보나 카이로 근처의 석화 숲보다 더 경이로운 장관을 지구상에서 발견하기란 힘들다. 여행자는 도시의 성문 바로 너머에 있는 칼리프들의 무덤을 지나 수에즈로 가는 사막 횡단도로와 거의 직각으로 남쪽으로 10마일 정도 가서 바로 어제 썰물이 빠져나간 것처럼 신선한 모래와 자갈, 바닷조개들로 뒤덮인 낮고 황량한 계곡에 이른 다음 얼마 동안 자기가 가는 경로와 나란히 이어진 나지막한 모래 언덕들을 건넌다. 이제 여행자의 눈앞에 펼쳐진 광경은 상상할 수 없을 정도로 특이하고 황량하다. 사방 수마일 반경에 보이는 것이라고는 돌로 변해 말발굽에 부딪힐 때마다 무쇠 소리처럼 울려 퍼지는 나무의 잔해들로 이루어진 나지막하고 쇠락한 숲이다. 나무는 진한 갈색이지만 완벽하게 형태를 유지하고 있으며, 한 조각의 길이는 10에서 15피트, 두께는 1에서 3피트 정도 되는데, 시선이 닿는 곳까지 너무나 촘촘하게 흩뿌려져 있어 이집트산 당나귀가 헤치고 갈 수 없을 정도였다. 게다가 어찌나 자연스러운지, 이곳이 스코틀랜드나 아일랜드였다면 더 볼 것도 없이 거대한 습지가 말라붙어 노출된 나무들이 햇볕 아래서 썩고 있다고 생각했을 것이다. 많은 경우 가지가 시작되는 부분과 뿌리는 거의 멀쩡하고, 몇몇 나무들에서는 껍질 아래 난 벌레 구멍들을 쉽게 알아볼 수 있다. 수액관에서 가장 연약한 부분과 나무 중심부의 섬세한 부분들은 완벽하게 보존되어 고성능 현미경으로 살펴볼 수 있다. 나무 전체가 완전히 규화되어 있어 유리에 흠집을 낼 수도 있고 매끈하게 광을 낼 수도 있을 정도다. _《아시아틱 매거진》.

"'이 마지막 섬을 지나자 깊이가 30내지 40마일이나 되는 지하 동굴이 있는 나라에 왔어요. 그 동굴 안에는 다마스커스와 바그다드에 있는 궁전들보다 훨씬 넓고 웅장한 궁전들이 훨씬 더 많이 있었지요. 그 궁전들 지붕에는 다이아몬드 같은 보석들이 셀 수 없이 매달려 있었는데, 그 크기가 사람보다 더 컸습니다. 탑과 피라미드와 사원들이 늘어선 길 사이로 눈 없는 물고기들이 바글대는, 흑단처럼 검고 거대한 강들이 흘렀죠.'"[167]

　"흠!" 왕이 말했다.

　"'그런 후에는 어느 바다로 헤엄쳐 갔는데, 거기에는 녹은 쇳물이 폭포수처럼 흘러내리는 높은 산이 있었어요. 그 쇳물 줄기 중에는 너비가 12마일, 길이가 60마일이나 되는 것도 있었답니다.[168] 산꼭대기의 심연에서는 엄청난 양의 재가 뿜어져 나와 해를 완전히 가려 사방이 새까만 한밤중보다도 더 어두웠어요. 그 산에서 150마일이나 떨어져 있는데도, 바로 눈앞에 눈부시게 새하얀 물건을 바싹 갖다 대도 전혀 안 보이더라니까요.'"[169]

167　[원주] 켄터키 주에 있는 매머드 동굴.

168　[원주] 1783년 아이슬란드에서.

169　[원주] 1766년 헤클라 화산 폭발 때, 이런 구름이 그 정도로 사방을 깜깜하게 만드는 바람에 헤클라에서 50리그 이상 떨어진 글라움바에서도 앞을 더듬거리며 다녀야만 했다. 1794년 베수비오 화산 폭발 때는 4리그 떨어진 카세르타에서도 햇불을 밝히지 않고는 돌아다닐 수도 없었다. 1812년 5월 1일 세인트빈센트 섬 화산에서 날아온 화산재와 모래 구름이 바베이도스 전역을 뒤덮고 사방을 암흑천지로 만들어 대낮 바깥에서도 옆에 있는 나무나 물건들이 보이지 않았고 바로 6인치 앞에 있는 하얀 손수건조차 보이지 않았다. 《머레이》 필라델피아판 215쪽.

"흠!" 왕이 말했다.

"이 해안을 떠나 항해를 계속하던 중 또 어떤 나라에 이르렀는데, 이곳에서는 모든 것이 거꾸로 된 것 같았어요. 커다란 호수가 있었는데, 수면에서 100피트도 더 아래에 있는 그 호수 바닥에 크고 울창한 나무들이 무성한 숲을 이루고 있는 것을 보았거든요.'"[170]

"흠!" 왕이 말했다.

"여기서 수백 마일을 더 가자 공기 밀도가 너무 높아 우리 공기 중에 깃털들이 떠다니는 것처럼 철이나 쇠도 떠다닐 수 있을 것 같은 기후지대에 도달했습니다."[171]

"어처구니가 없군." 왕이 말했다.

"같은 방향으로 계속해서 전진한 우리는 곧 세상에서 가장 근사한 지역에 도착했습니다. 장엄한 강이 그 지역을 가로지르며 수천 마일을 굽이쳐 흐르고 있었어요. 말도 못 할 정도로 깊었고 호박보다 더 선명하게 투명했죠. 너비는 3에서 6마일 정도였습니다. 강 양쪽에 수직으로 1,200피트 높이로 솟은 강둑 위에는 사시사철 꽃이 피는 나무들과 늘 향기를 내뿜는 꽃들이 가득해서 그 땅 전체가 하나의 멋진 정원 같았습니다. 하지만 이 비옥한 땅의 이름은 공포의

---

170 [원주] 1790년 카라카스에서 일어난 지진으로 화강암 토양이 내려앉으면서 지름이 800야드, 깊이가 70~100야드에 달하는 호수가 생겼다. 내려앉은 지반은 아리파오 숲 일부였고, 나무들은 몇 개월 동안 물밑에서 녹색을 유지했다. 《머레이》 221쪽.

171 [원주] 세상에서 가장 단단한 강철도 취관(유리세공용 대롱—옮긴이)의 작용을 통해 미세한 분말이 되면 공기 중에 쉽게 떠다닐 것이다.

왕국이었고, 그곳에 들어가면 필히 죽음을 맞게 되었죠.'"[172]

"흥!" 왕이 말했다.

"우리는 급히 이 왕국을 떠나 며칠 후 다른 왕국에 도착했습니다. 그곳에는 놀랍게도 머리에 낫 같이 생긴 뿔을 단 기괴한 동물들이 수두룩했죠. 이 끔찍한 짐승들은 땅에 깔때기 모양으로 거대한 동굴을 파고 그 벽에 돌들을 죽 늘어세웠는데 돌 위에 돌을 쌓는 식으로 배열해서 다른 동물들이 밟으면 즉시 무너지게 되어 있었어요. 그래서 그 동물들이 괴물의 소굴 안으로 떨어지면 즉시 그 피를 빨아 먹고 시체는 나중에 죽음의 동굴에서 아주 멀리 떨어진 곳에 모욕적으로 내동댕이쳐버려요.'"[173]

"쳇!" 왕이 말했다.

"우리는 계속 여행하다가 땅이 아니라 공중에서 자라난 식물이 넘쳐나는 곳에 이르렀습니다.[174] 다른 식물의 본체에서 자라난 식물도 있었고,[175] 살아 있는 동물의 몸에서 자양분을 얻는 식물도 있었

---

172 [원주] 나이지리아 지방. 시모나의 《콜로니얼 매거진》(식민잡지—옮긴이) 참조.

173 [원주] 머멜레온—개미귀신. '괴물'이라는 말은 크고 작은 비정상적인 것들에 똑같이 적용되지만, '거대한'이라는 형용사는 상대적 개념에 지나지 않는다. 개미귀신의 동굴은 보통 붉은 개미의 구멍과 비교하면 거대하다. 규조토 알갱이 또한 '돌멩이'가 된다.

174 [원주] 난 과에 속하는 에피덴드론, 플로스 에어리스는 뿌리 표면만 나무나 다른 물체에 붙인 채 자라는데 거기서는 영양분을 얻지 않고 오직 공기에 의해 연명한다.

175 [원주] 놀라운 라플레시아 아르놀디 같은 기생식물.

어요.[176] 강렬한 불길로 온통 환하게 타오르는 식물들도 있었고,[177] 마음대로 여기저기 옮겨 다니는 식물들도 있었습니다.[178] 더 놀라운 발견은, 살아 숨을 쉬고 움직이며 자기 마음대로 가지를 움직이는 꽃들이었어요. 게다가 이 꽃들에게는 다른 생명을 노예로 부리고 지정한 일을 다 수행할 때까지 끔찍한 독방에 가둬두는 인간의 혐오스러운 열정까지 있었습니다.'"[179]

176　[원주] 샤우는 살아 있는 동물에 붙어 사는 식물들, 즉 플랜테 에피조에Plantæ Epizoæ가 있다고 주장한다. 이런 종류로는 녹살색 갈조와 조류藻類가 있다.
　　매사추세츠 세일럼 출신인 J. B. 윌리엄스는 뉴질랜드산 곤충 하나를 다음과 같은 설명과 함께 '국립 연구소'에 제공했다. "애벌레 내지 벌레가 확실한 '호테'는 머리에서 식물이 자라고 있는 모습으로 라타 나무 밭치에서 발견된다. 이 특이하고 놀라운 곤충은 라타 나무와 페리리 나무 위로 기어 올라가 꼭대기로 들어간 다음 나무줄기에 구멍을 뚫으며 뿌리에 닿을 때까지 줄기를 파먹고 내려온다. 그런 다음 뿌리 밖으로 나와 죽거나 휴면 상태에 들어가고, 머리에서는 식물이 번식한다. 몸체는 살아 있을 때보다 더 단단해져서 완벽하고 온전하게 유지된다. 원주민들은 이 곤충으로 문신용 염료를 만든다."

177　[원주] 광산과 자연동굴에는 강한 인광을 발산하는 민꽃식물 버섯류가 있다.

178　[원주] 난초와 체꽃, 나사말(물풀의 일종—옮긴이).

179　[원주] "관 모양으로 올라가다가 위쪽 잎 가장자리가 혀 모양으로 끝나는 이 꽃(아리스톨로키아 클레마티티스)의 꽃부리는 아랫부분이 공처럼 부풀어 있다. 관 모양 부분 안에는 뻣뻣한 털이 아래쪽으로 빽빽하게 나 있다. 공처럼 부푼 부분에는 생식선과 암술머리로만 구성된 암술이 있고, 그 주위를 수술이 둘러싸고 있다. 하지만 이 꽃은 수정이 되기 전까지는 늘 똑바로 서 있기 때문에 생식선보다도 길이가 짧은 수술은 암술머리에 꽃가루를 보내지 못한다. 따라서 특별한 추가 도움 없이는 꽃가루가 꽃의 밑바닥으로 떨어질 수밖에 없다. 이 경우 자연이 제공하는 도움이 티푸타 페니코르니스라는 조그만 곤충이다. 이 곤충은 꿀을 찾아 꽃부리 관으로 들어가 바닥까지 내려가서는 온몸에 꽃가루를 뒤집어쓸 때까지 뒤지고 다니지만, 쥐덫의 철사처럼 한 지점에 모여 있는, 아래쪽으로 난 털들 때문에 다시 나가지 못한다. 갇혀 있는 데 답답해진

"쳇!" 왕이 말했다.

"이 땅을 떠난 우리는 곧 다른 나라에 도착했는데, 그곳에서는 벌과 새들이 엄청난 천재성과 학식을 갖춘 수학자들로 왕국의 현자들에게 매일 기하학을 가르치고 있었죠. 그 나라의 왕이 굉장히 어려운 문제 두 개에 보상금을 내걸었는데, 그 자리에서 바로 풀렸습니다. 한 문제는 벌이, 나머지 하나는 새가 풀었죠. 하지만 왕은 그 해법을 비밀에 부쳤고, 아주 오랜 세월 동안 심오하기 짝이 없는 연구와 노력을 하고 엄청난 책들을 무한히 써낸 후에야 마침내 수학자들은 해법에 도달했죠. 바로 그 자리에서 벌들과 새들이 내놨던 것과 똑같은 해답을요.'"[180]

"아이고!" 왕이 말했다.

곤충이 온 구석을 앞뒤로 쏠고 다니며 결국 암술머리를 여러 번 지나가고 나면 수정하기에 충분한 꽃가루가 묻게 되고, 그 결과 꽃이 이내 시들기 시작하면 털들도 관의 벽 쪽으로 움츠러들어 곤충이 쉽게 빠져나올 길이 열리게 된다." _P. 키이스 목사 〈생리학적 식물학 체계〉.

180 [원주] 벌들은 처음부터 정확히 그런 면, 정확히 그런 개수, 정확히 그런 각도로 벌집을 지어왔다. (가장 심오한 수학 원리를 포함하는 문제에서) 증명되었다시피, 바로 그런 개수와 각도로 만든 그런 면들이야말로 최대한으로 안정된 구조를 유지하면서도 최대한의 공간을 확보하는 방법이다.

지난 세기 후반, 수학자들 사이에서 '회전하는 바람개비로부터의 다양한 거리에 따라, 또한 회전축으로부터의 다양한 거리에 따라 최고의 풍차날개 형태를 결정'하는 문제가 제기되었다. 이는 극히 복잡한 문제다. 왜냐하면 다시 말해서 풍차 팔 위의 무수한 지점과 무수히 다양한 거리들 중 최상의 위치를 찾는 문제이기 때문이다. 가장 이름 높은 수학자들이 이 문제에 답하기 위해 수도 없이 시도했지만 모두 실패했다. 그러다 마침내 더할 나위 없는 해답이 발견되었다. 최초의 새가 하늘을 가로지른 이래 완전하게 정확한 답은 새의 날개에 있었다는 것을 사람들이 깨달은 것이다.

"이 제국을 벗어나기 무섭게 우리는 또 다른 나라에 거의 도착했는데, 그 나라 해안에서 너비가 1마일, 길이가 240마일이나 되는 새 떼가 우리 머리 위를 날아갔습니다. 그래서 분당 1마일의 속도로 날아갔는데도 새 떼 전체가 우리 위를 다 지나가는 데 네 시간이나 걸렸죠. 그 안에는 수백만의 수백만은 되는 새들이 있었구요.'"[181]

"에잇!" 왕이 말했다.

"아주 성가셨던 이 새들에게서 벗어나자마자 다른 새가 등장해서 우리를 경악시켰습니다. 이전 여행에서 보았던 로크[182]와는 비교도 안 되게 큰 새였어요. 폐하의 궁전에서 제일 큰 돔보다도 더 컸으니까요. 오, 가장 자비로우신 칼리프여. 이 무시무시한 새는 우리가 알아볼 수 있는 머리도 없이 완전히 배로만 이루어져 있었습니다. 엄청나게 뚱뚱하고, 동그랗고, 폭신해 보이고, 부드럽고, 온갖 색으로 된 줄무늬로 반짝이는 배였죠. 괴물은 발톱으로 집 한 채를 움켜쥐고 하늘 위 둥지로 날아가는 중이었는데, 지붕이 날아간 집 안에는 분명 자신들을 기다리는 소름 끼치는 운명으로 공포에 질린 채 절망한 사람들이 똑똑히 보였습니다. 새에게 겁을 주면 먹이를 떨어뜨리지 않을까 하는 바람으로 온 힘을 다해 소리를 질러보았지만,

---

181　[원주] 그는 프랭크포트와 인디애나 주 영토 사이를 지나는, 너비가 적어도 1마일은 되는 비둘기 떼를 관찰했다. 새 떼가 지나가는 데 네 시간이 걸렸으니, 분당 1마일로 움직였을 때 총 길이는 240마일이 된다. 1평방야드 당 비둘기가 세 마리 있다고 가정하면, 비둘기의 총 숫자는 22억 3,027만 2천 마리가 된다. _F. 홀 중위의 〈캐나다와 미국 여행〉.

182　아라비아 전실에 나오는 커다란 새.

새는 화가 난 듯이 콧방귀만 뀌더니 우리 머리 위에 무거운 자루를 떨어뜨렸어요. 열어보니 모래만 가득 차 있더군요!'"[183]

"헛소리!" 왕이 말했다.

"'이 모험 직후 우리는 엄청나게 광대하고 놀랍도록 견고한 대륙과 조우했는데, 그럼에도 불구하고 이 대륙을 떠받치고 있는 것은 오로지 뿔이 400개나 달린 하늘색 소의 등뿐이었습니다."[184]

"그건 나도 믿네." 왕이 말했다. "전에 책에서 그 비슷한 이야기를 읽은 적 있거든."

"'우리는 즉시 (소 다리 사이로 헤엄쳐) 이 대륙 밑을 지나 몇 시간 뒤 실로 경이로운 나라에 도착했습니다. 인간짐승에게 들으니, 자기 종족이 사는 고국이라고 하더군요. 그 말을 듣자, 인간짐승에 대한 제 평가가 상당히 높아졌습니다. 사실 이제껏 그를 허물없이 얕잡아보며 대했던 제 태도가 이제 부끄러워지기 시작했습니다. 왜냐하면 그 인간짐승들이 대개 다 가장 강력한 마법사 종족이라는 것을 알게 되었거든요. 이들의 머릿속에는 벌레가 살고 있었는데,[185] 이 벌레들이 수고로이 꿈틀거리며 몸부림을 치며 뇌를 자극하는 바람에 그 기적 같은 상상력이 발현되는 게 분명합니다.'"

"말도 안 돼!" 왕이 말했다.

---

183 곤돌라가 달린 기구를 말한다. 떨어진 자루는 기구의 부력조정용 모래주머니다.

184 [원주] "지구는 400개의 뿔이 달린 파란색 소가 떠받치고 있다."_세일의《코란》 (조지 세일이 1734년 번역한《코란》—옮긴이).

185 [원주] "체내 기생충은 인간의 근육과 대뇌물질 속에서 반복적으로 관찰된다." _와이엇의〈생리학〉143쪽 참조.

"그중에는 매우 특이한 종의 동물을 여러 마리 길들인 마법사들이 있었어요. 예를 들어 그곳에는 뼈가 철로 되어 있고 피는 펄펄 끓는 물로 이루어진 커다란 말들이 있었습니다. 먹이로는 옥수수 대신 검은 돌을 먹는데, 그렇게 딱딱한 음식을 먹는데도 어찌나 힘이 세고 빠른지 이 도시에서 제일 웅장한 사원보다도 더 무거운 짐을 대부분의 새보다 더 빠른 속도로 끌 수 있을 정도였어요.'"[186]

"허튼소리!" 왕이 말했다.

"여기서 깃털 없는 암탉도 봤는데, 크기가 낙타보다 더 컸어요. 몸은 살과 뼈 대신 철과 벽돌로 이루어져 있고, 피는 그 말처럼 (사실 이 암탉과 그 말은 거의 친척이었습니다) 펄펄 끓는 물이었죠. 말과 마찬가지로 나무나 검은 돌 외엔 아무것도 먹지 않았고요. 이 암탉은 알도 아주 자주 낳아서 그날만 병아리를 100마리를 낳았습니다. 태어난 병아리들은 어미의 배 안에서 몇 주씩 살았죠.'"[187]

"싸구려 헛소리!" 왕이 말했다.

"이 나라의 어느 막강한 마법사는 놋쇠와 나무, 가죽으로 사람을 만들어 위대한 칼리프 하룬 알라쉬드만 제외하고 모든 인류를 이길 수 있는 재주를 부여했답니다.[188] 또 다른 마법사는 (같은 재료로) 자신의 천재성을 무색하게 만들 생명체를 만들어냈죠. 그 생명

---

186   [원주] 런던과 엑서터를 연결하는 대서부철도의 속도가 시속 71마일에 도달했다. 90톤이 나가는 기차가 푸딩턴에서 디드콧까지 (53마일을) 51분 만에 주파했다.

187   [원주] 에칼로베이온('생명을 내놓는 것'이라는 의미의 그리스어로 만든 조어로 달걀부화기계를 가리킴―옮긴이).

188   [원주] 멜첼이 발명한 자동 체스기계.

체의 머리는 어찌나 비상한지 5만 명이 힘을 합쳐도 1년은 꼬박 걸릴 방대한 계산 문제를 단 1초 만에 해치워버릴 정도였습니다.[189] 하지만 더 굉장한 마법사 하나는 사람도 짐승도 아닌 엄청난 것을 만들어냈는데, 칠흑 같은 검은 물질과 납의 혼합물로 이루어진 머리에다, 손가락은 믿을 수 없을 정도로 빠르고 능수능란해서 한 시간 만에《코란》2만 부를 거뜬히 써냈어요. 게다가 어찌나 절묘하게 정확한지 복사본들 사이에 가느다란 머리카락만큼의 차이도 찾아볼 수 없었답니다. 힘도 무지막지하게 세서 최강의 왕국도 단숨에 세우기도 하고 무너뜨리기도 했죠. 하지만 그 힘은 나쁜 일과 좋은 일에 똑같이 사용되었지요.'"

"우스꽝스럽군!" 왕이 말했다.

"'이 마법사의 나라에는 샐러맨더의 피가 흐르는 자가 있었는데, 이 자는 자기 저녁 식사를 굽고 있는 시뻘건 오븐 바닥에 천연덕스럽게 앉아 고기가 다 익을 때까지 긴 담뱃대를 피우곤 했답니다.[190] 평범한 금속을 금으로 바꾸는 능력을 가진 마법사도 있었는데, 변환시킬 때 심지어 그 과정을 지켜보지도 않아요.[191] 너무나 정교한 솜씨를 가지고 있어서 보이지 않을 정도로 가느다란 철사를 만든 마법사도 있었죠.[192] 또 한 마법사는 몹시 날카로운 지각능력을 가

---

189   [원주] 배비지의 계산기.

190   [원주] 샤베르. 그 후로도 100명은 더 있다.

191   [원주] 전기판.

192   [원주] 울러스턴은 망원경용으로 백금을 이용하여 1만 8천분의 1인치 굵기의 철사를 만들었다. 이 철사는 오직 현미경으로만 볼 수 있었다.

지고 있어서, 탄성체가 1초에 9억 번 앞뒤로 뛰는 동안 그 동작을 낱낱이 다 셀 수 있었습니다.'"[193]

"터무니없군!" 왕이 말했다.

"또 한 마법사는 누구도 본 적 없는 액체를 사용하여 친구의 시체가 팔을 휘두르고 발로 차고 싸우고 심지어 마음대로 일어나서 춤을 추게 할 수 있었어요.[194] 또 목소리를 어마어마하게 수련해서 세상 이쪽 끝에서 저쪽 끝까지 들리게 한 마법사도 있었죠.[195] 팔이 너무나 길어서 다마스커스에 앉은 채 바그다드에서, 아니면 거리와 상관없이 어느 곳에서건 편지를 쓸 수 있는 마법사도 있었습니다. 또 어떤 마법사는 하늘에서 자기에게 벼락이 떨어지도록 명령하면 정말 명령대로 벼락이 떨어져서 장난감처럼 가지고 놀았죠.[196] 커다란 소리 두 개를 가지고 고요를 만들어내는 마법사도 있었고, 휘황찬란한 빛 두 개로 깊은 어둠을 만들어내는 마법사도 있었습니다.[197] 또 한 마법사는 시뻘건 용광로에서 얼음을 만들어냈죠.[198] 태

---

193 [원주] 뉴턴은 자외선의 영향을 받은 망막은 1초에 9억 번 진동한다는 것을 증명했다.

194 [원주] 볼타의 전지.

195 [원주] 전신 출력 장치.

196 [원주] 전신은 적어도 지구상이면 어디든 정보를 즉시 전달한다.

197 [원주] 자연철학에서 흔히 하는 실험. 두 개의 발광지점에서 두 개의 붉은 광선을 암실 안의 흰 표면에 떨어지도록 쏠 때, 두 광선의 길이가 0.0000258인치 다르다면 그 강도는 두 배가 된다. 길이의 차이가 그 분수의 임의의 정수만큼의 배수여도 결과는 마찬가지이다. $2\frac{1}{4}$, $3\frac{1}{4}$ 등을 곱하면 광선 하나와 같은 강도가 되지만, $2\frac{1}{2}$, $3\frac{1}{2}$, 등을 곱할 경우 그 결과는 완전한 암흑이다. 자외선에서는 길이 차이가 0.000157일 때 비슷한 결과가 나타난다. 다른 빛들에서는 결과가

양에 자기 초상화를 그리라고 명령하자 태양이 그 명령에 따랐던 마법사도 있었습니다.[199] 또 하나는 이 발광체와 달, 행성들을 가지고 먼저 신중을 기해 무게를 정확하게 잰 다음 그 깊이를 측정하고 구성 물질의 단단함을 알아냈죠. 하지만 사실 이 종족 전체가 놀라운 마법능력을 지니고 있어서 심지어 아기들, 평범한 개와 고양이들까지도 존재하지도 않거나 이 나라가 생기기 2천만 년 전에 세상에서 완전히 사라져버린 물체들을 아무 어려움도 없이 볼 수 있었습니다.'"[200]

동일하다. 차이는 자외선에서 적외선으로 오면서 균일하게 증가한다.
소리로 유사한 실험을 해도 유사한 결과가 나온다.

198　[원주] 알코올램프 위에 백금 도가니를 올려놓고 빨갛게 달군 뒤 황산을 부어라. 황산은 상온에서는 휘발성이 가장 강하지만 뜨거운 도가니 안에서는 완전히 불휘발산이 되어 한 방울도 증발하지 않는다. 자기만의 대기에 둘러싸여 사실 도가니의 옆면에 닿지도 않는다. 이제 물 몇 방울을 넣으면, 산은 즉시 달궈진 도가니 옆면과 접촉해서 황산증기가 되어 날아간다. 이 과정이 너무나 급속히 벌어지기 때문에 물의 열도 함께 날아가면서 바닥에 얼음 덩어리가 떨어진다. 얼음이 다시 녹기 전의 순간을 이용하면 뜨겁게 달궈진 용기에서 얼음 덩어리를 만들어낼 수도 있다.

199　[원주] 은판 사진.

200　[원주] 빛은 초당 16만 7천 마일의 속도로 이동하지만, (거리가 확인된 유일한 별인) 백조자리 61은 상상도 할 수 없을 정도로 멀리 있어서 그 빛이 지구에 도달하는 데는 10년 이상이 걸린다. 이보다 더 멀리 있는 별들은 흔히 20년, 심지어 천 년이 걸릴 수도 있다. 그러므로 그 별들이 20년 또는 천 년 전에 소멸했다 해도, 20년 또는 천 년 전에 그 별 표면에서 출발한 빛이 오늘날 우리 눈에 여전히 보일 수도 있다. 매일 우리가 보는 수많은 별들이 사실은 사멸하고 없다는 사실은 가능할 뿐만 아니라, 심지어 그럴듯하기까지 하다.

　　대大허셜(영국의 천문학자 부자父子 중 천왕성을 발견한 아버지 윌리엄 허셜—옮긴이)은 망원경에 보인 아주 희미한 성운의 빛이 지구에 도달하기까지는 분명 3백만 년은 걸렸을 거라고 주장한다. 그렇다면 로스 경의 도구 덕분에 볼 수 있게 된 몇몇 별들의 빛은 적어도 분명 2천만 년은 걸렸을 것이다.

"어처구니가 없군!" 왕이 말했다.

"이 비할 데 없이 위대하고 현명한 마법사들의 아내와 딸들은." 셰에라자드는 남편의 신사답지 못한 잦은 방해에도 전혀 굴하지 않고 이야기를 계속했다. "이 저명한 마법사들의 아내와 딸들은 최고의 교양과 세련미를 갖추고 있었습니다. 최고로 흥미롭고 아름다운 사람들일 수 있었죠. 그들을 괴롭히는 한 가지 불행한 숙명만 없다면 말입니다. 이 숙명은 그 남편과 아버지들의 기적 같은 능력으로도 이제껏 막을 수 없었습니다. 어떤 숙명은 이런 형태로, 어떤 숙명은 저런 형태로 찾아오지만, 지금 말씀드린 숙명은 망상이라는 형태로 찾아왔죠.'"

"뭐라고?" 왕이 말했다.

"'망상요.'" 셰에라자드가 말했다. "'해를 끼치려고 호시탐탐 기회를 노리고 있던 악령 하나가 이 교양 있는 여인들의 머릿속에 우리가 개인적 아름다움이라고 여기는 것은 허리에서 조금 아래쪽에 있는 튀어나온 부분에 전적으로 달려 있다는 망상을 심은 겁니다. 아름다움의 완성은 이 혹의 크기에 정비례한다고 말이에요. 오랫동안 이 생각에 사로잡혀 산 데다가 이 나라에서는 덧베개 값이 싸서, 여인과 단봉낙타를 구분할 수 있었던 시절은 오래전에 사라지고 말았습니다.'"

"그만!" 왕이 말했다. "더 이상은 못 참겠군. 참고 싶지도 않소. 당신 거짓말 때문에 이미 머리가 터질 것처럼 아프오. 보아하니 날도 밝아오는군. 우리가 결혼한 지 얼마나 되었지? 다시 양심의 가책이 느껴지기 시작하는군. 그 단봉낙타니 뭐니 하는 부분, 날 바보로 아시오? 거두절미하고, 당신도 일어나서 교살형이나 당하는 게 좋겠소.”

《이짓소오어낫》에서 읽은 바에 의하면, 이 말은 셰에라자드에게 슬픔과 충격을 주었지만, 왕이 양심적으로 고결한 사람이며 좀처럼 한 번 뱉은 말을 거두는 일이 없다는 것을 잘 알고 있었기 때문에 그녀는 쾌히 운명에 순응했다. 하지만 (밧줄이 조여드는 동안) 아직 하지 않은 이야기가 많이 남았으며 잔인한 남편은 그 성마른 성질머리 때문에 상상도 못 할 수많은 모험담을 듣지 못했으니 아주 정당한 응보를 거둔 것이라는 데서 큰 위안을 얻었다.

멜론타 타오타[201]

열기구 스카이라크에서.
2848년 4월 1일

    친애하는 벗이여, 당신이 지은 죄가 있으니 아주 길고 수다스러운 편지를 읽는 괴로움을 벌로 받아야 할 거예요. 미리 경고하는데 최대한 지루하고, 산만하고, 두서없고, 답답한 글을 써서 당신의 무례를 벌줄 생각이에요. 게다가 나는 지금 휴가 여행(참 별난 것을 휴가라고 하는 사람들도 있군요!)에 나선 100~200명의 하층민들과 더러운 기구에 갇혀 있고, 적어도 한 달 동안은 육지를 밟지 못할 거예요. 이야기할 상대는 아무도 없어요. 할 일도 없고요. 아무 할 일이 없어진 때야말로 친구에게 연락할 시간이죠. 그러니 내가 당신에게 이 편지를 쓰는 까닭을 알겠죠? 내 권태와 당신이 저지른 잘못 때문이에요.

    안경을 가져오고, 짜증이 날 테니 마음의 준비를 하세요. 이 지독한 여행을 계속하는 동안 매일 당신에게 편지를 쓸 생각이니까요.

---

201   그리스어로 '미래의 일들'이라는 뜻.

대체 언제가 되어야 인간의 두뇌에 조금이나마 창의력이 찾아올까요? 열기구가 갖고 있는 수천 가지 불편함을 영영 견뎌야 하는 건가요? 좀 더 효율적인 운송수단을 아무도 만들어내지 못할까요? 내 생각에 이 느릿느릿한 움직임은 고문이나 다름없어요. 맹세컨대 집을 떠난 이후로 시간당 100마일도 이동하지 못했을 거예요! 새들도 우리보다는 빨라요. 최소한 몇몇 새들은 확실히 더 빠르다니까요. 과장하는 게 아니에요. 우리의 움직임은 실제보다 더 느리게 느껴져요. 우리가 움직이는 속도를 추정하려면 주위에 물체가 있어야 하는데 그게 없기 때문이기도 하고, 우리가 바람과 함께 날아가고 있기 때문이기도 해요. 그렇죠. 열기구를 만날 때마다 우리의 속도를 감지할 기회가 생기는데, 그때 보면 상황이 그렇게 나쁘지는 않은 것 같아요. 이런 식의 여행에 익숙해지긴 했지만 다른 열기구가 바로 위의 기류를 타고 지나갈 때마다 어지러운 건 어쩔 수가 없네요. 그럴 때마다 거대한 맹금이 달려들어 발톱으로 낚아채 갈 것만 같아요. 오늘 아침 동틀 무렵에도 열기구 한 대가 위로 지나갔는데 어찌나 가깝게 지나갔는지 그 열기구의 유도밧줄이 우리 곤돌라를 매달고 있는 그물망을 스치고 지나가는 바람에 모두 크게 걱정했어요. 우리 선장은 500년 전이나 천 년 전에 쓰던 번쩍이는 싸구려 '실크'로 풍선을 만들었다면 피해를 면치 못했을 거라고 하더군요. 선장의 설명으로는 실크란 지렁이의 내장 같은 것으로 만든 옷감이었대요. 그 지렁이에게 뽕—수박 비슷한 과일—을 열심히 먹이고 충분히 살이 찌면 방앗간에서 빻아요. 그렇게 해서 생긴 반죽을 초기 파피루스라고 부르는데 거기 다양한 처리를 해주면 마침내 '실크'가 되는 거죠. 이상한 말이지만 그 실크는 과거에 여성의 드레스 재료로 크게 선호되었다고 해요! 풍선도 주로 그 천으로 만들었답니다. 그 후에는 통상 등대풀이라고 부르고, 과거 식물학에서 박주가리라고 명명한 식물의 씨앗 껍질을 둘러싸고 있는 솜털에서 좀 더 좋은 재료를 발견한 것 같아요. 이 후대의 실크는 내구성이 뛰어나 실크-버킹엄으로 지정되었고, 보통 천연고무—현재 널리 사용하는 구타페르카[202]와 비슷한 물질—용액을 칠해서 사용했대요. 이 천연고무는 인도 고무 혹은 휘스트 고무라고도 불렸는데 곰팡이의 일종이었을 거예요. 이 만하면 나도 골동품 애호가를 자처할 수 있겠죠.

유도밧줄 이야기가 나왔으니 말인데, 지금 우리 유도밧줄이 저 아래 바다에 잔뜩 떠 있는 작은 자석 추진 장치 가운데 한곳에서 사람을 쳐서 떨어뜨린 모양이에요. 그 추진 장치는 약 6천 톤짜리 배인데 창피스러울 정도로 과적 상태예요. 이런 작은 배들은 승객을 정해진 수 이상 태우지 못하도록 금지해야 돼요. 물론 그 사람은 다시 배에 타지 못했고, 그와 그의 구명구는 곧 시야에서 사라졌어요. 친애하는 벗이여, 우리가 계몽되어 개인이라는 것이 존재하지 않는 시대에 살아서 참 다행이죠. 진정한 인간애가 관심을 갖는 대상은 대중이에요. 참, 인간애 말이 나왔으니 우리의 위대한 위긴스가 사회적 조건에 대한 시각에 있어서 당대인들이 생각한 만큼 독창적이지 않다는 사실을 알고 있나요? 펀딧[203]의 주장으로는, 그와 같은

---

202   말레이시아의 나무에서 나오는 수지.

203   '전문가'라는 의미.

사상이 천 년 전 거의 같은 방식으로 푸리에[204]라는 아일랜드의 철학자에 의해 개진되었다고 해요. 푸리에가 고양이 털이랑 그 외 다른 털을 파는 소매점을 운영하기 위해 그 의견을 개진한 거래요. 펀딧은 박식해요. 그는 틀릴 리가 없어요. (펀딧이 인용한 대로 옮기자면) "따라서 우리는 한 번도, 두 번도, 서너 번도 아니고 거의 무한히 여러 차례, 동일한 의견이 사람들 사이에서 나오는 법이라고 말해야 한다"는 힌두 아리스 토텔의 심오한 논평이 날마다 입증되는 것을 보고 있노라면 얼마나 경이로운지 몰라요.

4월 2일. 오늘은 하늘에 떠 있는 전신선의 중간 부분을 담당하는 자기 절단자와 이야기를 나누었어요. 호스가 이런 종류의 전신을 처음 작동시켰을 때, 이 전신선을 바다 너머로 전달하는 것은 불가능하다고 여겼다고 해요. 하지만 지금은 뭐가 어렵다는 건지 전혀 이해할 수가 없죠! 세상은 이렇게 변해가는 법이에요. **템포라 무탄투르.**[205] 에트루리아[206] 사람 말을 인용한 걸 용서해요. 대서양 전신이 없다면 우리는 무엇을 할 수 있을까요? (펀딧이 대서양은 고대의 형용사라네요.) 우리는 몇 분 동안 절단자에게 이런저런 질문을 했고, 여러 근사한 소식과 함께 아프리카에서는 내전이 한창이고 유럽과 아이셔 두 곳에서는 역병이 멋진 성과를 거두고 있다는 걸 알게 되

---

204   프랑스 사회주의자 프랑수아-마리-샤를르 푸리에.
205   라틴어로 '시대는 변한다'는 의미.
206   로마보다 앞서 이탈리아에 자리 잡았던 고대 문명.

었어요. 인간애가 철학에 찬란한 빛을 던지기 전에는 전쟁과 역병을 재앙으로 여겼다는 게 참 놀랍지 않나요? 고대 신전에서는 이런 악(!)이 인간에게 찾아오지 못하도록 실제로 기도를 올렸다는 걸 알고 있어요? 우리 조상이 어떤 이익 원칙에 따라서 행동한 건지 이해하기란 참으로 어렵지 않나요? 숱한 개인의 파멸이 대중에게는 큰 이익임을 이해하지 못할 만큼 무지했다니 말이에요!

4월 3일. 기구 풍선의 꼭대기까지 이어지는 밧줄 사다리를 올라가서 주위 세상을 살펴보는 건 참 근사한 오락거리예요. 그 아래 곤돌라에서는 전망이 그렇게 완전하지 않거든요. 수직으로만 조금 보이죠. 하지만 여기 (이 편지를 쓰고 있는) 풍선 꼭대기, 호화로운 쿠션이 깔린 탁 트인 광장에 앉아 있으면 사방에서 벌어지는 일이 다 보여요. 바로 지금, 꽤 많은 열기구들이 보여요. 수백만의 사람들이 내는 목소리가 웅웅거리며 공기 속에 울려 퍼지고 열기구들은 아주 생기 넘치는 광경이 되어주고 있답니다. 최초의 비행선 조종사라는 옐로인지 (편딧 주장으로는) 바이올렛인지가 실제로 적당한 기류를 얻을 때까지 상승하거나 하강하기만 하면 사방으로 대기를 통과해 갈 수 있다고 주장했을 때, 당대 사람들은 그 말을 거의 귀담아듣지 않았고 그를 그저 기발한 미치광이로 취급했어요. 당시 철학자들(?)이 그건 불가능하다고 선언했기 때문이에요. 정말이지 그렇게 당연히 가능해 보이는 일을 고대 학자들은 어째서 이해하지 못한 건지 지금에 와서는 도무지 알 수가 없네요. 하지만 어느 시대에나 기술의 발전에서 가장 큰 장애물은 소위 과학자들의 반대였죠. 분명 우리의 과학자들은 과거의 과학자들만큼 편견이 심하지는 않아요. 아, 이 주제에 대해서 너무나 기이한 이야깃거리가 있어요. 형이상학자 들이 진리를 얻는 길은 단 두 개뿐이라는 기이한 망상으로부터 사람 들을 해방시키기로 동의한 지 천 년도 되지 않았다는 거 알아요? 믿 을 수 있다면, 믿어봐요! 아주, 아주 오래전, 머나먼 과거에 아리스 토텔이라는 터키 (혹은 어쩌면 힌두) 철학자가 살았어요. 그 사람은 연역적인, 혹은 선험적인 연구 방법을 창시했어요. 혹은 그럴 기회만 있으면 전파했죠. 그는 공리, 혹은 '자명한 진리'라고 주장한 것부터 시작해서 '논리적으로' 결과를 도출했어요. 그의 가장 중요한 제자 는 뉴클리드라는 사람과 칸트라는 사람이었어요. 음, 아리스 토텔은 귀납법, 혹은 유도법이라고 하는 전혀 다른 체계를 설파한, 이름은 호그, 성은 '에트릭 셰퍼드'인 사람이 등장하기 전까지는 승승장구 했어요. 그 사람 방식은 전적으로 감각과 관련이 있었어요. 그는— 젠체하는 말로 인스탄티에 나투라에[207]라 불리는—사실을 관찰하고, 분석하고, 분류함으로써 일반 법칙을 도출해냈어요. 한 마디로 아리 스 토텔의 방식은 실체에 기반하고, 호그의 방식은 현상에 기반한 거죠. 이 호그의 체계에 감탄하는 사람들이 어찌나 많았던지, 처음 그것이 소개되었을 때 아리스 토텔의 평판이 나빠졌을 정도예요. 하 지만 그는 결국 다시 입지를 회복했고 호그와 진리의 영역을 양분할 수 있게 되었어요. 학자들은 이제 아리스토텔식과 베이컨식 길만이

[207]　라틴어로 '자연 사례'라는 의미.

진리로 가는 길이라고 주장했죠. '베이컨식'이란 호그[208]식을 좀 더 미화해서 품위 있게 부르는 표현으로 지어낸 거랍니다.

친애하는 친구여, 확실히 장담하는데 나는 이 문제를 공명정대하게, 아주 확실한 근거를 가지고 말하는 거예요. 어떻게 표면상 그렇게 터무니없는 생각이 진정한 지식의 발전을 저해시켰는지 쉽게 알 수 있을 거예요. 진정한 지식이란 거의 모든 경우 직관의 도약으로 발전해나가는 것인데 말이에요. 고대의 사상은 연구의 진척을 기어가는 속도로 만들었어요. 그리고 수백 년 동안 특히 호그에게 너무 심취한 나머지 사고라고 부를 만한 모든 것이 사실상 중단되었죠. 오롯이 사람의 영혼에서 비롯된 진리는 그 누구도 입 밖에 내놓지 못했어요. 그 진리가 입증 가능한 진리인지의 여부는 중요하지 않았어요. 당시의 고집쟁이 학자들은 자신이 진리에 도달한 방법만 살폈거든요. 그들은 결과를 쳐다볼 생각도 없었어요. "수단을 보자!" 그들은 외쳤죠. "수단을!" 수단을 살펴 아리스(다시 말해서 램[209])의 범주에도, 호그의 범주에도 속하지 않는다는 것이 발견되면, 학자들은 더 이상 살피지 않고 그 '이론가'를 바보라고 선언했고 그 사람이나 그 사람이 발견한 진리는 거들떠보지도 않았어요.

그런데 고대의 연구 방법에서 상상력의 억압은 어떠한 월등한 확실성으로도 보상받을 수 없는 악이었기 때문에, 이렇게 느려터진 체제로는 아무리 긴 세월이 지나도 많은 진리를 깨우칠 수 없었어

---

208 '돼지'라는 뜻.

209 아리스 토텔의 아리스가 양자리를 의미하므로 양이라는 의미로 램이라고 부름.

요. 이 둑일인들, 이 브린스인들, 이 용국인들, 이 머국인들(참, 이들이 바로 우리의 직계 조상이에요)이 저지른 오류는 물건을 눈에 바짝 붙일수록 더 잘 볼 수 있다고 생각하는 얼간이의 오류와 같은 것이었죠. 이 사람들은 세세한 것을 보느라 전체를 보지 못했어요. 호그식 절차를 밟을 때, 그들의 '사실'은 결코 늘 사실이라고 할 수 없었어요. 사실처럼 보이니까 사실이며 사실이어야 한다는 가정만 아니었다면 그건 거의 중요한 문제도 아니었죠. 램의 길을 따라 나아갈 때는 실제로 공리라고 볼 수 있는 공리가 단 한 번도 없었기 때문에, 그들의 추론 경로는 마치 양의 뿔처럼 구부러져 있었어요. 그 시절에 이런 걸 알아보지 못하다니, 아무것도 보지 못한 것이 분명해요. 그들이 살던 시절에도 오랫동안 '확립된' 공리들이 여러 개나 거부당했으니까요. 가령, "엑스 니힐로 니힐 피트."[210] "몸은 존재하지 않는 곳에서는 행동할 수 없다." "정반대는 존재할 수 없다." "어둠은 빛에서 나올 수 없다"처럼 이전에는 망설임 없이 공리로 인정했던 이 명제들, 그리고 여러 비슷한 명제들이 지금 이야기하는 시절에 참으로 성립되지 않는 명제로 간주되었죠. 그러고도 '공리'가 불변의 진리를 뒷받침한다고 주장하다니, 참으로 어이없는 사람들 아닌가요! 그렇지만 그들 중에서 가장 탄탄한 논리를 가진 사람들도 자신들의 공리란 대체로 무용지물이며 난해하다고 증명하기는 쉬워요. 그들 철학자 중에서 논리가 가장 탄탄한 사람이 누구였죠? 어디 알아보죠! 편딧에게 가서 물어보고 올게요…… 아, 알아왔어요! 여기 천

---

210   라틴어로 '무에서는 아무것도 나오지 않는다'라는 의미.

년 전에 집필되었고 얼마 전에 용국어에서 번역된 책이 있어요. 이 책이 머국인의 국민성의 기초가 되었던 것 같아요. 펀딧 말로는 논리라는 주제에 대해서는 이 책이 고대의 작품 중에서 가장 뛰어나다네요. (당대에 각광받았던) 저자는 밀러인지, 밀인지 하는 사람이었어요. 그리고 그가 벤담이라는 방앗간 말을 키웠다는 중요한 기록이 남아 있어요. 어쨌든 이 글을 보도록 해요!

아! 밀 씨는 매우 적절하게도 이렇게 말했어요. "머릿속으로 상상할 수 있느냐의 여부는 어떤 경우에도 공리적 진리의 기준으로 간주되어서는 안 된다." 지각 있는 현대인이라면 누가 이런 당연한 말에 반박하겠어요? 우리에게 놀라운 게 있다면, 밀 씨가 어쩌다가 그렇게 명백한 사실을 말할 필요가 있다고 여겼을까 하는 점이죠. 여기까진 좋아요. 그럼 다음 페이지로 넘어가보죠. 여긴 뭐라고 적혀있을까요? "서로 상충하는 것 두 가지는 모두 진리일 수 없다. 즉 자연 속에서 공존할 수 없다." 여기서 밀 씨가 하는 말은, 예를 들면 나무는 나무이거나 나무가 아니거나 둘 중 하나여야 한다는 뜻이에요. 나무이면서 동시에 나무가 아닐 수는 없다는 거죠. 좋아요. 하지만 이유를 물어보고 싶네요. 그의 대답은 이것 뿐, 다른 설명은 없어요. "상충되는 것들이 모두 진리라고 상상할 수 없기 때문이다." 하지만 그가 직접 증명했듯이 이건 대답일 수가 없어요. 그가 방금 "머릿속으로 상상할 수 있느냐의 여부는 어떤 경우에도 공리적 진리의 기준으로 간주되어서는 안 된다"고 인정하지 않았나요?

이젠 이런 옛날 사람들에 대해서 별로 불평하지 않아요. 그들의 논리는 직접 보여주었듯이, 전혀 근거가 없고 가치도 없으며 허황되니까요. 두 가지 터무니없는 방법—하나는 느린 방법이고 또 하나는 더딘 방법—이외에 진리로 가는 다른 모든 길, 진리를 얻을 다른 모든 수단을 거만하고 어리석게도 차단해버렸기 때문이죠. 그리고 하늘 높이 도약하려는 영혼을 그 두 가지 방법에 가둬버렸어요.

참, 친애하는 벗이여. 이들 옛 독단가들에게 그 두 가지 길 중에서 실제로 가장 중대하고 숭고한 진리를 얻게 해준 길이 어느 것인지 결정하라고 하면 당황할 것 같지 않아요? 만유인력의 진리 말이에요. 뉴턴은 케플러 덕분에 그걸 발견했죠. 그런데 케플러는 자신이 발견한 세 가지 법칙이 추측에 의한 것이라고 인정했어요. 저 위대한 용국인 수학자를 모든 물리 원칙의 기초가 되는 만유인력의 원칙으로 이끈 그 세 가지 법칙, 형이상학의 왕국에 입성하기 위해서 지나야 하는 관문인 그 법칙을 말이에요. 케플러는 추측했어요. 다시 말해 상상한 것이죠. 그는 기본적으로 '이론가'였어요. 예전에는 경멸의 뜻으로 쓰던 이론가라는 말이 지금은 너무나 신성한 뜻으로 쓰이고 있죠. 이 두 '길' 중에서 어느 것을 이용해 암호 해독가가 특별한 암호를 풀어내는지, 이 두 길 중 어느 것을 이용해 샹폴리옹이 이집트 상형문자에 담겨 있는 영원하고도 수많은 진리를 인류에게 알려주었는지 설명하라고 하면, 옛날 두더지들이 당황하겠죠?

이 사안에 대해 한 가지만 더 이야기하고 지루한 편지를 마칠게요. 이 편협한 인간들이 진리에 닿는 길에 대해서는 끝없이 주절거리면서, 지금 우리가 위대한 것으로 확신하는, 일관성에 닿는 더 큰 길에 대해서는 너무나 무관심한 것이 몹시 이상하지 않나요? 그들이 신의 작품을 보고 완벽한 일관성이야말로 반드시 절대 진리여야 한다는 중요한 사실을 추론해내지 못한 것이 기이하지 않나요? 이 명제가 선언된 이후로 우리가 발전을 이룬 것이 참으로 명백하지 않나요! 연구 작업을 땅두더지들의 손에서 빼앗아 진정한, 유일하게 진정한 사상가들, 열렬한 상상력의 소유자들에게 넘겨준 거죠. 이들은 **이론을 세워**요. 우리 후손들이 내 어깨너머로 이 글을 볼 수 있다면 얼마나 경멸할지 상상이 가나요? 다시 말하지만 이들은 **이론을 세워**요. 그리고 그 이론을 수정하고, 축소하고, 체계화하고, 일관되지 못한 부분을 조금씩 없애나가서 마침내 완벽한 일관성이, 진짜 일관성이기 때문에 아무리 둔한 사람이라 해도 절대적이고 의문의 여지가 없는 진리로 인정할 완벽한 일관성을 명백하게 세우는 거죠.

4월 4일. 구타페르카를 새롭게 개선하면서 새 가스가 기적을 일으키고 있어요. 현대의 열기구란 얼마나 안전하고, 넓고, 관리도 쉽고, 어느 모로나 편리한지 모른답니다! 지금 우리 쪽으로 거대한 열기구 한 대가 적어도 시속 150마일의 속도로 다가오고 있어요. 사람들이 가득해 보여요. 승객이 300~400명쯤 되는 것 같은데, 1마일 가까이 우리 열기구 위로 솟아올라서 가난한 우리를 마치 제왕처럼 업신여기며 내려다보고 있어요. 따지고 보면 시속 100마일이나 200마일도 빠른 건 아니죠. 우리가 철도로 카나도 대륙을 가로질러 이동했던 거 기억해요? 그때 속도가 시속 300마일이었어요. 그 정도는 되어야 이동이라고 할 수 있죠. 하지만 그때는 아무것도 볼 게 없었잖아요. 휘황찬란한 휴게실에서 서로 추파를 던지고, 먹고, 춤추는 것 말고는 할 일이 없었죠. 객차가 전속력으로 달리는 도중에 우

연히 바깥 물체가 언뜻 보였을 때의 이상한 느낌 기억해요? 모든 것
이 특이하게 한 덩어리로 보였죠. 내 의견을 말하자면 시속 100마
일의 느린 기차로 여행하는 편이 더 좋았어요. 그 기차에는 유리창
이 있어서 그걸 열어둘 수도 있었고 시골 경치도 제대로 볼 수 있었
죠⋯⋯ 펀딧은 900년 전쯤에도 카나도 대철도를 놓기 위한 **경로**가
어느 정도 표시되어 있었을 거라고 하네요! 사실 펀딧은 도로의 실
제 흔적이 아직도 보인다고까지 해요. 방금 말한 것처럼 먼 과거의
도로래요. 그 도로는 차선이 두 개밖에 없는 것 같아요. 우리 도로에
는 열두 개의 차선이 있잖아요. 거기에 서너 개를 새로 더 만드는 중
이고. 과거의 철도는 아주 얇고 너무 가까이 닿아 있어서, 요즘 보기
에는 몹시 위험할 뿐 아니라 경솔해 보여요. 요즘 철도의 폭—50피
트—도 사실 충분히 안전한 건 아닌데 말이에요. 펀딧이 주장하는
대로 아무리 먼 과거에도 모종의 길은 **분명** 존재했을 것 같아요. 언
젠가, 분명 700년 전보다 더 먼 과거에는 북부와 남부 카나도 대륙
이 연결되어 있었을 테니까요. 그렇다면 카나도인들은 대철도를 이
용하기 위해 대륙을 가로질러 이동했을 거예요.

4월 5일. 권태에 압도당한 상태예요. 이 열기구에 탄 사람들 중에
서 대화를 할 수 있는 상대는 펀딧뿐이에요. 그런데 가엾은 그는 과
거에 대해서 이야기하는 것밖에 몰라요. 그는 과거의 머국인들은 스
스로를 통치했고—그렇게 얼토당토않은 소릴 들어본 사람이 있을까
요?—우화에 등장하는 '들개'처럼 각자 제 일은 제가 알아서 하는
연맹에서 살았다고 하루 종일 내게 설득하려 들었어요. 펀딧은 머국

인들이 너무나도 기이한 생각을 가지고 출발했다고 해요. 만인이 자유롭고 평등하게 태어났다는 건데, 윤리적, 물리적 우주 만물에 확연하게 새겨져 있는 차등의 법칙을 보고도 이런 생각을 했다는 거예요. 모든 사람이 소위 '투표'를 했대요. 그러니까 공무에 참견을 했다는 거죠. 그러다가 결국 만인의 일은 그 누구도 책임지지 않는다는 사실이 밝혀지고, '공화국'(그 터무니없는 것을 이렇게 불렀대요)에서 정부가 사라져버릴 때까지 그런 체제를 유지했답니다. 하지만 이 '공화국'을 건설한 철학자들의 자아도취를 처음으로 흔든 건, 보통선거를 통해서 사기 치는 걸 부끄러워하지 않을 정도로 뻔뻔한 정당이 언제든지 원하는 수의 투표를 할 수 있지만 그것을 사전에 방지하거나 감지해낼 수 없기 때문에 사기를 칠 기회가 생긴다는 걸 깨달은 사건이라고 해요. 이 사실을 조금만 깊이 생각해보면 그 결과를 쉽게 알 수 있었죠. 즉 이 세상은 악당 세력이 반드시 지배적이라는 거예요. 한마디로 말해서, 공화주의 정부는 악당 정부가 될 수밖에 없다는 거죠. 하지만 이처럼 불가피한 상황을 사전에 예측하지 못한 어리석음에 철학자들이 얼굴을 붉히며 새로운 이론의 발명에 열중하는 사이, 몹이라는 사람으로 인해 이 문제가 갑자기 새로운 국면을 맞이했어요. 몹은 모든 걸 자기 손에 쥐고 폭정을 시작했는데, 그에 비하면 전설적인 제로스와 헬로파가발루세스[211]의 폭정은 존경과 애정을 받을 만했죠. 이 몹이란 자(참, 그는 외국인이었어요)는 이 땅에 태어난 사람 중 가장 혐오스러운 인간이라고 해요. 그는

[211]   고대 로마의 네로 황제와 헬리오가발루스 황제를 가리킴.

몸집이 거인처럼 크고, 무례하고, 탐욕스럽고, 추접스러웠어요. 그 자는 수송아지의 쓸개에, 하이에나의 심장, 공작새의 뇌를 가졌어요. 결국 힘을 너무 많이 쓰고 탈진해서 죽었죠. 그럼에도 불구하고 제아무리 악해도 만물이 그렇듯이 그에게도 용도가 있었어요. 인류에게 오늘날까지도 잊어서는 안 되는 교훈, 즉 자연을 거스르지 말라는 교훈을 알려준 거죠. 공화주의에 대해서는 이 땅에서 '들개'의 사례 이외에는 유사한 것을 결코 찾을 수 없어요. 그걸 보면 민주주의란 매우 훌륭한 정부 형태임을 알 수 있죠. 개들에게 말이에요.

4월 6일. 어젯밤에는 베가성이 아주 잘 보였어요. 선장의 망원경을 통해 보니 그 별의 회전축은 0.5도 각도로 기울어져 있어 안개 긴 날 육안으로 본 우리의 태양과 아주 비슷했어요. 베가성은 태양보다 훨씬 더 크지만 흑점과 대기, 그 밖에 여러 다른 면에 있어서 태양과 아주 닮았어요. 이 두 별 사이의 유사관계를 추측하기 시작한 것은 겨우 지난 세기부터였다고 퍼딧이 알려주었어요. 하늘에서 우리 태양계의 움직임은 (이상한 말이지만!) 은하계 중심의 굉장히 큰 별 주위를 도는 궤도로 표시되었어요. 이 별 주위에서, 혹은 아무튼 은하수에 존재하는 모든 천체에 공통적으로 작용하며 플레이아데스 성단의 알키오네 근처에 있다고 간주되는 중력 중심의 주위에서, 이 천체들이 전부 회전하고 있다고 선언했죠. 우리 지구도 1억1천 7백 년의 기간 동안 궤도에서 회전하고 있고요! 현재의 발광체와 망원경 기술의 큰 발전 덕분에 우리는 물론 이런 생각의 근거가 이해하기 힘들지만요. 그걸 처음으로 전파한 사람은 머들러라는 사람이었어요. 그는 첫 번째 사례의 단순한 유사성을 보고 이런 터무니없는 가정을 세웠을 거예요. 하지만, 그렇다면 그는 적어도 그 가설을 발전시킬 때도 태양과 베가성의 유사성을 고수했어야 해요. 실제로 거대한 중심이 되는 천체가 존재한다는 암시가 있었어요. 거기까지 머들러의 주장에는 일관성이 있었어요. 하지만 이 중심 천체는 주위의 천체들을 모두 합친 것보다 더 커야 해요. 그렇다면 질문을 던질 수 있었을 거예요. "왜 우리에게 그것이 보이지 않을까?" 특히 천체 무리의 가운데 지점을 차지하고 있는 우리에게 말이죠. 이 알 수 없는 중심 태양이 바로 그 지점 근처에 위치하고 있는 게 적어도 분명한데 말이에요. 어쩌면 머들러는 이 지점에서 그 천체가 발광성이 아니라는 가능성으로 피신했을 거예요. 여기서 갑자기 유사성이 사라지죠. 그렇지만 발광성이 아닌 중심 천체가 존재한다고 인정한다 하더라도, 그 주위 사방에서 빛을 발하는 숱한 태양이 있는데도 보이지 않는 것은 어떻게 설명했을까요? 결국 그가 주장한 것은 모든 회전하는 천체에 공통적인 중력 중심이 존재한다는 것뿐이었어요. 하지만 여기서도 다시 유사성이 사라졌어요. 우리 태양계가 공통의 중력 중심 주위를 회전하는 건 사실이지만, 그건 그 질량이 태양계의 나머지 천체보다 더 큰 태양과 연결되어서 그 결과로 일어나는 일이죠. 수학적으로 보았을 때 원은 무한한 직선이 모여 이루어진 곡선이에요. 하지만 원에 대한 이러한 개념—이 세상의 모든 기하학적 구조에 관해 말할 때, 우리가 실질적인 개념과 달리 수학적인 개념일 뿐이라고 간주하는 것—은 사실 따지고 들면 **실질적인 신념**이에요. 그건 우리 태양계가 은하계 중심의 한 지점을 중심으로 돌고 있다고 생각할 때 적어도 상상 속에서 다루어야만 하는 저 거대한 궤도들에 대해 품을 수 있는 유일한 생각이에요. 그렇게 어마어마한 궤도를 이해하기 위한 시도는 최고의 상상력을 가진 사람이나 해보라고 해요. 이 엄청난 원의 원주를 **영원히** 돌고 있는 한 줄기 빛은 한편으로는 **영원히** 일직선으로 움직이고 있다고 말해도 역설은 아닐 거예요. 그렇게 원의 주위를 따라 우리 태양이 지나가는 길—그런 궤도에서 우리 태양계가 나아가는 방향—이 심지어 백만 년 동안이라도 인간이 보기에 직선에서 조금이라도 벗어난다는 것은 생각할 수도 없는 일이에요. 하지만 과거의 천문학자들은 얼마 되지도 않는 천문학의 역사 동안 그 궤도가 구부러진 것이 분명하다고 설득당한 모양이에요. 긴 역사 속에서 한 점에 불과한, 겨우 2~3천 년밖에 안 되는 기간 동안 그런 일이 벌어졌다고 믿은 거죠! 그런 생각들을 했으면서 실제 상황—우리 태양과 베가성이 같은 중력 중심 주위를 나란히 돈다는 것—을 곧바로 깨닫지 못했다는 게 정말 이해할 수 없는 일 아닌가요!

4월 7일. 어젯밤에는 계속해서 천문학을 즐겼어요. 해왕성의 소행성 다섯 개를 선명히 보았고, 달의 다프니스에서 새로운 신전 상인방 두 개에 거대한 아치 받침을 올리는 과정도 흥미진진하게 지켜보았어요. 달에 사는 월인들처럼 몸집도 작고 인류와 닮은 데가 없는 이들이 우리보다 훨씬 뛰어난 기술력을 가졌다고 생각하면 재미있어요. 이 사람들이 그렇게 쉽게 다루는 거대한 덩어리들이 실제로는 우리 이성이 알려주는 것처럼 가볍다는 것도 상상하기 어려운 일이죠.

4월 8일. 유레카! 펀딧은 신이 나서 어쩔 줄 몰라요. 카나도에서 온 열기구 한 대가 오늘 우리에게 말을 걸더니 최근의 신문을 몇 장 던져주었거든요. 거기에는 카나도 혹은 머국의 유물에 대해 굉장히 흥미로운 정보가 실려 있어요. 황제의 가장 큰 유원지 파라다이스에 새 분수를 만들 준비를 하느라 몇 달 동안 노동자들을 고용해온 건 당신도 알 거예요. 파라다이스는 말 그대로 시간의 흐름을 잊게 하는 섬 같아요. 그곳의 북쪽 끝은 늘 (기록이 남아 있는 한에서는) 시냇물, 혹은 아주 좁은 바다의 만이었죠. 이 만이 차츰 넓어져 지금의 폭 1마일이 되었어요. 섬의 전체 길이는 9마일, 폭은 경우에 따라서 달라져요. (펀딧의 말로는) 800년 전쯤에는 그곳 전체에 건물이 가득 들어차 있었다고 해요. 그중에는 20층이나 되는 것도 있었대요. 이 주위의 땅은 (도저히 이해할 수 없는 이유로) 유난히 값진 것으로 간주되었어요. 하지만 2050년 큰 지진으로 이 도시(마을이라고 부르기에는 너무 큰 곳이었으니)가 완전히 뒤집히고 사람들이 떠나버려서 조상 중 아무리 끈기 있는 사람들도 이곳 원주민들의 예절이나 관습 등에 대해서는 (동전이나 훈장, 명문 등의 형태로) 충분한 자료를 얻을 수 없었어요. 우리가 지금까지 알아낸 건, 그들이 황금 양모 훈작사인 리코더 릴커가 이 대륙을 처음 발견했을 때 우글거리며 살고 있었던 야만인 니커버커족의 일부였다는 것뿐이에요. 문명인은 절대 아니었지만 그들도 자기 나름의 방식으로 다양한 예술과 과학을 발전시켰어요. 그들은 여러 면에서 예민했지만 고대 머국에서 '교회'라고 부른 것—부와 유행이라는 두 가지 우상을 숭배하기 위한 일종의 탑—을 짓는 데 이상할 정도로 편집증에 시달렸다고 해요. 결국 그 섬의 10분의 9를 교회가 차지했다네요. 여자들은 등허리 바로 아랫부분이 원래 튀어나와 있는 특이한 기형이었던 모양이에요. 다만 참으로 이해할 수 없는 점은 이 기형을 아름다운 것으로 보았다는 거예요. 사실 이렇게 특이한 여인의 사진이 기적처럼 보존되어 있는데 굉장히 이상해요, 굉장히. 칠면조 수놈과 단봉낙타의 중간쯤 된다고나 할까.

음, 고대 니커버커족에 대해서 전해져 내려오는 얼마 안 되는 정보는 이게 전부예요. 하지만 (알다시피 섬 전체를 차지하는) 황제의 유원지 가운데를 파던 중, 일꾼 몇 명이 무게가 몇 백 파운드쯤 되고 정으로 쪼아 만든 것이 분명한 화강암 육면체를 발견했던 것 같아요. 그런 자연의 격변으로 땅에 묻히게 되었지만 거의 파괴되지도 않았고 보존 상태도 좋았어요. 그중 한 표면에 비문(상상해보세요!)이 새겨진 대리석판이 있었어요. 읽을 수 있는 비문 말이에요. 펀딧은 열광했죠. 그 석판을 떼어내자 구멍이 나왔는데, 여러 가지 동전, 이름들이 적힌 긴 두루마리, 신문과 비슷한 서류 몇 가지, 그 밖에 골동품 애호가들이 몹시 흥미로워할 물건들이 든 납 상자가 들어 있었답니다. 이 모든 것은 니커버커라는 종족이 소유했던 진짜 머국의 유물임이 틀림없어요. 우리 열기구에 떨어진 신문에는 동전과 원고, 활판술 등의 복사본이 가득해요. 대리석판에 적힌 니커버커족의 비문을 당신이 볼 수 있도록 베껴 보내줄게요.

이 기념비는

1781년 요크타운에서

콘월리스 공이 워싱턴 장군에게 양도된 것을 기념하기 위해

성대한 의식과 함께

조지 워싱턴을 추모하며

뉴욕 시 워싱턴 기념비 협회의 후원을 받아

1847년 10월 19일

건립하였다.

이 내용은 펀딧이 직접 한 자 한 자 번역한 것이니 오류가 있을 리 없어요. 이렇게 보존된 몇 마디 말에서 우린 몇 가지 중요한 정보를 수집했어요. 그중 흥미로웠던 점은 실제 기념비들은 천 년 전에 쓰이지 않게 되었는데—매우 지당한 일이었죠—사람들은 지금 우리처럼 언젠가 미래에 기념비를 세울 계획을 적어두는 것만으로 만족했다는 거예요. 거창한 의도를 가졌다는 것을 증명하기 위한 수단으로 '단 하나 홀로'(위대한 머국의 시인 벤튼을 인용한 것을 용서하세요!) 조심스레 세워둔 기념비. 이 훌륭한 글귀로부터, 문제의 양도[212]가 언제, 무엇으로, 어떻게 이루어졌는지도 분명히 확인할 수 있어요. 장소는 (어딘지는 모르지만) 요크타운이었고, 대상은 (부유한 옥수수 거래상이 분명한) 콘월리스 장군이었어요. 그는 양도되었어요. 이 비문은 양도를 기념하고 있어요. 무엇을? '콘월리스 공'을 말이에요. 유일하게 남은 질문은 저 야만인들이 무엇을 위해 그를 양

212 　'항복surrender'에는 양도라는 의미도 있기 때문에 주인공은 이를 '양도'로 이해하고 있다.

도받았냐는 거예요. 하지만 이 야만인들이 식인종이 분명하다는 걸 기억한다면, 소시지를 만들 작정이었다는 결론을 내릴 수 있죠. 양도 방법에 대해서는 이보다 더 명확하게 쓸 수는 없어요. 콘월리스 공은 (소시지용으로) '뉴욕 시 워싱턴 기념비 협회의 후원을 받아' 양도되었어요. 기념비를 세우기 위한 자선협회가 분명해요. 그런데 어머나! 이게 무슨 일이죠? 아, 이제 알았어요. 열기구의 풍선이 망가져서 우리가 바다로 떨어지게 생겼네요. 그래서 신문 등의 복사본을 재빨리 살펴보니 당시 머국인들 사이에서 위대한 사람은 존이라는 사람, 스미스라는 사람, 재커리라는 사람, 테일러라는 사람이었다는 걸 알게 되었다는 말을 적을 시간밖에 없어요.

다시 만날 때까지 잘 있어요. 당신이 이 편지를 받게 될지 여부는 중요하지 않아요. 전적으로 나의 즐거움을 위해 쓴 것이니까요. 하지만 이 원고를 병에 넣어 마개로 막은 다음 바다에 던지겠어요.

영원한 당신의
펀디타

스핑크스

뉴욕에서 무시무시한 콜레라가 창궐하던 시기, 나는 허드슨 강가에 있는 오두막풍 별장에 와서 보름 정도 은거하라는 친척의 초대를 받았다. 그곳에는 여름을 즐길 수 있는 모든 것이 갖춰져 있었다. 북적대는 도시에서 매일 아침마다 날아오는 두려운 소식만 아니었다면 숲속을 산책하고, 그림을 그리고, 보트를 타고, 낚시를 하고, 수영을 하고, 음악을 듣고, 책을 읽으면서 즐겁게 시간을 보낼 수 있었을 것이다. 하루가 멀다 하고 지인의 사망 소식이 들려왔다. 사망자 수가 늘어나면서 우리도 나날이 친구들의 사망 소식을 각오하게 되었다. 급기야는 심부름꾼이 오는 것만 봐도 몸이 떨렸다. 남쪽에서 불어오는 바람마저 죽음의 냄새가 배어 있는 것 같았다. 그런 아득한 생각이 내 영혼을 온통 사로잡았다. 말도, 생각도, 꿈도 꿀 수가 없었다. 내 친척은 나보다는 감정의 격변이 덜한 편이라 본인도 몹시 우울한 상황이면서도 내 기분을 북돋워주려고 애썼다. 그의 풍부한 철학적 지성은 어떤 경우에도 실재하지 않는 것에 영향받지 않았다. 공포의 실체는 충분히 지각했지만 그 그림자는 전혀 이해하지 못했다.

나를 비정상적인 우울함에서 일깨우려 한 친척의 노력은 내가 그집 서재에서 발견한 몇몇 책들로 인해 거의 수포로 돌아갔다. 그 책들은 내 가슴속에 잠들어 있던 타고난 미신적 성향의 씨앗을 기어이 발아하게 만드는 그런 책들이었다. 나는 친척 모르게 이 책들을 읽고 있었기 때문에 그는 무엇이 내 상상력에 강력한 영향을 줬는지 몰라 간혹 당혹스러워했다.

내가 가장 좋아하는 주제는 전조에 대한 대중적 믿음이었다. 때가 때이다 보니 나는 이 믿음을 거의 진지하게 옹호하고 싶어졌다. 우리는 이 주제에 대해 오랫동안 활발한 토론을 벌였다. 그는 그런 믿음은 전적으로 근거가 없다고 주장했고 나는 완전히 자발적으로, 그러니까 어떤 유도의 흔적도 없이 생겨난 대중적 정서는 틀림없이 진실의 요소를 담고 있으며 존중받을 자격이 있다고 주장했다.

사실 내가 그 별장에 도착한 직후 너무나 불가해하고 불길해서 모종의 전조라고 생각해도 무리가 없을 그런 사건이 벌어졌었다. 섬뜩하면서도 동시에 너무나 혼란스러운 일이라 나는 며칠이 지난 후에야 친구와 그 일에 대해 이야기할 마음을 먹을 수 있었다.

몹시 따뜻했던 어느 하루가 저물 무렵, 나는 책을 들고 열린 창문 앞에 앉아 있었다. 창문 너머에는 길게 뻗은 강둑을 지나 저 멀리 구릉이 보였는데, 나와 가까운 쪽 사면은 산사태로 인해 나무들이 왕창 뽑혀나가고 없었다. 나는 눈앞의 책과 이웃 도시의 우울과 절망 사이에서 방황하며 오랫동안 상념에 빠져 있었다. 책장에서 눈을 들었을 때 헐벗은 사면과 함께 어떤 물체가, 끔찍한 형상을 한 살아 있는 괴물이 눈에 들어왔다. 괴물은 언덕 꼭대기에서 아래까지 몹시 잽싸게 내려와 결국 그 아래 깊은 숲속으로 사라졌다. 이 괴물을 처음 봤을 때는 내가 미친 게 아닌가 싶었고 적어도 내 눈을 믿을 수가 없었다. 몇 분이 지나고서야 내가 미친 것도 꿈을 꾸는 것도 아니라는 것을 겨우 납득할 수 있었다. 하지만 (내가 똑똑히 목격했고, 움직이는 모습을 처음부터 끝까지 찬찬히 봤는데도) 그 괴물을 묘사하면 내가 그랬던 것보다 독자 여러분이 더 못 믿을 것 같아 걱정이 된다.

괴물이 지나간 길옆에 서 있던 커다란 나무들—맹렬한 산사태에서 살아남은 커다란 나무 몇 그루—의 지름과 비교해서 그 크기를 짐작해볼 때, 나는 괴물이 현존하는 어떤 전함보다 훨씬 더 크다는 결론에 도달했다. 전함이라고 한 이유는 괴물의 생김새가 그와 비슷했기 때문이다. 74문 전함의 선체를 생각하면 그 윤곽이 웬만큼 감이 잡힐 것이다. 괴물의 입은 길이가 60 내지 70피트 정도 되고 두께는 보통 코끼리 덩치만 한 코끼리 코의 말단에 붙어 있었다. 이 코끼리 코가 시작되는 부분에는 검고 거친 털이 어마어마하게 빽빽하게 나 있었는데, 버펄로 열두 마리의 털을 다 모은 것보다 더 많아 보였다. 이 털에서 아래쪽 측면으로 멧돼지 송곳니 비슷한 엄니 두 개가 번쩍거리며 튀어나와 있었는데 그 크기는 훨씬 더 컸다. 코 양쪽에서는 코와 앞쪽으로 나란히 길이 30 내지 40 피트 정도 되는 거대한 막대가 뻗어 나와 있었는데 재질은 순수한 수정 같았고 형태는 완벽한 프리즘 모양이어서, 저물어가는 햇빛을 찬란하게 반사하고 있었다. 몸통은 땅바닥 쪽으로 갈수록 좁아지는 쐐기 모양이었는데 거기서 날개 두 쌍이 펼쳐져 있었다. 각 날개 길이는 거의 100야드 정도였고 한 쌍이 다른 한 쌍 위에 달려 있었다. 날개는 모두 두꺼운 비늘로 덮여 있었고 비늘 하나하나는 지름이 약 10 내지 12 피트 정도는 되어 보였다. 위쪽 날개들과 아래쪽 날개들은 단단한 사슬로 연결되어 있었다. 하지만 이 끔찍한 괴물의 가장 큰 특징은 가슴을 거의 다 뒤덮고 있는 해골 문양이었는데 마치 화가가 거기에다 공들여 그려놓기라도 한 것처럼 몸통의 시커먼 바탕색 위에 번쩍이는 흰색으로 정확하게 그려져 있었다. 이 끔찍한 짐승을, 특히 가슴의 그 문양을 공포와 두려움 가득한 심정으로, 다가올 불운에 대한 불안감을 안고 바라보고 있을 때 코끝의 그 거대한 턱이 갑자기 벌어지더니 거기서 너무나 크고 처절하게 비통한 소리가 터져 나와 내 신경을 조종처럼 강타했다. 괴물이 언덕 기슭에서 사라지는 순간, 나는 정신을 잃고 바닥에 쓰러졌다.

정신이 들었을 때 당연히 가장 먼저 든 생각은 친구에게 내가 보고 들은 것을 알리는 것이었지만 도무지 설명할 수 없는 혐오감으로 인해 결국 말하지 못했다.

마침내 그 일이 있은 지 사나흘 정도 지난 어느 날 저녁, 우리는 내가 그 유령 같은 괴물을 봤던 방에 함께 앉아 있었다. 나는 그 창문 옆 바로 그 자리에 앉아 있었고 친척은 가까운 소파에 기대어 누워 있었다. 그 장소와 시간이 그 기억을 환기시키는 바람에 나는 결국 친척에게 그 일에 대해 설명했다. 그는 내 말을 끝까지 들었다. 처음에는 너털웃음을 터뜨렸지만 내가 미쳤다는 것을 확신한다는 듯이 점차 몹시 진지한 태도로 변했다. 바로 그 순간 내 눈에 그 괴물이 또다시 또렷이 보였고 나는 공포에 질려 비명을 지르며 친척에게 그쪽을 가리켰다. 그는 열심히 보았지만 내가 괴물이 헐벗은 언덕 사면을 내려가는 경로를 자세하게 가리켜주었는데도 아무것도 안보인다고 주장했다.

이제 내 놀라움은 이루 말할 수 없었다. 그 광경이 내 죽음의 전조이거나 더 끔찍하게는 광기가 발병한다는 예고라는 생각이 들었기 때문이다. 나는 의자에 털썩 주저앉아 몇 분 동안 손으로 얼굴을 감싸고 있었다. 손을 뗐을 때 그 환영은 사라지고 없었다.

하지만 집주인은 어느 정도 평정을 되찾고 그 상상의 괴물의 생김새에 대해 내게 꼼꼼하게 질문했다. 내가 충분한 대답을 해주자 그는 견딜 수 없는 짐에서 벗어난 듯이 깊이 한숨을 쉬더니, 내 눈에는 잔인해 보일 정도로 침착한 태도로 이제껏 우리가 토론해왔던 사변 철학의 다양한 쟁점들에 대해 계속해서 이야기했다. 인간들이 하는 온갖 조사에서 오류가 생기는 (여러 가지 이유 중) 주된 이유는 단지 근접한 대상을 잘못 측정해서 대상의 중요성을 과소평가하거나 과대평가하는 경향 때문이라고 주장했던 게 특히 기억에 남는다. 그는 말했다. "예를 들어 민주주의의 고른 확산이 인류 전반에 미치는 영향을 제대로 평가하기 위해서는 그런 확산이 일어날 수 있는 시대와의 거리를 반드시 평가에 고려해야 하지. 하지만 정부에 대해 글을 쓰는 작가들 중 이게 토론해볼 가치가 있는 문제라고 생각한 사람을 단 하나라도 댈 수 있겠나?"

그는 여기서 잠시 말을 멈추더니 책장으로 다가가 평범한 자연사

개론서 한 권을 가져왔다. 그러고는 작은 글자를 더 잘 볼 수 있도록 자리를 바꿔 앉자고 하며 창가에 있던 내 안락의자에 앉아 책을 펼치고는 전과 다름없는 어조로 이야기를 재개했다.

"자네가 그 괴물을 극히 자세하게 묘사하지만 않았더라면, 그게 무엇인지 절대 알려주지 못했을 걸세. 우선 곤충강 나비목 날개물결 가지나방과 스핑크스속에 대한 학생용 설명을 읽어주지. 이런 내용일세.

'얇은 막으로 이루어진 된 네 개의 날개는 거의 무색의 금속성 비늘로 덮여 있다. 둥글게 말린 주둥이 모양의 입은 턱의 연장이며, 그 양쪽에는 위턱의 흔적과 솜털 달린 촉수가 있다. 작은 날개는 뻣뻣한 털로 큰 날개에 연결되어 있다. 더듬이는 기다란 곤봉 모양에다 프리즘 비슷하다. 복부는 뾰족하다. 해골 스핑크스는 우울한 울음소리와 더불어 흉부를 뒤덮고 있는 죽음의 표시로 인해 때로 대중에게 공포심을 유발하기도 한다.'"

여기서 그는 책을 덮더니 의자에서 몸을 앞으로 기울여 내가 '그 괴물'을 봤을 때의 자세를 정확하게 취했다.

"아, 여기 있군!" 그는 이내 소리쳤다. "다시 언덕을 올라가고 있어. 아주 놀랍게 생긴 생물이군, 인정하네. 그래도 절대로 자네가 상상했듯이 크지도, 멀리 있지도 않아. 사실은 이러하네. 녀석은 어떤 거미가 창틀에 쳐놓은 거미줄을 따라 꿈틀거리며 올라가고 있어. 보아하니 길어봤자 1/16인치 정도이고, 내 눈에서 1/16인치 정도 떨어져 있군."

작은 프랑스인은 왜 팔걸이 붕대를 했나[213]

원하시는 신사분은 누구든 제 명함에서 이 흥미로운 문구를 보실 수 있을 겁니다. (온통 분홍색 광택지로 만들어진 그거요.) "블룸즈버리 교구, 러셀 스퀘어, 사우샘프턴 가 39번지, 준남작 패스릭 오그랜디슨 경." 혹시라도 런던 전체에서 가장 정중하고 세련된 사람인지 누구인지 알고 싶으시다면, 그건 바로 접니다. 사실 전혀 놀랄 일도 아닌 게, (그러니 코는 그만 좀 비트시죠) 준남작 지위를 받으러 아일랜드 시골을 떠나 신사로 산 지난 6주 동안 정말이지 이 패스릭은 황제처럼 살면서 교양과 품위를 갖추었거든요. 아아! 이 준남작 패스릭 오그랜디슨 경이 오페라에 가느라 옷을 차려입은 모습

213   이 단편은 아일랜드 사투리와 속어, 틀린 어휘와 문법적 오류가 가득한 문장으로 이루어져 있어서 화자가 말하는 정중과 교양과는 거리가 먼 코믹한 인상을 주지만, 우리말의 특정 지역 사투리로 번역하는 것은 부적절하여 편의상 표준어로 번역했다.

혹은 하이드 공원을 드라이브하기 위해 사륜마차에 올라타는 모습을 두 눈으로 직접 보실 수 있다면 그 얼마나 축복이겠습니까? 하지만 숙녀들이 다들 제게 빠져드는 이유는 제 우아하고 건장한 체격 때문입니다. 양말만 신고도 키가 6피트 하고도 3인치에 달하는 데다 그에 어울리는 비율까지 끝내주는 게 바로 이 몸 아닙니까? 그런데 바로 길 건너편에 사는 조막만 한 늙은 프랑스 외국 놈은 아무리 봐도 3피트 하고 조금밖에 되지 않는 녀석이(저주나 받아라!) 제 옆집 이웃이자 가장 특별한 친구인 아름다운 미망인 트라클 부인(신께서 축복하시길!)을 하루 종일 쳐다보며 추파를 던지고 있지 뭡니까? 그 조막만 한 불한당 녀석이 약간 풀이 죽어서 왼손에 팔걸이 붕대를 하고 있는 게 보이시지요? 다 같은 이유에서 생긴 일이니, 허락해주신다면 제가 그 이유를 설명해드리지요.

사건의 진상은 아주 단순합니다. 제가 코노트[214]에서 온 첫날 미망인이 창문 너머를 바라보다 거리에 선 제 멋진 모습을 봤고, 그 순간 상황은 끝났어요. 아름다운 트라클 부인의 마음은 이미 제 것이었습니다. 저도 당장 눈치를 챘죠. 틀림없었어요. 신의 진리였습니다. 우선 창문이 순식간에 열렸고 부인이 눈을 동그랗게 떴고 다음에는 조그만 황금색 망원경을 들어 한쪽 눈에 바싹 갖다대더라니까요. 그 눈이 똑똑히 말하지 않았다고 하면 제가 천벌을 받습니다. 그 눈이 망원경을 통해 이렇게 말하는 겁니다. "오! 좋은 아침이에요, 준남작 패스릭 오그랜디슨 경, 내 사랑, 정말 타고난 신사로군요. 저는

---

214   아일랜드 서북부 지방 코나하트의 옛 이름.

하루 종일 언제든 준남작님을 맞을 준비가 되어 있어요. 말씀만 하세요." 정중함 하면 또 저를 능가할 사람이 없지 않겠습니까? 그래서 전 보기만 해도 마음 아플 정도로 정중히 고개 숙여 인사한 뒤, 화려한 동작으로 모자를 벗고 마치 이렇게 말하듯 두 눈을 다 힘껏 끔뻑거리며 윙크했죠. "그렇고 말고요, 아름다우신 트라클 부인, 내 사랑, 이 준남작 패스릭 오그랜디슨 경이 런던데리[215] 감자 싹눈이 눈 깜박할 사이에 부인께 온 마음을 다 바치지 않는다면, 차라리 늪에 빠져 죽는 게 낫습니다."

다음 날 아침 미망인에게 연서 삼아 뭔가 써 보내는 것이 정중한 행동이 아닐까 고민하고 있는데, 배달 하인이 우아한 명함 한 장을 들고 올라오더니 명함에 적힌 이름이 (저는 왼손잡이라서 초서체는 못 읽거든요) 문시어, 어구스, 루케이시, 메이터디돈스, 백작[216]이라며, 뭐가 뭔지 알 수 없는 이 빌어먹을 소리가 길 건너에 사는 조막만 한 늙은 프랑스 외국 놈의 되지도 않은 긴 이름이라고 하는 겁니다.

바로 그 순간, 그 조막만 한 악당이 직접 들어와서 인사를 하고는 실례를 무릅쓰고 나를 찾아왔다면서 총알같이 감언이설을 늘어놓더군요. 젠장, 도대체 무슨 소리를 하는 건지, 들리는 말이라고는 "풀리 우, 울리 우"[217] 소리와, 한 아름 거짓말을 늘어놓는 와중에 (저주나 받아라) 자기가 나의 트라클 부인을 미친 듯이 사랑하고 있으며

---

215   북아일랜드의 도시.

216   무슈. 오귀스트 르케이시 메트르드당스 백작으로 추측.

217   프랑스어로 '할 수 있느냐, 원하느냐' 정도로 추측.

나의 트라클 부인도 자기에게 마음이 있다고 한 말뿐이었습니다.

아마 그 말을 듣고 제가 화가 머리끝까지 났을 거라고 확신하시겠지만, 전 제가 준남작 패스릭 오그랜디슨 경이라는 걸 상기하면서 예의를 잊고 분통을 터뜨리는 건 신사답지 않다고 생각했죠. 그래서 그 말을 가볍게 넘기고 그 조막만 한 놈이랑 어울려주었더니, 조금 있다 놈이 미망인에게 멋지게 소개시켜줄 테니 자기랑 같이 부인 집에 가자는 거예요.

'정말이지, 패스릭.' 속으로 생각했죠. '넌 세상에서 가장 운 좋은 인간이야. 트라클 부인이 홀딱 반한 사람이 너인지 아니면 저 조막만 한 문시어 메이터디돈스인지 이제 곧 밝혀지겠군.'

우리는 미망인이 사는 옆집으로 갔습니다. 그 집을 봤으면 당신도 우아한 집이라고 그랬을 거예요. 정말 그랬습니다. 바닥에는 온통 카펫이 깔려 있고, 한쪽 구석에는 피아노와 구금[218] 등이 놓여 있고 다른 쪽 구석에는 세상에서 가장 아름다운 소파가 놓여 있고 그 소파에는 당연히 아름다운 작은 천사 트라클 부인이 앉아 있었죠.

"좋은 아침입니다, 트라클 부인." 인사를 한 다음 어찌나 우아하게 경의를 표했는지, 그걸 보셨으면 머리가 아주 어찔했을걸요.

"울리 우, 풀리 우." 조막만 한 프랑스 외국 놈이 그러더군요. "트라클 부인, 여기 이 신사는 준남작 패트릭 오그랜디슨 경입니다. 세상에서 완전히, 전적으로 가장 특별한 친구이지요."

그 말을 들은 미망인은 소파에서 일어나 무릎을 굽히며 더할 나

---

218   입에 물고 손가락으로 타는 악기.

위 없이 상냥하게 인사하고 천사처럼 다시 앉았어요. 다음 순간, 세상에, 그 조막만 한 불한당 문시어 메이터디돈스가 부인의 오른쪽에 털썩 앉는 겁니다. 맙소사! 그 자리에서 두 눈이 다 튀어나오는 줄 알았어요. 어찌나 화가 나던지! 하지만 잠시 후 생각했죠. '누굴 이기려고! 그렇게 나오시겠다 이거지, 문시어 메이터디돈스?' 그래서 저는 그 악당과 맞먹기 위해 부인의 왼쪽에 털썩 앉았습니다. 제가 두 눈으로 부인에게 우아하게 윙크하는 모습을 보셨으면 아주 즐거우셨을 텐데 말입니다.

하지만 저 조막만 한 늙은 프랑스 놈은 저를 조금도 의심하지 못하고 부인에게 간절히 구애를 하더군요. "울리 우" 했다가 "풀리 우" 했다 하면서요.

'그래봤자 소용없어, 문시어 프랑스 놈아.' 저는 생각했죠. 저는 있는 힘을 다해 속사포처럼 줄곧 떠들어댔고, 과연 트러플 부인의 관심을 완전히, 전적으로 사로잡은 사람은 바로 저였습니다. 코노트의 늪지에 대해 부인과 나눈 격조 높은 대화 덕분이었죠. 이내 부인은 제게 사랑스럽기 그지없는 함박웃음을 보여주었고, 그 미소에 전 돼지처럼 대담해져서 줄곧 부인을 곁눈질로 바라보며 세상에서 가장 섬세한 손길로 부인의 새끼손가락 끝을 살짝 잡았습니다.

그러자 그 사랑스러운 천사가 어쨌는지 아세요? 제가 손을 잡으려는 걸 보자마자 손을 획 들더니 등 뒤에 숨기는 겁니다. 마치 이렇게 말하듯이요. "패스릭 오그랜디슨 경, 이편이 더 좋지 않겠어요, 내 사랑? 저 작은 프랑스 외국인 문시어 메이터디돈스가 빤히 보는 데서 제 손을 잡으려 하는 건 신사답지 않잖아요."

그래서 전 눈을 크게 끔뻑거려 윙크하며 이런 뜻을 전했죠. "그런 재주는 패스릭 경에게 맡겨주세요." 그러고는 능란하게 작업에 돌입했습니다. 얼마나 재치 있게 오른팔을 소파 등받이와 부인의 등 사이에 끼워 넣었는지, 그걸 보셨으면 아주 좋아 죽었을 텐데요. 그러자 과연 그 사랑스러운 조그만 손이 거기서 기다리고 있는 겁니다. 이렇게 말하면서요. "좋은 아침이에요, 준남작 패스릭 오그랜디슨 경." 전 그 손을 한없이 가볍게, 살짝 잡았어요. 그냥 시작 차원에서, 숙녀에게 너무 거칠지 않게요. 그런데 아아, 그 손도 그에 화답해서 제 손을 아주 부드럽게, 아주 섬세하게 살짝 잡지 뭡니까? '이런 일이, 패스릭 경, 이 친구야.' 전 속으로 생각했죠. '다른 누구도 아닌 바로 네가 코노트에서 온 아일랜드 사람 중에서 명실상부 제일 잘 생기고 제일 운 좋은 젊은이구나.' 그래서 그 손을 꽉 잡았더니 세상에, 부인도 제 손을 꽉 잡아주는 게 아니겠어요? 그 순간 느닷없이 문시어 메이터디돈스가 얼마나 우쭐거리며 행동하는지, 그걸 보셨으면 배가 터져라 웃으셨을 겁니다. 갑자기 부인에게 알아듣기도 힘든 말을 재잘거리면서 능글맞게 웃어대는데 아, 그런 꼴은 세상에 처음 봤습니다. 게다가 맹세코 제 두 눈으로 똑똑히 봤는데 그놈이 한쪽 눈으로 부인에게 윙크를 하지 뭡니까? 그 순간 와, 정말 이 제가 킬케니 고양이[219]처럼 분노가 치밀어 오르더라니깐요.

"알려드릴 게 있는데, 문시어 메이터디돈스." 제가 정중하기 그지없게 말했죠. "그런 식으로 부인에게 추파를 던지며 쳐다보는 건 신

219　싸움이 붙었다 하면 꼬리만 남을 때까지 싸운다는 아일랜드 설화 속의 고양이.

사다운 행동도 아니고, 어쨌거나 당신 같은 사람이 할 일이 아니지요." 그 말과 함께 부인 손을 다시 한 번 지긋이 잡았습니다. 이렇게 말하듯이요. "그대를 지켜줄 수 있을 사람, 바로 이 패스릭 경 아니겠습니까, 내 사랑?" 그러자 그 손도 이에 화답해서 제 손을 또 한 번 꼭 잡더군요. "그럼요, 패스릭 경." 그 의미는 너무나 명확했습니다. "그럼요, 패스릭 경, 내 사랑, 당신은 진짜 신사예요. 진실로." 그러면서 그 아름다운 두 눈을 뜨는데, 눈이 눈꺼풀에서 완전히 튀어나오는 줄 알았어요. 그러더니 처음에는 고양이처럼 화를 내며 문시어 프랑스 놈을, 다음에는 활짝 미소를 지으며 저를 쳐다봤어요.

"맙소사!" 그 악당 놈이 말했죠. "울리 우, 풀리 우." 그러고는 두 어깨를 머리에 닿을 정도로 으쓱하더니 주둥이 양 끝을 축 늘어뜨리더군요. 그러고는 그 불한당 놈한테 한 마디도 더 사과의 말을 듣지 못했습니다.

그러자 패스릭 경은 뭐라 할 수 없이 화가 났지요. 그 프랑스 놈이 미망인한테 계속 윙크를 해대는 통에 더 분통이 터졌습니다. 미망인은 마치 이렇게 말하듯 계속 제 손을 꼭 잡고 있었어요. "한 마디 더 해줘요, 패스릭 오그랜디슨 경, 내 사랑." 그래서 거하게 욕을 퍼부어 줬습니다.

"이 조막만 한 프랑스 시골뜨기 깡패 개자식아!" 그 순간 부인이 어떻게 했을 것 같아요? 마치 한 대 얻어맞기라도 한 것처럼 소파에서 벌떡 일어나더니 문 쪽으로 달아나는 겁니다. 저는 당황하고 놀라서 부인을 따라 고개를 돌리며 눈으로 부인을 좇았죠. 부인이 전적으로, 완전히 계단을 내려가지 못한다고 생각한 데는, 아시겠지만 이유가 있었습니다. 제가 부인 손을 놓지 않고 잡고 있었으니까요. 그래서 말했죠.

"뭔가 실수하시는 것 아닌가요, 부인? 돌아와요, 착하게. 그럼 부인 손을 돌려드리지요." 하지만 부인은 총알처럼 계단을 내려가버렸고, 그제야 나는 그 조막만 한 프랑스 외국 놈을 향해 고개를 돌렸습니다. 맙소사! 제가 잡고 있던 손이 그 불한당 놈의 조그만 앞발이었던 거 있죠? 그렇다면…… 그렇다면 그건…… 그게 다입니다.

그동안 자기가 잡고 있던 손이 미망인의 손이 아니라 패스릭 오그랜디슨 경의 손이라는 걸 알았을 때 그 조막만 한 놈의 표정이 어찌나 웃기던지, 저는 그 자리에서 거의 죽을 뻔했습니다. 악마도 그렇게 침울한 얼굴은 본 적 없을걸요! 준남작 패스릭 오그랜디슨 경으로 말하자면, 그런 분은 그 정도 사소한 실수 따위는 개의치 않습니다. 다만 그 불한당 놈의 손을 놓기 전에 (그건 부인의 하인이 우리 둘 다 계단 밑으로 쫓아낸 다음의 일입니다), 그 손을 살짝 쥐어짜서 라즈베리잼 꼴로 만들어놓았다는 정도는 말씀드리죠. (그게 사실이니까요).

"울리 우." 놈이 그러더군요. "풀리 우, 비뤄머글!"

이런 이유로 그자가 왼손에 팔걸이 붕대를 하고 있는 겁니다.

봉봉

훌륭한 와인이 배를 채울 때면
나는 발자크보다 박식하고
피브락[220]보다 현명하지.
한 팔만으로 코사크를 공격하고 약탈하리.
카론[221]의 배에서 잠든 채
그의 호수를 건너고
떨지도 않고 거만한 아이아코스[222]에게 다가가
담배를 권하리.
프랑스 보드빌

피에르 봉봉이 흔치 않은 자질을 갖춘 레스토랑 경영자라는 사실은 **왕이 통치하던 시절 루앙의 막다른 골목 르페브르에 자리한 조그만 카페의 단골이었다면 누구도 반박하기 힘들 것이다. 그 피에르 봉봉이 당대 철학에도 그만큼이나 조예가 있었다는 것은 더욱이 반박할 수 없는 사실이다. 봉봉의 파이는 두말 할 것도 없이 완벽했지만 봉봉의 자연론, 영혼에 대한 생각, 정신에 대한 고찰은 감히 누구도 평가할 수 없었다. 봉봉의 오믈렛도, 봉봉의 프리칸도[223]도 값을 매길 수 없이 훌륭했지만, 당대의 학자 누구라도 '봉봉의 생각'에는 나머지

---

220   중세 프랑스의 시인이자 법학자.

221   지옥의 강 스틱스의 사공.

222   명부의 사자의 재판관.

223   칠면조나 송아지 고기로 만든 스튜.

모든 석학들의 쓰레기 같은 '생각'을 다 합친 가격의 두 배를 기꺼이 지불했을 것이다. 봉봉은 다른 그 누구보다 도서관을 샅샅이 훑었고, 다른 사람들이 생각지도 못할 양의 책을 읽었고, 다른 사람들이 상상도 할 수 없을 만큼 많은 것들을 이해했다. 봉봉이 활약하던 시절 루앙에는 "봉봉의 견해는 플라톤학파의 순수성도, 리시움[224]의 깊이도 드러내지 않는다"고 주장하는 저자들이 더러 없지 않았지만, 또 그의 학설이 절대 널리 이해받지도 못했지만, 그렇다고 해서 그 사상이 이해하기 어려운 것은 아니었다. 내 생각에는 그의 사상이 너무나 자명하기 때문에 많은 사람들이 난해하다고 여기게 된 것 같다. 칸트의 형이상학도 주로 봉봉의 영향을 받았다. 하지만 이 점에 대해서 더 깊이 들어가지는 않겠다. 봉봉은 사실 플라톤주의자도, 엄밀히 말해서 아리스토텔레스학파도 아니었고 현대의 라이프니츠처럼 프리카세[225]를 발명하거나 감각을 분석하는 데 쓸 귀중한 시간을 물과 기름처럼 완고히 섞이지 않는 윤리적 입장을 화해시키려는 하찮은 짓에 낭비하지 않았다. 절대로. 봉봉은 이오니아학파[226]였다. 동시에 이탈리아학파[227]였다. 그는 선험적으로 추론했고 또 귀납적으로도 추론했다. 그의 사상은 생득적이었거나 또는 그 반대였다. 그는 트레비존드[228]

---

224   아리스토텔레스가 철학을 가르치던 곳.

225   잘게 다진 고기와 채소로 만든 요리.

226   탈레스, 아낙시만드로스, 헤라클레이토스가 있다.

227   패리메니데스가 있다.

228   소아시아 동북부에 있었던 중세제국.

의 조지[229]를 신봉했고 베사리온[230]을 신봉했다. 봉봉은 절대적으로 봉봉주의자였다.

앞서 이 철학자가 가진 레스토랑 경영자로서의 능력에 대해 말했었다. 하지만 내 친구 누구에게도 우리의 주인공이 그쪽 가업을 수행하면서 그 일의 품위와 중요성을 제대로 평가받고 싶어 했다는 인상을 주고 싶지는 않다. 천만의 말씀. 봉봉이 둘 중 어느 쪽 일에 더 큰 자부심을 가졌는지는 알 수 없다. 봉봉은 지성의 힘이 위장능력과 긴밀하게 연결되어 있다고 생각했다. 사실 영혼이 복부에 있다고 생각한 중국인과 의견이 크게 달랐을 것 같지 않다. 그는 정신과 횡격막에 같은 단어를 쓴 그리스인이 언제나 옳다고 생각했다. 그렇다고 봉봉이 식탐이 많다거나, 그 외 형이상학자에 대한 선입관에 심각한 부정적 인상을 교묘히 주입하려는 것은 아니다. 피에르 봉봉에게 약점이 있다면 어떤 위인에게 천 가지 약점이 없겠는가? 피에르 봉봉에게 약점이 있다면 그건 거의 신경 쓸 필요도 없는 약점들이었다. 기질이 다른 사람에게 있었다면 오히려 종종 장점으로 보일 수도 있었을 약점들이었다. 그중 한 가지 결점이 극단적인 높은 돈을새김처럼 그의 전반적 기질에서 두드러지게 툭 튀어나와 있지만 않았다면 이 이야기에서 그것을 언급하지도 않았을 것이다. 그는 흥정의 기회를 절대 놓치지 않았다.

봉봉이 탐욕스럽다는 말이 아니다. 절대 그렇지 않다. 흥정이 자

---

229   그리스의 철학자.

230   학자이자 로마가톨릭 추기경.

기에게 유리한 것이 그 철학자의 만족에 꼭 필요한 것도 아니었다. 거래—어떤 조건, 어떤 상황에서의 어떤 거래든—가 성립되기만 하면, 그때부터 며칠 동안이나 그의 얼굴에는 의기양양한 미소가 빛났고 자신의 총명함을 증명하기 위해 다 안다는 듯이 눈을 찡긋하고 다녔다.

시대를 막론하고 방금 말한 것 같은 특이한 기질이 관심을 끈다는 것은 매우 놀라운 일은 아닐 것이다. 우리 이 이야기가 전개되던 시대에 이런 특이함이 시선을 끌지 않았다면 그것이야말로 놀랄 일이었을 것이다. 그런 상황에서 봉봉의 미소는 자기의 농담에 웃을 때의 노골적인 미소나 지인을 환영할 때의 미소와는 확연히 다르다는 것이 곧 알려졌다. 봉봉이 잘 흥분하는 기질이라는 암시들이 쏟아져 나왔다. 서둘러 위험한 흥정을 했다가 한가해졌을 때 후회했던 일화들이 거론되고, 모든 악의 창조자가 자신의 교활한 목적을 위해 심어놓은 설명할 수 없는 능력들과 모호한 갈망, 기괴한 성향을 보여주는 실례들이 제시되었다.

그 철학자에게는 다른 약점들도 있지만 그건 심각하게 살펴볼 가치도 없다. 예를 들어 탁월한 심오함의 소유자치고 술을 좋아하지 않는 사람은 거의 없다. 술을 좋아하는 것이 심오함을 유발하는 원인인지, 아니면 그 심오함의 정당한 증거인지는 말하기 까다로운 문제이다. 내가 아는 한 봉봉은 그런 건 꼼꼼히 연구해볼 만한 주제가 아니라고 생각했다. 나도 마찬가지다. 하지만 그렇게 고전적인 성벽에 탐닉하고 있을 때 그 레스토랑 경영자가 자신의 글과 오믈렛을 단번에 특징짓게 마련인 직관적 차이를 놓칠 거라고 추측해서는 안

된다. 혼자 있는 시간이면 부르고뉴 와인을 마실 때도 있고, 코트 뒤
론 와인을 마시기에 적당한 때도 있었다. 봉봉에게 있어서 소테른
과 메독의 관계는 카툴루스[231]와 호메로스의 관계와 같았다. 삼단논
법을 가지고 장난칠 때는 생페레를 홀짝거리지만, 논쟁을 풀어나갈
때는 클로드부조를 마시고, 학설을 뒤집을 때는 샹베르탱을 폭음한
다. 적절함에 대한 이런 날카로운 분별이 앞서 슬쩍 암시한 행상 성
향에서도 발휘되었으면 좋았겠지만 절대 그렇지 않았다. 사실 철학
자 봉봉 속에 자리한 그런 특성은 마침내 기이하게 강렬하고 신비적
경향을 띠기 시작해서 그가 가장 좋아하는 독일학 중 악마전설 연
구의 색채에 짙게 물들어가는 것 같았다.

이 이야기가 전개되던 시기, 막다른 골목 르 페브르에 위치한 그
조그만 카페에 들어간다는 것은 천재의 성소聖所에 들어가는 것과
같았다. 봉봉은 천재였다. 루앙에서 봉봉이 천재라고 말하지 않을
요리사는 아무도 없었다. 봉봉의 고양이조차 이를 알고 천재의 안전
에서는 꼬리 흔드는 것을 삼갔다. 덩치 큰 물새 사냥개도 그 사실을
알고 있어서, 주인이 다가오면 품행을 방정히 하고 귀를 착 붙이고
개로서 부끄럽지 않은 아래턱을 축 떨어뜨림으로써 자신의 모자람
을 드러냈다. 하지만 이런 상습적 공경의 많은 부분이 형이상학자의
외모 덕으로 돌려질 수 있는 게 사실이다. 탁월한 겉모습은 짐승에
게조차 영향을 미친다고 말하지 않을 수 없으니까. 레스토랑 경영자
의 외모에서 네발짐승의 상상력에 깊은 인상을 주기 적합한 부분은

---

231 로마의 서정시인.

나도 기꺼이 십분 참작할 것이다. 그—이런 다의적인 표현을 써도 된다면—작은 거인에게는 특이한 위엄 있는 분위기가 풍겼는데 그건 언제든 그저 덩치 하나만으로는 만들어내기 힘든 분위기였다. 봉봉은 키가 겨우 3피트였고 머리는 축소해놓은 것처럼 작았지만 둥그런 배는 거의 숭고에 가까운 장엄한 느낌 없이는 쳐다볼 수가 없었다. 그 크기에서 개와 사람들 모두가 봉봉이 습득한 재능의 종류를 분명히 보았고 그 광대한 공간은 그의 불멸의 영혼에 딱 맞는 거처였다.

여기서—마음이 내키면—그 형이상학자의 복장이나 그 외 다른 외면적 정황에 대해 상세한 설명을 늘어놓을 수도 있다. 우리의 주인공은 짧은 머리를 이마 위로 반듯하게 빗어 넘겨 원뿔 모양에 술이 달린 흰 플란넬 모자를 썼다고, 당시 보통 레스토랑 경영자들이 입는 풍이 아닌 연두색 조끼를 입었다고, 소매는 유행이 허락하는 것보다 더 풍성했다고, 커프스는 그 조잡한 시대의 흔한 스타일과는 달리 옷과 색과 재질이 같은 화려한 제노바산 벨벳을 기발한 방식으로 붙여서 접어 올렸다고, 희한하게 줄 세공을 한 밝은 보라색 실내화는 절묘한 발가락 끝부분과 화려한 색의 리본과 자수만 아니었으면 일본에서 만들었다고 생각했을지도 모르겠다고, 노란색 반바지는 에이머블이라 불리는 비단 비슷한 재질로 만들어졌다고, 온통 진홍색 무늬가 촘촘하게 박혀 있는 가운 비슷한 모양의 하늘색 망토는 아침 안개처럼 어깨 위에서 호탕하게 휘날리고 있다고, 이러한 일습이 피렌체의 즉흥시인 베네베누타로부터 "피에르 봉봉이 천국의 새인지 오히려 완벽한 천국 그 자체인지 말하기 어렵다"는 절찬을 이

끌어냈다고, 내키기만 하면 이 모든 것들을 상세히 설명할 수도 있겠지만 삼가겠다. 개인적 세부사항에 불과한 것들은 역사 소설가들의 몫으로 남겨두자. 그건 사실의 도덕적 품위에 미치지 못하니까.

"막다른 골목 르 페브르에 위치한 그 조그만 카페에 들어간다는 것은 천재의 성소에 들어가는 것과 같았다"고 말했었다. 하지만 그렇다면 그 성소의 장점을 제대로 평가할 수 있는 것은 바로 그 천재뿐이다. 입구에는 커다란 2절판으로 만든 간판이 흔들리고 있었다. 그 한쪽 판에는 술병이, 다른 쪽에는 파이가 그려져 있다. 뒷면에는 커다란 글씨로 봉봉의 작품이라는 글자가 적혀 있어서 집주인의 두 가지 직업을 미묘하게 암시하고 있었다.

문지방을 넘어서면 집 안이 훤히 다 보였다. 옛날식의 길고 나지막한 방이 카페가 제공하는 시설의 전부였다. 방 한쪽 구석에는 형이상학자의 침대가 놓여 있었다. 그리스풍 캐노피와 커튼들이 고전적이면서도 편안한 분위기를 풍겼다. 대각선 맞은편에는 부엌과 서재가 직접적으로 정답게 소통하고 있었다. 찬장 위 접시에는 논증법이 평화롭게 놓여 있다. 이쪽에는 최신 윤리학이 오븐 한가득 들어 있고, 저쪽에는 12절판 문집들이 주전자에 담겨 있다. 독일 윤리학 책들은 석쇠와 한 몸이 됐다. 기다란 제빵포크는 에우세비오[232] 옆에 놓여 있고, 플라톤은 프라이팬에 편안하게 기대어 있으며, 당대 원고들은 쇠꼬챙이로 철해서 보관되어 있다.

다른 면에서 봉봉의 카페는 당시 보통 레스토랑들과 별다를 게 없었다. 문 맞은편에는 커다란 벽난로가 입을 벌리고 있었다. 벽난로 오른쪽에 있는 열린 벽장 안에는 상표 붙은 술병들이 무시무시하게 즐비하게 늘어서 있었다.

****년의 혹독한 겨울 어느 날 자정 경, 바로 이곳에서 자신의 특이한 기질에 대해 이웃들이 늘어놓는 논평을 한동안 듣고 있던 피에르 봉봉은 모두를 집 밖으로 몰아내고 욕을 퍼부으며 문을 잠근 다음 불편한 심정으로 가죽으로 바닥을 댄 안락의자에 앉아 활활 타는 장작불을 쬐고 있었다.

한 세기에 오로지 한두 번 정도나 있을 법한 무시무시한 밤이었다. 눈이 퍼붓듯 쏟아졌고 벽 틈 사이로 휘몰아쳐 들어오고 굴뚝에서 맹렬하게 내려와 철학자의 침대 커튼을 뒤흔들고 정리해놓은 파이 팬과 논문들을 엉망진창으로 흩트려놓는 바람 때문에 집이 중심부에서부터 휘청거렸다. 거센 폭풍에 속절없이 노출되어 바깥에서 흔들리고 있는 커다란 간판은 불길하게 삐걱거리며 단단한 참나무 기둥에서 윙윙대는 신음을 냈다.

그 형이상학자는 전혀 평온하지 않은 심정으로 의자를 벽난로 옆 늘 앉던 자리로 끌고 갔다. 그날은 당황스러운 상황들이 많이 벌어져 그의 평화로운 명상을 방해했다. 공주풍 요리를 시도했지만 안타깝게도 여왕풍 오믈렛이 나왔고, 윤리학 원리를 발견하려다 스튜를 뒤집어엎는 바람에 실패했다. 결정적으로 언제나 즐거이 성공적으로 마무리했던 멋진 흥정 하나도 무산되었다. 하지만 이 설명할 수 없는 부침으로 안달하는 마음에는 폭풍우 몰아치는 거친 밤이 응당 불러일으키는 신경질적인 불안감도 뒤섞여 있었다. 휘파람을 불어 앞서 말한 커다란 검은 개를 옆으로 오라고 부르고 불편하게 의자에 앉던 봉봉은 자기도 모르게 저 멀리 방구석을 향해 경계심 가득한 불안한 눈길을 던졌다. 붉은 벽난로 불빛마저도 완전히 걷어 내지 못하는 냉혹한 그림자가 뒤덮고 있는 구석이었다. 어쩌면 자신 조차 정확한 목적을 알지 못하는 탐색을 마치고 나자, 그는 책과 논문으로 뒤덮인 조그만 테이블을 의자 옆으로 끌고 온 뒤 내일 발표할 방대한 원고의 수정 작업에 곧 몰두했다.

그렇게 몇 분쯤 작업에 몰두하고 있었을 때 갑자기 방 안 어디선가 "나야 바쁠 건 없어, 봉봉 씨"라고 속삭이는 징징대는 소리가 들려왔다.

"악마다!" 우리의 주인공은 대경실색해서 옆의 테이블을 확 뒤엎으며 벌떡 일어나 사방을 뚫어져라 두리번거렸다.

"바로 그렇지." 그 목소리가 차분하게 대답했다.

"바로 그렇다니! 뭐가 바로 그래? 여긴 어떻게 온 거야?" 형이상학자가 고함질렀다. 그때 그의 눈길이 침대 위에 길게 널브러져 있는 뭔가에 가닿았다.

"내 말은." 침입자는 질문에는 신경도 쓰지 않고 말했다. "그러니까 난 전혀 시간에 쫓기지 않는다는 거지. 내 멋대로 이렇게 방문한 목적은 전혀 급할 게 없는 일이니까. 거두절미하고 댁이 그 해설서를 다 마칠 때까지 얼마든지 기다려줄 수 있다는 거지."

"내 해설서라고! 아니, 이런! 그걸 어떻게 알았지? 내가 해설서를 쓰고 있다는 것을 어떻게 알았느냐고. 하느님, 맙소사!"

"쉿!" 그 형상은 날카로운 저음으로 대꾸하고는 재빨리 침대에서 일어나 우리의 주인공을 향해 한 걸음 다가왔다. 그가 다가오자 머리 위에 달려 있던 철제 등불이 발작하듯 뒤쪽으로 흔들렸다.

철학자는 놀란 와중에도 그 낯선 인물의 의복과 외양을 유심히 관찰했다. 그 인물은 몹시 야위었지만 평균은 훌쩍 넘게 키가 컸다. 몸에 딱 붙긴 하지만 다른 면에서는 100년 전 스타일과 매우 흡사한 빛바랜 검은 옷 때문에 몸의 윤곽이 똑똑히 보였다. 그건 분명 지금 입고 있는 사람보다 훨씬 더 키가 작은 사람을 위해 만들어진 옷이어서, 발목과 손목이 몇 인치씩 드러나 있었다. 하지만 신발에 달린 화려한 버클 한 쌍이 나머지 옷차림이 암시하는 극도의 빈곤이 거짓임을 입증하고 있었다. 머리는 휑해서 거의 대머리였지만 뒤쪽에는 머리가 남아 있어서 땋은 변발이 기다랗게 내려와 있었다. 옆쪽에도 유리가 달린 초록색 안경이 빛으로부터 눈을 보호해주는 동시에 눈 색깔이나 모양을 전혀 확인할 수 없게 가리고 있었다. 어디를 봐도 셔츠를 입은 흔적은 보이지 않았지만, 지저분한 흰 스카프를 목둘레에 몹시 꼼꼼하게 매고 있었는데 그 끝이 정연하게 나란히 내려와 있어서 (분명 의도한 것은 아니겠지만) 성직자를 연상시켰다. 실로 외모와 태도의 여러 가지 면들이 그런 인상을 뒷받침한다고 할 수 있었다. 왼쪽 귀 위에는 요즘 사무원식으로 옛날 철필 비슷하게 생긴 도구를 끼고 있었다. 코트 가슴주머니에서는 쇠걸쇠로 잠그는 조그만 검은 책이 툭 튀어나와 있었다. 우연인지 아닌지 모르겠지만 책이 너무 주머니 밖으로 나와 있어서 뒷면에 '가톨릭 의식'이라고 쓰인 흰 글자가 보였다. 인상은 흥미롭게 음침했고 심지어 시체처럼 창백했다. 이마는 툭 튀어나와 있었고 사색하느라 깊은 주름이 패어 있었다. 입꼬리는 극도로 유순한 겸손함을 드러내듯 축 처져 있었다. 그는 몹시 고결한 표정으로 두 손을 맞잡고 깊게 한숨을 내쉬며 우리의 주인공을 향해 다가왔는데, 누가 봐도 매력적이라고 하지 않을 수 없는 모습이었다. 형이상학자의 얼굴에서 분노의 그림자가 말끔히 사라졌다. 방문객의 모습을 충분히 살핀 후 봉봉은 다정하게 악수를 하고 의자를 권했다.

하지만 철학자의 감정이 이렇게 순식간에 변한 것이 당연히 이 변화에 영향을 끼쳤을 만한 여러 원인들 중 하나 탓일 거라고 생각한다면 그건 큰 실수다. 사실 내가 알고 있는 피에르 봉봉은 절대로 그럴듯한 겉모습에 기만당할 사람이 아니었다. 인간과 사물을 그렇게 정확하게 관찰하는 봉봉이 자신의 집에 침입한 인물의 정체를 그 순간 꿰뚫어 보지 못했을 리가 없다. 더 말할 것도 없이 방문객의 발 모양만 해도 충분히 남달랐다. 머리 꼭대기에는 터무니없이 높은 모자를 살짝 걸쳐 놓았고 반바지 뒷부분은 심하게 불룩 튀어나와 있었는데, 코트 뒷자락이 떨리는 것은 명백한 사실이었다. 그렇다면 늘 절대적 존경을 품어온 대상을 느닷없이 만나게 된 우리의 주인공의 만족감이 과연 어땠을지 생각해보라. 하지만 그는 뛰어난 외교술로 자신이 일의 진상을 알아챘다는 낌새를 전혀 내비치지 않았다. 예기치 않게 즐기게 된 이 영광을 의식하는 티도 절대 내지 않았다. 그가 할 역할은 손님을 대화로 유도해서 계획 중인 출판물에 집어넣어 인류를 계몽하는 동시에 그에게 불후의 명성을 줄 중요한 윤리적 의견을 이끌어내는 것이었다. 덧붙여 말하자면 그런 의견들은 방문객의 지긋한 나이와 이미 잘 알려진, 윤리학에 대한 풍부한 지식으로 볼 때 충분히 제공하고도 남을 것들이었다.

이런 계몽적 목적에 자극된 우리의 주인공은 신사에게 앉으라고 한 다음 그사이에 불에 장작을 더 집어넣고 다시 바로 세운 테이블 위에 무스 와인을 몇 병 올려놓았다. 작업을 재빨리 마친 그는 신사와 마주 보도록 의자를 당겨 앉아 그가 먼저 말을 꺼내기를 기다렸다. 하지만 최고의 솜씨로 완성한 계획도 종종 시작부터 그르치는 수가 있는 법. 레스토랑 경영자는 방문객의 입에서 처음으로 나온 말에서부터 몹시 당황하고 말았다.

"나를 아는군, 봉봉." 그는 말했다. "하하하! 헤헤헤! 히히히! 호호호! 후후후!" 악마는 순식간에 고결한 태도를 버리고 삐쭉삐쭉하고 뾰족한 이가 다 드러나도록 입을 귀에서 귀까지 최대한 벌리더니 머리를 뒤로 젖히고 길고 크고 사악하고 요란한 웃음을 터뜨렸다. 쭈그리고 앉아 있던 검은 개는 신명 나게 합창에 동참했고, 얼룩 고양이는 갑자기 줄행랑을 쳐 저쪽 방구석에 꼿꼿하게 서더니 날카롭게 비명을 질러댔다.

철학자는 그렇지 않았다. 그는 개처럼 웃거나 고양이처럼 예의 없이 공포심을 드러내기에는 세상을 너무 잘 알았다. 그래도 방문객의 주머니 속 책에 적힌 '가톨릭 의식'이라는 흰 글자가 순식간에 색깔과 뜻이 바뀌면서 몇 초 만에 원래 제목 대신 '죄인 명부'라는 새빨간 글자가 나타나는 것을 보고 적지 않게 놀랐다는 것은 고백해야겠다. 이 놀라운 상황 때문에 방문객의 말에 대답하는 봉봉의 태도에는 당황스러운 기색이 엿보였다. 그것만 아니었다면 그런 모습은 아마 보이지 않았을 것이다.

"아, 저기요," 철학자가 말했다. "저, 진지하게 말하자면…… 전 선생님이…… 맹세코…… 아…… 악…… 그러니까, 제 생각에는…… 내가 보기에는…… 조금…… 아주 어렴풋이…… 대단한 영광이라는 생각이……"

"오! 아! 그렇군! 잘됐네!" 폐하께서 끼어들었다. "그만해. 뭔지 알겠으니까." 그러더니 초록색 안경을 벗어 코트 소매로 정성껏 닦아 주머니에 넣었다.

책 일로 봉봉이 놀랐다면 지금 눈앞에 나타난 광경은 그 놀라움을 훨씬 더 증폭시켰다. 손님의 눈 색깔을 확인하고 싶은 호기심을 참지 못하고 눈을 든 봉봉에게 보인 것은 자기가 예상했던 검정색도, 보통 상상함 직한 회색도, 녹갈색이나 파란색도, 노란색이나 빨간색도, 보라색도, 흰색도, 초록색도, 저 위 하늘 혹은 그 아래 땅 혹은 땅 아래 바다에 존재하는 그 어떤 색깔도 아니었다. 간단히 말해서 피에르 봉봉은 폐하께는 눈이 아예 없을 뿐만 아니라 그 이전 언제도 눈이 존재했던 흔적이 없다는 것을 알았다. 당연히 눈이 있어야 할 자리에 그저 평평한 살밖에 없었기 때문이다.

그 형이상학자는 그렇게 이상한 현상의 원인에 대한 질문을 참을 성격이 아니었다. 폐하의 대답은 빠르고 위엄 있고 흡족했다.

"눈이라고! 봉봉, 눈이라고 했나? 오! 아! 알겠군! 세간에 돌아다니는 그 말도 안 되는 그림들 때문에 내 생김새에 대해 잘못된 생각을 갖게 된 거지? 눈이라고! 맞아. 피에르 봉봉, 눈은 제자리에 있어야 하는데 자넨 그게 머리라고 하겠지? 맞아. 벌레의 머리. 마찬가지로 자네한테도 이 눈은 꼭 필요하겠지. 하지만 내 분명히 말하는데 내 시력이 자네보다 훨씬 더 예리해. 저기 구석에 고양이가 있군. 예쁜 고양이네. 봐. 잘 보라고. 자, 봉봉, 자네는 저 두개골 안에서 일어나고 있는 생각이, 사고가, 감상이 보이나? 지금 저기 있거든. 자네 눈엔 안 보이지만! 저 고양이는 우리가 자기의 긴 꼬리와 심오한 정신을 부러워한다고 생각하고 있어. 방금 내가 가장 뛰어난 성직자고 자네는 가장 얄팍한 형이상학자라고 결론을 내렸군. 자, 내가 완전히 장님이 아니라는 걸 알겠지? 하지만 나 같은 직업에는 자네가 말하는 눈은 방해가 될 뿐이야. 쇠꼬챙이나 갈퀴 같은 걸로 언제든 뽑힐 수 있거든. 자네한테는 눈으로 보는 게 꼭 필요하다는 걸 알아. 그러니 봉봉, 잘 쓰도록 애써봐. 내가 보는 건 영혼이니까."

그러더니 손님은 테이블 위의 와인을 직접 따라 마시더니 봉봉에게도 한 잔 가득 따라주며 주저 말고 들이켜고 편히 있으라고 청했다.

"자네 책은 훌륭해, 피에르." 폐하께서는 방문객이 시킨 대로 고분고분 술을 다 마시고 잔을 내려놓고 있는 우리 친구의 어깨를 다 안다는 듯이 툭툭 두드리며 다시 말을 이었다. "내 명예를 걸고 말하는데, 똑똑한 책이야. 마음에 들어. 하지만 내용을 정리한 방식은 좀 개선했으면 좋겠어. 그리고 자네 생각 중 상당수는 아리스토텔레스를 떠올리게 하더군. 그 철학자, 나랑 아주 친한 친구였지. 그 고약한 성미도, 큰 실수를 저지르는 재주도 다 좋아했어. 그 친구가 쓴 글 중 확실한 진실은 딱 하나밖에 없었지. 그 어리석음이 가엾어서 내가 힌트를 줬거든. 피에르 봉봉, 내가 암시하는 거룩한 도덕적 진리가 뭔지 잘 알고 있을 거라 생각하는데?"

"그렇다고 할 수는……"

"설마! 왜 내가 아리스토텔레스에게 사람들은 재채기하면서 코를 통해 불필요한 생각을 배출한다고 말했겠나?"

"그건…… 딸꾹! 분명 사실이죠." 형이상학자는 이렇게 말하면서 자기 잔에 무스를 한 잔 더 따르고 방문객의 손가락을 향해 코담배 갑을 내밀었다.

"플라톤도 있었지." 폐하께서는 담뱃갑과 그것이 암시하는 찬사를 점잖게 거절하며 계속해서 말했다. "플라톤도 있었지. 한때 아주 진한 우정을 느꼈던 친구야. 플라톤 알지, 봉봉? 아, 아니, 이거 정말 미안하네. 우린 어느 날 아테네의 파르테논 신전에서 만났는데, 생각이 안 떠올라 괴롭다고 하더군. 그래서 'ο νους εστιν αυλος'[233]라고 쓰라고 했지. 플라톤은 그러겠다며 집으로 갔고 나는 피라미드로 넘어갔어. 하지만 아무리 친구를 돕기 위해서라지만 진실을 말해 버렸다는 양심의 가책 때문에 다시 서둘러 아테네로 돌아가 철학자의 의자 뒤에 딱 도착했더니, 마침 'αυλος'를 쓰고 있더라고. 그래서 손가락으로 람다(λ)를 튀겨서 거꾸로 뒤집어놨지. 그래서 그 문장이 이제 'νους εστιν αυγος'[234]가 됐고, 자네도 알겠지만 플라톤 형이상학의 기본학설이 된 거야."

"로마에 가신 적 있습니까?" 레스토랑 경영자가 두 번째 무스 병을 비우고 벽장에서 커다란 샹베르탱 병을 꺼내오며 물었다.

"딱 한 번 갔어, 봉봉, 딱 한 번. 그런 때가 있었지." 악마는 마치

---

233   '마음은 휘파람이다'라는 뜻.

234   '마음은 빛이다'라는 뜻.

무슨 책을 암송하는 것처럼 말했다. "5년 동안 무정부 상태가 벌어졌을 때가 있었지. 그때 공화국에는 관리들이라고는 없어서 호민관 말고는 치안 담당자가 없었어. 그런데 이 사람들은 법률을 집행할 법적권리가 없었거든. 그때가, 봉봉, 그때가 내가 유일하게 로마에 있었던 때여서 결과적으로 로마 철학이라고는 전혀 몰라."[235]

"어떻게…… 어떻게 생각하세요?…… 딸꾹! ……에피쿠로스에 대해서는?"

"누구를 어떻게 생각하냐고?" 악마가 놀라서 물었다. "설마 에피쿠로스를 비판하려는 건 아니겠지! 에피쿠로스를 어떻게 생각하냐니! 저 말입니까, 선생님? 내가 바로 에피쿠로스라고! 내가 디오게네스 라에르테스가 찬사를 보낸 300편의 논문을 하나하나 다 쓴 바로 그 철학자라고!"

"거짓말!" 형이상학자가 말했다. 약간 취기가 올랐기 때문이다.

"좋아! 아주 좋아! 진짜 잘했어!" 폐하께서 기분이 우쭐해져서 말했다.

"거짓말이야!" 레스토랑 경영자가 고집스레 되풀이했다. "그건…… 딸꾹! 거짓말이야!"

"뭐, 마음대로 생각해!" 악마가 평온하게 말했다. 논쟁에서 폐하를 이긴 봉봉은 두 번째 샹베르탱 병을 끝내는 게 자기의 의무라고 생각했다.

---

235   [원주] 그들은 철학(키케로, 루크레티우스, 세네카)을 신봉하지만, 그건 그리스 철학이 아니다. _콩도르세. (프랑스 철학자이자 수학자—옮긴이)

"내 말했듯이." 방문객이 다시 말을 시작했다. "내가 좀 전에 진술했지만 자네 책에는 굉장히 이상한 의견들이 좀 들어 있더군, 봉봉. 예를 들어 영혼에 대한 그 헛소리는 다 뭔가? 말해봐, 영혼이 뭐야?"

"여…… 딸꾹! ……영혼은." 형이상학자가 자기 원고를 참조하며 대답했다. "분명……"

"아니지!"

"의심할 여지없이……"

"아니야!"

"논쟁의 여지없이……"

"아니!"

"명백히……"

"아니!"

"부정할 수 없이……"

"아니!"

"딸꾹!……"

"아니!"

"틀림없이……"

"아니야, 영혼은 그런 게 아니라고!" (노려보고 있던 철학자는 이 틈을 이용해 세 번째 샹베르탱 병을 그 자리에서 끝장내려고 했다.)

"그렇다면…… 딸꾹! ……도대체…… 뭐…… 그게 뭡니까?"

"그것은 여기도 없고 저기도 없네, 봉봉." 폐하는 생각에 잠겨 대답했다. "나는 맛보았지. 다시 말해서 아주 나쁜 영혼들도 알았고 너무나 훌륭한 영혼들도 알았어." 여기서 그는 입맛을 다시며 무의식적으로 손을 주머니의 책에 떨어뜨렸다가 갑자기 격렬하게 재채기를 해댔다.

악마는 계속 말했다.

"크라티우스의 영혼은…… 나쁘지 않았어. 아리스토파네스는…… 팔팔했지. 플라톤은…… 절묘했고…… 댁이 아는 그 플라톤 말고 희극시인 플라톤 말이야. 댁의 플라톤은 케르베로스[236]의 위도 뒤집어놓았을걸. 흥! 다음으로는 어디 보자! 내비우스, 그리고 안드로니쿠스, 그리고 플라우투스, 그리고 테렌티우스가 있군. 다음에는 루킬리우스, 그리고 카툴루스, 그리고 나소,[237] 그리고 퀸티우스 플라쿠스[238]가 있지. 친애하는 퀸티! 퀸티우스가 날 즐겁게 해주려고 속요(俗謠)를 불러줬을 때 그 친구를 이렇게 불렀거든. 기분이 좋아서 포크 위에서 건배도 해줬지. 하지만 이 로마인들은 풍미가 부족해. 뚱뚱한 그리스인 한 명이 그 사람들 열둘보다 나아. 게다가 앞으로도 그럴 거고. 로마 시민은 이야기가 다르지만. 소테른이나 마시자고."

이때쯤 봉봉은 어떤 것에도 놀라지 않겠다고 결심하고 문제의 병들을 꺼내려고 애썼다. 하지만 방 안에서 꼬리를 흔드는 것 같은 이상한 소리가 들렸다. 폐하가 저지른 극히 점잖지 못한 행동임에도 불구하고, 철학자는 이를 전혀 눈치채지 못하고 그저 개를 발로 차

---

236   지옥을 지키는 개.

237   오비디우스.

238   호라티우스.

며 조용히 하라고 말했다. 방문객이 계속 말했다.

"호라티우스는 아리스토텔레스와 맛이 무척 비슷하더라고. 난 다양한 게 좋거든. 테렌티우스는 메난드로스와 구분이 안 가. 나소는 놀랍게도 위장한 니칸드로스더군. 베르길리우스한테서는 테오크리토스의 맛이 강하게 났어. 마르티알리스는 아르킬로코스가 많이 생각났고. 티투스 리비우스는 다른 누구도 아니라 폴리비우스랑 완전히 똑같더라고."

"딸꾹!" 봉봉이 대답하자 폐하는 계속해서 말했다.

"하지만 나한테 기호가 있다면 봉봉, 기호가 있다면 말이지, 그건 철학자야. 하지만 내 말하는데 모든 악, 아니 모든 신사가 철학자 고르는 법을 잘 알지는 않아. 긴 녀석들은 좋지 않아. 최고라 해도 껍질을 잘 벗겨놓지 않으면 담즙 때문에 맛이 고약해지기 십상이지."

"껍질을 벗긴다고요!"

"시체에서 꺼낸다는 말이야."

"어떻게 생각하세요…… 딸꾹! ……의사는?"

"말도 마! 웩! 웩!" (여기서 폐하는 격하게 구역질했다.) "딱 한 명밖에 맛을 안 봤는데, 그놈의 악당 히포크라테스! 아위[239] 냄새가 어찌나 심하던지! 웩! 웩! 웩! 스틱스 강[240]에서 놈을 씻느라 심한 감기에 걸렸어. 게다가 나한테 결국 콜레라까지 옮겼다고."

"이런…… 딸꾹! ……나쁜 놈!" 봉봉이 외쳤다. "딸꾹! 비루한 약

---

239 경련 진정제를 만드는 식물.

240 그리스 신화에서 저승을 둘러싸고 흐르는 강.

쟁이 같으니!" 철학자가 눈물을 떨구었다.

방문객은 계속 말했다. "결국, 결국, 악, 아니 신사도 살고 싶으면 재주가 한두 개 이상은 있어야 해. 우리한테 뚱뚱한 얼굴은 외교수완의 증거지."

"어떻게요?"

"그게, 때로는 굉장히 식량이 쪼들릴 때가 있거든. 우리 동네처럼 무더운 기후에서는 영혼을 두세 시간 이상 살려놓기가 종종 힘들어. 죽고 나서 즉시 절이지 않으면 (그런데 절인 영혼은 맛이 없어) 냄새가 나. 무슨 말인지 알겠어? 영혼이 평소 식으로 우리한테 인도되고 나면 늘 부패 걱정을 해야 한다고."

"딸꾹! 딸꾹! 하느님, 맙소사! 그러면 어떻게 하나요?"

그때 철제 등불이 두 배로 격렬하게 흔들리자 악마가 자리에서 반쯤 일어났다. 하지만 가벼운 한숨을 내쉬며 침착함을 되찾더니 우리의 주인공에게 낮은 소리로 한마디만 했다. "이봐, 봉봉, 더 이상 벌 받을 소리는 금물이야."

집주인은 철저히 이해하고 동의한다는 뜻을 표하며 또 한 잔을 비웠고 방문객은 계속 말했다.

"몇 가지 방법이 있지. 대부분은 그냥 굶어. 몇몇은 절임으로 버티고. 나는 살아 있는 몸 통째로 영혼을 사지. 그러면 보관이 아주 잘 되거든."

"하지만 몸은! 딸꾹! 몸은요!"

"몸이라, 몸은…… 뭐, 어쩌라고? 아! 알겠군. 저기요, 선생님, 몸은 거래에서 전혀 영향을 받지 않거든요. 한창때는 이런 구매를 수도 없이 했는데 다들 아무 불편을 못 느꼈다고. 카인과 니므롯, 네로, 그리고 칼리굴라, 또 디오니서스, 그리고 피시스트라투스, 그리고…… 그러고도 수천 명은 더 있는데 다들 인생 말년에 영혼이 있다는 게 어떤 건지 전혀 모르고 살았어. 그래도 이 사람들이 사회를 아름답게 해줬지. 맞다, 나뿐만 아니라 자네도 아는 그 A 있잖나? 그 친구도 정신과 육체, 능력 다 멀쩡히 가지고 있잖아? 그 친구보다 더 예리한 경구를 쓰는 사람이 어디 있어? 누가 더 재치 있는 추론을 해? 누가…… 아, 잠깐만! 내 주머니에 계약서가 있었지."

악마는 그렇게 말하면서 붉은 가죽 지갑을 꺼내더니 거기서 종이 몇 장을 끄집어냈다. 그중 몇몇 종이에서 칼리굴라, 조지, 엘리자베스와 함께 마키…… 마자…… 로베스피…… 등의 글자[241]가 슬쩍 보였다. 폐하께서는 좁은 양피지 조각 하나를 고르더니 거기에 쓰인 다음 문구를 크게 읽었다.

"명시할 필요 없는 특정 정신적 재능에 대한, 그 외에 1천 루이도르[242]에 대한 대가로 1년 1개월 된 본인은 본 계약서의 소지자에게 나의 영혼이라 불리는 그림자에 대한 모든 권리와 직함, 부속물을 양도하는 바이다." (서명) A……[243] (여기서 폐하가 반복한 이름을 내가 명백히 밝히는 것은 정당하지 않다고 본다.)

"똑똑한 친구야." 악마는 계속해서 말했다. "하지만 이 친구는 봉

---

241   마키아벨리, 17세기 프랑스의 추기경 마자랭, 로베스피에르.

242   프랑스혁명 때까지 통용된 프랑스 금화.

243   [원주] 비스듬하게 아루에Aroue. (볼테르의 이름인 프랑수아 마리 아루에Francois-Marie Arouet 를 암시—옮긴이)

봉, 자네처럼 영혼에 대해 잘못된 생각을 가지고 있었어. 영혼은 그림자야, 그렇고말고! 영혼은 그림자지! 하하하! 헤헤헤! 후후후! 그냥 프리카세가 된 그림자를 생각하라고!"

"그냥…… 딸꾹! ……프리카세가 된 그림자를 생각하라고요!" 폐하의 심오한 담론에 능력이 점점 더 계몽되고 있는 우리의 주인공이 외쳤다.

"그냥…… 딸꾹! ……프리카세가 된 그림자를 생각하라! 그럼, 젠장! 딸꾹! 흠! 내가 그런…… 딸꾹! ……멍청이였다면. 내 영혼은…… 흠!"

"자네 영혼이라고, 봉봉?"

"예, 딸꾹! ……제 영혼은."

"뭐가요, 선생님?"

"그림자가 아니라고, 젠장!"

"그러니까 선생님 말은……"

"예, 제 영혼은…… 딸꾹!…… 흠! ……네, 선생님."

"주장하려는 바가……"

"제 영혼은…… 딸꾹! ……특히 안성맞춤…… 딸꾹!……"

"뭐에다가요, 선생님?"

"스튜요."

"하!"

"수플레요."

"엥?"

"프리카세요."

"설마!"

"라구와 프리칸도에도. 이거 봐요, 친구! 내가 드리지…… 딸꾹!
……싸게." 그러면서 철학자는 폐하의 등을 툭툭 두드렸다.

"그런 건 생각도 못 했군." 악마가 조용히 말하며 동시에 자리에
서 일어났다. 형이상학자는 물끄러미 쳐다봤다.

"지금은 비축품이 있어." 폐하가 말했다.

"딸꾹! ……에?" 철학자가 말했다.

"수중에 돈이 없어."

"뭐라고?"

"게다가 내게 어울리지 않는 짓이야."

"딸꾹!"

"역겹고 신사답지 못한 지금 자네 상황을 이용하는 건."

그러면서 방문객은 고개 숙여 인사하고 물러났다. 어떤 방법으로
물러났는지는 정확히 확인할 수 없지만 말이다. 하지만 있는 힘을
그러모아 '그 악당'에게 병을 집어 던지는 와중에 천장에 매달린 가
느다란 사슬이 끊어졌고, 형이상학자는 떨어진 등불에 맞아 납작하
게 뻗고 말았다.

오믈렛 공작

그리하여 당장 더 서늘한 땅으로 들어섰도다.

_쿠퍼

키츠[244]는 비평으로 쓰러졌다. 《안드로마케》[245] 때문에 죽은 이는 누구였던가? 야비한 인간들! 오믈렛 공작은 촉새 한 마리 때문에 사망했다. 토르 앙 이브레브[246] 아피키우스[247]의 영혼이여, 나를 도와주소서!

사람들의 마음을 빼앗아 애간장을 태우며 가만히 앉아 있는 작은 새는 금으로 만든 새장에 담겨 멀리 페루에서 쇼세 덩탕[248]으로

244   영국의 낭만주의 시인.
245   [원주] 몽플뢰리, 《파르나스 레포르메》의 저자는 지옥에 있는 그에게 이런 대사를 준다. "그렇다면 내가 왜 죽었는지 알고자 하는 사람은 그게 열병 때문인지, 수종 때문인지, 통풍 때문인지 묻지 마라. 내 죽음은 《안드로마케》(그리스 극작가 에우리피데스의 비극—옮긴이) 때문이라는 걸 알라!"
246   프랑스어로 '사연은 간단하다.'
247   1세기 로마에서 집대성된 요리책. 이 책의 영향을 받은 미식가 마르쿠스 아비우스 아피키우스를 가리키기도 한다.
248   파리의 유행을 선도하는 거리.

왔다. 그 거리의 여왕 같은 라 벨리시마로부터 오믈렛 공작에게로 제국의 귀족 여섯이 그 행복한 새를 전달했다.

그날 밤 공작은 혼자 식사할 예정이었다. 그는 아무도 없는 서재에서 오토만 의자에 나른하게 기대어 있었다. 경매에서 충성심을 버리고 왕보다 더 비싼 값을 불러 사들인 저 악명 높은 카데의 오토만 의자였다.

공작은 쿠션에 얼굴을 파묻고 있다. 시계 종이 친다! 그는 감정을 억누르지 못해 올리브를 하나 삼킨다. 바로 이 순간 문이 살짝 열리더니 부드러운 음악이 흘러들어온다. 그리고 보라! 새 중에 가장 섬세한 새가 인간 중에 가장 사랑받은 인간 앞에 왔다! 하지만 그때 공작의 얼굴에 드리운 이루 형언할 수 없는 실망감이라니? "끔찍해라! 세상에! 맙소사! 저 새라니! 신이시여! 깃털을 벗겨 종이도 씌우지 않고 요리해서 내는 하찮은 새라니!" 더 이상 이야기할 필요도 없다. 공작은 혐오감으로 발작을 일으키며 사망했다.

*　*　*

"하하하!" 공작이 죽은 지 사흘째 되는 날 말했다.

"히히히!" 악마가 거만하게 몸을 일으켜 세우며 힘없이 대답했다.

"설마, 진심은 아니겠지." 오믈렛 공작이 비꼬듯 말했다. "나는 죄를 지었소. 그건 사실이오. 하지만, 선생, 생각해보시오! 그렇게, 그렇게 야만적인 위협을 정말로 실행에 옮길 생각은 없지 않소."

"뭐가 없다고?" 폐하가 말했다. "자, 어서 벗어라!"

"정말 벗으라고! 진심으로 말하는데 싫소, 선생. 벗지 않을 거요. 대관절 당신이 누군데 이 몸, 얼마 전 성년이 되었고《마주르키아》의 저자이며 아카데미 회원인 오믈렛 공작, 푸아그라 대공이 당신이 시키는 대로 부르동에서 맞춘 것 중 가장 아름다운 바지를, 롬베르가 지은 것 중 가장 섬세한 실내복을 벗어야 한다는 거요? 머리에서 종이 컬을 빼고, 손에서 장갑을 벗는 수고는 고사하고 말이오?"

"내가 누구냐고? 아, 그렇지! 나는 바알제붑, 파리 대공이다. 방금 내가 너를 상아 장식을 한 장미목 관에서 꺼내왔지. 네게선 희한한 향기가 나고 청구서가 붙어 있더군. 내가 공동묘지 감독을 맡긴 벨리알이 너를 보냈어. 부르동에서 만들었다는 바지는 훌륭한 마직 속바지고 실내복은 옷감을 아주 넉넉하게 쓴 수의야."

"선생!" 공작이 대답했다. "나를 이렇게 모욕하고 무사할 줄 아시오! 선생! 아침이 밝자마자 이 모욕에 복수하겠소! 선생! 내 말 잘 들으시오! 안녕히!" 그리고 공작이 사탄 앞에서 물러나려는데 시중을 드는 남자가 길을 막더니 공작을 도로 데려다놓았다. 그러자 공작은 눈을 비비고 하품을 한 뒤 어깨를 으쓱이고 곰곰이 생각해보았다. 이렇게 자신의 정체를 확인하고 난 그는 주위의 전경을 내려다보았다.

그 방은 굉장했다. 오믈렛 공작마저도 모범적이라고 말했다. 중요한 건 길이나 폭이 아니라 높이였다. 무시무시한 높이! 천장이 없는 대신 불붙은 듯 붉은 구름이 짙게 몰려들어 소용돌이치고 있었다. 위를 올려다보자 공작은 머리가 어지러웠다. 위로부터 선혈처럼 붉은색의 금속 사슬이 내려와 있었는데 그 위쪽 끝은 마치 보스턴 시처럼 하늘 속으로 사라졌다. 아래쪽 끝에는 커다란 기름통이 매달려 있었다. 공작은 그것이 루비임을 알 수 있었다. 하지만 거기서 너무나 강렬하고 너무나 잔잔하고 너무나 무시무시한 빛이 쏟아져 나왔다. 페르시아에서도 그런 것을 숭배한 적은 없었고, 조로아스터교도도 그런 것을 상상한 적 없었으며, 아편에 취해 꽃들을 등지고 아폴로 신을 바라보며 양귀비 꽃밭으로 걸어가는 이슬람교도도 그런 것은 꿈꾼 적 없었다. 공작은 가벼운 욕설을 중얼거렸는데 분명 칭찬의 뜻이었다.

그 방의 모서리는 벽감으로 만들어져 있었다. 그중 셋은 거대한 조각상이 채우고 있었다. 그리스의 조각처럼 아름답고 이집트의 조각처럼 기형적이며 전체적으로는 프랑스의 조각 같았다. 네 번째 벽감의 조각상은 베일을 덮고 있었다. 그렇게 크지도 않았고 점점 가늘어지는 발목과 샌들을 신은 발이 보였다. 오믈렛 공작은 심장을 손으로 누르고 눈을 감았다가 위를 바라보았고 붉어진 얼굴로 바알제붑과 시선이 마주쳤다.

하지만 저 그림들이라니! 쿠프리스 여신! 아스타르트 여신! 아스토레스 여신! 천 가지로 만들어도 다름없이 아름답다! 라파엘로도 그들을 보았다. 그렇다, 라파엘로도 여기 왔다. 그가 **를 그리지 않아서 저주받은 것이 아닌가? 저 그림들! 그림들! 오 호화롭도다! 오 사랑이여! 저 금지된 아름다움을 바라보고도, 보라색과 자주색 벽에 별처럼 점점이 흩어져 있는 예쁘장한 금색 액자에 눈길을 줄 것인가?

공작의 심장은 차츰 약해지고 있다. 그러나 여러분이 생각하듯이 웅장한 광경에 어지럽거나, 숱한 향로에서 피어나는 황홀한 연기에 취한 것은 아니다. 그가 이런 것들에 대해 많이 생각한 것은 사실이지만! 오믈렛 공작은 공포에 사로잡혔다. 커튼이 드리우지 않은 단 하나의 창문으로 내다보이는 끔찍한 광경을 보니, 오호라! 불길 중에서도 가장 섬뜩한 불길이 빛나고 있기 때문이다!

가엾은 공작! 그는 마술 창문의 신비한 힘을 통해 걸러지고 통과되어 복도를 가득 채우고 있는 장엄하고 화려하며 끝없는 곡조가 희망을 잃고 저주받은 자들이 울부짖는 소리라고 상상할 수밖에 없었다! 그리고 저기도! 저기! 오토만의자 위에! 저게 대체 누구일까? 멋 부리기 좋아하는 그 자신인가! 아니, 대리석에 조각한 듯 앉아서, 너무나 씁쓸하게 창백한 얼굴로 미소를 짓는 신인가?

하지만 우리는 행동해야 한다. 다시 말해서, 프랑스인은 절대 완전히 기절하지 않는다. 게다가 공작은 소동을 일으키는 걸 싫어했다. 오믈렛 공작은 다시 정신을 차린다. 테이블 위에 펜싱 검이 몇 개 놓여 있었다. 포인트[249]도 몇 개 있었다. 공작은 B로부터 가르침을 받았다. 여섯 명이나 죽게 했다. 그러니 도망칠 수 있다. 그는 두 개의 포인트 무게를 가늠해보더니 더할 나위 없이 우아한 동작으로 바알제붑에게 선택권을 넘긴다. 저런! 사탄의 왕은 펜싱을 하지 않는다!

그래도 게임은 한다. 참 즐거운 생각이로다! 공작은 항상 기억력이 뛰어났다. 그는 구알티에 수도원장의 〈악마〉를 읽어본 적이 있었다. 거기에 "악마는 카드 게임을 거절하지 못한다"라고 적혀 있었다.

하지만 승산은! 승산은! 그렇다, 절망적이다. 하지만 공작보다 더 절망적이지는 않다. 게다가, 그는 비밀을 알고 있지 않은가! 페레 르

---

249 펜싱 검 끝을 보호하는 장치.

브륀[250]을 보지 않았는가? 빙턴 카드 게임 클럽의 회원이 아니던가? "내가 만약 진다면." 그가 말했다. "주 세레 듀 파 베르뒤—두 배로 저주받을 것이오. 그것뿐이오! (여기서 공작은 어깨를 한 번 으쓱였다.) 내가 만약 이긴다면 촉새에게 돌아갈 것이오. 카드를 준비하시오."

공작은 전력을 다해 주의하고 집중했다. 바알제붑은 자신만만했다. 구경꾼이 있었다면, 프랜시스와 샤를[251]을 떠올렸을 것이다. 공작은 게임을 생각했다. 바알제붑은 생각하지 않았다. 카드를 섞었다. 공작이 카드를 뗐다.

카드를 나누었다. 으뜸패를 뒤집었다. 그건—그건—킹이다! 아니, 퀸이다. 바알제붑은 퀸의 남성적인 복장을 저주했다. 오믈렛 공작은 심장에 손을 댔다.

그들은 게임을 계속한다. 공작이 수를 센다. 한 판이 끝난다. 바알제붑은 천천히 큰 소리로 수를 세고 미소를 짓더니 와인을 마신다. 공작이 카드 한 장을 놓친다.

"공정하게 해야지." 바알제붑이 카드를 떼면서 말했다. 공작은 고개를 숙여 인사하고, 카드를 나눈 뒤, 킹을 내려놓으면서 테이블에서 일어났다.

바알제붑은 분한 표정이었다.

알렉산더가 알렉산더가 아니었다면 디오게네스가 되었을 것이

---

250   프랑스의 화가.

251   영국의 철학자 프랜시스 베이컨과 프랑스의 시인 샤를 보들레르.

다. 그리고 공작은 떠나며 상대에게 이렇게 말했다.

"내가 만약 오믈렛 공작이 아니라면 악마가 되는 것도 반대하지 않았을 거요."

작가 싱엄 밥 씨의 일생

《구스더럼푸들》의 전 편집장.
_직접 집필

이제 나도 나이가 들어가고 있고 셰익스피어와 에먼스 씨[252]도 사망한 것으로 알려져 있으니, 내가 죽는 것도 불가능하지 않으리라는 생각이 든다. 그렇다면 이만 문학계에서 은퇴하고 그동안 쌓아놓은 업적 위에서 쉬는 것도 좋을 것 같다. 하지만 후세를 위해 내가 문인의 왕좌에서 이제 내려온다는 것을 널리 알릴 작정이다. 이처럼 결심을 알리기 위해서는 젊은 시절에 한 일을 기록하는 것이 최선일 것 같다. 실제로 나는 아주 오랫동안 꾸준히 유명 인사로서 활동해왔기 때문에 내 이름이 어디서나 흥미를 자극하는 것이 당연하다는 걸 인정할 뿐 아니라, 대중의 강한 호기심을 충족시켜줄 용의도 있다. 사실 위인이라면 세상을 떠날 때 사람들에게 위대한 인물이

---

252   미국을 기념하는 시 〈프레도니아드〉를 3만3천 행 이상 집필한 시인 겸 의사 리처드 에먼스.

되는 법을 알려주는 글을 남기는 것이 의무라고도 할 수 있다. 그러므로 ('미국 문학사를 위한 기록'이라고 부를까 생각 중인) 이 글에서 내가 인간으로서 최고의 명성을 얻는 작가의 길을 시작하던 시절, 중요하면서도 연약하고 위태로운 첫걸음을 옮긴 과정을 상세히 기록하고자 한다.

아주 먼 조상에 대해서는 길게 이야기할 필요 없다. 내 부친 토머스 밥 씨는 스머그 시에서 상인 겸 이발사로 오랜 세월 최고의 위치에 있었다. 아버지의 가게는 그곳의 주요 인사들, 특히 편집자들―주위 사람에게 크나큰 존경심과 경외심을 일으키는 집단―이 모두 모이는 장소였다. 나로서는 그들을 신으로 여겼고, '거품 칠'이라는 과정 중 그들의 위엄 있는 입에서 끊임없이 흘러나오는 풍부한 재치와 지혜를 열심히 들이마셨다. 내가 처음으로 긍정적인 영감을 받은 순간은 그 잊을 수 없는 시기가 틀림없는데,《개드플라이》[253]의 탁월한 편집장이 방금 말한 중요한 과정 도중에 우리 수습생들 앞에서 '밥의 유일한 진품 오일'(그 오일을 발명한 부친이 직접 붙인 이름이다)을 찬양하는 명시 한 수를 소리 내어 읊었고, 감정을 열렬히 토해내는 그의 낭송에 토머스 밥 상회 및 이발소에서는 제왕에게나 어울릴 법한 고급 면도로 보답했다.

〈밥의 오일〉 시의 독창성에 나는 최초로 신성한 시상을 얻었다. 나는 곧바로 위대한 인물이 되기로, 위대한 시인이 되기로 결심했다. 당장 그날 저녁 아버지 앞에 무릎을 꿇고 앉았다.

253　등에Gadfly에는 '불쾌한 비평가'라는 의미도 있다.

"아버지." 나는 이렇게 말했다. "저를 용서하세요. 하지만 제 영혼은 비누 거품으로 만족할 수 없습니다. 가게 일을 그만두기로 굳게 결심했습니다. 저는 편집자가 되겠습니다. 시인이 되겠습니다. '밥의 오일'로 시를 쓰겠습니다. 저를 용서하시고 위대한 인물이 되도록 도와주세요!"

"우리 소중한 싱엄." 아버지가 이렇게 대답했다(내 이름은 부자 친척의 성에서 따온 것이다). "우리 소중한 싱엄." 아버지는 이렇게 말하면서 귀를 잡아 나를 일으켜 세웠다. "우리 아들, 싱엄. 너는 최고다. 그리고 네 영혼은 아비와 닮았다. 머리가 아주 크니 뇌도 크겠지. 그걸 전부터 알고 있었으니 널 변호사로 만들 생각이었다. 하지만 변호사 일에는 정중함이 없어졌고 정치인 일은 돈이 안 된다. 네가 잘 판단했구나. 편집자 일이 최고다. 그리고 시도 동시에 쓸 수 있다면—편집자들이 대개는 그렇지 않니—뭐, 일거양득 아니겠느냐. 시작할 때 격려의 뜻으로 다락방을 하나 장만해주마. 펜이랑 잉크, 종이, 각운 사전, 《개드플라이》도 한 권 사주마. 그 정도면 더 필요한 게 없지 싶구나."

"더 바란다면 배은망덕한 놈이죠." 나는 진심을 담아 대답했다. "아버지의 은혜는 끝이 없습니다. 천재의 아버지로 만들어드려서 이 은혜를 갚겠습니다."

아버지와의 대화는 이렇게 끝났고, 이야기를 마치자마자 나는 열심히 시를 쓰기 시작했다. 그리고 이런 과정을 통해 결국에는 편집자 자리에 오를 희망을 품었다.

처음 글을 쓰려고 시도하던 중에 〈밥의 오일〉 시에서 문제를 발견했다. 그 시의 화려함은 내게 가르침보다는 혼란을 주었다. 그 시가 얼마나 탁월한지 생각하다 보면, 자연스레 내가 쓰다 만 시와 비교하게 되었고 그러면 기가 죽었다. 그래서 오랫동안 애썼지만 결실이 없었다. 그러다가 마침내 천재의 두뇌에 이따금 떠오르는 더할 나위 없이 독창적인 생각이 내 머릿속에 떠올랐다. 말하자면 이런 것이었다. 아니, 이런 식으로 실행에 옮기는 것이었다. 그 도시의 아주 외딴 구석에 있는 고서점에 쌓인 허섭스레기 중에서 오래된 책이나 아무도 모르거나 모두 잊어버린 책 몇 권을 사들였다. 서점 주인은 그것들을 헐값에 팔았다. 그중 단테의 《지옥편》 번역본이라는 책 한 권에서 버르장머리 없는 녀석들을 데리고 다니는 유골리노라는 사람에 관한 긴 구절을 몹시 깔끔하게 베꼈다. 이름은 잊어버렸지만 어떤 사람의 오래된 희곡이 잔뜩 실려 있는 다른 책에서는 같은 방식으로 꼼꼼히, '천사들'과 '감사 기도를 올리는 성직자들', '저주받은 도깨비들' 그리고 비슷한 것들이 나오는 시구를 여러 줄 베꼈다. 앞을 못 보는 사람이라고 했는데, 그리스인인지 촉토족[254]인지—사소한 것들을 죄다 정확히 암기할 수는 없는 노릇이다—의 누군가가 쓴 세 번째 책에서는 '아킬레우스의 분노'와 '기름' 등으로 시작하는 시 50편을 베꼈다. 역시 앞 못 보는 사람이 쓴 걸로 기억하는 네 번째 책에서는 '우박'[255]과 '성스러운 빛'이 등장하는 부분으로 한두 장 골랐다. 앞 못 보는 사람이 빛과는 상관이 없는데도 불구하고 시는

---

254   아메리카 원주민 종족.

255   우박hail에는 '축복'이나 '만세'의 의미도 있다.

나름대로 충분히 훌륭했다.

　이런 시를 꽤 많이 베낀 뒤 나는 거기 모두 (듣기 좋고 낭랑한 이름인) '오포델독'[256]이라고 서명하고 한 권씩 따로 봉투에 넣은 다음, 바로 게재하고 당장 원고료를 지불하라는 요청을 동봉해서 주요 잡지사 네 곳으로 발송했다. 그러나 이 멋진 계획의 결과(이 계획이 성공했더라면 이후의 삶에서 큰 수고를 덜었을 테지만), 쉽게 속일 수 없는 편집자들도 있다는 것을 알게 되었고 (초절주의자들의 도시에서 말하듯이) 갓 태어난 내 희망은 (프랑스어로 쓰자면) **쿠 더 그라스**[257]를 먹었다.

　사실 잡지사들은 모두 '독자 여러분께 드리는 안내'를 통해 '오포델독' 씨를 완전히 끝장내버렸다. 《험드럼》[258]에서는 이런 식으로 그를 꾸짖었다.

　　"(누군지는 모르지만) '오포델독'은 우리에게 어느 미치광이에 관한 긴 장광설을 투고했다. 그가 '유골리노'라고 부르는 미치광이에게는 애가 여럿 있는데 그 애들은 죄다 흠씬 때려주고 저녁도 주지 않고 재워야 한다. 전체적인 사건은 너무나 재미가 없다. 평범한 것은 말할 것도 없다. (누군지는 모르지만) '오포델독'에게는 상상력이라곤 없는데 우리의 겸허한 견해에 따르면 상상력이란 시문학의 영혼

256　연고제의 이름.
257　결정적인 한 방.
258　단조롭고 따분하다는 뜻.

일 뿐만 아니라, 심장이다. (누군지는 모르겠지만) '오포델독'은 자기
가 쓴 헛소리에 대해 '바로 게재하고 당장 원고료를 지불하라'고 요
구할 정도로 뻔뻔하다. 우리 회사는 이런 것은 게재하지도, 사들이
지도 않는다. 하지만 《라우디다우》[259]나 《롤리팝》, 《구스더럼푸들》의
사무실에는 그가 끼적인 허튼소리를 전부 쉽게 팔 수 있을 것이라
고 확신한다."

　이 글은 구구절절 '오포델독'에게 가혹했지만 가장 잔인한 부분
은 '시문학'이라는 단어를 굵은 글씨체로 표기한 것이었다. 그 세 글
자 속에 온 세상의 신랄함이란 다 들어 있었으니까!
　'오포델독'은 《라우디다우》에서도 역시 다음처럼 가혹하게 벌을
받았다.

　　"우리는 (누군지 모르지만) '오포델독'이라고 서명해 동명의 걸출
　한 로마 황제의 이름을 훼손한 한 사람에게서 굉장히 특이하고 무
　례한 서신을 받았다. (누군지는 모르지만) '오포델독'의 서신과 함께
　'천사와 감사기도를 올리는 성직자들'이 나오는 몹시 흉측하고 아무
　뜻도 없는 헛소리—냇 리[260]나 '오포델독' 같은 미치광이가 아니라면
　도무지 저지를 수 없는 만행에 해당하는 헛소리—를 적은 시가
　들어 있었다. 게다가 이 쓰레기 중에 쓰레기를 놓고 우리는 '당장 원

259　야단법석, 소란.
260　17세기 극작가이며 정신이상으로 사망한 내서니얼 리.

고료를 지불하라'는 겸손한 요청을 받았다. 아니, 그렇지 않다! 우리는 그런 글에는 돈을 지불하지 않는다. 《험드럼》이나 《롤리팝》, 《구스더럼푸들》에 투고해보라. 이들 간행물에서는 당신이 보내는 쓰레기를 분명 받아줄 것이다. 그리고 분명 지불을 약속할 것이다."

이 글은 가엾은 '오포델독'에게 진정 신랄하게 굴었지만, 이 경우 가장 심한 조롱은 "간행물"—이탤릭체로 강조까지 했다—이라는 날카로운 비판을 들은 《험드럼》과 《롤리팝》, 《구스더럼푸들》을 향한 것이다. 이 말은 그들의 심장을 찔렀을 것이다.

《롤리팝》도 다음과 같이 맹렬한 질타를 퍼부었다.

"'오포델독'(작고한 위인들의 이름을 함부로 쓰는 일이 얼마나 잦은지!)이라는 가명을 즐기는 인물이 이런 식으로 시작하는 운문을 5, 60편 보내왔다.

아킬레우스의 분노는, 숱한 고통의
무시무시한 샘물 그리스에, 등등

(누군지 모르지만) '오포델독'에게는 우리 사무실 심부름꾼도 매일 이보다 더 좋은 시를 써낼 줄 안다는 답장을 예의를 다해 보냈다. '오포델독'의 시는 운율이 맞지 않는다. '오포델딕'은 셈을 배워야 한다. 하지만 어째서 그는 우리가(다름 아닌 우리가!) 자신의 이루 말할 수 없는 엉터리 시로 우리 잡지를 더럽힐 것이라 생각했는지는

도저히 이해할 수 없다. 그가 쓴 터무니없는 헛소리는《험드럼》이나
《라우디다우》,《구스더럼푸들》에도 실을 수 없는 글이다. 〈마더 구
스의 노래〉를 창작 시라고 발표하는 그런 잡지에서도 말이다. 그리
고 (누군지 모르지만) '오포델독'은 이 졸작에 지불을 요구하기도 했
다. (누군지 모르지만) '오포델독'은 돈을 낸다고 해도 이런 건 게재
해줄 수 없다는 사실을 알기나 할까?"

이 글을 읽고 있노라니 나 자신이 점점 더 작아지는 것처럼 느껴
졌고 편집자가 그 시를 "운문"이라고 조롱하는 것까지 보니 나 자신
은 1온스도 남아 있지 않았다. '오포델독'에 대해서는, 그 친구에게
동정심이 일기 시작했다. 하지만《구스더럼푸들》은《롤리팝》보다도
자비심이 없었다.《구스더럼푸들》은 이렇게 말했다.

    "'오포델독'이라는 서명을 남긴 가련한 삼류 시인은 어리석게도
자신이 보낸 논리도 없고 문법도 틀린 엉터리 짜깁기를 우리가 게재
하고 돈까지 지불할 것이라는 망상을 품었다. 그 시에서 가장 이해하
기 쉬운 부분은 다음과 같다.
    "우박, 성스러운 빛이여! 천국의 자식, 장자여."
    다시 한 번 말하지만, '가장 이해하기 쉬운 부분'이 이렇다. (누군지
모르지만) '오포델독'은 '우박'이 어떻게 '성스러운 빛'이 될 수 있는지
친절히 설명해줄 것이다. 우리는 우박이라고 하면 항상 얼음 섞인 비
라고 생각했다. 그는 또한 어떻게 얼음 섞인 비가 '성스러운 빛'이 될
수 있으며, '자식'이 될 수 있는가? '자식'이라는 말은 (우리가 영어

를 조금이라도 안다면) 6주쯤 된 어린 아기를 나타내는 후손에게만 쓰는 단어인데 말이다. 그러나 이렇게 터무니없는 헛소리를 놓고 이러니저러니 하는 것도 가당찮은 일이다. (누군지 모르지만) '오포델독'은 우리가 이 무식한 글을 '게재'할 뿐만 아니라, (당연히) 돈도 지불할 것이라고 여길 만큼 후안무치한 작자이다.

그렇다면 좋다. 참으로 재미있다! 우리는 그가 쓴 헛소리를 한 마디도 바꾸지 않고, 그가 쓴 그대로 발표함으로써 이 젊은 작가 나부랭이의 자만을 벌줄 생각도 조금은 있다. 그보다 더 심한 벌은 줄 수 없으며, 우리 독자 여러분이 겪을 지루함만 아니라면 정말로 그렇게 했을 것이다.

(누군지 모르지만) '오포델독'이 비슷한 글을 앞으로 더 쓴다면 《험드럼》이나 《롤리팝》, 《라우디다우》에 투고하길 바란다. 그들은 그 글을 '게재'할 것이다. 그들은 매달 그런 졸작을 '게재'하고 있으니까. 그 글은 그들에게 보내도록 하라. **우리**는 더 이상의 모욕을 원치 않는다."

이것으로 나는 끝장이었다. 《험드럼》과 《라우디다우》, 《롤리팝》이 어떻게 이런 조롱을 견뎌내는지도 도무지 알 수 없었다. 그들은 가능한 가장 작게 인쇄하고 (그게 문제였다. 그럼으로써 그들이 저열하고 미천하다고 암시한 것이다), 우리는 진하게 인쇄해서 그들을 멸시하다니! 오, 너무나 억울했다! 씁쓸했다. 울분이 터졌다. 내가 만약 이들 잡지 중 하나였다면 무슨 수를 써서라도 《구스더럼푸들》을 고소했을 것이다. 동물 학대 금지법 위반으로 고소했을 수도 있다. (누군지 모르지만) '오포델독'에 대해서는, 이제 인내심도 바닥나버리고 더 이상 공감도 할 수 없었다. 그는 (누군지 모르지만) 의심의 여지 없이 바보였고 이런 취급을 받는 것도 당연했다.

옛날 책을 가지고 실험한 결과, 첫째 '정직이 최선의 정책'이며, 둘째 단테 씨와 눈 먼 두 사람, 그 밖의 옛날 작가들보다 더 잘 쓰지는 못한다 해도 최소한 그들보다 더 못 쓰기도 어렵다는 것을 확신하게 되었다. 그래서 용기를 내고 무슨 수를 쓰고 어떤 공부를 하든지 (잡지 표지에서 주장하듯이) '완전히 독창적인' 작업을 추진하기로 결심했다. 나는 다시 《개드플라이》 편집자가 쓴 걸작 〈밥의 오일〉을 모범으로 삼기 위해 펼쳐놓고, 이미 나온 작품과 경쟁하는 의미에서 똑같은 장엄한 주제로 송시를 쓰기로 마음먹었다.

첫 행에서는 큰 어려움이 없었다. 이렇게 썼다.

〈밥의 오일〉에 부치는 송시를 쓰는 것은.

하지만 '것은'과 정확한 각운을 이루는 단어를 꼼꼼히 찾아보고 나니 더 이상 쓸 수 없다는 결론에 다다랐다. 이런 딜레마에 봉착했을 때, 아버지에게 도움을 구했다. 그래서 몇 시간이나 깊이 고민한 뒤, 아버지와 나는 그다음 행을 이렇게 적었다.

〈밥의 오일〉에 부치는 송시를 쓰는 것은
온갖 고생을 다 하는 것이라는.

(서명) 스눕[261]이라는.

물론 그다지 긴 시는 아니었지만,《에든버러 리뷰》에서 말하듯이 나는 문학 작품의 분량도 그 가치와 관련이 있다는 사실을 '앞으로 차차 배워야 하는' 단계였다.《계간 리뷰》에서 위선적으로 읊어대는 '지속적인 노력' 운운하는 말에 대해서는 무슨 의미가 있는지 이해할 수가 없다. 그러므로 첫 작품의 성공에 대체로 만족했다. 이제 남은 문제는 이 시를 어떻게 처리할지였다. 아버지는《개드플라이》에 투고해보라고 했지만 그러기가 꺼려진 데는 두 가지 이유가 있었다. 우선 편집자의 질투가 두려웠고, 그가 독창적인 원고에는 돈을 지불하지 않는다는 것도 알고 있었다. 그래서 적절히 심사숙고한 끝에 좀 더 품격 있는《롤리팝》에 보냈고, 초조한 마음으로 하지만 큰 기대는 없이 결과를 기다렸다.

바로 다음 호《롤리팝》에서 마침내 내 시가 인쇄되어 나온 것을 보고 몹시 뿌듯했다. 다음과 같은 의미심장한 말이 대괄호 안에 고딕체로 적혀 있었다.

[독자 여러분께서 다음과 같은 훌륭한 시 〈밥의 오일〉에 주목해주시길 바란다. 이 시의 장대함이나 파토스에 대해서는 달리 말할 필요가 없다. 이 시를 읽고도 눈물을 참을 수 있는가.《개드플라이》의 편집자가 동일한 주제로 써낸 애석한 시에 속이 메스꺼웠던 분들은 이 두 편을 비교해보시기 바

261 속물.

란다.

추신. 가명이 분명한 '스놉'이 누구인지 궁금해 죽을 지경이다. 개인 인터뷰를 할 수 있을까?]

이 모든 상황이 정당하긴 했지만, 솔직히 말해서 내 기대를 뛰어넘는 것이기는 했다. 내 기대 수준이 그렇게 낮았다고 인정한다면 조국과 인류에 영원한 불명예를 안겨주는 셈이기는 하다. 하지만 나는 곧바로 《롤리팝》의 편집자를 찾아갔고, 다행히 그를 만날 수 있었다. 그는 매우 어리고 경험이 없는 나를 보더니, 마치 아버지처럼 굴고 살짝 윗사람 행세를 하긴 했지만 마음 깊은 곳에서 우러나오는 존경심을 담아서 인사를 건넸다. 그는 내게 앉으라고 청하더니 바로 내 시에 대해 이야기하기 시작했다. 그가 내 시에 쏟아부은 천 가지 칭찬은 겸손히 생략하도록 하겠다. 그렇지만 크랩²⁶² 씨(편집자의 이름이다)의 찬가는 결코 지나치거나 무분별한 것은 아니었다. 그는 내 시를 대단히 자유롭게 뛰어난 능력으로 분석했으며, 몇 가지 사소한 결점을 지적하는 데 거리낌이 없었다. 이런 점을 보고 나는 그를 높이 평가했다. 물론 《개드플라이》의 편집자가 쓴 경쟁작도 거론되었고, 나는 내 작품이 크랩 씨가 그 불운한 글에 쏟아부은 것 같은 엄중한 비판이나 기를 꺾는 혹평을 받지 않기를 바랄 따름이다. 나는 《개드플라이》의 편집자를 초인적인 존재로 여기는 데

262　'심술쟁이'라는 의미가 있다.

익숙했다. 하지만 크랩 씨는 곧 그런 생각을 바로잡아주었다. 그는 똥파리(크랩 씨는 경쟁관계의 편집자를 이렇게 비꼬아 불렀다)[263]의 사람됨뿐만 아니라 문학성까지 낱낱이 파헤쳐주었다. 그, 똥파리는 제 실력보다 높은 평가를 받고 있었다. 그는 악명 높은 글을 여러 편 썼다. 삼류 작가에 어릿광대였다. 그리고 악당이었다. 그는 전국의 웃음보를 터뜨리는 비극을 썼고 전 우주를 통곡하게 만드는 소극笑劇을 썼다. 게다가 그는 뻔뻔스럽게도 그 자신(크랩 씨)을 조롱하는 글을 썼고 무모하게도 그를 "당나귀"[264]라고 불렀다. 언제든지 똥파리 씨에 대한 의견을 표현하고 싶다면《롤리팝》을 얼마든지 이용해도 된다고, 크랩 씨는 내게 약속했다. 한편〈밥의 오일〉에 경쟁하는 시를 쓰려고 했다고《개드플라이》에서 나를 공격할 것이 틀림없으므로, 크랩 씨가 직접 나의 사적이고 개인적인 이익을 지켜주기로 했다. 내가 당장 버젓한 작가가 되지 못한다 해도 그(크랩 씨)의 잘못은 아니었을 것이다.

크랩 씨가 이야기(마지막 부분은 나도 이해할 수가 없었다)를 중단하기에 보수에 대해서 넌지시 말해볼 생각이었다.《롤리팝》의 표지에는 "투고 원고가 게재되는 경우 모두 후한 사례를 지불함. 짧은 시 한 편에《험드럼》,《라우디다우》,《구스더럼푸들》의 1년 치 구독료를 모두 합친 것보다 더 높은 액수를 지불하는 경우가 많음"이라고 적혀 있었으므로, 내 시에 대해서도 원고료를 받을 것이라고 기대

---

263   잡지 제목의 플라이fly, 파리에서 따온 별명.

264   '바보'라는 의미도 있다.

했던 것이다.

내가 "보수"라는 말을 입에 담자, 크랩 씨는 먼저 눈을 뜨더니 그 다음에는 입을 매우 크게 벌렸다. 그러자 그는 깜짝 놀란 늙은 오리가 꽥꽥거릴 때와 비슷한 모습이 되었다. 그리고 내가 하려던 말을 포기할 때까지 그는 (굉장히 당혹스럽다는 듯 이마에 양손을 꽉 누르고) 이런 상태를 계속 유지했다.

내가 말을 멈추자, 그는 꼼짝도 할 수 없다는 듯 의자에 몸을 기대더니 두 팔을 양옆으로 툭 떨어뜨렸는데 입은 여전히 오리처럼 크게 벌리고 있었다. 그런 두려운 행동에 내가 깜짝 놀라 아무 말도 못 하고 있으니 그는 벌떡 일어나서 종을 당기는 줄을 향해 달려갔다. 하지만 그 줄에 닿자마자 생각을 바꾼 모양이었다. 탁자 밑으로 몸을 던지더니 곧장 곤봉을 가지고 다시 나왔기 때문이다. 그는 곤봉을 쳐들더니(무슨 목적이었는지는 당황해서 생각도 할 수 없었다), 불현듯 얼굴에 온화한 미소를 지으며 다시 가만히 의자에 앉았다.

"밥 씨."(내가 올라오기 전에 우선 명함을 보냈으므로) 그가 이렇게 말했다. "밥 씨, 당신은 젊은이지요. 아주 젊지 않습니까?"

나는 그렇다고 했다. 아직 열다섯이 되지 않았다고 덧붙였다.

"아!" 그가 대답했다. "아주 잘됐군요! 어찌 된 건지 알겠습니다. 그러니 더 말할 필요 없습니다. 이 보상의 문제에 대해서 밥 씨가 본 것은 아주 적절하고 정당합니다. 사실 몹시 적절하고 정당합니다. 하지만 아, 아, 첫 원고는, 최초의 원고 말입니다. 거기 대해서는 돈을 지불하지 않는 것이 잡지사의 관행입니다. 아시겠습니까, 네? 사실, 그런 경우에 우리는 보통 수령인 입장이지요." (크랩 씨는 '수령인'이라는 말을 강조하면서 상냥하게 미소 지었다.) "대부분의 경우, 데뷔작을 게재할 때는 우리가 돈을 받습니다. 특히 운문일 때는 그렇죠. 밥 씨, 둘째로, 잡지사 규정은 프랑스어로 아장 콩프탕[265]을 지출하지 않는 겁니다. 그건 잘 아시겠죠. 글을 출간한 지 3개월이나 6개월 뒤—혹은 1, 2년 뒤—에 9개월 후에 지불되는 수표를 드리는 데는 이견이 없습니다. 6개월 뒤에 확실히 '파산'하도록 일을 처리해놓을 수만 있다면 말이죠. 밥 씨, 제가 드리는 설명에 만족하기를 진심으로 바랍니다." 크랩 씨는 이렇게 말을 마쳤고 눈에는 확실히 눈물이 글썽이고 있었다.

아무리 내가 의도한 바는 아니지만, 그토록 탁월하고 예민한 사람에게 고통을 안겨주었다는 사실에 영혼까지 슬픔에 젖어든 나는 황급히 사과를 하고 그의 미묘한 입장을 전적으로 이해함과 동시에 그의 견해에 완전히 동의한다고 말했다. 간결한 말로 이처럼 대화를 마친 뒤 나는 사무실에서 나왔다.

그리고 얼마 안 되어 어느 화창한 아침, '나는 눈을 떠보니 유명해져 있었다.' 내가 얼마나 유명했는지는 그날 편집자들의 의견을 조회해보면 쉽게 짐작할 수 있을 것이다. 이 의견은 내 시가 실린《롤리팝》의 비평란에 구현되어 있었으며 완벽하게 만족스럽고 결정적이며 명징했다. 비평마다 하나씩 붙어 있는 암호 '9.15-1t.'만이 예외였다.[266]

대단히 총명하고 진중한 문학 비평으로 정평이 나 있는 저널 〈아

---

265   프랑스어로 '현금'의 의미.

266   9.15는 인쇄 날짜이며, 1t는 한 번 인쇄되어 나가는 내용임을 의미하는 기호.

울〉,[267] 다시 말하지만 〈아울〉은 다음과 같이 말했다.

"《롤리팝》! 이 맛깔 나는 문예지의 10월호는 이전 호를 완전히 능가하며 타의 경쟁을 불허한다. 게재작이 문학적으로 우수할 뿐만 아니라 판금의 수가 많고 뛰어난 글씨체와 종이가 아름다운 데 있어서 《롤리팝》은 느려터진 경쟁지들을 상대로 마치 히페리온과 사티로스처럼 대조된다. 《험드럼》과 《라우디다우》, 《구스더럼푸들》이 허풍에서 뛰어난 것은 사실이지만 다른 모든 면에서는 《롤리팝》이다! 이 유명 저널이 필시 엄청날 제작비용을 어떻게 감당하는지 도무지 이해할 수 없다. 분명 발행부수는 10만 부 이상이나 되고, 구독자 목록은 지난달 동안 4분의 1이나 증가했다. 또 한 편 이 저널이 투고작에 계속해서 지불하는 액수도 어마어마하다. 슬라이애스[268] 씨는 '돼지들'에 대한 독특한 글에 37.5센트나 받았다고 보고되었다. 편집자 크랩 씨에다 스눕이나 슬라이애스 같은 투고자들이 더해지니 《롤리팝》에는 '실패'라는 말은 있을 수 없다. 정기구독을 권하는 바이다. 9.15-1t."

〈아울〉 같이 존경받는 신문에서 이처럼 격조 높은 홍보를 써주다니 흐뭇했음을 고백한다. 내 이름—즉 내 가명—을 위대한 슬라이애스보다 먼저 써준 것이 당연하다고 느끼긴 했지만 기분 좋은 일이

---

267 아울^{부엉이}에는 '진지한 체하는 사람'이라는 의미가 있다.

268 '교활한 놈'이라는 뜻.

었다.

그다음 〈토드〉[269] —강직하고 독립적인 것으로 매우 유명한 신문—에 실린 다음 내용에서는 식사 제공자들에 대한 아첨과 복종이 전혀 없다는 사실에 눈길이 갔다.

　　"《롤리팝》10월호는 당대의 모든 문예지보다 앞서 있으며 그 풍부한 내용뿐만 아니라 화려한 장식에서도 물론 경쟁지들을 크게 앞선다.《험드럼》과《라우디다우》,《구스더럼푸들》이 허풍에서 뛰어난 것은 사실이지만 다른 모든 면에서는《롤리팝》이다! 이 유명 저널이 필시 엄청날 제작비용을 어떻게 감당하는지 도무지 이해할 수 없다. 분명 발행부수는 20만 부나 되고 구독자 목록은 지난 보름 동안 3분의 1이나 증가했을 것이다. 또 한 편 이 저널이 투고작에 계속해서 지불하는 액수도 무시무시하다. 멈블섬 씨는 지난 호에 실은 〈진흙탕에서의 만가〉로 50센트나 받았다고 한다.

　　이번 호의 독창적인 투고자들 가운데 (저명한 편집자 크랩 씨 이외에) 스납과 슬라이애스, 멈블섬 같은 이들이 눈에 띈다. 사설 이외에 가장 값진 작품은 '스납'이 〈밥의 오일〉에 대해 쓴 아름다운 시라고 생각한다. 그렇다고 해서 독자 여러분은 이 주옥같은 명문의 제목을 보고 예의를 지키는 사람들 앞에서는 이름을 언급할 수도 없는 야비한 모 씨가 같은 주제로 쓴 헛소리와 조금이라도 비슷한 점이 있으리라고 생각해서는 안 된다. 〈밥의 오일에 대해〉라는 지금

269　토드두꺼비에는 '기분 나쁘고 징그러운 인간'이라는 뜻이 있다.

이 시는 가명이 분명한 '스놉'이라는 작가에 대해 만인의 관심과 호기심을 불러일으켰다. 이 호기심은 다행히 우리가 충족시켜드릴 수 있다. '스놉'은 이 도시에 사는 싱엄 밥 씨—위대한 싱엄 씨(시인의 이름은 이분에게서 딴 것이다)의 친척이며 주에서 가장 걸출한 가문과 관계가 있는 분이다—의 가명이다. 그의 부친 토머스 밥 씨는 스머그의 부유한 상인이다. 9.15-1t."

이 관대한 칭찬에 나는 감동을 받았다. 〈토드〉처럼 명백하게 순수하고 널리 알려진 출처에서 나온 말이기에 더욱 그랬다. 똥파리의 〈밥의 오일〉에 대해 "헛소리"라는 말을 쓴 것이 유난히 신랄하고 적절하다고 여겼다. 하지만 내 시에 대해 "아름다운 시"라거나 "주옥같은 명문"이라는 말을 쓴 것은 조금 약하다고 여겨졌다. 이런 말에는 힘이 부족하게 느껴졌다. 그런 표현은 충분히 (프랑스어로 말하자면) 프로농세[270]하지 않다.

〈토드〉를 다 읽자마자 친구 한 명이 내 손에 〈몰〉[271]을 쥐어주었다. 전반적인 문제에 대해 예리하게 인식하고 솔직하고 정직하며 수준 높은 문체의 사설을 싣는 것으로 명망 있는 신문이었다. 〈몰〉은 《롤리팝》에 대해 다음과 같이 이야기했다.

"방금 《롤리팝》 10월호를 받았는데, 이처럼 최고의 기쁨을 선사

---

270 '확연하다'는 뜻.

271 몰_{두더지}에는 '첩자'라는 의미가 있다.

한 정간지는 단 한 부도 본 적 없다고 말해야 되겠다. 심사숙고해서 말한다.《험드림》과《라우디다우》,《구스더럼푸들》은 월계관을 잘 지켜야 할 것이다. 이들 잡지는 요란한 허세에 있어서는 최고지만 다른 모든 면에서는《롤리팝》이다! 이 유명 저널이 필시 엄청날 제작비용을 어떻게 감당하는지 도무지 이해할 수 없다. 분명 발행부수는 30만 부나 되고, 구독자 목록은 지난 주 동안 2분의 1이나 증가했다. 또 한 편 이 저널이 투고작에 계속해서 지불하는 액수도 놀라울 정도의 거액이다. 팻캑 씨는 지난 호에 실은 가정 소설《행주》로 62.5센트나 받았다고 한다.

우리 앞에 놓인 10월호에 투고한 이들은 (걸출한 편집자) 크랩, 스놉, 멀블섬, 팻캑 등이다. 하지만 편집자의 걸작 다음으로 우리는 '스놉'이라는 서명—언젠가는 '보즈'가 발하는 빛을 꺼버릴 것으로 예상되는 필명이다—을 남긴 신인 시인의 펜에서 흘러나온 금강석 같은 작품이 마음에 든다. '스놉'은 이 도시의 부유한 상인 토머스 밥 씨의 유일한 후계자이자 저명한 싱엄 씨의 가까운 친척인 싱엄 밥 씨라고 한다. 밥 씨가 쓴 훌륭한 시의 제목은 〈밥의 오일〉이다. 어느 싸구려 출판사와 관련된 야비한 부랑자가 같은 주제로 길게 난문을 써서 도시 사람들에게 이미 혐오감을 주었으니, 좀 불운한 제목이라고 할 수 있다. 하지만 이 두 편의 시를 혼동할 위험은 전혀 없을 것이다. 9.15-1t."

〈몰〉처럼 시야가 밝은 신문에서 이처럼 후한 칭찬을 듣다니 내 영혼은 환희로 가득 찼다. 다만 한 가지 마음에 걸리는 건, "야비한 부랑자"를 "사악하고 야비한 악마, 악당, 부랑자"라고 썼으면 더 좋았을 것이라는 점이다. 그랬다면 더욱 우아한 글이 되었을 것이다. 또한 "금강석 같은"이라는 표현도 〈밥의 오일〉에 대한 〈몰〉의 높은 평가를 충분히 강렬하게 드러내지 못했음을 인정해야 할 것이다.

〈아울〉과 〈토드〉, 〈몰〉에서 이와 같은 홍보문을 본 날 오후, 탄탄한 이해력과 유명한 정기간행물, 《대디롱레그스》[272]를 한 부 얻게 되었다. 그리고 《대디롱레그스》에는 다음과 같은 글이 실려 있었다.

《롤리팝》! 이 멋진 잡지는 벌써 10월에 대비해 대중 앞에 나섰다. 탁월함에 대한 질문은 영영 내려놓아도 좋다. 이제부터 《험드럼》, 《라우디다우》 혹은 《구스더럼푸들》이 앞으로도 간헐적으로 경쟁을 하려고 든다면 몹시 얼토당토않은 짓이 될 것이다. 이들 잡지는 격렬한 항의에 있어서는 최고이지만 다른 모든 면에서는 《롤리팝》이다! 이 유명 저널이 필시 엄청날 제작비용을 어떻게 감당하는지 도무지 이해할 수 없다. 분명 발행부수는 50만 부나 되고 구독자 목록은 지난 이틀 동안 75퍼센트나 증가했다. 또 한 편 이 저널이 투고작에 매월 지불하는 액수도 도저히 믿을 수 없다. 크리볼리틀 양은 지난 호에 실은 값진 혁명 소설 《요크 시의 케이티는 하고 벙커힐의 케이티는 하지 않았다》로 87.5센트나 받았다고 한다.

이번 호에서 가장 뛰어난 글은 물론 편집자(저명한 크랩 씨)의 것이지만 스놉, 크리볼리틀 양, 슬라이애스, 피볼리틀 부인, 멈블섬, 스

272　대디롱레그스장님거미에는 '다리 긴 사람'이라는 의미가 있다.

퀴볼리틀 부인 그리고 마지막으로 팻캑 등의 여러 훌륭한 투고작이 있다. 이처럼 풍부한 천재들이 배출된 것이 정녕 사실인지 의문스러운 것도 당연하다.

'스놉'이라는 서명이 달린 시는 모두에게 칭찬받는 매력적인 작품이며 가능하다면 지금까지 받은 것보다 더 큰 박수갈채를 받아야 한다고 생각한다. 유려하고 솜씨 좋은 이 걸작의 제목은 〈밥의 오일〉이다. 독자 여러분 가운데 한둘은 비슷한 제목을 가진 시(?)를 아주 희미하게, 하지만 매우 불쾌감을 느끼며 기억할 가능성도 있다. 그것은 이 도시 주위의 점잖지 못한 인쇄소와 허드레 일꾼의 자격으로 연줄을 가진 불쌍한 삼류 작가 탁발승이자 건달이 쓴 것이다. 독자 여러분에게 두 시를 결코 혼동하지 말 것을 부탁드린다. 이 〈밥의 오일〉의 저자는 천재 신사이자 학자인 싱엄 밥 씨라고 한다. '스놉'은 필명일 뿐이다. 9.15-1t."

이 비평의 마지막 부분을 읽다가 치미는 분노를 참을 수가 없었다.《대디롱레그스》가 돼지 같은《개드플라이》의 편집자에 대해서 우유부단하게—상냥한 것은 두 말할 나위도 없다—말하고, 관용을 베푸는 것이 내 눈에는 똑똑히 보였다. 이렇게 상냥하게 말하는 것은 '똥파리'에 대한 편파적 입장에서 비롯한 것임이 틀림없었다.《대디롱레그스》는 나를 희생시켜 그의 평판을 높여줄 의도를 숨기고 있었다. 사실《대디롱레그스》가 진심으로 내 시를 칭찬할 생각이었다면 더 직접적이고 신랄하며 명징한 말로 그 뜻을 표명했어야 한다는 것은 눈이 반쪽만 붙어 있는 사람이라면 누구나 알 수 있었을 것이다. '삼류 작가', '탁발승', '허드레 일꾼', '깡패' 같은 단어는 인류 역사상 최악의 시를 쓴 작가에게 붙여주기에는 너무나 의도적으로 무의미하고 애매한 말이다. 우리는 '애매한 칭찬으로 저주하기'가 무엇인지 다 알고 있다. 그렇다면 《대디롱레그스》가 은밀히 감춘 목적—애매한 비난으로 찬양하기—을 꿰뚫어 보지 못할 사람이 어디 있단 말인가?

하지만 《대디롱레그스》가 《개드플라이》에 무슨 말을 하든지 내 소관은 아니었다. 문제는 나에 대해서 한 말이었다. 《아울》과 〈토드〉, 〈몰〉이 내 능력을 고결하게 높이 평가한 뒤 《대디롱레그스》 따위가 고작 "천재 신사이자 학자"라고 냉랭하게 칭하다니 견디기가 힘들었다. 신사라니! 나는 당장 《대디롱레그스》로부터 사과 서신을 받든가 호출하기로 마음먹었다.

이렇게 작정하고 잘난 장님거미에게 내 서신을 전해달라고 맡길 친구를 찾기 위해 주위를 둘러보았는데 《롤리팝》의 편집자가 나에 대한 존경의 뜻을 확실히 밝혔으니 결국 현재 상황에 대해서 도움을 구하기로 했다.

내가 뜻을 밝히는 동안 크랩 씨가 경청하면서 보여준 굉장히 특이한 표정과 행동거지는 나 자신도 잘 이해가 되지 않았다. 그는 다시 한 번 종을 당기는 줄로 달려가더니 곤봉을 꺼냈고 오리 흉내도 빠뜨리지 않았다. 정말로 꽥꽥거릴 것 같았던 순간도 있었다. 그럼에도 불구하고 그의 발작은 전과 마찬가지로 결국 가라앉았고 이성적으로 행동하고 말하기 시작했다. 그러나 그는 동맹 맺기를 거부했고 그 편지를 보내지 말라고 설득하기도 했다. 그럼에도 불구하고 《대디롱레그스》가 특히 "신사이자 학자"라는 칭호를 쓴 데 있어서는 망신스러울 정도로 큰 오류를 범했음을 솔직히 인정해주기는 했다.

나의 복지에 정말로 아버지처럼 관심을 갖는 것처럼 구는 크랩 씨와 이야기가 끝날 무렵, 그는 내게 정직하게 일해서 돈을 벌어야 한다고 하더니 동시에《롤리팝》의 토머스 호크 역할을 이따금 담당해 내 평판을 실질적으로 드높이라고 했다.

나는 크랩 씨에게 토머스 호크 씨가 누구이며, 내가 어떻게 그의 역할을 할지 알려달라고 했다.

여기서 크랩 씨는 (독일어 표현 그대로 말하자면) "큰 눈을 만들었지만" 결국 엄청난 경악에서 정신을 차리고 "토머스 호크"라는 말을 쓴 것은 저속한 회화체를 써서 토미라고 부르는 것을 피하기 위해서였지만, 정말로 하려던 말은 토미 호크—혹은 토마호크—였으며, '토마호크 역할'이란 불쌍한 작가 무리의 정수리를 벗기고 협박하고 그 밖의 다른 방법으로 혼을 내주는 것이라고 설명해주었다.[273]

나는 그게 전부라면 토머스 호크의 역할을 완벽하게 담당하겠다고 내 후원자에게 약속했다. 그러자 크랩 씨는 당장 내 능력이 허락하는 한 가장 맹렬한 문체로《개드플라이》의 편집자를 혼내주어 내 능력을 선보이라고 했다. 나는 원래의 〈밥의 오일〉에 대한 논평을 일필휘지로 써서《롤리팝》 36페이지를 채워주었다. 토머스 호크 역할이 사실 시를 쓰는 것보다 훨씬 힘이 덜 든다는 것도 알게 되었다. 나도 시를 써보았기 때문에 논평을 철저하게 잘 하기가 더 쉬웠다. 내

[273] '토마호크맨'은 실랄한 비평을 썼던 포의 별명이다.

가 이용한 방법은 이것이다. 〈브로검 공의 연설문〉, 〈코빗 전집〉, 〈새로운 속어 모음〉, 〈냉대의 기술〉, 〈베넷의 욕설〉(4절판본), 〈프렌티스의 가시 돋친 말〉, 〈존 닐의 언어론〉을 (저렴한) 경매본으로 구입했다. 이 책들을 말빗으로 전부 잘라 그 가닥을 체에 넣어서 점잖다고 생각되는 것(아주 적은 양이긴 했다)은 모조리 걸러내고 매정한 말만 남긴다. 그리고 문장이 잘리지 않도록 긴 구멍을 통해서 커다란 양철 후추병에다 넣었다. 그다음에는 혼합을 할 차례였다. 토머스 호크 역할을 하라는 말을 들었을 때, 나는 풀스캡판[274] 한 장에 거위 알 흰자를 발라놓았다. 그다음 앞서 책을 잘게 자른 것처럼 논평을 쓸 글을 잘게 잘랐는데, 이번에는 단어가 따로 나누어지도록 더욱 꼼꼼히 나눴다. 나중에 자른 종잇조각을 책에서 잘라낸 조각과 함께 넣고 병의 뚜껑을 닫은 뒤 흔들고 나서 그 혼합물을 거위 알을 바른 종이에 털어놓았더니 전부 달라붙었다. 결과물은 장관이었다. 매혹적이었다. 사실 내가 이런 간단한 방편으로 완성한 논평은 달리 비길 데가 없었고 온 세상에 경이를 선사했다. 처음에는 경험 부족 탓에 수줍음을 타서 앞뒤가 안 맞는 것에, 모든 작문에 따라다니는 모종의 (프랑스어로 말하자면) 비자르[275]한 분위기에 긴장을 느끼기도 했다. 모든 구절이 (앵글로색슨어로 말하자면) 잘 맞아 들어가지 않았다. 상당히 빗나간 문장도 많았다. 심지어 뒤집힌 글도 있었고, 나중에 한 작업으로 인해 어느 정도 손실이 없는 문장은 하나

274   대형 인쇄용지.
275   기묘한.

도 없었다. 하지만 루이스 클라크 씨의 문단은 예외였는데, 그것은 너무나 힘차고 튼튼해서 어떤 극단적인 위치에 놓여도 별로 당황하는 것 같지 않았고, 바로 서 있든 뒤집혀 있든 똑같이 행복하고 만족스러워 보였다.

〈밥의 오일〉에 대한 내 비평이 발표된 뒤 《개드플라이》의 편집자가 어떻게 되었는지는 딱 부러지게 말하기 좀 곤란하다. 가장 적절한 결론은 그가 죽도록 울었다는 것이다. 여하튼 그는 지상에서 순식간에 사라졌고, 그 후로 그의 유령을 본 사람조차 없었다.

이 일을 이렇게 깔끔하게 해결하고 복수의 여신들의 분노를 잠재우고 나니 나는 곧바로 크랩 씨의 마음에 쏙 들게 되었다. 그는 나를 신뢰하고 《롤리팝》의 토머스 호크로서 영구적으로 일하도록 해주었으며, 당장은 급료가 없으니 그의 조언을 마음껏 받는 것으로 이익을 취하라고 했다.

"친애하는 싱엄." 어느 날 저녁 식사 후에 크랩 씨가 말했다. "자네의 능력을 존중하고 아들처럼 사랑하네. 내 후계자가 되어주게. 내가 죽을 때 자네에게 《롤리팝》을 물려주겠네. 그 전까지 자네를 성공시켜주겠네. 꼭 그럴 것이네. 내 조언을 자네가 늘 따른다면 말이네. 우선 낡고 지루한 것을 치워버려야 하네."

"멧돼지²⁷⁶요?" 무슨 소리인가 싶어 물었다. "돼지라고요? (라틴어로 말하자면) 아페르요? 누구요? 어디 있죠?"

"자네 부친 말이네." 그가 말했다.

276　지루한 것bore를 멧돼지boar로 잘못 들음.

"그렇군요." 내가 대답했다. "돼지."

"자네 재산은 자네가 만들어야지, 싱엄." 크랩 씨가 다시 말했다. "그런데 자네 보호자는 자네 목에 걸린 맷돌이네. 그를 당장 잘라내야 하네." 그래서 나는 칼을 꺼냈다. "우리가 그를 잘라내야 하네." 크랩 씨가 말했다. "확실하게, 영원히 말이네. 그는 안 되네, 안 돼. 아니, 다시 생각해보니 그를 차버리는 게 낫겠네. 아니면 매질이라든가, 그런 것 말이네."

"우선 발길질을 하고 다음에 매질을 한 다음 코를 쥐고 들어 올리는 건 어떨까요?" 내가 겸손한 말투로 제안했다.

크랩 씨는 한동안 나를 잠자코 쳐다보더니 이렇게 대답했다.

"밥, 자네 제안이면 충분한 답이 될 거라고 생각하네. 사실 멋진 대답이 될 거네. 그러니까 어느 정도는 말이네. 하지만 이발사들은 잘라내기가 굉장히 어렵고, 토머스 밥에게 자네가 제안한 일을 한 뒤 자네 주먹으로 그의 눈을 세심하고 철저하게 검게 멍들게 해서, 그가 사람 많은 대로에서 자네를 다시는 못 보게 하는 게 좋겠네. 그러고 난 다음에는 더 이상 할 게 없을 거라고 생각하네. 그렇지만 그를 시궁창에서 한두 차례 굴리고 경찰에 넘기는 것도 좋겠네. 다음 날 아침 아무 때나 감시소에 들러 폭행을 당했다고 맹세할 수도 있겠지."

나는 크랩 씨의 훌륭한 조언에서 드러나는 나에 대한 다정한 마음씨에 감명을 받았고 거기서 도움을 받았다. 그 결과 낡고 지루한 것을 치워버렸고, 좀 더 독립적이고 신사다워진 느낌이 들기 시작했다. 하지만 몇 주 동안 돈이 부족한 것은 좀 불편했다. 그래도 마침내 두 눈을 세심하게 사용하고 바로 코앞에서 상황이 어떻게 진행되는지 관찰함으로써 어떻게 그것을 가져올 수 있는지 알게 되었다. '그것'이라고 말하는 것은—이 점에 주목하라—그것을 가리키는 라틴어가 렘이라고들 하기 때문이다. 참 라틴어 말이 나왔으니 말인데, **쿼쿤케**[277]의 뜻을 알려줄 수 있는 사람이 있는가? 혹은 **모도**[278]의 뜻은 무엇인가?

내 계획은 몹시 간단했다. 《스내핑터틀》의 지분 16분의 1을 아주 헐값에 샀다. 그게 전부였다. 그 일을 마친 뒤 지갑에 돈을 넣었다. 물론 그 뒤에 소소하게 처리할 일들은 있었다. 하지만 그런 것은 계획에 포함된 것이 아니었다. 그것은 파생물, 결과일 뿐이었다. 예를 들어 펜과 잉크, 종이를 산 뒤 그것을 열심히 사용했다. 이렇게 잡지에 실을 글을 완성한 뒤 〈밥의 오일〉의 저자가 쓴 팔 랄'이라고 제목을 붙이고 《구스더럼푸들》에 보냈다. 하지만 그 잡지는 〈독자 여러분께 드리는 월간 안내〉에서 그 글을 "헛소리"라고 불렀다. 그래서 〈밥의 오일〉에 붙이는 송시의 저자이자 《스내핑터틀》의 편집자 싱엄 밥이 지은 '헤이-사기-사기'이라고 제목을 바꿨다. 이렇게 수정한 뒤 그 글을 《구스더럼푸들》에 보냈고, 답장을 기다리는 동안 《스내핑터틀》에 날마다 《구스더럼푸들》의 편집자의 부도덕을 고발하는 글을, 그리고 《구스더럼푸들》의 문학적 가치에 대한 철학적, 분석적 소고라고 할 만한 글을 여섯 편씩 써냈다. 일주일이 채 안 되어 《구스더럼푸

---

277 어디든지.

278 방법.

들》은 이상한 착오를 저질러 "무명의 무식쟁이가 쓴 〈헤이-사기-사기〉이라는 멍청한 글과 비슷한 제목을 가진 〈밥의 오일〉의 유명 저자 싱엄 밥 씨가 집필한 눈부시게 빛나는 보석을 혼동했음"을 알게 되었다. 《구스더럼푸들》은 "이 매우 자연스러운 사건"에 심심한 유감을 표했고, 바로 다음 호에 〈헤이-사기-사기〉 정본을 게재할 것이라고 약속했다.

사실 나는 《구스더럼푸들》이 진정 실수를 저질렀다고 생각했다. 정말로 그렇게 생각했다. 당시에는 그렇게 생각했다. 그때는 그렇게 생각했다. 지금도 아니라고 생각할 이유는 없다. 세상에 대한 선의를 가지고 말하건대, 《구스더럼푸들》만큼 이상한 실수를 많이 하는 것도 없었으니까 말이다. 그날로부터 나는 《구스더럼푸들》을 좋아하게 되었고, 그 결과 그 잡지의 문학적 장점을 깊이 이해하게 되어 적당한 기회가 생길 때마다 《스내핑터틀》에서 거기 대해 자세히 논했다. 그리고 나와 《구스더럼푸들》 사이에서 일어난 것과 같은 획기적인 의견 변화—(프랑스어로 하자면) 완전한 불러베르세망[279]—가, 그렇게 철저한 (촉토족이 쓰는 약간 강한 어휘를 사용해도 된다면) 뒤죽박죽이 얼마 지나지 않아 《라우디다우》 그리고 《험드럼》과의 사이에서 다시 일어난 것은 굉장히 독특한 우연—인간에게 진지한 사고를 촉발시킬 만큼 분명히 괄목할 만한 우연—으로 보아야 할 것이다.

그래서 나는 천재성을 발휘해 결국 '돈을 주머니에 넣음'으로써

---

279   대혼란.

성공의 절정에 도달했다. 그리고 유명 작가로 나아가는 찬란하고도 파란만장한 경력을 시작했노라고 진심으로 공정하게 말할 수 있게 되었다. 그리하여 이제 샤토브리앙을 들고서 "나는 역사를 썼노라—쥬 페리투아"라고 말할 수 있다.

나는 정녕 "역사를 썼다." 지금 기록하고 있는 빛나는 시절로부터, 내 행동—내 작품—은 인류의 유산이 되었다. 그것들은 세상 사람들에게 널리 알려져 있다. 그렇다면 내가 빠르게 비상하면서《롤리팝》의 후계자가 된 과정을, 이 잡지와《험드럼》을 합병시킨 과정을, 다시《라우디다우》를 사들여 세 개의 정기간행물을 합치고 마지막으로 유일하게 남은 경쟁지와 흥정을 벌여 이 나라에 존재하는 모든 문학을 단 한 권의 훌륭한 잡지로 통일시킨 과정을 자세히 기술할 필요는 없을 것이다. 그 잡지의 제목은 다름 아닌,

《라우디다우, 롤리팝, 험드럼, 그리고 구스더럼푸들》이다.

그렇다. 나는 역사를 썼다. 전 세계적인 명성을 얻었다. 지구 구석구석까지 내 이름이 알려져 있다. 신문을 펼쳐 들기만 하면 불멸의 **싱엄 밥**에 관한 글이 보인다. 싱엄 밥 씨가 그렇게 말했고 싱엄 밥 씨가 이런 글을 썼고 싱엄 밥 씨가 저런 일을 했다는 식이다. 하지만 나는 온화하며 겸손한 마음으로 이승을 떠나고 있다. 따지고 보면 이것—사람들이 '천재성'이라고 고집스레 부르는, 이 설명하기 힘든 것—이 무엇인가? 나는 부폰에게 동의한다. 호가스에게 동의한다. 따지고 보면 이것은 **근면**에 불과하다.

나를 보라! 내가 어떻게 노력하고 어떻게 고생하고 어떻게 글을 썼는지! 신들이여, 제가 글을 쓰지 않았습니까? 나는 '편하게'라는 말을 알지 못했다. 낮이면 책상에서 꼼짝도 하지 않았고, 밤이면 창백한 학생이 되어 자정까지 등불 기름을 썼다. 여러분이 내 모습을 봤더라면 좋았을 것이다. 정말이다. 나는 오른쪽으로 기울었다. 왼쪽으로 기울었다. 몸을 앞으로 내밀었다. 뒤로 기댔다. 계속 앉아서 버텼다. 고개를 백지에 닿도록 숙이고 (키커푸족의 말하듯이) 테테 베제[280]로 앉았다. 그리고 그러는 내내 나는—글을 썼다. 기쁘거나 슬프거나—글을 썼다. 배가 고프거나 목이 마르거나—글을 썼다. 호평을 받거나 혹평을 받거나—글을 썼다. 낮에도 밤에도—글을 썼다. 무엇을 썼는지 말할 필요는 없다. 문체! 그것이었다. 팻캑에게서 그것을 포착했고—획! 쉭!—지금 여러분에게 그 견본을 보여드리고 있다.

280　　머리를 앞으로.

블랙우드식 글쓰기

"예언자의 이름으로 말하노니, 무화과요!"
_터키 무화과 행상인의 외침

다들 나에 대해 들어봤을 것이다. 내 이름은 시뇨라 사이키 제노 비아다. 이것은 사실이다. 내 적을 제외하고는 누구도 나를 수키 스놉스라고 부르지 않는다. 수키는 '영혼'(그게 나다, 나는 영혼 그 자체니까), 때로는 '나비'를 의미하는 멋진 그리스어 사이키가 통속적으로 변질된 형태에 불과한데, 그 의미 중 나비는 녹색 고리장식을 단 새 진홍색 공단 드레스에 하늘색 아라비아 망토를 입고 스커트에는 주황색 앵초로 일곱 줄 주름장식을 한 내 모습을 암시하는 게 분명하다. 스놉스[281]에 대해 한 마디 하자면, 나를 본 사람이라면 누구라도 내 성이 스놉스가 아니라는 것을 즉시 알 것이다. 타비사 터닙은 순전히 질투심 때문에 그 소문을 퍼뜨렸다. 타비사 터닙이 맞다!

[281]   스놉은 '속물'이라는 의미.

아, 비열한 여자 같으니! 하지만 순무[282]에게서 무엇을 기대하겠는가? 그 여자가 '순무 같은 것에서 피' 운운하는 옛 속담을 기억이나 할까? [메모: 기회가 되는 대로 그 여자에게 주지시킬 것.] [다시 메모: 코를 잡아당겨줄 것.] 어디까지 했더라? 아! 스놉스는 제노비아가 변질된 말에 불과하고, 제노비아는 여왕이고, 사이키뿐만 아니라 제노비아도 멋진 그리스어이며, 우리 아버지는 '그리스인'이고 따라서 나도 아버지 성에 권리가 있는데, 그 성은 제노비아이지 절대 스놉스가 아니다. 타비사 터닙을 제외하고는 누구도 나를 수키 스놉스라고 부르지 않는다. 나는 시뇨라 사이키 제노비아이다.

말했다시피 다들 나에 대해서는 들어봤다. 내가 바로 '인류교화, 위한, 필라델피아, 모든, 젊은, 미남미녀, 문인, 정기적, 차, 모임, 보편적, 실험적, 서지학, 협회'의 객원 간사로 마땅히 세상에 알려진 바로 그 시뇨라 사이키 제노비아다. 이 이름은 머니페니 박사가 지어줬는데, 텅 빈 술통처럼 요란하게 들려서 고른 이름이라고 했다. (박사는 간혹 저속하게 굴지만, 그래도 심오한 사람이다.) 우린 모두 왕립예술협회의 S. D. U. K. 등의 방식으로 자기 이름 뒤에 협회 머리글자를 서명한다. 머니페니 박사는 S는 상한stale 것을 나타내고 D. U. K.는 오리duck의 철자이니(하지만 그렇지 않다), S. D. U. K.는 브로엄 경[283]의 협회를 뜻하는 게 아니라 상한 오리를 상징한다고 말한다. 하지만 머니페니 박사는 하도 이상한 사람이라 참말을 하고 있는 건지 확

---

282   터닙은 '순무'를 의미한다.
283   S. D. U. K.의 창립자.

신할 수가 없다. 어쨌거나 우리는 늘 자기 이름 뒤에다 'P. R. E. T. T. Y. B. L. U. E. B. A. T. C. H.' 즉 인류교화, 위한, 필라델피아, 모든, 젊은, 미남미녀, 문인, 정기적, 차, 모임, 보편적, 실험적, 서지학, 협회라고 서명한다. 한 단어당 한 글자, 이건 브로엄 경에 비하면 결정적 개선이다. 머니페니 박사는 이 머리글자가 우리 협회의 진정한 특성을 보여준다고 주장하지만 나는 그게 무슨 소리인지 도대체 모르겠다.[284]

박사의 훌륭한 직책과 세상의 이목을 끌기 위한 협회의 지난한 노력에도 불구하고, 내가 합류하기 전까지 그 노력은 별다른 성과를 내지 못했다. 사실 회원들은 너무 경박한 어조로 토론을 즐겼다. 매주 토요일 저녁 읽는 글들도 깊이보다는 익살이 더 두드러졌다. 다들 휘저은 와인밀크[285] 같은 글들이었다. 첫 번째 원인, 첫 번째 원칙에 대한 연구도 없었다. 어떤 것에 대한 연구도 없었다. '사물의 적합성'이라는 중요한 사항에 전혀 관심이 없었다. 간단히 말해서 이런 좋은 글은 하나도 없었다. 모두 형편없었다, 몹시! 어떤 심오함도, 학식도, 형이상학도 없었다. 배운 사람들이 고상함이라 부르는 것, 못 배운 사람들이 위선적인 어투라고 비난하는 것도 없었다. [M 박사는 '위선적인 어투cant'를 대문자 K로 써야 한다고 하지만, 나는 그 정도로 멍청하지 않다.]

그 협회에 들어가고 나서 나는 더 나은 사고방식과 문체를 소개

---

284   'Pretty blue batch '는 '꽤 우울한 모임'이라는 뜻이다.

285   우유 거품에 와인을 섞은 음료.

하려고 애썼고, 내 노력이 얼마나 성공적이었는지는 온 세상이 알고 있다. 이제 우리 〈프리티블루배치〉는 심지어 《블랙우드》 못지않게 좋은 글들을 싣는다. 《블랙우드》를 거론한 한 이유는 주제를 막론하고 최고의 글들은 정당한 칭송을 받는 그 잡지에 실린다고 확신하기 때문이다. 이제 우리는 어떤 주제에 있어서건 그 잡지를 본보기로 삼았고, 따라서 급속히 주목을 받고 있다. 결국 제대로 하기만 하면 진짜 《블랙우드》 인장이 찍힌 글을 쓰는 것은 그다지 어려운 일이 아니다. 물론 정치 글들 이야기는 아니다. 머니페니 박사의 설명을 들었기 때문에 그 글들이 어떻게 만들어지는지는 다들 잘 알고 있다. 블랙우드 씨가 재단용 가위를 들고 세 명의 수습생이 그 옆에서 명령을 기다린다. 한 사람은 《타임스》를, 다른 사람은 《이그재미너》를, 세 번째는 《걸리의 폭언 요약집 신판》을 블랙우드 씨에게 넘겨준다. B 씨는 그저 그것들을 잘라서 배치할 뿐이다. 작업은 순식간에 끝난다. 《이그재미너》, 《폭언》, 《타임스》, 다음에는 《타임스》, 《폭언》, 《이그재미너》, 그다음에는 《타임스》, 《이그재미너》, 《폭언》 순으로만 하면 되는 것이다.

하지만 그 잡지의 가장 큰 장점은 다방면에 걸친 잡다한 글들이다. 그중 최고는 머니페니 박사는 (어떤 의미이건 간에) 기괴 사건이라 부르지만 다른 모든 이들은 강렬 사건이라 부르는 표제하에 실리는 글들이었다. 이 글들을 음미하는 방법이야 오래전부터 알았지만, 정확히 어떤 방식으로 작성하는지는 (협회의 대리인 자격으로) 최근 블랙우드 씨를 만나고서야 알게 되었다. 이 방법은 매우 간단하지만 정치 글만큼 간단하지는 않다. B 씨를 만나 협회의 바람을 전하자, B 씨는 나를 매우 정중하게 맞이해 서재로 데려간 다음 전 과정을 명쾌하게 설명해주었다.

"어서 오십시오." 그는 내 당당한 모습에 압도당한 게 분명한 태도로 말했다. 왜냐하면 나는 주황색 앵초와 녹색 고리장식을 단 진홍색 공단 드레스를 입고 있었기 때문이다. 그가 말했다. "앉으시지요. 그건 이런 식입니다. 우선 강렬 사건을 쓰기 위해서는 굉장히 진한 검정 잉크와 굉장히 뭉툭한 펜촉을 가진 굉장히 커다란 펜이 필요합니다. 잘 들어요, 사이키 제노비아 양!" 그는 잠시 멈추었다가 몹시 힘차고 엄숙하게 말을 이었다. "잘 들어요! 그 펜은 절대로 촉을 깎아서는 안 됩니다! 여기에 강렬한 글의 비밀이, 핵심이 있는 겁니다. 아무리 천재적인 재능을 가지고 있는 사람이라 해도 좋은 펜으로는—아시겠습니까—좋은 글을 쓴 적이 없다고 감히 말씀드리죠. 읽히는 원고는 절대 읽을 가치가 없다고 당연히 생각하시죠. 이것이 우리 신념에서 가장 중요한 원칙이니, 만약 여기에 흔쾌히 동의하지 못하신다면 우리 회담은 여기서 끝나는 겁니다."

블랙우드 씨는 말을 멈추었다. 하지만 나는 물론 회담을 끝내고 싶은 마음이 추호도 없었기 때문에, 명백하기 그지없는 주장일뿐더러 이미 진실이라는 걸 그동안 충분히 알고 있었던 그 주장에 동의했다. 그는 흡족한 기색으로 다시 설명을 계속했다.

"사이키 제노비아 양, 어느 글이나 글들을 본보기로 삼으라거나 연구해보라고 하면 제 말이 불쾌하게 느껴지실 수도 있겠지만, 그래도 몇 가지 예를 살펴보는 것이 좋을 것도 같군요. 어디 보자. 〈살아 있는 망자〉가 있군요. 굉장한 글이죠! 숨이 끊어지기 전에 매장된 한 신사가 경험한 감각을 기록한 글로 고상한 품위와 공포, 세련된 감정, 형이상학, 학식이 넘치는 글입니다. 작가가 관에서 태어나서 자란 게 틀림없다고 장담하셨을걸요. 그리고 《어느 아편 중독자의 고백》도 있군요. 좋아요, 정말 좋은 글이죠! 장려한 상상력, 심오한 철학, 날카로운 사색, 넘치는 열정과 분노에다 결정적인 난해함을 양념으로 잘 곁들였죠. 맛있는 푸딩처럼 목구멍으로 기분 좋게 넘어가는 글입니다. 사람들은 콜리지가 이 글을 썼다고 믿고 싶겠지만, 아니에요. 그 글은 제 애완 원숭이 주니퍼가 네덜란드산 진에 물을 타서 '설탕 없이 뜨겁게' 한 잔 가득 마시고 작성한 겁니다." [이런 장담을 하는 사람이 블랙우드 씨 아닌 다른 사람이었다면 좀처럼 믿지 못했을 것이다.] "다음으로는 〈본의 아닌 실험주의자〉가 있군요. 오븐 속에서 정확히 시간에 맞춰 구웠는데 멀쩡히 살아 나온 신사 이야기죠. 그리고 〈어느 죽은 의사의 일기〉, 이 글의 장점은 화끈한 폭언과 서툰 그리스어로, 이 둘은 대중에게 잘 먹히는 것들입니다. 그리고 〈종 속의 남자〉라는 글이 있는데, 제노비아 양, 이 글은 정말이지 꼭 좀 보시라고 추천해드리고 싶습니다. 교회 종에 달린 추 밑에서 잠이 든 젊은이 이야기인데, 장례식 종소리에 잠이 깨요. 종소리 때문에 미칠 지경이 된 젊은이는 서판을 꺼내 그 자극적 감각을 기록하지요. 결국 자극적 감각이 대단한 겁니다. 혹시라도 물에 빠지거나 목매달리는 일이 생기면 꼭 그 감각을 기록해두세요. 한 장에 10기니는 너끈히 받을 수 있을 겁니다. 힘 있는 글을 쓰고 싶으시면, 제노비아 양, 자극적 감각에 세심하게 주목해보세요."

"꼭 그렇게 하지요, 블랙우드 씨." 내가 말했다.

"좋습니다!" 그가 대답했다. "마음에 꼭 드는 학생이군요. 하지만 진정한 블랙우드식 감각글이라 불릴 만한 글을 쓰는 데 필요한 세부사항들을 꼭 가르쳐드려야겠습니다. 들어보시면 제가 왜 어떤 목적에든 최고라 하는지 이해하실 그런 것들이요.

가장 먼저 필요한 것은 어떤 사람도 겪어본 적 없는 곤경에 빠지는 겁니다. 말하자면 오븐 같은 것. 그건 정말 히트였죠. 하지만 오븐이나 큰 종 같은 게 근처에 없다면, 혹은 편리하게도 열기구에서 떨어지거나, 지진에 휩쓸리거나, 굴뚝에 꼼짝달싹 못 하게 끼이지도 못한다면, 그 비슷한 재난을 상상하는 걸로 만족하는 수밖에 없겠죠. 하지만 전 뒷받침해줄 진짜 사실이 있는 편을 더 선호합니다. 당면문제에 대한 경험적 지식보다 상상을 더 잘 뒷받침해주는 것은 없거든요. 아시죠? '진실은 기이하다, 허구보다 더 기이하다.' 게다가 목적에도 더 잘 맞고요."

이 대목에서 나는 아주 좋은 가터 한 벌이 있으니 곧장 가서 목을 매겠다고 장담했다.

"좋습니다!" 그가 대답했다. "그렇게 해요. 목을 매는 건 약간 식상하긴 합니다만. 더 나은 걸 할 수도 있겠죠. 브랜드레스 알약 1회분을 먹고 그 감각을 기록하는 겁니다. 하지만 제 지시는 어떤 불운에도 다 잘 적용될 테니, 집으로 돌아가시는 길에 간단하게 머리를 한 대 맞거나 승합마차에 치이거나 미친개에게 물리거나 도랑에 빠져 죽어도 됩니다. 하지만 이야기를 계속하죠.

주제를 정하고 나면 이야기의 어조, 즉 작풍을 생각해야 합니다. 교훈적인 어조, 열광적인 어조, 자연스러운 어조가 있는데 이건 다 너무 흔해요. 하지만 간결한, 그러니까 무뚝뚝한 어조도 있는데 이게 바로 최근 많이 쓰이는 겁니다. 짧은 문장들을 쓰는 어조죠. 말하자면 이런 식으로요. 최대한 짧게. 최대한 딱딱 끊어서. 늘 마침표를. 문단은 금물.

그리고 고양된 어조, 장황한 어조, 외치는 어조가 있습니다. 일류 소설가 몇몇이 이 어조를 즐겨 쓰고 있죠. 단어들이 모두 윙윙대는 팽이처럼 빙빙 돌면서 그 비슷한 소리를 내는데, 그 소리가 의미 대신 아주 효과가 있습니다. 작가가 너무 급해서 생각할 겨를이 없을 때 쓸 수 있는 어조들 중에선 이게 단연 최고죠.

형이상학적 어조도 좋습니다. 아무 거나 거창한 단어를 알고 있으면 이게 바로 그 단어들을 쓸 기회예요. 이오니아와 엘레아학파 이야기를, 아르키타스, 고르기아스, 알크마에온 이야기를 해요. 객관성과 주관성에 대해 이야기해요. 로크란 사람을 매도하는 걸 잊어서는 안 됩니다. 일반적 주제들은 상대도 하지 말고, 어쩌다 너무 말도 안 되는 소리를 무심코 흘려버렸어도 굳이 지울 필요 없어요. 그냥 각주를 달고 위의 심오한 의견은 〈순수이성비판〉이나 〈자연과학의 형이상학적 원리〉 덕분이라고 말하는 겁니다. 이렇게 하면 유식하고 또, 또, 솔직해 보이지요.

유명세에서 이에 뒤지지 않는 다른 어조들도 많습니다만 두 개만 더 말씀드리죠. 초월적 어조와 이질적 어조입니다. 첫 번째의 장점은 다른 어떤 사람보다 사물의 본질을 깊숙이 들여다본다는 거죠. 이 제2의 시각은 제대로 사용하면 매우 효과적입니다. 《다이얼》을 조금만 읽어보시면 크게 발전할 수 있어요. 이 경우에는 거창한 단어

들은 피해요. 그런 단어들은 최소한으로 쓰고, 거꾸로 써요. 채닝[286]
의 시를 훑어보고 '깡통을 기만적으로 과시하는 땅딸한 사내'에 대
해 쓴 부분을 인용해요. 천상의 단일성에 대해 뭐라고 좀 써요. 지옥
의 이원성에 대해서는 한마디도 하지 말고. 무엇보다 빈정대기를 연
구해요. 모든 것을 암시하되 아무것도 단언하지 말아요. '빵과 버터'
에 대해 이야기하고 싶으면 절대 대놓고 이야기하면 안 됩니다. '빵
과 버터'에 가까운 건 무엇이든 다 이야기해도 좋아요. 메밀 케이크
를 암시하거나 심지어 오트밀 죽을 암시하는 데까지는 가도 좋지만,
진짜 하고 싶은 말이 '빵과 버터'라면 조심해요, 사이키 양. 어떤 일
이 있어도 '빵과 버터!'라고 이야기해서는 안 됩니다."

나는 살아 있는 한 그 말은 다시는 하지 않겠다고 장담했다. 그는
내게 입을 맞추더니 계속해서 말했다.

"이질적 어조라는 것은 그저 세상의 다른 모든 어조들을 똑같은
비율로 사려 깊게 섞은 것일 뿐으로, 그 결과 심오하고 위대하고 기
이하고 짜릿하고 적절하고 예쁜 모든 것으로 구성되었죠.

이제 사건과 어조를 다 결정했다고 생각해봅시다. 가장 중요한 부
분—사실 이 모든 작업의 핵심은 이제부터 시작입니다—을 넌지시
말씀드리자면, 채우는 겁니다. 숙녀든 신사든 책벌레처럼 살아왔다
고 생각하게 해서는 안 돼요. 그래도 무엇보다 글에서 박식함이 풍
겨 나오게, 아니면 적어도 교양서를 광범위하게 읽었다는 증거를 제
시하는 게 필요합니다. 이제 이걸 어떻게 성취하는지 가르쳐드리죠.

---

286   윌리엄 엘러리 채팅.

여기를 보세요!" (평범해 보이는 책 서너 권을 꺼내 아무 페이지나 펼치면서) "세상에 있는 책 아무거나 꺼내서 아무 페이지나 봐요. 그러면 당장 조그만 식견이나 재치 조각들을 수두룩하게 볼 수 있을 겁니다. 그게 바로 블랙우드식 글에 양념을 칠 거리들입니다. 제가 읽어드리는 동안 몇 가지 메모를 하는 게 좋을 겁니다. 두 가지로 나누도록 하죠. 첫째, 직유법 제조용 짜릿한 사실들. 둘째, 필요할 때 쓸 짜릿한 표현들. 지금 받아써요!" 나는 지시대로 받아썼다.

"직유법용 짜릿한 사실들. '원래 뮤즈는 명상, 기억, 노래의 여신, 멜레테, 므네메, 아오에데 셋뿐이었다.' 제대로 작업하면 이 별것 아닌 사실로 엄청난 것을 만들 수 있어요. 널리 알려지지 않았고 멋져 보이잖아요. 공을 들여서 완전히 즉석에서 만들어낸 듯한 분위기를 풍기는 겁니다.

또 있어요. '알페우스 강은 바다 밑을 지나 물의 순수성에 어떤 해도 입지 않고 다시 나왔다.' 물론 다소 진부하긴 하지만 제대로 양념을 해서 접시에 담아내면 최고로 신선해 보일 겁니다.

여기 더 좋은 게 있군요. '페르시아 붓꽃은 어떤 사람들에게는 달콤하고 매우 강렬한 향기를 품고 있는 것처럼 보이지만, 또 어떤 사람들에게는 아무런 향도 없다.' 좋습니다, 매우 미묘하군요! 약간만 비틀면 기적을 보여줄 겁니다. 식물 쪽으로도 뭔가 있을 거예요. 식물 글처럼 잘 소화되는 것도 없죠. 특히 라틴어로 조금 도와주기만 한다면. 받아써요!

'자바의 에피덴드룸 플로스 아에리스는 몹시 아름다운 꽃을 피우며, 뿌리째 뽑아도 계속 산다. 원주민들은 이 꽃을 천장에 줄로 매달아 놓고 몇 년 동안 그 향기를 즐긴다.' 이건 최고군요! 직유에 딱이에요. 이제 짜릿한 표현 차례입니다.

짜릿한 표현. '중국의 명작 소설 《옥교리》.'[287] 좋아요! 이 몇 마디만 교묘하게 써넣으면 중국어와 문학에 조예가 싶다는 것을 보여줄 수 있거든요. 이 도움을 받으면 아랍어나 산스크리트어, 치카소어 없이도 아마 잘 해나갈 수 있을 겁니다. 하지만 스페인어나 이탈리아어, 독일어, 라틴어, 그리스어 없이는 검열을 통과할 수 없어요. 각각의 견본을 조금씩 골라드려야겠군요. 아무 조각이나 괜찮아요. 사이키 양의 글에 맞게 쓰는 건 사이키 양의 재간에 달려 있으니까요. 자, 받아써요!

'오시 탕드르 케 자이르,' 자이르처럼 부드럽다. 프랑스어입니다. 같은 제목의 프랑스 비극에 나오는 '라 탕드르 자이르'라는 표현의 잦은 반복을 암시하죠. 제대로 가져와 쓰면 프랑스어에 대한 지식뿐만 아니라 전반적 지식과 재치까지 보여줄 수 있을 겁니다. 예를 들어 먹고 있던 닭고기(닭고기 뼈가 목에 걸려서 죽는 글을 써봐요)가 전혀 '오시 탕드르 케 자이르'하지 않다고 쓸 수 있는 거죠. 써요!

'반 무에르테 탄 에스콘디다

퀘 노 테 시엔타 베니르

포르퀘 엘 플라제르 델 모리르

노 메르토르네 아 다르 라 비다.'

---

287   '아름다운 두 사촌'이라는 부제가 붙은 장윤의 소설로 영어판이 1872년에 나왔다.

이건 스페인어입니다. 미구엘 드 세르반데스에게서 인용한 거죠. '어서 오라, 오 죽음이여! 허나 그대 오는 모습을 보이지는 말아다오. 그대 보고 느낄 기쁨에 불행히도 내가 다시 살아나지 못하도록.' 닭 뼈로 인해 단말마에 몸부림치고 있을 때 적당히 슬쩍 집어넣을 수 있겠군요. 받아쓰요!

'일 포베르 후오모 체 논 센 에라 아코르토,
안다바 콤바텐도 에 에라 모르토.'

이탈리아어입니다. 아시죠? 아리오스토요. 전투의 열기에 휩싸인 위대한 영웅이 자기가 죽은 줄도 모르고 죽은 상태로 계속해서 용맹하게 싸운다는 뜻입니다. 이걸 사이키 양의 경우에 적용하는 방법은 뻔하죠. 분명 사이키양은 닭 뼈가 목에 걸려 질식해 죽은 뒤에도 적어도 한 시간 반 동안은 발버둥을 칠 테니까요. 받아쓰시죠!

'운트 슈테르프 이히 도흐, 조 슈테르프 이히 덴
두르히 지—두르히 지!'

이건 독어, 실러에게서 인용한 겁니다. '혹여 나 죽는다면, 적어도 그대로 인해 죽으리, 그대로 인해!' 여기서는 재난의 원인인 닭을 의인화하고 있는 게 분명하죠. 알고 싶군요, 정말이지 케이퍼와 버섯으로 속을 채워 모자이크 오렌지 젤리와 함께 샐러드볼에 담아낸 몰루카종의 오동통한 수탉을 먹기 위해서라면 어떤 신사라도 (혹은 숙녀라도) 죽음을 불사하지 않겠습니까? 쓰세요! (토르토니[288]에서 그런 식으로 드실 수 있습니다.) 자, 받아쓰세요!

여기 괜찮은 라틴어 문구가 하나 있군요, 희귀하기도 하고요. (라틴어는 최대한 공을 들이든지 짧게 써야 합니다. 너무 흔해지고 있어요.) 이그노라티오 엘렌치입니다. 그는 이그노라티오 엘렌치를 저질렀다. 다시 말해 그 사람은 당신 주장의 단어만 이해했지, 개념은 이해하지 못했다는 말입니다. 바보인 거죠. 당신이 닭 뼈에 목이 막혀 죽어가면서 말을 건넨, 그래서 당신이 무슨 말을 하는지 정확하게 이해하지 못한 딱한 친구 말입니다. 이그노라티오 엘렌치를 그 친구 면전에 던지면 순식간에 제압할 수 있을 겁니다. 감히 대답을 하려고 하면, 성 루카(여기 있습니다)를 인용해서 말은 단지 아네모네 베르보룸, 즉 아네모네 말일뿐이라고 하면 됩니다. 아네모네는 굉장히 화려하지만 향기는 없죠. 만약 그 사람이 호통이라도 치려 하면 임섬니아 조비스, 즉 주피터의 몽상이라는 말로 덤비면 됩니다. 실리우스 이탈리쿠스가(여기 보십시오!) 화려하고 과장된 생각에 쓰던 문구죠. 이거면 치명상은 확실합니다. 나가떨어져 죽는 수밖에 없죠. 자, 좀 받아써주시겠습니까?

그리스어에는 당연히 근사한 게 있죠. 예를 들어 데모스테네스요. 아네르 오 페우곤 카이 팔린 마케세타이Ανηρ ο φευγων και παλιν μαχησεται. 〈휴디브라스〉[289]에 꽤 괜찮은 번역이 있지요.

288　파리의 유명 레스토랑.
289　새뮤얼 버틀러의 풍자시.

도망친 자는 다시 싸울 수 있지만,

죽은 자는 절대 할 수 없네.

블랙우드 글에서 그리스어보다 더 좋은 볼거리는 없어요. 글자 자체에서 심오한 분위기가 풍기잖아요. 보세요, 엡실론의 기민한 모습을! 저 파이는 완전히 주교감 아닙니까! 저 오미크론보다 더 똑똑한 친구가 있었을까요? 저 타우를 그냥 인정해줘요. 딱 잘라 말해서 진정한 감각글에는 그리스어만 한 게 없습니다. 지금 경우에 적용하는 방법은 명명백백하죠. 닭 뼈에 관해 당신이 한 쉬운 영어도 이해하지 못한 그 아무짝에도 쓸모없는 바보 악당에게 저 문장을 엄청난 욕설과 함께 최후통첩 삼아 외치는 겁니다. 그러면 힌트를 알아듣고 내뺄 겁니다. 장담합니다."

이것이 B 씨가 문제의 주제에 관해 내게 가르쳐준 전부였지만, 그걸로 완전히 충분하다는 생각이 들었다. 마침내 나는 진정한 블랙우드식 글을 쓸 수 있게 되었고 당장 쓰기로 결심했다. 작별인사를 하면서 B 씨는 글이 완성되면 사겠다고 제안했지만 한 장에 50기니밖에 제안하지 않았기 때문에, 그런 하찮은 돈에 내 글을 희생하느니 우리 협회에 주는 게 낫겠다는 생각이 들었다. 이런 구두쇠 정신에도 불구하고 그 신사는 다른 모든 면에서는 나를 배려해주었고 최대한 정중하게 대접해주었다. 그분의 작별인사는 내 마음에 깊이 새겨졌고 영원히 감사히 기억할 것이다.

"친애하는 제노비아 양." 그는 눈물 맺힌 눈으로 말했다. "당신의 훌륭한 과업의 성공을 위해 제가 더 할 수 있는 일이 없을까요? 어디 봅시다! 당신이 어, 물에 빠져 죽는다거나, 닭 뼈가 목에 걸려 죽는다거나, 또, 또, 목매달린다거나, 어, 물린다거나 하는 일이 그렇게 쉽게 빨리 일어나지 않을 수도 있어요. 지금 생각났는데 마당에 아주 훌륭한 불도그 두 마리가 있어요. 장담하는데 아주 괜찮은 녀석들이죠. 사납고 이것저것 다 갖췄어요. 사이키 양 마음에 쏙 들 놈들입니다. 앵초니 뭐니 5분도 안 되어서 다 먹어치울 수 있어요 (여기 제 시계가 있습니다!) 그저 감각 생각만 하세요! 여기! 톰! 피터! 딕, 이 자식! 개들을 풀―." 하지만 나는 정말 바빠서 시간이 없었기 때문에 마지못해 출발을 서둘렀고 즉시 자리를 떴다. 엄격한 예법이 허용했을 선보다 다소 느닷없는 작별이었다는 점은 인정한다.

블랙우드 씨와 헤어진 후, 내가 첫 번째로 할 일은 그분의 충고에 따라 당장 곤경에 처하는 것이었다. 나는 그 목적을 염두에 둔 채 절망적인 사건, 내 강렬한 느낌에 어울리면서 내가 쓰고자 하는 글의 광대한 성격에 적합한 사건을 찾아 에든버러를 정처 없이 돌아다니며 그날 대부분을 보냈다. 이 답사에는 흑인 하인 폼페이와 필라델피아에서 데려온 내 애완견 다이애나가 함께했다. 하지만 오후 늦은 시각이 되어서야 내 힘든 작업은 완전한 성공을 거둘 수 있었다. 그때 중요한 사건이 벌어졌고, 이질적 어조로 쓴 다음의 블랙우드 기사가 그 사건의 내용이자 결과이다.

곤경

숙녀분, 어쩌다 이렇게 홀로 남은 처지가 되셨소?
_코머스[290]

평온하고 고요한 어느 오후, 나는 아름다운 도시 에디나[291]를 어슬렁어슬렁 거닐고 있었다. 거리는 끔찍하게 혼잡하고 부산했다. 남자들은 이야기했다. 여자들은 비명을 질렀다. 아이들은 목이 막혀 껙껙댔다. 돼지들은 빽빽거렸다. 짐마차들은 덜컹댔다. 수소들은 울부짖었다. 암소들은 음매음매 울었다. 말들은 힝힝거렸다. 고양이들은 앙칼지게 울어댔다. 개들은 춤췄다. **춤을 췄다!** 그게 가능하기나 하나? 춤을 추다니! 아아, 나는 생각했다, 내가 춤추던 시절은 다 끝났구나! 그렇게 완전히 끝이구나. 천재적이고 상상력 풍부한 기질, 특히 세상에서 가장 탐나는, 진정으로 가장 탐나는, 아니! 가장 자애롭게 아름다운, 가장 감미롭게 영묘한, 말하자면 가장 **예쁜** (이런

---

290   밀턴의 가면극.

291   에든버러.

대담한 표현을 써도 된다면) 것(독자들이여, 용서하시라!)—지금 나는 감정에 휘둘리고 있다—의 평온하고, 거룩하고, 신성하고, 강렬하고, 고양되고, 정화되는 효과에 영원히, 영구히, 계속적으로, 그리고—지속되게—그렇다, 계속적이고 지속되게, 비통하게, 괴롭게, 혼란스럽게 영향받을 운명을 타고난 천재의 기질은 가끔 오만 가지 우울한 기억들을 떠올린다! 다시 말하지만 그런 기질은 사소한 일로도 오만 가지 기억들을 떠올린다. 개들은 춤췄다! 나는, 난 할 수 없었다! 개들은 뛰어놀았다. 나는 울었다. 개들은 깡충깡충 뛰었다. 나는 커다랗게 흐느꼈다. 감동적인 상황! 고전 독자라면 그 대단하고 존경스러운 중국소설 〈오고리〉[292] 3권 시작 부분에 나오는, 사물의 적합성과 관련된 절묘한 구절을 떠올리지 않을 수 없는 상황이다.

내 외로운 도시 산책에는 비천하지만 충직한 두 동행이 함께했다. 내 푸들 다이애나! 세상에서 가장 귀여운 녀석! 다이애나의 한쪽 눈은 수북한 털이 뒤덮고 있고, 목에는 파란 리본이 멋들어지게 매어져 있다. 키는 5인치 이상이지만 머리가 몸집보다 좀 더 크고 꼬리는 바싹 잘려나가 있어서 이 흥미로운 녀석에게는 뭔가 상처 입은 순진한 분위기가 풍겼고, 덕분에 다들 다이애나를 좋아했다.

내 흑인 하인 폼페이, 착한 폼페이! 내 어찌 그대를 잊으리? 나는 폼페이의 팔을 잡았다. 폼페이는 키는 3피트(나는 상세한 게 좋다)이고 나이는 70대, 아니 어쩌면 80대 정도 되었다. O자형 다리에다

---

292   〈블랙우드식 글쓰기〉에서 블랙우드가 언급한 소설 《옥교리》의 제목을 잘못 기억하고 있다. 이러한 잘못된 인용은 이 단편 전체에 걸쳐 등장한다.

몸은 뚱뚱했다. 입은 작다고 할 수 없었고 귀도 짧지는 않았다. 하지만 치아는 진주 같았고 커다란 눈도 감미로울 정도로 하얬다. 자연은 폼페이에게 목을 부여하지 않았고 (그 종족이 보통 그렇듯이) 발목은 발 위쪽 부분 중간에 있었다. 옷차림은 현저하게 소박했다. 유일한 옷이라고는 9인치 길이의 목도리와 키 크고 위엄 있고 저명한 머니페니 박사가 예전에 입었던 거의 새 갈색 코트밖에 없었다. 좋은 코트였다. 재단이 훌륭했다. 잘 만들어진 옷이었다. 새 옷이나 다름없었다. 폼페이는 코트에 흙이 묻지 않게 두 손으로 잡고 있었다.

우리 일행은 셋이었고 그중 둘에 대해서는 이미 설명했다. 세 번째 사람이 있었는데 그 세 번째 사람은 바로 나다. 나는 시뇨라 사이키 제노비아다. 나는 수키 스놉스가 아니다. 내 모습은 위풍당당하다. 지금 이야기하는 잊지 못할 날, 나는 하늘색 아라비아 망토에 진홍색 공단 드레스를 입었다. 드레스에는 녹색 고리장식이 달려 있었고 주황색 앵초로 일곱 줄 주름장식이 되어 있었다. 이런 모습으로 나는 이 일행의 세 번째 구성원을 형성했다. 푸들이 있었다. 폼페이가 있었다. 내가 있었다. 우린 셋이었다. 그래서 원래 분노의 여신은 셋밖에 없었다고 하는 것이다. 명상, 기억, 속임수를 관장하는 멜티, 니미, 헤티 말이다.[293]

나는 적당한 거리에서 다이애나의 수행을 받으며 용맹한 폼페이의 팔에 의지한 채, 지금은 황량해진 에드나의 어느 활기차게 북적이는 거리를 걸어갔다. 갑자기 눈앞에 교회 하나가 불쑥 나타났다.

---

293 블랙우드가 뮤즈에 대해 설명한 내용을 엉망진창으로 기억하고 있다.

하늘 높이 치솟은 첨탑이 있는 거대하고 장엄한 고딕 성당이었다. 어떤 광기가 나를 사로잡았던 걸까? 왜 나는 운명을 향해 돌진했던 걸까? 그 아찔한 첨탑에 올라가서 광활하게 뻗은 도시를 바라보고 싶은 갈망이 걷잡을 수 없이 나를 사로잡았다. 성당 문이 유혹적으로 열려 있었다. 내 운명이 승리했다. 나는 그 불길한 아치형 통로로 들어갔다. 그때 내 수호천사는 어디 있었단 말인가? 혹시 그런 천사가 정말로 있다면 말이다. **혹시!** 비참한 단어다. 저 한 마디 말에 얼마나 수많은 신비와 의미, 의혹, 불확실이 포함되어 있는가! 나는 그 불길한 아치형 통로로 들어갔다! 나는 안으로 들어갔고, 주황색 앵초 장식을 망가뜨리지 않고 문 밑을 지나 현관 안으로 들어갔다! 거대한 알프레드 강[294]도 바로 그렇게 상처도 입지 않고 젖지도 않고 바다 밑으로 지나갔다고 한다.

계단은 끝도 없는 것 같았다. 원형계단이다! 그렇다, 어린 시절부터의 애정에 바탕을 둔 신뢰를 모두 담아 폼페이의 팔에 의지해 계단을 돌고 오르고 돌고 오르고 돌고 오르다 보니, 마침내 폼페이와 난 계속되는 이 나선형 계단의 위쪽 끝부분을 실수로, 혹은 계획적으로 없애버린 게 아닐까 하는 추측을 하지 않을 수 없었다. 나는 숨을 고르기 위해 잠시 멈췄다. 그러는 동안 도덕적 관점에서도 형이상학적 관점에서도 너무나 중대해서 도저히 지나칠 수 없는 사건이 벌어졌다. 내가 보기에는—그 사실을 정말 확신한다—내 착각일 리가 없다—절대! 나는 다이애나의 움직임을 초조하게 자세히 지켜

294   블랙우드는 알페우스 강이라고 했다.

보고 있었다. 다시 말하지만 내 착각일 리가 없다. 다이애나가 쥐 냄새를 맡은 것이다! 나는 당장 폼페이에게 그 사실을 알렸고 폼페이도 내 의견에 동의했다. 그렇다면 더 이상 의심할 여지가 없었다. 다이애나가 쥐 냄새를 맡은 것이다. 세상에! 그 순간의 경악스러운 심정을 잊을 수 있을까? 맙소사! 자랑스러운 인간의 지성이 다 뭐란 말인가? 쥐다! 쥐가 거기, 그러니까, 어딘가에 있는 것이다. 다이애나가 쥐 냄새를 맡았다. 나는, 나는 맡지 못했다. 그러니 푸르시아 이시스[295]가 어떤 사람들에게는 달콤하고 매우 강렬한 향기를 내뿜지만, 어떤 사람들에게는 아무런 향도 없다고 하는 것이다.

이제 계단을 다 올라서 이제 우리와 꼭대기 사이에는 서너 계단밖에 남아 있지 않았다. 우리는 계속해서 올라갔고 이제 계단 하나밖에 남지 않았다. 딱 하나! 조그맣고 조그만 계단 하나! 인생이라는 길고 긴 계단에서 저런 조그만 계단 하나에 종종 얼마나 커다란 행복과 불행이 달려 있는가! 나는 나 자신에 대해, 그리고 폼페이에 대해, 그리고 우리를 둘러싸고 있는 신비하고 불가해한 운명에 대해 생각했다. 폼페이에 대해 생각했다! 아아, 사랑에 대해 생각했다! 잘못 올라갔던, 앞으로도 또 잘못 오를 수 있을 수많은 계단들에 대해 생각했다. 나는 더 신중하기로, 조금 더 삼가기로 결심했다. 나는 폼페이의 팔을 놓았고, 그의 도움 없이 남은 한 계단을 올라 종탑에 도달했다. 푸들이 바로 내 뒤를 따라왔다. 폼페이 혼자만 뒤에 남았다. 나는 계단 꼭대기에 서서 폼페이에게 올라오라고 권했다. 폼페이

---

295   블랙우드가 말한 것은 페르시아 붓꽃iris이다.

는 내게 손을 뻗었고, 그러느라 안타깝게도 꼭 잡고 있던 코트를 놓을 수밖에 없었다. 신들은 결코 박해를 멈추지 않을 것인가? 코트가 흘러내리면서 폼페이가 길게 질질 끌리는 코트 자락을 한쪽 발로 밟아버렸다. 그는 비틀거리며 넘어졌다. 피할 수 없는 결과였다. 폼페이가 앞으로 고꾸라지면서 그 저주받은 머리로 내, 내 가슴을 정통으로 들이받는 바람에 우리는 함께 딱딱하고 지저분하고 혐오스러운 종탑 바닥에 나동그라졌다. 하지만 내 복수는 확실하고 갑작스럽고 완전했다. 나는 양손으로 폼페이의 머리카락을 맹렬하게 움켜쥐고 그 검은 곱슬머리를 수북이 뜯어내 한없는 경멸을 표하며 집어 던졌다. 머리카락은 종탑 밧줄 사이에 떨어져 그 자리에 머물렀다. 폼페이는 바닥에서 일어나 아무 말도 하지 않았다. 하지만 커다란 눈으로 나를 측은하게 바라보며 한숨을 쉬었다. 신이시여, 그 한숨이라니! 그 한숨이 내 가슴을 후벼 팠다. 그리고 그 머리카락도! 그 머리카락을 잡을 수만 있다면 후회의 징표인 내 눈물로 씻어주었을 텐데. 하지만 안타깝도다! 내 손이 닿기에는 너무 멀리 있었다. 종 밧줄 사이에 대롱대롱 매달려 있는 모습이 마치 살아 있는 것만 같았다. 그 머리카락이 분노에 차 똑바로 서 있는 것만 같았다. 자바의 해피 댄디 플로스 에어리스[296]가 피우는 아름다운 꽃도 뿌리째 뽑아도 그렇게 계속해서 살아남는다고 한다. 원주민들은 그 꽃을 천장에 줄에 매달아놓고 몇 년이고 그 향기를 즐긴다.

이제 우리는 화해하고, 종탑 안을 둘러보며 에드나 시를 조망할

---

296 에피덴드룸 플로스 아에리스를 잘못 인용.

수 있는 구멍을 찾았다. 종탑에는 창문이 하나도 없었다. 어두컴컴한 탑 안으로 들어오는 빛이라고는 바닥에서 7피트 높이에 뚫려 있는 지름 1피트짜리 사각형 구멍에서 들어오는 빛이 유일했다. 하지만 진정한 천재의 힘으로 하지 못할 일이 무엇이 있겠는가? 나는 이구멍까지 올라가기로 결심했다. 구멍 맞은편 가까이에는 크고 작은 톱니바퀴와 알 수 없게 생긴 기계들이 수두룩하게 있었고, 기계에서 나온 쇠막대가 구멍을 통과하며 뻗어 있었다. 톱니바퀴와 구멍이 있는 벽 사이에는 내 몸도 들어가기 힘들 정도로 좁은 공간밖에 없었지만, 절박한 심정에 버티기로 결심했다. 나는 폼페이를 옆으로 불렀다.

"저 구멍 보이지, 폼페이. 저 구멍으로 밖을 내다보고 싶어. 여기 구멍 바로 아래 서 있어, 그렇게. 이제 손을 내밀어봐, 폼페이. 내가 밟고 올라갈 수 있게, 그렇지. 자, 이제 그쪽 손도 줘 봐. 손을 잡고 어깨 위로 올라갈 테니."

폼페이는 시키는 대로 했다. 어깨 위에 올라가보니 구멍 사이로 머리와 목을 쉽게 내밀 수 있었다. 전망이 장엄했다. 그렇게 대단할 수가 없었다. 나는 잠깐 짬을 내어 다이애나에게는 가만히 있으라고 주의를 시키고, 폼페이에게는 어깨 위에서 최대한 가만히 있도록 신경 쓰겠다고 장담했다. 기분 상하지 않도록 신경 쓰겠다고 말했다. 오시 텐더 케 비프스테이크[297]하게. 나는 충직한 친구에게 정당한 대우를 해준 다음, 친절하게 내 눈앞에 펼쳐진 풍경을 열정적으로 향

---

297 오시 탕드르 케 자이르를 잘못 인용.

346

유하는 데 온전히 몰입했다.

하지만 이 이야기는 길게 쓰지 않겠다. 에든버러 시는 묘사하지 않겠다. 에든버러. 고전적인 에드나야 다들 가봤지 않은가. 그보다는 내 비통한 모험에서 중요한 부분들을 상세히 기술하는 데 집중하겠다. 도시의 규모와 상황, 전반적 모습에 대한 호기심을 어느 정도 채우고 나서 보니 내가 머리를 내밀고 있는 구멍은 거대한 시계의 숫자판에 난 구멍이었다. 거리에서 보면 분명 프랑스 시계 숫자판에 있는 커다란 열쇠 구멍처럼 보일 것이다. 이 구멍의 진짜 용도는 필요한 경우 종탑 안에서 관리인이 팔을 집어넣어 시곗바늘을 조정할 수 있도록 하는 게 분명했다. 또 시곗바늘의 엄청난 크기도 상당히 놀라웠다. 가장 긴 바늘의 길이는 최소 10피트, 최대 너비는 8 내지 9인치는 되어 보였다. 재질은 단단한 금속 같았고 날도 날카로워 보였다. 이런 것들과 그 외 세부사항들을 관찰한 후 나는 눈 아래 펼쳐진 장엄한 광경에 다시 눈을 돌렸고 곧 명상 속으로 빠져들었다.

몇 분 후 더 이상 버틸 수 없으니 제발 내려와달라고 청하는 폼페이의 목소리가 명상에 빠진 나를 깨웠다. 하도 터무니없는 소리라 나는 그런 취지로 일장연설을 했다. 폼페이는 대답을 했지만 이 문제에 대한 내 생각을 잘못 이해하고 있는 게 분명했다. 그래서 나는 점점 더 화가 나서 폼페이에게 대놓고 바보라고, 이그노라무스 에-클렌치-아이[298]를 저질렀다고, 폼페이의 생각은 그저 인솜마리 보비

---

298   이그노라티오 엘렌치를 잘못 인용.

스[299]일 뿐이라고, 폼페이의 말은 에너미−웨리보렘[300]이나 다름없다고 말했다. 이 말에 폼페이는 만족하는 기색이었고 나는 다시 명상을 계속했다.

이렇게 언쟁을 벌이고 30분이나 흘렀을까, 눈 아래 펼쳐진 천상의 풍경에 심취해 있던 나는 뭔가 차가운 것이 내 목 뒤를 살짝 누르는 느낌에 소스라치게 놀랐다. 뭐라 말할 수 없이 놀랐다고 말할 필요도 없을 것이다. 폼페이는 내 발아래 있고, 다이애나는 내가 구체적으로 지시한 대로 종탑 저쪽 구석에 다소곳하게 앉아 있다는 것을 나는 알고 있었다. 도대체 뭐지? 아아! 나는 순식간에 깨달았다. 한쪽으로 고개를 살짝 돌려보니 끔찍하게도 언월도처럼 생긴 번쩍거리는 거대한 분침이 매 시각 회전 주행을 하던 중 내 목까지 내려와 있었다. 일각도 지체할 수 없었다. 나는 당장 뒤로 물러났지만 이미 너무 늦었다. 나를 정당하게 잡은, 상상하기조차 끔찍한 속도로 급속히 좁아지고 있는 그 무시무시한 함정의 입구에서 머리를 끄집어낼 가능성은 전혀 없었다. 그 순간의 괴로움은 상상조차 할 수 없다. 나는 손을 들고 온 힘을 다해 그 육중한 쇠막대를 들어 올려보려고 애썼다. 차라리 성당을 통째로 들어 올리려 하는 편이 나았을 것이다. 분침은 아래로, 아래로, 아래로 내려왔다. 가까이, 더 가까이 다가왔다. 나는 폼페이에게 소리를 질러 도움을 요청했지만 폼페이는

299　임섬니아 조비스를 잘못 인용.

300　아네모네 베르보름을 잘못 인용.

내가 자기를 "무식한 사팔뜨기 노인"[301]라고 불러서 기분 상했다고 말했다. 다이애나에게 소리를 질러보았지만, "멍멍멍"이라고, "내가 무슨 일이 있어도 구석에서 움직이지 말라고 했다"고 할 뿐이었다. 그래서 나는 동료들로부터 어떤 도움도 바라지 못할 처지가 되었다.

그러는 사이에도 그 육중하고 무시무시한 시간의 낫(이제 나는 그 고전적 표현의 의미를 문자 그대로 이해하게 되었다)은 그 질주를 멈추지 않았고, 멈출 것 같지도 않았다. 시곗바늘은 아래로, 더 아래로 내려왔다. 그 날카로운 날은 이미 내 살 속에 족히 1인치는 박혀 있었고, 내 감각은 점점 희미하고 혼란스러워졌다. 한순간 필라델피아에서 위풍당당한 머니페니 박사와 함께 있는 상상을 했다가, 다음 순간에는 블랙우드 씨의 응접실에서 귀중한 지도를 받고 있는 상상이 떠올랐다. 그러다가는 행복했던 어린 시절의 달콤한 기억이 몰려왔다. 세상은 온통 사막이 아니었고 폼페이도 이렇게 무자비하지 않았던 그 행복한 시절이 생각났다.

똑딱똑딱 시계 소리가 재미있었다. 재미있었다고 한 이유는 이제 내 감각상태가 완전한 행복에 근접해서 사소하기 짝이 없는 상황에도 기쁨을 느꼈기 때문이다. 끝없이 똑딱똑딱 계속되는 시계 소리가 내 귀에는 가장 감미로운 음악처럼 들렸고, 때로는 올라포드 박사[302]의 우아한 설교조 장광설이 떠오르기까지 했다. 그리고 숫자판 위

---

301 '이그노라티오 엘렌치'를 잘못 인용한 '이그노라무스 에-클렌치-아이'를 폼페이는 '이그노런트 올드 스퀸트 아이'로 잘못 알아들었다.

302 조지 콜먼의 익살극 〈가엾은 신사〉의 등장인물.

의 거대한 숫자들, 그 숫자들은 얼마나 지적이고 똑똑해 보이던지!
곧 그 숫자들이 마주르카를 추기 시작했고 내 눈에 가장 만족스러
운 춤을 보여준 숫자는 V였다. V는 누가 봐도 교양 있는 숙녀였다.
그 동작에는 허세도 상스러움도 전혀 없었다. 발끝으로 빙그르르
도는 피루엣 동작을 멋들어지게 했다. 춤을 추느라 피곤해 보이기에
의자를 주려고 하는 순간, 그제야 나는 내 비통한 처지를 완연히 깨
달았다. 정말로 비통했다! 시곗바늘은 2인치나 내 목을 파고 들어와
있었다. 불현듯 격심한 고통이 느껴졌다. 나는 차라리 죽게 해달라
고 기도했다. 그 고통의 순간, 미구엘 드 세르반테스의 절묘한 시구
를 읊지 않을 수 없었다.

> 바니 부렌, 탄 에스콘디다
> 퀘리 노 테 센티 베니
> 포크 앤 플레저, 델리 모리
> 놈미, 토르니, 다리, 위디![303]

하지만 이제 새로운 공포가 등장했다. 천하의 강심장도 소스라치
게 놀랄 만한 공포였다. 내 눈이 시계의 무자비한 압력에 짓눌려 눈
구멍에서 완전히 빠져나가기 시작한 것이다. 눈 없이 어떻게 살 수
있을까 고민하고 있는 사이에, 한쪽 눈알이 진짜로 내 얼굴에서 굴

---

[303] 블랙우드가 인용한 세르반테스의 시를 영어와 말도 안 되는 스페인어가 뒤섞인
버전으로 바꿔서 읊고 있다.

러떨어져 가파른 첨탑 사면을 따라 굴러 내려가더니 성당 본관 처마를 따라 달린 빗물받이에 처박혔다. 눈을 잃은 것보다 빠져나간 눈이 나를 바라보는 그 독립적이고 경멸적인 건방진 태도가 더 충격적이었다. 눈알은 바로 내 코 아래 빗물받이에 처박혀 있었는데, 그 분위기가 역겹지만 않았다면 차라리 우스꽝스러웠을 것이다. 그렇게 눈을 찡긋하고 깜박이는 모습은 한 번도 본 적 없었다. 내 눈이 빗물받이에서 하고 있는 짓은 그 명백한 무례함과 수치스러운 배은망덕함 때문에 짜증스러울 뿐만 아니라, 아무리 멀리 떨어져 있다 해도 같은 머리에 속한 두 눈 사이에 상시 존재하는 공명 때문에 극히 불편했다. 내가 원하든 원하지 않든, 내 코 바로 밑에 처박혀 있는 그 깡패 같은 것과 똑같이 박자를 맞춰 눈을 찡긋하고 깜박일 수밖에 없었기 때문이다. 하지만 나머지 한쪽 눈알도 떨어져 나가면서 그 불편은 곧 해소되었다. 눈알은 (아마도 합의한 음모에 따라) 동료와 같은 방향으로 떨어졌다. 두 눈알은 빗물받이에서 함께 굴러떨어졌고, 사실 나는 놈들이 없어져서 속이 후련했다.

시곗바늘은 이제 내 목 안으로 4인치 반이나 파고들었고, 이제 조금 남은 살갗만 지나면 완전히 목이 잘릴 판이었다. 내 감각은 행복 그 자체였다. 이제 기껏해야 몇 분만 지나면 이 불쾌한 상황에서 해방될 것이기 때문이다. 그 기대는 나를 배신하지 않았다. 정확히 오후 5시 25분, 거대한 분침은 그 무시무시한 회전운동을 충분히 밀고 나가 얼마 남지 않은 내 목을 절단했다. 나를 크게 곤혹스럽게 했던 머리가 마침내 몸에서 완전히 절단되는 광경은 전혀 슬프지 않았다. 머리는 처음에는 첨탑 사면을 굴러 내려가다가 몇 초 정도 빗물받이에 잠시 자리를 잡았고, 다시 가던 길을 계속 가서 길 한가운데로 곤두박질했다.

솔직히 고백하건대 지금 내 느낌은 더없이 기묘했다. 아니, 더없이 불가사의하고 더없이 당혹스럽고 이해할 수 없었다. 내 감각기관들은 동시에 여기저기에 있었다. 한순간은 머리를 놓고 머리인 내가 진짜 시뇨라 사이키 제노비아라고 상상했다. 또 어떨 때는 몸인 내가 진짜 본체라고 확신했다. 이 문제에 대한 생각을 확실히 정리하기 위해 담배 상자를 찾아 주머니를 뒤졌지만, 담배를 찾아서 그 고마운 내용물을 평소 방식대로 한 줌 집어넣으려는 순간, 즉시 내 독특한 결핍을 깨닫고 당장 상자를 저 아래 내 머리에게 던졌다. 머리는 담배 한 줌을 흡족하게 집더니 감사의 뜻으로 내게 미소 지었다. 그 직후 머리가 내게 말을 했지만 귀가 없어서 분명히 들리지가 않았다. 하지만 이런 상황에서도 살아 있고자 하는 모습에 놀랐다는 것 정도는 충분히 이해할 수 있었다. 말을 끝맺으면서 머리는 아리오스토의 고귀한 문구,

일 포베르 홈미 체 논 세라 코르티

앤 해브 어 콤뱃 텐티 에리 모르티.[304]

를 인용함으로써, 전투의 열기에 휩싸여 자기가 죽은 줄도 모르

---

304   블랙우드가 말한 아리오스토의 문구를 영어와 말도 안 되는 라틴어가 뒤섞인 버전으로 잘못 인용하고 있음.

고 불굴의 용기로 계속해서 싸운 영웅에 나를 비유했다. 이제 내가 고지에서 내려오는 것을 막을 것은 아무것도 없었고 나는 그렇게 했다. 폼페이가 내 모습 어디가 그렇게 괴상하다고 본 것인지 나는 절대 알 수가 없었다. 폼페이는 입이 귀에까지 닿을 정도로 쩍 벌리고 눈꺼풀로 호두라도 까려는 듯이 두 눈을 질끈 감았다. 마침내 그는 코트를 집어 던지고 계단까지 한달음에 뛰어가더니 사라져버렸다. 나는 그 악당의 뒤통수에 데모스테네스의 격렬한 말을 퍼부었다.

앤드루 오플레게톤, 그대는 정말 황급히 달아다는구려.[305]

그러고는 애지중지하는 내 애완견, 털북숭이 외눈박이 다이애나를 향해 돌아섰다. 맙소사! 내 눈을 욕보이는 이 끔찍한 광경은 무엇인가? 구멍으로 숨어 들어가는 저것은 쥐였나? 이 발라진 뼈들이 저 괴물에게 무자비하게 잡아먹혀버린 내 꼬마 천사의 것이란 말인가? 오, 신이시여! 내가 무엇을 보고 있는 겁니까? 내가 본 이것이 풀이 죽은 채 구석에서 우아하게 앉아 있던 내 사랑하는 강아지의 유령, 망령, 떠나버린 영혼이란 말입니까? 귀를 기울여라! 다이애나가 말을 한다! 세상에! 실러의 독일어다.

운트 슈트비 두크, 조 슈트비 둔 두크 쉐! 두크 쉐![306]

---

305   블랙우드가 인용한 데모스테네스의 영어 번역 문구는 이와 전혀 다르다.

306   블랙우드가 인용한 실러의 독일어 원문을 엉망진창으로 옮기고 있다.

아아! 다이애나의 말이 너무나 옳지 않은가?

혹여 나 죽었다면, 적어도 그대로 인해 죽었네, 그대로 인해![307]

귀여운 것! 다이애나 또한 나를 위해 희생했다. 개도 없고, 흑인 하
인도 없고, 머리도 없으니 이제 불행한 시뇨라 사이키 제노비아에게
는 무엇이 남았단 말인가? 아아, 아무것도 없다! 나는 끝났다.

<hr>

307   블랙우드가 번역해준 원문의 의미와는 달리 시제가 과거로 바뀌어 있다.

미혹

슬리드, 이것이 그대의 '찌르기'나 '칼'이라면, 나는 인정하지 않겠소.
_네드 놀스

리츠너 폰 융 남작은 헝가리 귀족가문으로, 이 집안의 모든 사람들은 (적어도 기록이 존재하는 까마득한 옛날까지 거슬러 갈 때까지) 모종의 다소 놀라운 능력을 지니고 있었다. 그 대부분은 기괴한 종류의 능력을 가지고 있었는데, 이 능력에 대해서는 그 가문 자제 중 하나인 티크[308]가, 가장 생생한 예는 아니라 하더라도 나름 생생한 예시를 보여준 바 있다. 나와 리츠너의 인연은 세상에 밝힐 수는 없는 일련의 우스꽝스러운 사건들을 통해 내가 18**년 여름 몇 달 동안 융가의 장엄한 성에서 지내면서 시작되었다. 여기서 나는 그의 배려로 한자리를 얻었고, 여기서 약간은 더 어렵게 그의 정신구조 일부를 통찰할 수 있었다. 애초에 이 통찰을 얻게 해준 친교가 나중에 더 깊어지면서 그 통찰은 점점 더 분명해졌다. 그래서 3년 동안

---

308   독일 낭만파 시인 요한 루드비히 티크.

헤어져 있다가 G 시[309]에서 만났을 때, 나는 리츠너 폰 융 남작의 성격에 대해 알아야 할 것들은 다 알고 있었다.

6월 25일 밤 그가 대학 구내에 나타났을 때 호기심 어린 웅성거림이 기억난다. 모든 집단이 첫눈에 그를 "세상에서 가장 놀라운 사람"이라고 선언했을 때, 누구도 이 의견에 대해 설명을 시도하지 않았던 일은 더욱 또렷이 기억한다. 그의 독특함은 너무나 부정할 수 없는 사실 같아서, 그 독특함이 어디에 있는지 묻는 것이 당치 않게 느껴졌다. 하지만 지금은 이 문제는 잠시 접어두기로 하고 그가 교내에 발을 내딛던 순간부터 자신을 둘러싼 공동체 전체의 습관과 예법, 인격, 지갑, 기질에 가장 광범위하고 전제적이면서도 동시에 가장 막연하고 전혀 설명할 수 없는 영향력을 행사하기 시작했다는 말만 하겠다. 그리하여 그가 대학에 머물렀던 짧은 기간은 대학 역사상 한 획을 그은 시기가 되었고, 이 시기 또는 그 부속시기와 관련이 있는 온갖 사람들에게 '리츠너 폰 융 남작이 지배한 그 몹시 놀라운 시대'로 불리었다.

그는 G 시에 오자마자 내 방으로 찾아왔다. 당시 그는 어떤 특정한 나이도 아니었다. 내 말은, 그가 제공한 어떤 자료로도 그의 나이를 추측할 수 없었다는 말이다. 그는 열다섯 살일 수도 있고 쉰 살일 수도 있었지만, 사실 스물하나 하고도 7개월이었다. 절대 잘생긴 사람은 아니었다. 어쩌면 그 반대였다. 얼굴 윤곽은 다소 각지고 거

---

309 원문에는 G⁕n으로 쓰여 있으며, 당시 독일대학에 대한 관심이 높아지면서 미국인도 여럿 수학하기도 했던 괴팅겐으로 추정된다.

칠었다. 이마는 높고 매우 넓었다. 코는 들창코에, 눈은 크고 나른하고 흐리멍덩하고 표정이 없었다. 입에 대해서는 더 할 말이 많았다. 입술은 살짝 튀어나와서 하나가 다른 하나 위에 얹혀 있었는데 아무리 복잡한 조합을 생각해봐도 그렇게 완전하게, 그렇게 단독으로 근엄함과 위엄, 침착함을 가감 없이 전달하는 이목구비 조합은 상상조차 할 수 없다.

분명 이미 말한 내용으로 남작이 **미혹**의 기술을 평생의 연구 과제이자 업으로 삼는, 이따금씩 등장하는 이례적 인간임을 알 수 있을 것이다. 이 기술에 남작의 독특한 기질은 본능적으로 힌트를 줬고, 그의 외모는 계획의 실행을 현저히 용이하게 해주었다. 리츠너 폰 융 남작의 지배라는 기묘한 이름이 붙은 그 유명한 시대 동안 나는 G 시의 어떤 학생도 남작의 성격을 가리고 있던 수수께끼를 꿰뚫어 보지 못했다고 굳게 믿는다. 나를 제외한 대학의 그 누구도 남작이 말로든 행동으로든 장난을 칠 수 있다고는 전혀 의심하지 못했다고 진심으로 생각한다. 그들은 차라리 정원 입구에 있는 불도그를, 헤라클레이토스의 유령을, 아니면 신학 명예교수의 가발을 비난했을 것이다. 상상할 수 있는 모든 장난과 기행, 익살 중에서 가장 터무니없고 용서할 수 없는 짓이, 직접적으로는 아니더라도 적어도 분명히 그의 중재나 묵인에 의해 벌어졌다는 것이 명백할 때조차 상황은 마찬가지였다. 이렇게 불러도 될지 모르겠지만 리츠너가 발휘하는 **미혹**의 기술의 절묘한 점은 (인간 본성에 대한 거의 직관적인 지식과 극히 놀라운 침착함에서 나오는) 원숙한 능력으로, 이 능력을 이용해 언제나 그는 자기가 몰두했던 우스꽝스러운 짓들이 일부

는 화풀이에서, 일부는 그런 장난들을 보존하려는, 또한 모교의 질
서와 품위를 유지하려는 기특한 노력의 결과 벌어진 일처럼 보이게
만들었다. 갸륵한 노력이 실패로 돌아갈 때마다 온 얼굴 구석구석까
지 퍼져나가는 깊고 통렬하고 압도적인 억울함은 심지어 가장 의심
많은 친구들의 가슴에조차 그 진정성에 대한 의심을 조금치도 남기
지 않았다. 기괴한 느낌을 창조자에서 피조물로, 자신에게서 자신이
저지른 어리석은 짓으로 옮겨놓는 교묘한 수완 또한 그 못지않게 지
켜볼 가치가 있다. 지금 이야기하는 사건 이전에는 이 불가사의한
상습적 모면이 그의 교묘한 책략, 즉 자신의 평판과 인격에 대한 우
스꽝스러울 정도의 집착에서 나온 자연스러운 결과라는 것을 몰랐
다. 계속해서 내키는 대로 변덕을 일삼으며 살아왔으면서도 남작은
오로지 엄격한 인간관계만을 위해 사는 사람 같았다. 그의 가족들
조차 리츠너 폰 융 남작을 떠올릴 때면 단 한 순간도 엄격이나 위엄
같은 개념들 이외의 것과는 연관시키지 못했다.

남작이 G 시에 있던 시절 동안은 정말이지 달콤한 게으름의 악령
이 몽마처럼 대학을 덮친 것 같았다. 먹고 마시고 노는 것 외에는 아
무것도 하지 않았다. 학생들의 숙소는 술집으로 탈바꿈했고, 그중
가장 유명하고 사람들이 많이 찾는 곳은 단연코 남작의 술집이었
다. 우리는 이곳에서 수없이 오랫동안 시끌벅적한 술잔치를 벌였고
그럴 때마다 사건이 끊이지 않고 벌어졌다.

한번은 거의 새벽녘까지 술자리가 이어졌고 유독 술도 많이 마셨
다. 자리에는 남작과 나 말고도 일고여덟 정도 되는 학생들이 있었
다. 대부분 부유하고 연줄도 좋고 가문에 대한 자부심이 강하며 명

예심이 과도하게 충만한 젊은이들이었다. 그들은 결투에 대한 가장 과격한 독일식 의견을 신봉했다. G 시에서 벌어진 서너 건의 무모하고 치명적인 결투의 뒷받침을 받아 파리에서 출판된 몇몇 최신 저서들이 이 돈키호테식 생각에 새로운 활력과 자극을 불어넣었다. 그리하여 그날 밤 거의 내내 대화는 당시 최고의 화제를 놓고 뜨겁게 이어졌다. 초저녁부터 거의 내내 유별나게 말없이 멍하니 있던 남작이 마침내 무감각에서 깨어나 대화의 주도권을 잡더니 결투의 관례적 에티켓의 혜택, 특히 묘미에 대해 열의를 다해 감동적인 애정을 담아 웅변을 늘어놓았다. 남작의 의견에 모두들 열성적으로 화답했다. 심지어 이 친구가 자신이 주장하는 바로 그 점들을 마음속으로는 조롱하고 있으며, 특히 결투 에티켓이라는 허세 전체를 지당하게 극히 경멸하고 있다는 것을 잘 알고 있는 나마저도 완전히 깜짝 놀랄 정도였다.

남작이 잠시 (단조롭고 열성적인 영창조이면서도 감미로운 설교 같은 콜리지의 문체와 닮았다고 하면 독자들이 어렴풋하게나 이해할 법한) 말을 멈춘 사이 주위를 둘러보던 나는 그중 한 사람이 유독 흥미진진한 표정을 하고 있다는 것을 알아챘다. 앞으로 헤르만이라 부를 이 신사는 모든 면에서 독창적인 사람이었다. 아마 지독한 바보라는 한 가지 특징만 제외한다면 말이다. 그는 대학의 특정집단 사람들 사이에서 심오한 형이상학적 사고와 논리적 재능을 갖추었다는 명성을 용케 얻었다. 결투인으로서 심지어 G 시에서도 대단한 명성을 얻었다. 헤르만의 손에 쓰러진 희생자들이 정확히 몇 명인지는 잊었지만 그 수는 많았다. 그는 분명 용맹한 사람이었다. 하지만 그가 무엇보다 자부하는 것은 결투 에티켓에 대한 상세한 지식과 정확한 명예관념이었다. 이것들은 그가 무덤까지 타고 갈 말이었다. 기괴함을 찾아 늘 정찰을 게을리하지 않는 리츠너에게 헤르만의 기묘한 특질들은 오랫동안 미혹의 먹잇감을 제공해주었다. 하지만 나는 그 사실을 몰랐다. 하지만 이제는 친구가 뭔가 별난 짓을 꾸미고 있으며 헤르만이 그 특정대상이라는 것을 확실히 알았다.

남작이 이야기, 아니 독백을 계속하자, 헤르만이 시시각각 더 흥분하는 게 보였다. 마침내 그가 입을 열더니, R이 제시한 한 가지 주장에 반대하면서 그 이유를 상세하게 설명했다. 이에 남작은 (여전히 과장된 감상적 어조를 유지하면서) 상세하게 반론을 내놓았고, 내가 보기에는 아주 저질스러운 냉소와 조소로 말을 끝맺었다. 헤르만의 말馬이 이제 제멋대로 날뛰기 시작했다. 자기가 공부한 온갖 지엽적인 사실들을 마구잡이로 쏟아내는 대답에서 알아챌 수 있었다. 헤르만의 마지막 말은 똑똑히 기억한다. "실례지만, 폰 융 남작의 의견은 대체로 옳긴 하지만 많은 점에서 남작 자신뿐만 아니라 남작이 속한 대학의 명예를 떨어뜨리는 의견이군. 몇 가지 점에서, 그 의견들은 심지어 진지하게 반박할 가치조차 없네. 남작의 기분을 상하게 할지 모른다는 우려만 아니라면 몇 마디 더 하고 싶지만(이 대목에서 헤르만은 부드럽게 미소 지었다) 이렇게만 말하지. 남작의 의견은 신사가 내놓을 만한 의견이 아니네."

헤르만이 이 애매한 말을 마치자 모든 사람들의 시선이 남작에게 향했다. 그의 얼굴이 창백해졌다가 다음 순간 새빨개졌다. 그가 손수건을 떨어뜨리고 주우려고 몸을 숙이는 순간, 나는 그 표정을 보왔다. 식탁에 앉은 다른 누구도 보지 못했다. 남작의 얼굴은 타고난 본성 그대로의 수수께끼 같은 표정으로 환하게 빛나고 있었는데, 그건 우리 둘만 있을 때나 남작이 마음껏 긴장을 풀고 있을 때를 제외하면 절대 보이지 않는 표정이었다. 다음 순간 그는 똑바로 서서 헤르만을 마주 보았다. 그렇게 순식간에 표정이 확 바뀌는 것은 한 번도 본 적 없었다. 잠시 동안은 심지어 내가 오해한 게 아닐까, 남작은 완전히 진지한 게 아닐까 싶은 생각마저 들었다. 그는 화를 참고 있는 것 같았고 얼굴은 시체처럼 하였다. 감정을 억누르려는지 잠시 말이 없었다. 마침내 감정을 추스르는 데 성공했는지, 옆에 있던 디캔터[310]를 향해 손을 뻗어 꽉 잡으며 말했다. "헤르만 군, 자네가 적절하다는 판단에서 내게 사용한 언어는 너무나 많은 점에서 부당하기 짝이 없지만 일일이 열거할 마음도 시간도 없네. 하지만 내 의견이 신사가 내놓을 만한 의견이 아니라는 말은 너무도 직접적으로 불쾌한 발언이라 내게 단 한 가지밖에 행동의 여지를 남겨두지 않는군. 하지만 여기 내 손님으로 와 있는 이 사람들, 그리고 자네에게 약간의 예의는 갖춰야겠지. 그러니 이 점을 고려해서 개인적으로 모욕을 당한 비슷한 상황에서 신사들이 통상적으로 택할 관례에서 살짝 벗어난다 하더라도 용서해주게. 상상력을 조금만 써서 잠시 동안은 저기 거울에 비친 자네 모습을 진짜 살아 있는 헤르만이라고 생각해주겠나? 이렇게만 하면 더 이상 힘든 일은 없을 걸세. 내가 이 와인 디캔터를 저기 거울에 비친 자네 모습에 던짐으로써 자네

310 와인을 따라놓는 유리병.

가 가한 모욕에 대한 분노를, 정확한 형식은 아니라 해도 내용상으로는, 표출하겠네. 반면 자네의 실제 신체에 물리적 폭력을 가할 필요성은 피할 수 있게 되지."

그는 이 말과 함께 와인이 가득 든 디캔터를 헤르만 바로 맞은편에 걸려 있던 거울을 향해 힘껏 던져 거울에 비친 모습을 정확하게 맞췄고, 물론 유리는 산산조각이 났다. 그 자리에 있던 사람들은 모두 깜짝 놀라 벌떡 일어났고 나와 리츠너를 제외하고는 다 떠나버렸다. 헤르만이 나가자, 남작은 내게 헤르만을 따라가서 도와주겠다고 하라고 속삭였다. 나는 이런 우스꽝스러운 일을 어떻게 이해해야할지 정확히 알지도 못한 채 그 말에 동의했다.

결투인은 평소의 뻣뻣하고 허세 가득한 태도로 내 도움을 수락하더니 내 팔을 잡고 자기 방으로 데려갔다. 그가 자기가 받은 모욕의 소위 '정제된 괴상한 특징'에 대해 진지하기 짝이 없게 논하는 동안, 나는 그 면전에 대고 웃음을 터뜨리는 것을 참느라 아주 혼이 났다. 평소 스타일대로 지루하게 장황한 열변을 토해내고 나자, 그는 책장에서 결투에 대한 케케묵은 책 몇 권을 꺼내와 큰 소리로 낭독하고 열심히 해설을 덧붙이며 오랫동안 나를 접대했다. 기억나는 것은《필립 르 벨의 일대일 결투 조례》,[311] 파빈의《명예의 무대》, 앤디귀어의《결투 허용에 관하여》등 그중 몇 권의 제목뿐이다. 또 온갖 거만을 떨며 1666년 쾰른에서 엘제비어[312] 활자체로 출판된 브랑톰의《결

---

311   공정왕이라 불렸던 필립 4세.
312   네덜란드의 유명한 인쇄업자.

투 회상록》도 보여주었는데, 근사하게 여백을 남기고 데롬[313]이 제본한 아주 귀한 유일한 양피지본이었다. 하지만 그가 불가사의하게 현명한 태도로 내게 특별한 관심을 촉구한 책은 헤델린이라는 프랑스인이 조잡한 라틴어로 쓴 두꺼운 8절판 책으로,《결투의 법칙, 성문법과 관습법과 그 외의 것들》이라는 기묘한 제목이 붙어 있는 책이었다. 그는 이 책에서 가장 우스꽝스러운 부분 중 하나인 '적용, 구성을 통해 본 모욕과 그 자체'에 관한 장章을 읽어주며 그중 반은 자신이 처한 '정제된 괴상한' 사건에 정확하게 적용된다고 주장했지만, 난 그중 한마디도 도무지 이해할 수가 없었다. 그는 그 장을 다 읽고 책을 덮더니 어떻게 해야 할지 내 의견을 물었다. 나는 그의 우수한 섬세한 감정을 전적으로 신뢰하며 그의 제안에 따르겠다고 대답했다. 그는 내 대답에 우쭐해졌는지 자리에 앉아 남작에게 편지를 썼다. 그 내용은 이러했다.

내 친구 P 군이 이 편지를 자네에게 전할 걸세. 오늘 밤 자네 방에서 있었던 일에 대해 자네가 최대한 빨리 해명해주기를 요청하는 게 내 의무라고 생각하네. 이 요청을 거부할 경우에는 P 군이 자네가 지명하는 친구와 함께 결투에 필요한 예비조치들을 기꺼이 수행할 걸세.

완벽한 존경의 마음을 담아

---

313   프랑스의 유명한 제본업자.

요한 헤르만 경백敬白

리츠너 폰 융 남작에게
18**년 8월 18일

  별달리 뾰족한 생각도 없어서 나는 이 편지를 들고 리츠너를 찾아갔다. 편지를 건네자 그는 고개 숙여 인사하더니 엄숙한 표정으로 내게 앉으라고 손짓했다. 그는 결투 도전장을 꼼꼼히 읽고 나서 다음 답장을 썼고, 나는 이를 헤르만에게 전했다.

  오늘 밤 우리 공통의 친구 P 군을 통해 자네 편지를 받았네. 제대로 생각해보니 자네가 제안한 해명이 정당하다는 것을 솔직히 인정하네. 인정은 하네만, (우리의 불화, 그리고 내게 가해진 개인적 모욕이 가진 정제된 괴상한 성격으로 인해) 어떤 식으로 사과의 말을 써야 온갖 사소한 위급상황과 온갖 가변적 조짐들을 만족시킬 수 있을지는 여전히 어려운 일이군. 하지만 자네가 오랫동안 출중한 명성을 누리고 있는 에티켓의 법칙과 관련된 문제에 있어서는 그 극히 섬세한 판별력을 완전히 믿고 있지. 그러니 내 말을 이해했다고 확신하고, 내 생각을 말하는 대신《결투의 법칙, 성문법과 관습법과 그 외의 것들》중 '적용, 구성을 통해 본 모욕과 그 자체' 장에서 아홉 번째 문단에 쓰인 헤델린의 의견을 참조해달라고 부탁하는 바일세. 여기서 다루고 있는 문제들에 대한 자네의 정밀한 판별력이라면 이 탄복할 구절을 참조하라고 하는 것만으로 명예로운 신사로서 자네가 요청한 해명에 대해 충분한 대답이 된다는 것을 자네가 납득하리라고 믿네.

깊은 존경의 마음을 담아

폰 융 경백

요한 헤르만 군에게

18**년 8월 18일

헤르만은 찡그린 얼굴로 이 편지를 읽기 시작했지만, '적용, 구성을 통해 본 모욕과 그 자체'에 대해 횡설수설하는 부분에 이르자 우스꽝스럽기 그지없는 자아도취적 미소로 표정이 바뀌었다. 읽기를 마치자 그는 세상에서 가장 부드러운 미소를 지으며 앉으라고 간청하더니 문제의 논문을 찾아봤다. 책장을 넘겨 명시된 구절을 찾은 그는 아주 집중해서 중얼거리며 읽고 책을 덮은 다음, 폰 융 남작에게 그의 기사도적 행동을 높이 산다고, 거기에다가 남작이 제시한 설명은 가장 충실하고 명예로우며 정확하게 만족스러웠다고 신뢰하는 지인인 내가 확실히 전해달라고 했다.

나는 이 모든 상황에 놀라서 남작에게 돌아갔다. 그는 헤르만의 우호적 편지를 이미 기정사실로 여기는 듯했고, 평범한 대화를 몇 마디 나누더니 내실로 들어가 그 불후의《결투의 법칙, 성문법과 관습법과 그 외의 것들》을 가지고 나왔다. 그리고 내게 책을 건네며 조금 훑어보라고 했다. 그렇게 했지만 아무런 소용도 없는 것이 도무지 티끌만큼도 이해할 수 없었다. 남작이 다시 책을 가져가 한 장을 큰 소리로 읽어주었다. 놀랍게도 그가 읽은 부분은 원숭이 두 마리의 결투에 대한 지독하게 어처구니없는 이야기였다. 이제 남작이 수수께끼를 설명해주었다. 그 책은 명백히 보이듯이 뒤바르타스의 넌센스 시를 초안으로 해서 쓰였다. 다시 말해 귀로는 완전히 그럴듯하게 심지어 심오하게까지 들리지만, 사실 의미라고는 조금도 존재하지 않도록 교묘하게 쓰인 책이었다. 그 모든 것의 실마리는 두세 단어마다 한 단어씩을 빼보면 알게 되는데 그러면 현대에 벌어지고 있는 일대일 시합에 관한 일련의 우스꽝스러운 퀴즈들이 나타난다.

그 후 남작은 그 일이 있기 2~3주 전 그 논문을 헤르만이 가는 길에 일부러 던져놓았고, 헤르만이 하는 말의 전반적 취지로 보아 그가 아주 집중해서 그 책을 공부했으며 그 책에 각별한 가치가 있다고 굳게 믿고 있다는 것을 알고 아주 흡족해했다. 그는 이 힌트를 바탕으로 일을 진행했다. 헤르만은 결투에 대해 쓰인 세상의 모든 책, 그 어떤 책도 이해하지 못한다는 것을 인정하느니 차라리 천 번 죽는 것을 택했을 것이다.

호흡 상실

〈블랙우드〉 안에도, 밖에도 없는 이야기.
오, 속삭이지 마시오.
_무어의 가곡[314]

　가장 악명 높은 불운도 불굴의 철인적 용기에는 결국 굴복할 수
밖에 없다. 완강하기 짝이 없는 도시가 끝없는 적의 감시 앞에 결국
굴복하는 것처럼 말이다. 성경에 있듯이, 살만에셀은 사마리아 앞에
서 3년 동안 진을 쳐서 무너뜨렸다. 사르다나팔루스—디오도로스
를 보라—는 니네베에서 7년을 버텼지만 소용없었다. 트로이는 거
의 10년을 버티다 사멸했고, 아리스테우스가 신사의 명예를 걸고 선
언했듯이 아조투스는 한 세기의 1/5을 빗장을 걸고 있다가 결국 프
사메티코스에게 문을 열었다.

　"이 잡것! 이 암여우! 잔소리쟁이야!" 결혼식 다음 날 아침 나는
아내에게 말했다. "이 마녀야! 할망구! 하찮은 것! 악의 소굴! 가증
스러움의 정수 시뻘건 얼굴! 너! 너 말이야!" 나는 발끝으로 서서 아

314　토머스 모어의 〈아일랜드 가곡〉.

내의 목을 잡은 채 그 귀 가까이 내 입을 갖다 대고 자신이 얼마나 하찮은 존재인지 확실히 깨닫게 해줄 새롭고 더 결정적인 악담을 퍼부을 준비를 하고 있었다. 그 순간 끔찍하게 충격적이고 경악스럽게도 나는 내 숨이 사라졌다는 사실을 깨달았다.

'숨이 턱 막힌다', '숨을 쉴 수 없다' 같은 표현들은 일상 대화에서 자주 쓰는 말이지만, 이런 끔찍한 일이 진실로, 실제로 일어날 수 있다는 생각은 한 번도 해보지 않았다! 상상해보라—상상력이 풍부한 사람이라면—상상해보라. 내 놀라움을, 내 당황스러움을, 내 절망감을!

하지만 내게는 어떤 경우에도 사라지지 않는 타고난 자질이 있다. 그런 제어할 수 없는 기분 상태에서도 나는 여전히 분별력을 유지했다. 《쥘리》[315]에서 에두아르 경이 말하듯이, "고난의 길은 나를 진정한 철학으로 이끈다."

이 일이 내게 얼마만큼이나 영향을 미쳤는지 처음에는 정확하게 알 수 없었지만, 차차 경험을 통해 이 유례없는 재난의 범위를 확인할 때까지는 무슨 일이 있어도 아내에게 이 일을 숨기기로 결심했다. 그래서 거만하고 일그러진 표정을 순식간에 짓궂고 애교 섞인 온화한 표정으로 바꾼 다음, 아내의 한쪽 뺨을 가볍게 두드리고 다른 쪽 뺨에 키스를 한 다음 한 마디 말도 없이 (복수의 여신이여! 할 수가 없습니다!) 내 익살맞은 행동에 놀란 아내를 내버려두고 발끝으로 빙빙 돌다 파드제뷔르를 하며 방에서 빠져나왔다.

내 내실에 안전하게 몸을 숨긴 내 모습을 보라. 울화가 불러일으

---

315   장 자크 루소의 《신 엘로이즈》.

킨 부정적 결과의 끔찍한 사례를, 죽은 자의 자격을 가지고 살아 있는, 산 자의 성질을 가지고 죽어 있는, 몹시 차분하지만 숨이 없는[316] 지상의 변칙적 존재를.

그렇다! 숨이 없다. 진지하게 말하는데 내 숨은 완전히 사라지고 없다. 목숨이 달려 있다 해도 내 숨으로는 깃털 하나를 움직이지도, 거울을 흐리게 하지조차 못했을 것이다. 모진 운명이여! 하지만 처음에 발작처럼 나를 덮친 슬픔은 조금 진정되었다. 시험을 해본 결과, 아내와 대화를 하지 못했을 때 완전히 망가졌다고 결론 내렸던 발화능력은 사실 부분적 장애에 불과했다. 또한 그 흥미진진한 위기상황에서 내 목소리를 괴상한 굵은 후음으로 낮추었다면 여전히 내 기분을 아내에게 전달할 수 있었을지도 모른다는 것도 알아냈다. 이 음조의 목소리(후음)는 숨결이 아니라 목 근육의 발작적 움직임에 따라 나오기 때문이다.

나는 의자에 털썩 주저앉아 한참 동안 생각에 잠겼다. 물론 전혀 위로가 되지 않는 생각들이었다. 눈물을 자아내는 수천 가지 막연한 상상들이 내 영혼을 온통 사로잡았고, 머릿속에서는 심지어 자살 생각까지 오갔다. 하지만 이는 준비된 명백한 일들은 거부하고 요원하고 애매한 것들만 생각하는 심술궂은 인간 본성의 특징이다. 그렇게 나는 자살이란 가장 결정적으로 잔인한 행위라며 몸서리치고 있었고, 그 와중에 얼룩 고양이는 양탄자 위에서 힘차게 가르랑

---

316   원문의 'breathless'는 숨을 '헐떡인다'는 의미로, 앞서 말한 '차분함'과 대조되지만, 주인공은 '숨이 없는' 상태다. 두 가지 의미를 다 포함하는 포의 말장난이다.

거리고 물새 사냥개는 식탁 밑에서 근면하게 씩씩거렸다. 모두 건강한 폐를 자랑하며 내 무능한 폐를 명백하게 조롱하고 있었다.

휘몰아치는 막연한 희망과 두려움에 짓눌려 있던 중, 드디어 아내가 계단을 내려가는 소리가 들렸다. 아내가 없다는 것을 확인한 나는 두근거리는 심장을 안고 재난의 현장으로 돌아갔다.

문을 안에서 신중히 잠근 다음 맹렬히 수색을 시작했다. 잃어버린 물건이 눈에 잘 띄지 않는 구석, 혹은 옷장이나 서랍 안에 숨겨져 있다 발견될 수도 있다. 증기 같은 기체일 수도 있고, 심지어 만질 수 있는 형체가 있을 수도 있다. 대부분의 철학자들이 많은 철학적 논점들에서 여전히 매우 철학적이지 않은 모습을 보인다. 하지만 윌리엄 고드윈은 〈맨더빌〉에서 "보이지 않는 것들이야말로 유일한 실체다"라고 말했다. 다들 참작해주겠지만 이거야말로 지금 딱 적절한 예다. 현명한 독자들이라면 그렇게 지나치게 부조리한 주장을 비난하기 전에 잠시 멈추고 생각해보기 바란다. 알겠지만 아낙사고라스는 눈雪이 검은색이라고 주장했는데, 나도 이 말이 사실이라는 것을 발견했다.

오랫동안 열심히 수색을 계속했지만 내 성실과 인내에 대한 보상은 하찮게도 그저 의치 한 세트, 가짜 엉덩이 두 쌍, 의안 하나, 윈디너프[317] 씨가 아내에게 보낸 연서 한 묶음뿐이었다. 여기서 W 씨에 대한 아내의 편애를 확인해도 그다지 언짢지 않았다는 말을 해두는

---

317   숨이 충분하다는 의미.

게 좋겠다. 래코브레스[318] 부인이 나와 그렇게 다른 것을 좋아한다는 것은 자연스러운 필요악이었다. 잘 알려져 있다시피 나는 튼튼하고 살찐 체격에다 키는 다소 작다. 그렇다면 윗가지 같이 가느다란 체격과 웃음거리가 될 정도로 껑충한 키를 한 내 지인이 래코브레스 부인의 눈에서 정당한 평가를 받았다는 게 놀라울 것도 없지 않은가. 하지만 각설하고.

앞서 말했듯이 내 노력은 헛수고로 돌아갔다. 이 옷장 저 옷장을, 이 서랍 저 서랍을, 이 구석 저 구석을 차례차례 샅샅이 뒤졌지만 아무 소용이 없었다. 하지만 화장품 함을 뒤지다가 실수로 그랑 장의 대천사 오일 병—마음에 드는 향수여서 여기서 실례를 무릅쓰고 추천하는 바이다—을 깨뜨렸을 때는 한순간 물건을 찾았다고 확신했었다.

나는 무거운 마음을 안고 내 내실로 돌아와 이 나라를 떠날 준비를 마칠 때까지 아내의 침입을 피할 방법을 고민했다. 이미 이 나라를 떠나기로 결심했기 때문이다. 아무도 나를 모르는 이국땅에서는 이 불행한 참사, 심지어 거지 신세가 되는 것보다 사람들의 애정을 더 식게 만들고 고결하고 행복한 사람들의 지당한 분노를 불러오게 되어 있는 참사를 성공적으로 감출 수 있을 것도 같았다. 나는 오래 머뭇거리지 않았다. 나는 타고난 비상한 머리로 비극 《메타모라》[319]

---

318   숨이 모자라다는 의미.

319   존 어거스터스 스톤의 희곡으로 왐파노아그족 추장 메타모라와 백인들의 전쟁을 소재로 하고 있다.

를 통째로 생각해냈다. 다행히 이 연극의 억양법, 적어도 주인공에게 할당된 부분의 억양법에서는 내가 가지고 있지 못한 어조가 전혀 필요 없다는 것이, 내내 단조롭게 굵은 후음만 쓰면 된다는 것이 기억났다.

한동안 나는 사람들의 왕래가 빈번한 습지대 경계지역에서 연습을 했다. 하지만 이 부분은 디모스테네스의 비슷한 행동을 참조한 것이 아니라 내 고유의 성실한 착안이다. 그렇게 완전무장을 하고는 갑자기 연극무대에 대한 열정에 사로잡힌 양 아내를 속이기로 결심했다. 이 계획은 기적처럼 성공했다. 무슨 질문이나 제안을 들어도 나는 개구리 같은 음산한 어조로 그 비극의 구절을 가져와 멋대로 대답했다. 그 비극의 어떤 구절을 끌고 와도 주제를 막론하고 철석같이 들어맞아서, 나는 이내 이를 살펴보는 데서 큰 재미를 느꼈다. 하지만 그런 대사들을 전달할 때 눈을 흘긴다거나, 이를 드러낸다거나, 무릎을 떤다거나, 발을 질질 끌며 걷는다거나, 그 외 현재 인기배우의 특징으로 간주되는 뭐라 말할 수 없는 연기들을 하지 않았다고 생각하면 오산이다. 물론 사람들은 내게 구속복[320]을 입혀야 할지 논의했지만, 신이시여! 내가 숨을 잃었다고 의심한 적은 추호도 없었다.

마침내 신변을 다 정리하고 난 어느 이른 아침, 나는 *행 우편마차를 탔다. 지인들에게는 마지막 남은 중요한 일 때문에 직접 그 도시로 당장 가야 한다고 말해놓았다.

---

320   정신 이상자를 제압하기 위해 입히는 옷.

마차는 입추의 여지없이 혼잡했지만 어스름한 여명 속에서는 동승자들의 얼굴이 잘 보이지 않았다. 나는 제대로 저항도 못 해보고 덩치가 육중한 두 신사 사이에 끼어 앉는 처지가 되었는데, 그보다 더 덩치가 큰 세 번째 신사가 이제부터 실례 좀 하겠다고 하더니 내 위로 몸을 대자로 뻗은 채 순식간에 잠들어버렸다. 도와달라는 내 후음 비명은 팔라리스 황소에서 나오는 울부짖음도 무색하게 만들 그자의 코골이 소리에 묻혀버리고 말았다. 다행히도 내 호흡기능 상태로는 질식사는 전적으로 불가능한 일이었다.

　　하지만 도시 외곽으로 접근하면서 날이 점점 밝아오자, 내 고문관은 잠에서 깨어 옷매무새를 정돈하면서 매우 상냥한 태도로 내 정중함에 감사를 표했다. 내가 꼼짝도 하지 않는 것(내 사지는 모두 뒤죽박죽 꼬여 있었고 머리는 옆으로 돌아가 있었다)을 보더니, 그는 덜컥 불안해하면서 나머지 승객들을 깨우고는 밤사이에 책임감 있는 산 승객 대신 죽은 사람을 슬쩍 집어넣어놨다는 의견을 매우 단호하게 피력했다. 그러면서 자기 말이 진실이라는 것을 증명하기 위해 내 오른쪽 눈을 퍽 때렸다.

　　이에 따라 모두가 차례차례(승객은 총 아홉 명이었다) 의무라도 되는 듯이 내 귀를 잡아당겼다. 젊은 의사 하나가 내 입에 휴대용 거울을 대보고 숨이 붙어 있지 않은 것을 보더니 내 고문관의 주장이 진실이라고 선언했다. 승객들 모두가 앞으로는 그런 사기에 절대 고분고분 놀아나지 않겠다는, 이제는 그런 시체와는 조금도 더 같이 가지 않겠다는 결심을 천명했다.

　　따라서 나는 여기서 (마침 마차가 지나가고 있던 선술집의) '까마귀'라는 간판 앞에 내동댕이쳐졌다. 그래도 마차 뒷바퀴에 깔려 양 팔이 부러지는 것 외에 더 큰 사고는 없었다. 그래도 마차꾼에게 공정을 기해주자면, 그는 나를 던진 뒤 잊지 않고 내 짐 중 가장 큰 트렁크도 던져줬는데, 불행히도 그 트렁크가 내 머리에 떨어지면서 흥미롭고도 특이한 방식으로 두개골을 골절시켰다.

후한 '까마귀' 주인은 나를 위해 조금이라도 고생을 할 경우 보상받을 돈이 내 가방에 충분히 있다는 것을 확인하자마자 아는 외과의를 부르러 사람을 보냈고, 10달러짜리 청구서와 영수증을 동봉해서 나를 외과의의 손에 넘겼다.

나를 집에 들여온 구매자는 당장 수술을 시작했다. 하지만 내 귀를 잘랐다가 생기의 징후를 발견했다. 그는 이 긴급사태를 함께 논의하기 위해 종을 울려 이웃 약제사를 부르러 사람을 보냈다. 내 상태에 대한 자신의 의심이 결국 옳은 걸로 판명될 경우를 대비해, 그 사이에 개인적으로 해부해볼 목적으로 내 복부를 절개해 내 내장을 일부 꺼냈다.

약제사는 내가 진짜로 죽었다는 의견을 내놨다. 나는 그 의견에 반박하기 위해 온 힘을 다해 발길질을 하고 온몸을 격렬하게 비틀며 애를 썼다. 의사의 수술로 인해 신체기능이 어느 정도 돌아왔기 때문이다. 하지만 이 모든 것은 새 전지의 효과로 치부되었다. 진정한 정보통인 약제사가 전지로 몇 가지 진기한 실험을 했다. 그 실험 수행에 개인적으로 참여한 경험에서 말하건대, 몹시 흥미를 느끼지 않을 수 없는 실험들이었다. 그럼에도 불구하고 그 실험은 내게 상당한 굴욕을 줬다. 몇 번이나 말을 하려 해도 내 발화능력이 완전히 정지 상태라 입조차 떼지 못했고, 하물며 다른 상황에서였다면 히포크라테스 병리학에 대한 내 세밀한 지식으로 즉시 반박할 수 있었던, 독창적이지만 몽상에 불과한 이론들에 대답도 할 수 없었기 때문이다.

결론을 내리지 못한 전문가들은 실험을 더 해보기 위해 나를 유치해두기로 했다. 나는 다락방으로 옮겨졌고, 의사 부인이 내게 속바지와 스타킹을 신긴 다음 의사가 직접 내 손을 묶고 손수건으로 턱을 싸맸다. 그러고는 밖에서 문을 잠근 뒤 나를 홀로 고요와 명상에 내버려둔 채 서둘러 저녁 식사를 하러 갔다.

나는 이제야 손수건으로 입을 싸매놓지 않았다면 말을 할 수도 있었다는 것을 발견하고 엄청나게 기뻐했다. 이 생각으로 스스로를 위안하며 잠들기 전 평소 습관대로 '편재하시는 신'의 몇몇 구절을 속으로 읊조리고 있는데, 그 순간 시끄럽게 울어대는 탐욕스러운 고양이 두 마리가 벽에 난 구멍으로 들어오더니 카탈라니[321]처럼 과장된 몸짓으로 펄쩍 뛰어올라 내 얼굴 양쪽에 착지한 다음 하찮은 내 코를 놓고 상스러운 싸움을 벌였다.

하지만 페르시아의 마법사가 귀를 잃음으로써 키루스의 왕좌에 올랐고 조피르가 코를 잘리고 바빌론을 얻었듯이, 내 육체는 얼굴 살 몇 온스를 잃고 구원을 얻었다. 고통에 정신이 번쩍 들고 분노가 끓어오른 나머지, 단숨에 포박을 잡아 뜯어버린 것이다. 나는 방 안을 성큼성큼 걸으며 경멸 섞인 시선으로 전투병들을 흘끗 쳐다본

321   당대의 오페라 가수.

다음, 공포와 실망감에 경악하는 놈들 앞에서 덧창을 활짝 열어젖히고 솜씨 좋게 창밖으로 몸을 던졌다.

바로 그 순간 나와 놀랍게 흡사하게 생긴 우편마차강도 W가 시형무소에서부터 자기를 처형하기 위해 외곽에 세워놓은 교수대로 가고 있었다. 그는 오랫동안 건강이 좋지 않아 극히 쇠약한 상태여서 쇠고랑을 차지 않는 특권을 얻어—나와 매우 비슷한—교수형용 옷을 입은 채 수레 바닥에 대자로 누워 있었고, 감시인이라고는 졸고 있는 마부와 제6보병대에서 온 술 취한 신병 둘 뿐이었다.

불운이란 게 그렇듯이 나는 그 마차에 똑바로 떨어졌다. 명민한 친구인 W는 기회를 포착했다. 그는 즉시 벌떡 일어나 뒤쪽으로 도망가 골목을 달려 내려갔고 눈 깜짝할 사이에 시야에서 사라졌다. 소동에 정신이 든 신병들은 거래의 공과를 정확히 이해하지 못했다. 하지만 악당과 똑같이 생긴 남자가 눈앞 수레 위에 똑바로 서 있는 것을 보더니, 그 악한(W 말이다)이 탈출을 한 후(그런 표현을 썼다)라는 의견을 내놓았고, 서로 이 의견을 주고받더니 각자 술을 한 모금씩 마신 다음 소총 개머리판으로 나를 기절시켰다.

곧 목적지에 도착했다. 물론 나를 변호해주는 말은 전혀 없었다. 교수대에 매달리는 것이 피할 수 없는 나의 운명이었다. 따라서 나는 반쯤은 멍하고, 반은 통렬한 심정에 그냥 자신을 내맡긴 채 체념했다. 견유학파[322]는 아니지만, 정말 개 같은 심정이었다. 하지만 사형

---

322 소크라테스의 제자 안티스테네스가 창시한 그리스 철학의 한 학파로 자연과 일치된 자연스러운 삶을 추구했다.

집행인이 내 목에 올가미를 걸고 조절했다. 교수대 발판이 떨어졌다.

교수대에서 느낀 기분을 묘사하지는 않겠다. 비록 이 문제에 대해서는 분명 내가 적절한 말을 할 수 있고, 이제껏 제대로 된 이야기가 없었던 주제이기는 하지만 말이다. 사실 그런 주제에 대해 글을 쓰기 위해서는 교수형을 당해봐야 한다. 모든 작가들은 자기가 경험한 일들에 대해서만 글을 써야 한다. 그래서 마르쿠스 안토니우스가 음주에 대한 글을 쓴 것이다.

하지만 그저 내가 죽지 않았다는 말만 하겠다. 내 몸은 공중에 매달렸지만 내게는 멈출 숨이 없었다. 왼쪽 귀 아래 (군복 가죽 목도리 같은 느낌의) 매듭만 없었더라면 거의 아무런 불편을 느끼지 못했을 거라고까지 말할 수 있다. 발판이 떨어질 때 목이 홱 잡아당겨진 것도 단지 마차에서 뚱뚱한 신사 때문에 비틀어졌던 목을 똑바로 해줬을 뿐이다.

하지만 나는 정당한 이유로 군중의 수고에 값하기 위해 최선을 다했다. 내 경련은 탁월했다고 한다. 내 발작을 능가하기란 힘들었을 것이다. 군중은 앙코르를 외쳤다. 신사 몇 명이 기절했고, 수많은 숙녀들이 히스테리를 일으키며 집으로 실려 갔다. 화가는 그 자리에서 그린 스케치를 이용해 자신의 명작 〈산 채 가죽이 벗겨지는 마르시아스〉를 수정할 기회를 얻었다.

충분히 여흥 거리를 제공하고 나자, 내 몸을 교수대에서 내리는 게 좋겠다는 판단이 내려졌다. 더욱 그랬어야 했던 이유는 진짜 죄인이 그사이에 다시 잡혀 확인이 되었기 때문인데, 불행히도 나는 이 사실을 몰랐다.

물론 많은 이들이 나를 동정했지만, 내 시신을 찾으러 오는 사람이 아무도 없었기 때문에 공동 지하묘소에 묻으라는 명령이 내려졌다.

어느 정도 시간이 지난 후, 나는 이곳에 안치되었다. 교회지기도 떠나고 나만 홀로 남았다. 그 순간 마스턴의 〈불만〉 중 한 구절이 명백한 거짓말이라는 생각이 문득 들었다.

죽음은 좋은 친구, 늘 대문을 열어놓지.

하지만 나는 관 뚜껑을 밀어 떨어뜨리고 밖으로 나왔다. 그곳은 끔찍하게 음산하고 눅눅했고 권태가 나를 괴롭혔다. 나는 놀이 삼아 주위에 질서정연하게 늘어선 수많은 관들을 더듬거리며 걸어갔다. 하나씩 차례로 내려놓고 뚜껑을 부수어 열고 그 안에 있는 사망자에 대한 추측에 골몰했다.

"이 자는." 나는 통통 부어오른 뚱뚱한 시체에 걸려 넘어지며 독백했다. "이 자는 분명 모든 면에서 불행한, 운이 없는 사람이었군. 걷지 못하고 비틀거리고 다닐 끔찍한 팔자를 타고났어. 인간이 아니라 코끼리처럼, 인간이 아니라 코뿔소처럼 살 팔자였구나.

올라가려는 시도는 그저 무위로 끝났고 빙빙 도는 동작도 명백한 실패였지. 앞으로 한 걸음 내디디면 운 없게도 오른쪽으로 두 걸음, 왼쪽으로 세 걸음 움직였고. 공부는 크래브[323]의 시에 한정되었고. 피루엣의 놀라움은 절대 이해하지 못했을 거야. 파 드 파피용[324]도

---

323 영국 시인 조지 크래브. 옆으로 걷는 게crab과 발음이 같다는 이유로 고른 것이다.

추상적인 개념이었을 뿐이겠지. 산 정상에는 한 번도 올라가지 못했어. 첨탑 위에서 도시의 장엄한 광경을 내려다본 적도 없고. 더위가 이 자의 천적이야. 무더위가 한창일 때는 개 같은 날들을 보냈군. 불길에 숨이 막히는 꿈, 산 위에 산, 오사 산 위에 펠리온 산이 쌓이는 꿈[325]을 꾸면서 말이야. 숨이 찼을 거야. 한마디로 숨이 모자란 거지. 관악기를 연주한다는 건 사치라고 생각했겠지. 이자는 자동부채, 풍차날개, 환풍기를 발명했어. 풀무 제작자 뒤퐁을 후원했고, 담배를 피우려다 비참하게 죽은 거야. 정말 흥미로운 경우군. 진심으로 공감할 거리가 많아."

"그런데 여기." 나는 키 크고 마르고 괴상한 외모의 형체를 관 안에서 모질게 잡아당기며 말했다. 그 놀라운 모습에서 뭔가 반갑지 않은 친숙함이 느껴졌다. "여기 이 인간은 동정할 가치조차 없군." 그렇게 말하며 그 대상을 좀 더 똑똑히 보기 위해 엄지손가락과 집게손가락으로 코를 잡아당겨 바닥에 앉는 자세를 취하게 만들어놓고는 팔 길이 거리를 두고 독백을 이어갔다.

"동정할 가치조차 없어." 나는 반복해서 말했다. 실로 누가 그림자를 동정할 생각을 하겠나? 게다가 이자는 죽음의 축복을 온전히 다 받은 것 아닌가? 이자는 큰 기념비, 탄환 제조탑,[326] 피뢰침, 롬바르디 포플라의 원조였어. 〈그늘과 그림자〉에 대해 쓴 논문으로 불후의

---

324 복잡한 발동작과 함께 공중 도약하는 발레의 한 동작.

325 신들에게 대적해 올림퍼스 산에 닿기 위해 오사 산 위에 펠리온 산을 올리려고 했던 거인들의 일화.

326 녹인 납을 높은 곳에서 물에 떨어뜨려 탄환을 만드는 용도로 사용.

명성을 얻었지. 뛰어난 능력으로 〈사우스 박사의 골격론〉 최종판을 편집했고. 어린 나이에 대학에 들어가 기체역학을 공부했군. 그러고는 집에 돌아와 끊임없이 말을 했고 프렌치호른을 연주했고, 백파이프를 후원했어. 시간에 상당하는 거리를 걸었던 바클리 선장[327]도 이자의 길이만큼 걷지는 못할 거야. 가장 좋아하는 작가는 윈덤과 올브레스, 가장 좋아하는 화가는 피즈야. 가스를 들이마시다가 영광스럽게 죽었구나. 히에로니무스[328]의 글에 있듯이, 정조貞操의 평판처럼 산들바람에도 다치는 거지. 이자는 의심의 여지없이……"

"어떻게 당신이? 어떻게 당신이 그럴 수가?" 내 비난의 대상이 숨을 헐떡거리며 절박한 동작으로 턱을 감싼 붕대를 잡아 뜯으며 내 말을 가로막았다. "래코브레스 씨, 어떻게 내 코를 그런 식으로 꼬집을 수가 있소? 내 입을 어떻게 싸매놓았는지 못 봤단 말이오? 그렇다면 내가 얼마나 많은 여분의 숨을 처리해야 하는지—뭐라도 안다면—분명 알았을 것 아니오! 하지만 모른다면 여기 앉아보면 알게될 거요. 내 상황에서는 입을 여는 게, 상세하게 말하는 게, 당신 같은 사람이랑 이야기할 수 있는 게 정말 큰 위안이니까. 신사가 하는 말의 흐름을 문장이 끝날 때마다 끼어들어 막아야 한다고는 생각하지 말아요. 말을 가로막는 건 짜증스러워요. 그런 건 확실히 없애야 합니다. 그렇게 생각하지 않아요? 대답은 말아요, 제발. 말은 한 번

327　1809년 로버트 바클리-알라다이스 선장이 천 시간 동안 천 마일을 걸었다.

328　[원주] 여인의 정조에 대한 이 평판이라는 것은 산들바람에도 시들어버린 아름다운 꽃처럼 섬세해서 소문만으로 파괴된다. _히에로니무스 애드 살비니얌.

에 한 사람만 하는 걸로 족합니다. 조만간 내가 끝낼 테니 당신은 그 때 시작해요. 도대체 어쩌다 여기 들어온 거요? 부탁인데 한 마디도 하지 말아요. 난 여기 있은 지 좀 됐어요. 끔찍한 사고였죠! 아마 들어봤을 텐데. 무시무시한 참사였죠! 댁 창문 밑을 걸어가고 있었어요. 얼마 전에, 당신이 연극병이 걸렸던 그 무렵인가. 무서운 일이었죠! 놀라서 헉 하고 숨을 들이켠다는 표현 들어봤죠, 어? 입 다물고 있어요! 내가 다른 사람 숨을 들이켠 겁니다! 내 것만 해도 늘 넘쳐나는 판국에 말이오. 길모퉁이에서 브랩을 만났는데, 이 인간이 도무지 말할 틈을 안 주는 거예요. 한마디 끼어들 틈이 없었어요. 결국 간질 발작이 일어났지 뭡니까. 브랩은 달아나버렸고. 빌어먹을 바보들 같으니! 사람들이 내가 죽은 줄 알고 여기 갖다 둔 거예요. 그 인간들 참 장하기도 하지! 당신이 나에 대해 한 말 다 들었습니다. 몽땅 다 거짓말이에요! 끔찍하고! 놀랍고! 터무니없고! 소름 끼치고! 이해할 수 없고! 기타 등등, 기타 등등, 기타 등등, 기타 등등……"

그 예기치 않은 연설에 내가 얼마나 놀랐는지는 상상조차 할 수 없다. 다행히 (이웃인 윈더너프라는 것을 이내 알아볼 수 있었던) 그 신사가 들이켠 숨이 사실 아내와 이야기하려던 중 내가 잃어버린 바로 그 숨이었다는 것을 점점 확신하게 되면서 내가 느낀 기쁨도 상상조차 할 수 없다. 시간과 장소, 정황을 보면 의심의 여지가 없었다. 하지만 나는 W 씨의 커다란 코를 당장 놓지 않았다. 적어도 그 롬바르디아 포플러 발명자가 계속해서 설명을 늘어놓는 긴 시간 동안은 놓지 않았다.

이 점에 있어서 나는 늘 내 지배적인 특징이었던 습관적 신중함에 따라 움직였다. 나를 보존하기 위해서는 아직도 수많은 난관을 거쳐야 할 수 있고, 그것은 오로지 내가 안간힘을 다해야만 극복할 수 있으리라는 생각이 들었다. 많은 사람들은 자기가 소유한 물건을—당시 소유자에게는 아무리 무가치해도, 아무리 골칫거리고 괴롭더라도—다른 사람이 그걸 가졌을 때, 혹은 자기가 그걸 버렸을 때 얻을 이득에 정비례하여 평가하는 경향이 있다. 윈더너프 씨도 그렇지 않을까? 지금은 이자가 숨을 기꺼이 버리고 싶어 하지만, 거기에 내가 안달하는 모습을 보이면 그의 탐욕스러운 요구에 나 자신을 무방비로 노출하게 되지 않을까? 세상에는 이웃 사람마저 거리낌 없이 이용하는 악당들이 있으며 (이건 에픽테토스가 한 말인데) 자기가 진 불행의 짐을 벗어던지고 싶어서 가장 안달이 나 있는 바로 그 순간에도 그 짐을 다른 사람들로부터는 덜어주고 싶어 하지 않는다는 것을 나는 한숨을 쉬며 떠올렸다.

이 비슷한 생각들을 하며 여전히 W의 코를 잡고 있던 나는 그에 맞게 대답하는 게 적절하다는 생각이 들었다.

"이 괴물!" 나는 처절히 분노한 어조로 말문을 열었다. "괴물! 과호흡 천치 같으니! 사악한 죄로 하늘에서 두 배 호흡의 저주를 받은 자네가, 그런 자네가 감히 옛 지인의 친숙한 언어로 내게 말을 건단 말인가? '내가 거짓말을 한다고' 어이가 없군! 그리고 '나는 입 닥치고 있으라고' 그러고말고! 정말이지, 한 사람분 호흡을 가진 신사한테 잘도 말하는군! 게다가 자네가 겪어 마땅한 그 불행을 덜어줄 수 있는, 그 괴로운 여분의 호흡을 없애줄 힘을 내가 가지고 있는 판국에 말이지."

나는 브루투스처럼 말을 멈추고 대답을 기다렸고, 윈더너프 씨는 토네이도 같은 대답으로 나를 압도했다. 거듭 이의가 제기되고 연거 푸 사죄가 이어졌다. 그가 응하지 않을 조건은 없었고 내가 최대한 이용하지 못할 조건도 없었다.

마침내 사전 준비가 끝난 후, 내 지인은 내게 호흡을 인도했고 나는 (꼼꼼히 살펴본 후에) 영수증을 건넸다.

그런 인지할 수 없는 거래에 대해 그렇게 대충 이야기한다고 많은 사람들이 나를 비난하리라는 것은 잘 알고 있다. 매우 흥미로운 형 이하학의 한 분야에 새로운 빛을 던져줄 수도 있을 일—이는 매우 사실이다—을 더 자세하게 상술했어야 했다고 생각할 것이다.

이 모든 것에 대해서는 유감이지만 대답해줄 수가 없다. 내가 줄 수 있는 답변은 한 가지 힌트뿐이다. 사정이 있었는데—하지만 생각 해보니 이렇게 민감한 문제에 대해서는 가능한 한 적게 말하는 편 이 안전하다는 생각이 든다. 다시 말하지만 너무 **민감한** 데다, 당시 에는 제3자의 이해관계가 걸려 있던 문제였고, 그 지옥 불 같은 분노 를 지금 이 순간 불러오고 싶은 마음은 전혀 없다.

이 필요한 협의를 마치고 얼마 지나지 않아 우리는 지하 묘지에 서 탈출하는 데 성공했다. 다시 찾은 목소리를 합치자 그 위력은 곧 충분히 명백해졌다. 휘그 편집자 시저스는 '지하 소음의 본질과 기 원'에 관한 논문을 다시 출판했다. 답변, 응수, 반박, 정당화가 민주 당 관보 칼럼에서 이어졌다. 그 논쟁을 해결하기 위해 지하묘소를 열고서야 윈더너프 씨와 내가 등장해 양당 모두가 결정적으로 틀렸 다는 것을 증명했다.

늘 충분히 파란만장했던 인생에 벌어졌던 매우 기이한 사건에 대한 이 이야기를 마치면서 독자 여러분에게 다시 한 번 무차별적 철학의 장점을 강조하고 싶다. 이 철학이야말로 보지도, 느끼지도, 완전히 이해할 수도 없는 재난의 화살에 맞설 확실하고 편리한 방패다. 이 지혜의 정신에 따라, 고대 히브리인들은 튼튼한 폐와 맹목적 자신감을 가지고 "아멘!"이라고 소리치기만 하면 죄인에게든 성인에게든 천국의 문이 필히 열리리라는 믿음을 가졌다. 아테네에서 심한 역병이 창궐했지만 어떤 방법을 써도 이를 물리치지 못했을 때, 라에르티오스의 에피메니데스론 2권에 있듯이, 에피메니데스가 '적절한 신에게' 바치는 신전과 사원을 세우라고 조언한 것도 이 지혜의 정신에 따른 것이다.

사수일체四獸一體

-인간 기린

안티오코스 에피파네스는 에스겔 선지자의 대적으로 일반적으로 간주된다. 하지만 좀 더 정확히 따지자면 이 영예는 키로스[329]의 아들 캄비세스의 몫이다. 사실 안티오코스 에피파네스의 인간됨에 대해서는 따로 설명할 필요가 없다. 예수보다 171년 앞서 그가 즉위한 것, 아니, 왕위를 찬탈한 것. 에베소에서 디아나 신전을 약탈하고자 시도한 것. 유대인을 완강히 적대시한 것. 지성소를 더럽힌 것. 11년간 격동의 치세 끝에 타바에서 비참하게 생을 마감한 것. 이 모든 것이 그의 배경으로 널리 알려졌으며 그렇기에 불경스럽고, 악랄하며, 잔인하고, 어리석고, 변덕스러운 일로 이루어진 그의 사생활과 평판보다는 앞서 말한 것들이 당대 역사가들에게 더 큰 주목

---

329   유대인을 해방시킨 페르시아의 왕.

을 받았다.

* * *

상냥한 독자여, 지금이 세계기원 후 3830년이라고 가정하고 저 몹시 기이한 지역, 신기한 안티옥에 살고 있다고 잠시만 상상해보자. 분명 내가 이야기하고자 하는 곳 이외에도 이름이 같은 도시가 시리아와 그 밖의 나라에 열여섯 군데나 있었다. 하지만 우리 도시는 다프네 여신에게 봉헌한 신전이 있는 작은 마을 다프네 옆에 있었기 때문에 안티오키아 에피다프네라는 이름으로 통하는 곳이었다. 이 도시는 (비록 이 사안에 대해서는 약간 논란의 여지가 있지만) 알렉산더 대왕 이후 처음 즉위한 왕, 셀레오코스 니카노르가 아버지 안티오코스를 기리며 세운 곳이다. 그리고 이곳이 생기자마자 곧 시리아 국왕이 거주했다. 로마제국이 융성하던 시절 그곳은 동부 지방 관리관이 주로 배치되는 도시였으며, 로마 황제 가운데 여럿(그중에서 특히 베루스와 발렌스를 거론할 수 있겠다)이 이곳에서 많은 시간을 보냈다. 우리가 바로 그 도시에 도착했다. 이 흙벽 위로 올라가서 시내와 주위 농촌을 내려다보자.

"숱한 폭포와 함께, 거친 숲을 지나서 결국에는 건물의 숲 사이를 뚫고 나아가는 폭이 넓고 물살이 빠른 강은 무엇인가?"

그것은 오론테스 강이다. 남쪽으로 12마일쯤 떨어진 지점에서 널찍한 거울처럼 펼쳐져 있는 지중해를 제외하면 여기서 물이 보이는 곳은 그 강뿐이다. 지중해는 누구나 한 번쯤 본 적이 있다. 하지만 단언컨대 안티옥을 일별한 적이 있는 사람은 극소수에 불과하다. 여기서 극소수란 당신과 나처럼 현대 교육의 혜택을 받은 사람 가운데 안티옥을 본 사람을 말한다. 그러니 저 바다에서 이제 그만 시선을 거두고, 이 아래 운집해 있는 가옥에 집중하라. 지금이 세계기원 후 3830년이라는 사실을 기억할 것이다. 만약 그 이후라면, 가령 서기 1845년이라면, 이 보기 드문 장관이 없었을 것이다. 19세기의 안티옥은 통탄스러운 쇠락 상태다. 아니, 쇠락 상태일 것이다. 그 무렵이면 안티옥은 세 시기에 세 차례의 지진이 연달아 일어나면서 완전히 파괴되어 있을 테니까. 그렇다. 사실을 말하자면 그때까지 남아있는 얼마 안 되는 예전의 모습은 너무나 황량하고 심하게 손상된 상태인지라 왕은 다마스쿠스로 거처를 옮긴 이후일 것이다. 좋다. 나도 알 수 있다. 당신이 내 조언에 도움을 받아 이 지역을 살펴보면서

"이 도시의 가장 널리 알려진

기념비들과 명소들로

눈을 만족시키는 것을."[330]

용서하시라. 셰익스피어는 1750년 후에나 위세를 떨치리라는 것을 잠시 잊었다. 하지만 에피다프네의 모습을 보면 기이하다고 할 만하지 않은가?

"그곳은 훌륭한 요새로 만들어졌으며 그런 면에서는 사람의 기술뿐 아니라 자연의 덕을 보았다."

그렇고말고.

---

[330]   셰익스피어의 《십이야》 3막 3장의 구절.

"엄청나게 많은 웅장한 궁전들이 있다."

그렇다.

"그리고 호화롭고 장대한 곳곳의 신전들은 가장 칭송받는 고대 유적에 비견될 만하다."

이 말이 모두 사실임을 인정할 수밖에 없다. 하지만 그곳에는 수많은 움막과 가축우리마냥 더러운 집도 셀 수 없이 많다. 개집마다 넘쳐나는 오물을 모르고 지나칠 수 없고, 우상에게 바치는 향에서 피어오르는 자욱한 연기가 없다면 도저히 견딜 수 없는 악취가 날 것이 틀림없다. 이처럼 심하게 좁은 길이나 이처럼 기적같이 높은 건물을 본 적이 있는가? 그 건물이 땅에 드리우는 그림자가 어찌나 어두운지! 저 끝없는 주랑에서 흔들리는 등불이 하루 종일 꺼지지 않는 것이 다행이다. 그렇지 않다면 황폐해진 이집트처럼 어두울 것이다.

"참으로 기이한 곳이다! 저기 특이한 건물은 무엇인가? 보라, 그것은 다른 건물보다 높이 우뚝 솟아 있고, 왕궁처럼 보이는 곳의 동쪽에 있다!"

그건 새로운 태양신의 신전이다. 시리아에서는 태양신을 엘라 가발라라는 이름으로 숭배한다. 이후에 로마의 악명 높은 황제가 로마에서 이 태양신 숭배를 시작할 것이고, 그로 인해 헬리오가발루스라는 이름을 얻을 것이다. 당신도 저 신전에서 섬기는 신을 한 번쯤 보고 싶을 것이다. 하늘을 올려다볼 필요는 없다. 태양신은 거기계시지 않는다. 적어도 시리아인이 섬기는 태양신은 그렇다. 그 신은 저 건물 안에서 찾을 수 있다. 그는 불을 나타내는 원뿔, 혹은 피라미드의 꼭대기에서 끝나는 거대한 석조 기둥 형상을 하고서 숭배받고 있다.

"들어라! 보라! 절반은 벌거벗은 채로 얼굴에는 색을 칠하고 무리를 향해 고함을 치고 몸짓을 하는 저 우스꽝스러운 존재들은 대관절 누군가?"

몇몇은 사기꾼들이다. 또 몇몇은 좀 더 구체적으로 말해서 철학자 무리에 속한다. 하지만 대다수는, 특히 백성들을 몽둥이로 공격하는 이들은 왕을 섬기는 신하이며 왕의 놀랄 만치 우스꽝스러운 짓을 의무적으로 집행하고 있다.

"하지만 이건 뭘까? 세상에! 이 도시에는 사나운 동물들이 가득하다! 무시무시한 광경이다! 몹시 위험한 상황이다!"

무시무시하다고는 말할 수 있지만 전혀 위험하진 않다. 자세히 관찰해보면 동물은 저마다 주인의 자취를 아주 조용히 따르고 있다. 몇몇은 모가지에 줄을 묶어 끌고 가지만, 그런 것들은 주로 크기도 작고 온순한 종이다. 사자, 호랑이, 표범은 완전히 풀어놓았다. 맹수들은 지금 맡은 일을 하도록 잘 훈련시켜서 각자의 주인을 시종마냥 시중들고 있다. 그렇다. 자연의 여신이 침범당한 자신의 영역을 주장하는 경우도 있다. 하지만 그런 경우가 설령 있더라도 병사를 잡아먹거나 제물로 바친 황소의 목을 조르는 일은 에피다프네에서는 너무나 드물어서 이야깃거리도 되지 않는다.

"그런데 지금 들리는 요란한 소리는 무엇인가? 안티옥에서도 이 정도면 시끄러운 소리다! 사람들의 관심이 예사롭지 않을 만큼 큰 소란이 벌어진 모양이다."

그렇다. 틀림없다. 왕이 신선한 구경거리를 명한 것이다. 원형경기장에서 검투사의 경기가 열리거나, 스키타이 포로들을 학살하거나, 새 궁전에 큰불이 났거나, 멋진 신전을 파괴하거나, 유대인 몇 명을 화형에 처한 것이다. 함성소리가 더 커진다. 웃음소리가 하늘로 솟아오른다. 사방에 시끄러운 관악기 소리가 울려 퍼지고, 백만 명의 목청에서 터져 나오는 소리가 무시무시하다. 우리도 재미 삼아 내려가서 무슨 일인지 살펴보자! 이쪽이다. 조심하라! 이제 가장 중심 거리 티마르쿠스라는 거리에 도착했다. 사람들이 구름 떼처럼 이리로 몰려들고 있어서 그 흐름을 막기 어려울 것이다. 사람들은 궁전에서 바로 이어지는 헤라클리데스 골목길을 통해 쏟아져 들어오고 있다. 그러므로 왕도 아마 그들 중에 있을 것이다. 그렇다. 전령이 동방의 장려한 어법으로 왕이 납시었다고 외치는 소리가 들린다. 왕이 아시마의 신전 앞을 지나갈 때 우리도 직접 볼 수 있을 것이다. 성소의 현관 앞에 자리를 잡자. 그사이에 이 조각상을 살펴보자. 이게 무엇인가? 아, 아시마 신의 형상이다. 하지만 그는 양도, 염소도, 사티로스도 아니다. 그렇다고 아르카디아의 목신도 아니다. 하지만 장래의 학자들은 그의 외모가 가지는 이 모든 면면을 시리아인들이 섬기는 아시마 신에게 부여했다. 아니, 부여할 것이다. 안경을 쓰고 자세히 보라. 그게 무엇인가?

"저런! 유인원이다!"

그렇다. 개코원숭이다. 하지만 그렇다고 신성이 부족한 것은 결코 아니다. 그의 이름은 그리스어 시미아를 어원으로 삼고 있다. 골동품 수집가들은 참으로 어리석다! 하지만 보라! 보라! 저기 누더기를 입은 부랑아가 걸어가고 있다. 그가 어디로 가는가? 뭐라고 고함을 지르고 있는가? 뭐라고 하는가? 아! 왕이 승전하고 돌아온다고 말한다. 왕이 성장을 갖추고 사슬에 묶인 이스라엘 포로 천 명을 손수 처형했다고 말한다! 이 공적을 세운 왕을 하늘 높이 찬양하고 있다! 들어라! 비슷한 모습의 부대가 오고 있다. 그들은 왕의 무훈을 기리는 라틴어 송가를 만들어서 합창하며 걸어온다.

> "밀레, 밀레, 밀레,
>
> 밀레, 밀레, 밀레,
>
> 데콜라비무스 우누스 호모!
>
> 밀레, 밀레, 밀레, 밀레, 데콜라비무스!
>
> 밀레, 밀레, 밀레,
>
> 비바트 쿠이 밀레 밀레 오키디트!
>
> 탄툼 비니 하베트 네모
>
> 콴툼 상기니스 에푸디트!"[331]

해석하면, 다음과 같다.

> 천 명을, 천 명을, 천 명을
>
> 천 명을, 천 명을, 천 명을
>
> 우리는 한 사람의 전사로 천 명을 죽였다!

331 [원주] 플라비우스 보스피쿠스는 여기 소개된 송가가 아우렐리아누스가 사르마티아 전쟁에서 자기 손으로 950명의 적을 죽였을 때 군중이 불렀던 노래라고 한다.

천 명을, 천 명을, 천 명을, 천 명을

천 명을 다시 노래하라!

자! 왕의 만세를

노래하자.

우리는 천 명을 멋지게 무찔렀다!

자! 함성을 올리자.

왕은 시리아 전체의 포도주보다

더 많은 붉은 피를

우리에게 선사하셨다!

"나팔 소리가 들리는가?"

그렇다. 왕이 납시었다! 보라! 백성들은 입을 딱 벌리고 감탄하고, 눈을 하늘로 들어 우러러보고 있다! 왕이 온다! 오고 있다! 바로 저기 그가 있다!

"누가? 어디에? 왕이? 보이지 않는다. 그가 보인다고 말할 수가 없다."

그렇다면 당신은 앞을 보지 못하는 사람이다.

"그럴 수도 있다. 하지만 얼간이들과 미치광이들이 모인 떠들썩한 무리가 거대한 기린 앞에 엎드려 절하며 기린의 발굽에 입을 맞추어보려고 안간힘을 쓰는 광경 이외에는 아무것도 보이지 않는다. 보라! 기린은 당연하게도 하찮은 무리 중에서 한 사람을 걷어찼다. 그리고 하나 더, 하나 더, 하나 더 걷어찼다. 그렇다. 기린의 훌륭한 발재간을 나 역시 감탄하며 우러러보지 않을 수 없다."

정말이지 하찮은 무리로다! 어째서 이들이 에피다프네의 귀족과 자유 시민이란 말인가! 짐승이라 했는가? 그 말이 저들 귀에 들어가지 않도록 주의하라. 그 기린이 사람의 얼굴을 가진 것이 보이지 않는가? 그렇다면 친애하는 독자여. 저 기린이 다름 아닌 안티오코스 에피파네스다. 시리아의 왕, 빛나는 안티오코스, 동방의 모든 전제군주 가운데 가장 강력한 왕! 그렇다. 그가 가끔 안티오코스 에피마네스, 즉 미치광이 안티오코스라고 불린 것도 사실이지만, 그건 백성들 누구나 그의 장점을 알아볼 능력을 갖추지는 못했기 때문이다. 그가 지금 동물 가죽을 뒤집어쓰고서 최선을 다해 기린 역할을 맡고 있는 것도 분명하다. 하지만 이는 왕으로서 위엄을 더욱 잘 지키기 위해서 하는 일이다. 게다가 왕의 기골이 장대하니 의상이 어울리지 않거나 지나치게 크지도 않다. 왕이 특별한 행사를 위해 기린의 복장을 한 것이라고 생각할 수도 있다. 천 명의 유대인을 학살하는 행사라든가. 엎드려 네발로 걷는 왕의 저 위엄 있는 모습이라니! 가장 아끼는 애첩 엘리네와 아르겔라이스가 위로 높이 쳐들고 있는 꼬리가 보일 것이다. 게다가 머리에서 툭 튀어나온 눈과 들이켠 와인 때문에 별로 눈에 띄지 않는 괴이한 얼굴색만 아니라면, 왕의 외모는 전체적으로 더할 나위 없이 매혹적일 것이다. 그가 향하는 원형경기장으로 따라가면서 부르는 노래를 들어보자.

"에피파네스 말고 그 누가 왕인가?
말해보라, 너는 알고 있는가?
에피파네스 말고 그 누가 왕인가?

브라보! 브라보!

에피파네스 말고는 아무도 없네.

정말이지 아무도 없네.

그러니 신전들을 무너뜨리고

태양을 꺼뜨리라!"

힘차게 잘 불렀다! 백성들은 그를 "시인들의 군주"라고, "동방의 영광", "우주의 환희", "가장 뛰어난 기린"이라고 찬양하고 있다. 그들이 노래를 다시 불러달라고 청했다. 들리는가? 왕이 노래를 다시 부르고 있다. 원형경기장에 도착하면 왕은 다가오는 올림픽 경기에서 우승을 기대하며 시인의 월계관을 머리에 쓸 것이다.

"하지만 유피테르여! 우리 뒤에 있는 군중에겐 무슨 일이 있는가?"

우리 뒤라고 했는가? 오! 아! 이제 보인다. 친구여, 제때 말해줘서 고맙다. 가능한 빨리 안전한 곳으로 들어가도록 하자. 자! 이 송수로 아치에 몸을 숨기면 이 소란의 원인을 곧 설명하겠다. 내가 예상한 그대로다. 이 도시에서 키우는 야생 동물들이 인간의 머리를 한 기린을 보고 적절치 못하다고 여기고 기분이 상한 모양이다. 그 결과 반란이 일어났다. 대개 그렇듯이 인간이 아무리 애를 써도 이 반란을 잠재울 수 없을 것이다. 시리아인 몇 명이 이미 잡혀먹었다. 그렇지만 네발 달린 애국자들은 한뜻으로 기린을 잡아먹으려고 하는 모양이다. 그래서 '시인들의 군주'는 목숨을 부지하고자 뒷발로 일어섰다. 신하들은 혼란 중에 그를 버렸고, 애첩들도 그들의 훌륭한 본

보기를 따랐다. '우주의 환희'여, 그대는 슬픈 곤경에 처했노라! '동방의 영광'이여, 그대는 저작운동에 희생될 위험에 처했노라! 그러니 그렇게 불쌍한 꼴로 꼬리를 바라보지 말라. 꼬리는 필시 진흙투성이가 될 것이며 그걸 막을 수는 없는 노릇이니. 그러니 뒤를 돌아 꼬리가 당하는 수모를 보지 말라. 대신 용기를 가지고 열심히 다리를 움직여 원형경기장으로 달려가라! 그대는 안티오코스 에피파네스임을 기억하라. 빛나는 안티오코스! 또한 '시인들의 군주'임을, '동방의 영광', '우주의 환희', '가장 뛰어난 기린'임을! 세상에! 그대가 얼마나 빠른 속도를 과시하고 있는지! 얼마나 대단한 도주 능력을 키우고 있는지! 달려라, 군주여! 브라보, 에피파네스! 잘한다, 기린! 위대한 안티오코스! 그가 달린다! 뛰어오른다! 날아오른다! 석궁으로 쏜 화살처럼, 그가 경기장에 다가간다! 뛰어오른다! 소리를 지른다! 도착했다! 다행한 일이다. 그대, '동방의 영광'이 원형경기장 문에 1초의 절반이라도 늦게 도착했다면 에피다프네에 있는 야수들이 새끼 곰한 마리 빠짐없이 모두 덤벼들어 그대의 시체를 뜯었을 테니까. 그만 떠나자. 이만 출발하자. 왕의 탈출을 축하하며 터져 나올 엄청난 함성을 우리 섬세한 현대인의 귀는 견딜 수 없기 때문이다! 들어라! 이미 시작되었다. 보라! 시내 전체가 뒤죽박죽이 되었다!

"분명 이곳은 동방에서 가장 번성한 도시다! 사람들이 얼마나 많은가! 지위와 나이를 막론하고! 다양한 종파와 민족! 온갖 의복! 숱한 언어! 오만 가지 짐승들이 울부짖는 소리! 요란한 악기 소리! 철학자들!"

어서 출발하자!

"잠시만! 원형경기장에서 왁자지껄 일어난 소동이 보인다. 그건 대관절 무슨 영문인지 알려줄 수 없는가?"

저거? 아, 아무것도 아니다! 에피다프네의 귀족들과 자유 시민들이 왕의 신앙심, 용기, 지혜, 신성에 충분히 만족했고, 그가 방금 보여준 초인적인 민첩성을 직접 목격하고 나서 그의 머리에 (시인의 월계관에 더해) 달리기 승리의 월계관을 씌우는 것이 의무라고 여긴 것뿐이다. 필시 그가 다음번 올림피아드 축제에서 그 관을 받게될 것이니 지금 미리 수여하는 것이다.

예루살렘 이야기

"어서 성벽으로 갑시다." 세계기원 3941년,[333] 탐무즈의 달[334] 10일, 아벨-피팀이 부지-벤-레위와 바리새인 시므온에게 말했다. "다윗의 도시에 있는 베냐민의 성문 옆, 할례받지 않은 자들의 야영지를 내려다보는 성벽으로 어서 갑시다. 동이 터서 네 번째 보초가 마지막으로 망을 보는 시간이 되었습니다. 우상을 섬기는 자들이 폼페이우스의 약속을 지키기 위해 번제할 양을 준비해서 우리를 기다리고 있을 것입니다."

시므온, 아벨-피팀, 부지-벤-레위는 예루살렘의 기즈바림, 즉 제물 징수원이었다.

---

332 본래 루카노스의 원문은 잿빛 머리카락이 이마 위를 덮고 있다는 내용이었는데, 포가 아래의 인용문과 연결시키기 위해 바꾼 것이다.

333 기원전 6564년.

334 유대력으로 10월, 그레고리력으로 6~7월에 해당.

"그렇습니다." 시므온이 대답했다. "서두릅시다. 이교도들이 이렇게 후하게 구는 건 드문 일이니까요. 그리고 변덕은 항상 바알 신을 섬기는 자들의 특징이었지요."

"그자들이 변덕스럽고 기만적이라는 건 모세오경[335]만큼이나 옳습니다." 부지-벤-레위가 말했다. "하지만 그건 아도나이[336]의 사람들에게만 그렇습니다. 암몬[337] 사람들이 언제 손해 볼 짓을 한 적이 있습니까? 제가 보기에는 주의 제단에 바칠 양을 주고 마리당 은화 30세켈을 받아가는 건 그다지 크게 후한 일은 아닌 것 같습니다!"

"하지만, 벤-레위여, 지금 하느님의 도시를 불경스럽게도 포위하고 있는 로마의 폼페이우스는 우리가 육신을 위해서가 아니라 영혼을 위한 제물로 양을 사들인다는 걸 확신하지 못한다는 것을 잊었군요." 아벨-피팀이 대답했다.

"자, 내 턱수염을 전부 걸고 말하겠습니다." '발을 짓찧는 자들'(기어 다니며 보도에 발을 짓찧어 찢어지게 함으로써 열성이 덜한 신자들에게 큰 골칫거리이자 책망의 원인을 제공해온 몇몇 성스러운 사람들의 모임으로, 잘 걷지 못하는 사람들에게 큰 걸림돌이 되었다)이라는 분파의 일원인 바리새인 시므온이 외쳤다. "내 성직자로서 절대 깎을 수 없는 턱수염을 전부 걸고 말하노니! 저 신을 모독하고 우상숭배를 일삼는 건방진 로마가 우리가 육신의 욕심을 채우기

---

335   구약성서의 창세기, 출애굽기, 레위기, 민수기, 신명기를 가리킴.

336   유대교에서 여호와를 부르는 다른 이름.

337   요단강 동쪽에 거주하던 민족.

위해 가장 성스럽고 신성한 것들을 도용했다고 비난하는 꼴을 보게 되다니요? 살다 보니 이런—"

"블레셋[338] 사람들의 속셈을 묻지 맙시다." 아벨-피팀이 시므온의 말을 막았다. "오늘 우리가 처음으로 그들의 탐욕의, 혹은 후한 성정의 덕을 보았으니 말입니다. 대신 어서 성벽으로 갑시다. 하늘에서 비가 내려도 그 불을 끌 수 없고, 태풍이 와도 연기 기둥을 꺾을 수 없는 신의 제단에 제물이 모자라는 일은 없어야 하니까요."

훌륭한 기즈바림이 지금 달려가는 곳, 그곳의 건설을 명한 다윗 왕의 이름을 여전히 간직하고 있는 성벽은 예루살렘에서 가장 튼튼한 구역으로 간주되었다. 가파르고 높은 시온 산에 위치한 곳이기 때문이다. 여기, 단단한 바위를 깎아내어 성벽을 깊고 넓게 에워싸도록 한 해자는 그 안쪽에 세운 굉장히 튼튼한 성벽이 보호하고 있었다. 이 성벽은 하얀 대리석의 정사각형 탑을 일정 간격으로 세워 장식했다. 가장 낮은 탑은 높이가 60큐빗[339]이고, 가장 높은 것은 120큐빗이었다. 하지만 베냐민의 문 주위에서는 성벽이 해자 가장자리에 서 있지 않았다. 반대로, 해자와 성벽 사이에 250큐빗 높이의 수직 절벽이 솟아 있었는데, 그것은 깎아지른 듯 험한 모리아 산의 일부였다. 그 덕분에 시므온과 동료들이 예루살렘 주위 탑 중에 가장 높아 그 아래 포위군이 주로 모여드는 아도니 베젝이라는 탑 꼭대기에 도달했을 때는 쿠푸의 피라미드보다 훨씬 더, 그리고 벨로

---

338   고대 팔레스타인의 민족.

339   고대에 쓰던 길이 단위로, 1큐빗은 약 45센티미터.

스의 신전보다 조금 더 높은 곳에서 적진을 내려다볼 수 있었다.

"거참." 시므온은 아찔한 벼랑너머를 살그머니 내다보며 한숨지었다. "이교도들은 바닷가의 모래알처럼, 황야의 메뚜기 떼처럼 많습니다! 만왕의 왕의 계곡이 아도민[340]의 계곡이 되어버렸군요."

"하지만," 벤-레위가 덧붙였다. "점보다 더 크게 보이는 블레셋 사람은 한 명도 찾아낼 수 없겠습니다. 그렇습니다. 알렙에서 타우[341]까지, 황야에서 성벽까지 다 뒤져도 말입니다!"

"은화를 넣은 바구니를 내려라!" 여기서 로마 병정이 마치 플루토의 저승에서 들려오는 것 같은, 걸걸하게 쉰 목소리로 외쳤다. "고귀한 로마인이 발음하기도 힘든 그 망할 놈의 돈을 넣어 바구니를 내려라! 겸손한 마음으로 네놈들의 고집스러운 우상숭배를 도와주는 것이 좋겠다고 여기신 우리 폼페이우스님에게 그런 식으로 감사하는 건가? 진정한 신, 포이보스 신[342]이 한 시간째 전차를 몰았다. 게다가 네놈들은 해가 뜰 때 성벽에 도착하기로 하지 않았나? 빌어먹을! 온 세상의 정복자인 우리가 땅바닥의 개 같은 자들과 거래를 하려고 개집 벽에 서서 기다리는 것 말고는 할 일이 없어 보이나? 어서 내려라! 그리고 번쩍거리는 것으로 무게도 정확히 달아서 보내라!"

"엘 엘로힘!"[343] 백대장의 거슬리는 목소리가 벼랑 틈을 타고 올라

---

340 여호수아서에서 예루살렘과 여리고 사이에 위치하는 것으로 언급된 지명 아두님을 가리킴.

341 히브리어 알파벳의 첫 자와 마지막 자.

342 로마의 태양신.

343 신이시여.

와 신전에 닿아 잦아드는 가운데 시므온이 외쳤다. "엘 엘로힘! 포이보스 신이 **누굽니까**? 저 신성모독자가 불러낸 신이 누굽니까? 그대, 부지-벤-레위여! 이교도의 법률을 공부하고, 테라핌[344]에 손을 대는 자들 사이에서 거한 적이 있지 않소! 포이보스란 우상숭배자들이 말하는 네르갈이요? 아니면, 아시마요? 혹은 니바즈요? 타르타크? 아드라말렉? 아나말렉? 수코스-베니스? 다곤? 벨리알? 바알-페리스? 바알-페오르? 바알-제붑이요?"

"아니, 그들이 아닙니다. 하지만 밧줄이 손에서 너무 빨리 미끄러지지 않도록 조심하십시오. 바구니가 혹시 저기 바위가 튀어나온 곳에 걸린다면, 성소에서 가져온 성스러운 것들이 쏟아져버릴 테니까요."

대충 만든 장치의 도움을 받아 무겁게 채운 바구니가 그들 무리 사이로 조심조심 내려갔다. 아찔한 꼭대기에서 내려다보니 로마인들이 그 주위에 혼란스럽게 모여들었다. 하지만 워낙 높고 안개가 자욱해서 그들이 무엇을 하는지 잘 보이지 않았다.

벌써 반 시간이 지났다.

"너무 늦겠습니다." 반 시간이 지난 뒤, 심연 아래를 내려다보면서 시므온이 한숨을 쉬었다. "너무 늦겠어요! 카톨림[345]에게 쫓겨나겠습니다."

"그러면 앞으로는 더 이상." 아벨-피팀이 대답했다. "앞으로는 더

---

344   성경에 언급된 우상.

345   성소의 재무관리인.

이상 우리가 땅에서 난 기름진 것을 배불리 먹지 못할 것이요, 더 이상 우리 수염에서 유향 냄새가 풍기지 못할 것이요, 신전에서 지은 고급 천으로 사타구니를 가리지 못할 겁니다."

"바보 같은 놈들!" 벤 레위가 욕을 했다. "바보 같은 놈들! 저들이 우리를 속여 돈을 빼앗으려는 겁니까? 혹은, 성스러운 모세여! 예배소의 세켈 무게를 재고 있는 겁니까?"

"이제야 신호를 했군요." 시므온이 외쳤다. "이제야 신호를 했어요! 당기십시오, 아벨-피팀! 부지-벤-레위, 당기십시오! 저 블레셋 사람들이 아직도 바구니를 잡고 있든지, 아니면 주께서 저들의 마음을 열어 아주 무거운 양을 담은 모양이니까요!" 그래서 기즈바림은 줄을 당겼고, 그들의 바구니는 점점 더 짙어지는 안개를 뚫고 서서히 위로 올라왔다.

*　*　*

"부끄러운 줄 아시오!"—한 시간이 다 되어갈 무렵 밧줄 저 끝에 달린 물체가 희미하게 보이기 시작했을 때—"부끄러운 줄 아시오!" 하고 벤-레위가 고함을 질렀다.

"부끄러운 일입니다! 부끄러워요! 엔게디의 덤불에 사는 양이라 여호사밧의 계곡처럼 튼튼하군요!"

"한 태에서 처음 난 놈이군요." 아벨-피팀이 말했다. "울 때 입을 보고 다리가 접히는 모양새를 보면 알 수 있습니다. 눈이 대사제의 목걸이에 박힌 보석보다 아름답군요. 그리고 살은 마치 헤브론의 꿀 같습니다."

"바산의 목초지에서 풀을 먹고 살찐 새끼 양입니다." 시므온이 말했다. "저 이교도들이 약속을 잘 지켜주었군요! 소리 높여 찬송합시다! 퉁소와 치터[346]로 감사를 전합시다. 하프와 후가브[347]로, 수금과 색벗[348]으로!"

바구니가 기즈바림에게서 몇 피트 앞에 다가와서야, 몸집이 꽤 큰 돼지가 꿀꿀거리는 소리가 그들에게 들려왔다.

"이런 엘 에마누!" 셋은 눈을 위로 치켜뜨면서 천천히 신을 불렀고, 그와 동시에 쥐고 있던 밧줄을 놓아버리자 해방된 돼지는 블레셋 사람들 사이로 곤두박질쳤다. "엘 에마누! 주여 우리와 함께하소서! 저건 그 이름을 입에 담을 수도 없는 살덩어리입니다!"

---

346   편평한 상자에 현이 달린 악기.

347   고대 이스라엘의 오르간.

348   트롬본과 비슷한 악기.

대중문학의 지평을 넓힌 작가
에드거 앨런 포

권진아(서울대학교 강의교수)

"에드거 앨런 포가 사망했다. 그저께 볼티모어에서 사망했다. 이 소식에 많은 사람들이 놀라겠지만, 슬퍼할 사람들은 거의 없을 것이다"로 시작되는 1849년 10월 9일 자 〈뉴욕 트리뷴〉지의 포 사망 기사는 에드거 앨런 포 하면 떠올리게 되는 타락과 광기의 이미지를 구축한 출발점이자 오랫동안 끈질긴 영향력을 발휘한 글이다. "루드비히"라는 가명으로 이 사망 기사를 쓴 사람은 루퍼스 월못 그리스월드로, 자신이 편찬한 '미국의 시인과 시 선집 시리즈'(1842~1850)의 성공으로 당시 문단에서 큰 영향력을 행사하던 인물이었다. 선집에 들어가는 시와 시인의 선정 기준을 비판한 포—비평가로서의 포는 "토마호크[349]맨"이라는 별명이 붙을 정도로 신랄한 비평을 쓰기로 유명했다—와 불화를 겪었던 그리스월드의 악의적 회상 속에서

---

[349]   북아메리카 원주민들이 사용한 도끼.

포는 "친구가 거의 없거나 전혀 없"고 "광기와 우울에 휩싸인 채 저주의 말을 웅얼거리며 거리를 배회"하는 기괴한 인간, 남을 무시하기 위한 오만한 야심만 가득할 뿐 "도덕적 감수성이라고는 전혀 없는" 반사회적 인간으로 제시되고, 놀랍게도 이 글과 그 후속격인 〈작가 회상록〉이 이후 수십 년간 포 전기의 준거가 되면서 포를 자신의 기이하고 섬뜩한 작품들과 분리시켜 생각할 수 없는 악마적 광기에 휩싸인 작가로 신화화한다. 물론 부모의 죽음과 입양, 양부와의 불화, 도박, 음주, 미성년 사촌과의 결혼, 현재까지도 진실이 밝혀지지 않은 의문의 죽음에 이르기까지 기본적인 사실들만 놓고 봐도 극적인 일화로 점철된 포의 삶 자체가 이에 좋은 재료가 되어주었다는 것은 부정할 수 없는 사실이다. 결국 그리스월드의 과장과 왜곡을 폭로한 존 헨리 잉그램의 전기가 나온 것이 1875년, 사실에 입각해 제대로 쓴 전기로 현재까지 인정받는 아서 H. 퀸의 《에드거 앨런 포: 비평 전기Edgar Allan Poe: A Critical Biography》(1941)가 나온 것이 포가 사망한 지 거의 백여 년이 지나서였으니 그리스월드의 영향력이 얼마나 컸을지 짐작할 만하다. 포가 미국에서보다 더 큰 인기를 누렸던 프랑스에 포의 단편들을 번역, 소개한 대표적 포 추종자 보들레르 또한 포의 일인칭 화자들을 작가 포와 분리시키지 않는 대표적 "오독"을 한 독자 중의 하나였으니 말이다.

하지만 포에 관한 이러한 "신화적 통념"에서 그리스월드식의 과장이나 날조, 혹은 낭만적 신화화를 걷어내고 보면, 인간적 결함이 없지는 않지만 일찌감치 글쓰기를 자신의 소명으로 삼고 작가로 성공하기 위해 열악한 현실과 싸우며 고군분투한, 의외로 평범한 인물을 만나게 된다. 40세의 나이로 수수께끼의 죽음을 맞기 전까지 20여 년을 작가로 살며 네 권의 시집과 장편소설 한 편, 무려 60편이 넘는 단편, 그 외에도 잡지 편집자로서 무수한 논평과 에세이를 쓴 포는 (본인이 바란 바는 아니었겠지만) 글쓰기로만 생계를 유지한 최초의 미국 작가였다. "사도마조히스트, 약물중독자, 조울증, 성도착자, 병적 자기중심주의자, 알코올중독자라고? 포에게 언제 글 쓸 시간이 있었을까?"라며 포에 관한 속설들을 은근한 유머로 반박하는 포 박물관의 한 포스터 문구에 동의하지 않을 수 없게 만드는 작업량이다.

통념을 깨는 또 하나의 사실은 포의 기괴한 단편들이 당시의 "문학 시장"을 적극적으로 의식하며 쓴 작품이라는 점이다. 랄프 왈도 에머슨, 헨리 데이비드 소로, 월트 휘트먼, 허먼 멜빌, 너새니얼 호손, 에밀리 디킨슨과 함께 미국 문학의 르네상스(1830~1865)를 이끈 작가로 꼽히는 포의 작품들은 예술성과 시장성을 상충되는 개념으로 보는 흔한 이분법의 경계를 흐리게 만든다. 애초 포의 문학적 야심은 단편 작가보다는 시인이 되는 것이었다. 바이런과 셸리, 콜리지 같은 시인이 되기를 꿈꾸며《테멀레인 외 다른 시들Tamerlane and Other Poems》(1827)과《알 아라프, 테멀레인 외 다른 시들Al Aaraaf, Tamerlane and Minor Poems》(1829),《시들Poems》(1831)까지, 시집도 일찍이 연달아 세 권을 내놓았다. 그랬던 포가 1830년대 초부터 갑자기 단편으로 방향을 전환한 것은 순전히 현실적인 이유에서였다. 세 권의 시집이 그에게 어떤 경제적 도움도 가져다주지 못했기 때문이다. 포는 성년이 되고 양부 존 앨런과 불화를 겪으면서부터 죽는 날까지 한 번도 넉넉한 생활을 해본 적이 없었지만, 이 시기에는 특히 지독한 가난에 시달렸다고 알려져 있다. 그는 웨스트포인트사관학교에서 (자청해서) 퇴학당한 후였고, 재혼으로 법적 친자를 얻었을 뿐 아니라 사생아까지 있었던 존 앨런과의 화해(와 유산 상속의) 가능성은 희박했다. 간절한 반성과 화해의 바람을 담은 편지들은 무시당했다. 소속도, 기댈 가족도 없었던 포에게 현실의 문제가 그 어느 때보다 절박했던 시기였다. 잘 팔리면서 예술적 가치도 있는, 즉 "대중과 평자의 취향을 동시에 만족시키는"(《작법의 철학》) 이야기를 쓰기 위한 포의 선택은 당대 인기 대중 장르들의 공식을 적극적으로 수용하는 것이었다. 대중문화 전반에 널리 영향을 미친 장르물의 대가 에드거 앨런 포가 탄생하는 순간이다.

포를 19세기 당시이건 지금 현재이건 대중에게 가장 각인시킨 장르는 두말할 것도 없이 고딕공포물이다. 포가 단편을 시작하면서 고딕공포물을 택한 이유는 명백했다. 최초의 고딕소설인 호레이스 월폴의 《오트란토 성》(1764)이 나온 이래 고딕공포물은 당시 대서양 양안에서 모두 상당한 인기를 누려온 장르였다. 영국에서는 포가 동경하던 낭만주의 시인들의 시를 싣던 유명 문예지 《블랙우드 에든버러 매거진》에서 꾸준히 지면을 차지하고 브론테 자매나 찰스 디킨스 등의 작가들에게 영향을 미치고 있었고, 미국에서도 고딕은 찰스 브록덴 브라운 등의 작가들을 통해 대중에게 익숙해져 있었다. 특히 미국에서는 고딕의 공포에서 한 걸음 더 나아가 극악한 범죄를 생생하게 묘사한 이야기들을 싣는 '페니프레스'[350]나 아예 범죄의 기록을 담은 《미국의 범죄 기록》(1833) 같은 범죄 팸플릿들이 센세이셔널한 자극을 추구하는 대중 사이에서 큰 인기를 끌고 있었다. 포의 작품 속에 거듭 등장하는 죽음, 살인, 부패, 생매장, 신체 훼손 등 섬뜩한 사건들이 포 작품만의 특징이 아니라 당시 쉽게 접할 수 있는 이야기들이었다는 말이다.

하지만 포의 고딕은 폭력의 생생한 묘사로 공포의 스릴을 추구하는 페니프레스의 이야기들과 달리 화자의 내면에 초점을 맞춰 인간 내면의 무의식과 불안, 광기를 탐구하는 계기로 삼음으로써 공포물을 세련된 심리물의 차원으로 끌어올렸다.《기괴하고 기이한 이야기들Tales of the Grotesque and Arabesque》(1839)에 실린 단편들이 지나치게 고딕적이라는 평자들의 비판에 대해 그가 대답했듯이, 포의 고딕공포 이야기들은 통제할 수 없는 극단적 상황에서 "영혼이 느끼는 공포"를 통해 인간의 심리를 탐구하는 이야기들이다. 자신이 겪은 혹은 목격한 공포의 경험을 일인칭으로 전달하는 포의 화자들은 집착과 공포증(〈베르니스〉), 망상과 자기 분열(〈윌리엄 윌슨〉), 자기 파괴적 이상심리(〈심술의 악령〉, 〈검은 고양이〉, 〈고자쟁이 심장〉), 지각 과민과 우울증(〈어셔가의 몰락〉)으로 인해 점차 붕괴되어가는 내면을 종종 기이할 정도로 차분하거나 분석적인 어조로 전달하며 현실과 비현실, 이성과 비이성의 경계를 질문하게 한다. 고딕의 기존 장르 관습은 포의 심리 공포물에 절묘한 객관적 상관물을 제공한다. 로더릭 어셔의 심리적 붕괴와 조응하여 균열이 커져가다 결국 함께 허물어져 내리

---

350   6센트인 일반 신문과 달리 1센트라는 낮은 가격을 내세워 전 계층에서 널리 읽힌 저급 신문들.

는 고색창연한 어셔가의 저택, 윌리엄 윌슨과 또 다른 윌리엄 윌슨의 기숙사 방을 잇는 종잡을 수 없이 꼬불꼬불한 복도, 이름 없는 화자가 아내와 고양이를 생매장한 축축한 지하실 등은 이야기에 음산함을 더하는 고딕적 배경으로서도 훌륭하지만 주인공들의 자기 분열과 억압, 내면의 어둠을 탁월하게 형상화한 심리적 상징물들이다. 고전어를 전공했고 잡지 편집자로서 온갖 종류의 글을 읽고 평론을 쓰며 그리스 로마 고전에서부터 페니프레스까지 당시 독서 대중의 취향을 두루 파악하고 있었던 포가 탄생시킨, 단순한 오락물로도 최고의 재미를 제공하지만, (포의 단편 이론에서 가장 중요한 요소인) "단일한 효과" 속에 감춰진 다층적 의미를 알아보는 독자들에게 한 차원 높은 독서의 재미를 제공하는 공포물들이다.

포의 고딕은 인간 내면의 어둠을 들여다보는 데만 머물지 않았다. 포와 함께 '어둠'의 작가로 구분되는 동시대 작가 멜빌이나 호손처럼 본격적으로 다루지는 않지만, 미국 역사의 어두운 이면을 외면하지 않는다. "명백한 운명"의 기치를 내세워 서쪽으로 영토를 확장해나가고 자신들이 정복한 미국 원주민들은 보호구역으로 강제로 밀어넣고 있던 19세기 초 미국 역사의 폭력성을 신랄하게 풍자하는 〈아무것도 남지 않은 남자〉가 그 예이다. 포의 기괴한 이야기의 또 하나의 특징인, 부조리에 가까울 정도로 현대적인 블랙유머가 빛을 발하는 이 단편에서 미국의 역사는 미국 원주민 토벌 전투에서 피와 살로 이루어진 "인간성"을 잃고 이를 기술의 힘으로 기괴할 정도로 완벽하게 대체한 스미스 명예준장의 모습으로 재구성되어 섬뜩한 희화화의 대상이 된다.

열기구, 철로, 증기선, 전보, 인쇄술의 발전, 골드러시, 잭슨 민주주의, 심화되는 자본주의적 경쟁, 도시화 등 19세기 초 미국 사회에 불어닥친 급격한 변화들과 이에 대한 양가적 감정도 여러 단편들에서 다루는 소재들이다. 〈군중 속의 남자〉는 타인의 삶을 몰래 훔쳐보는 화자와 혼자 있는 것을 역병처럼 피하는 남자를 통해 익명의 자유와 군중 속의 고독이 공존하는 현대적 도시의 풍경을 그린다. 〈블랙우드식 글쓰기〉, 〈곤경〉, 〈작가 싱엄 밥 씨의 일생〉은 잡지 문학의 관행과 자본주의 시대의 글쓰기를, 〈사업가〉와 〈사기〉는 자본주의적 윤리와 경쟁을 코믹하게 풍자한다. 욥의 고난에 못지않은 시련 끝에 결국 불신자가 어처구니없는 불행한 일들을 관장하는 기묘천사에 대한 믿음을 얻는 〈기묘천사〉는 종교적 믿음이 흔들리는 시대의 초상을 그린 발군의 블랙코미디이다.

하지만 대중문학에 대한 포의 가장 큰 공헌은 뭐니 뭐니 해도 (포 자신은 "추론 이야기tales of ratiocination"라고 부른) 가장 커다란 독자층을 자랑하는 현대의 대표적 장르 문학 중 하나인 탐정물을 만들어 냈다는 것이다. 놀랍게도 《이야기들Tales》(1845)에 실린 세 편의 뒤팽 이야기, 〈모르그 가의 살인〉, 〈마리 로제 수수께끼〉, 〈도둑맞은 편지〉에서 포는 탐정소설의 공식과 탐정의 원형을 처음부터 완벽할 정도로 완성된 형태로 내놓는다. 범죄로 들끓는 대도시에서 은둔자처럼 사는 천재적 탐정과 평범한 지성을 가진 화자로 구성된 이인조, 시인의 상상력과 수학자의 논리로 사건을 해결하는 탐정과 관행과 본능에 기댄 수사로 번번이 사건 해결에 실패하는 경찰 집단의 대조는 아서 코넌 도일의 셜록 홈스 시리즈에서 고스란히 카피되어 현대 탐정소설의 공식으로 자리 잡는다. 밀실 범죄(《모르그 가의 살인》)와 암호 해독(《황금 벌레》), 영혼의 쌍둥이처럼 탐정과 똑같은 비상한 사고 회로를 가진 숙적(《도둑맞은 편지》) 등 추리·범죄소설의 익숙한 장르 관습들까지 포가 고작 세 편의 단편 안에서 모두 선보였다는 사실은 놀라울 뿐이다.

공상과학소설은 사기꾼이 전하는 믿을 수 없는 달나라 모험 이야기를 그린 〈한스 팔의 전대미문의 모험〉과 미래 사회/사후의 미래에서 과거 사회를 돌아보는 〈멜론타 타오타〉, 〈모노스와 우나의 대담〉, 〈에이러스와 차미언의 대화〉 네 편의 단편으로 포가 창시자로 거론되는 또 다른 장르이기는 하지만, 탐정소설처럼 포가 완성시킨 장르라고는 할 수 없다. 현대의 공상과학소설에 대한 포의 공헌이라면, 〈한스 팔의 전대미문의 모험〉의 마지막 부분에서 "과학적 원리를 통한 이야기의 핍진성"을 강조함으로써 공상과학소설이 풍자나 판타지와 구분되는 핵심 지점을 짚어준 것, 그리고 더 중요하게는 쥘 베른이나 H. G. 웰스, 아이작 아시모프 등 걸출한 공상과학 소설가들에게 큰 영향을 줬다는 것이다. 실제로 쥘 베른은 〈한스 팔의 전대미문의 모험〉에서 영감을 받아 《지구에서 달까지De la terre a la lune》(1865)를, 아서 고든 핌의 미완의 모험을 이어가 케르겔렌 제도에서부터 남극으로의 여행을 그린 《남극의 미스터리Le Sphinx des glaces》(1897)라는 후편을 쓰기까지 했다.

당대 대중의 취향과 관심사를 작품에 적극적으로 반영했던 에드거 앨런 포는 현재까지도 대중에게 가장 많이 읽히며 대중문화에 광범위한 영향을 끼치고 있는 19세기 작가이다. 자신의 문학 세계에 깊은 영향을 준 작가로 포를 꼽는 작가들은 공상과학소설의 대가 쥘 베른, 탐정소설의 대가 아서 코넌 도일, 공포소설의 대가 스티븐 킹, 남부 고딕소설로 고딕의 전통을 잇고 있는 조이스 캐롤 오츠 등 소위 "포의 장르"에서 활동하는 작가들만이 아니다. 실존주의 작가 프란츠 카프카, 포스트모더니즘 작가 존 바스와 호르헤 루이스 보르헤스, 문학을 넘어서서 화가 르네 마그리트의 그림, 포의 시 〈종들〉로 합창 교향곡을 작곡한 라흐마니노프, 포의 이야기와 시를 바탕으로 앨범 〈미스터리와 상상력의 이야기〉(1976)를 낸 영국 록밴드 '알란 파슨스 프로젝트'에 이르기까지 포에게서 영감을 받은 동료 예술가들을 일별해보면, 포의 영향력이 현대 문화 전반에 걸쳐 있다고 해도 과언은 아닐 것이다. 포의 이야기와 시에 대한 취향의 차이나 엇갈리는 평가는 과거에도, 지금도 늘 존재해왔다. 하지만 포처럼 대중문학의 지평을 넓히고 문학을 넘어서서 대중문화 전반에 거대한 영향을 미친 미국 작가를 또 만나기란 쉽지 않을 것이다.

1809 1월 19일 미국 보스턴에서 순회극단 배우 엘
리자베스 아놀드 홉킨스 포와 데이비드 포
주니어 사이에서 태어남. 형제자매로는 형
헨리 레너드 포와 여동생 로절리 포가 있음.

1810 데이비드 포가 가정을 버리고 떠남.

1811 엘리자베스 포가 폐결핵으로 사망하고 데이
비드 포도 얼마 안 가서 사망. 포와 형, 누이
는 각각 흩어지고, 포는 버지니아 주 리치먼
드의 부유한 상인 존과 프랜시스 앨런이 데
려감. 법적으로 입양된 적은 없지만 이름은
에드거 앨런 포로 바뀜.

1815 존 앨런이 자신의 사업체 '앨런앤드엘리스'의
영국 지부를 내면서 가족이 영국으로 이주.
처음에는 스코틀랜드에서, 후에는 런던에서
학교를 다님. 런던 근교 스토크 뉴잉턴에서
다닌 존 브랜스비 목사의 '매너Manor하우스

학교'는 훗날 〈윌리엄 윌슨〉에 등장하는 기숙
학교의 모델이 됨.

1820 존의 사업이 성공하지 못하면서 리치먼드로
돌아옴.

1825 존 앨런의 숙부 윌리엄 갈트가 사망하면서
막대한 유산을 남김.

1826 2월 버지니아 대학에 입학하여 고대어와 현
대어를 공부했지만 도박에 빠져 빚을 지면서
양부와 관계가 소원해짐. 존 앨런이 빚을 갚
아주기를 거부하면서 12월 학교를 그만두고
리치먼드로 돌아옴. 대학에서 첫사랑 세라
엘마이라 로이스터에게 보낸 편지들을 엘마
이라의 부모가 중간에서 가로챈 바람에 다
른 사람과 약혼했다는 것을 알게 됨.

《테멀레인 외 다른 시들》 1827 4월 양부와의 불화로 보스턴으로 감. 실명을
밝히지 않고 '보스턴 사람'이라고만 써서 첫
시집 《테멀레인 외 다른 시들》을 내지만 거의
주목받지 못함. 5월 '에드거 A. 페리'라는 가
명으로 나이를 속이고 육군에 입대. 〈황금 벌
레〉의 배경인 설리번 섬에서도 잠시 복무함.

1828 원사 계급까지 승진.

《알 아라프, 테멀레인 외 다른 1829 2월 양모 프랜시스 앨런 사망. 존이 프랜시
시들》   스의 상태를 알려주지 않은 탓에 포는 장례
가 끝난 후에야 무덤을 찾지만 양모의 죽음
을 계기로 잠시 존과 화해함. 존이 군에서 전
역해 웨스트포인트 육군사관학교에 들어가

고 싶다는 포를 도와주기로 약속. 4월 군에서 전역. 하지만 존 앨런과의 화해는 오래가지 않았고 포는 5월 볼티모어로 가서 할머니와 형 헨리, 고모 마리아 클렘과 사촌여동생 버지니아와 함께 지내게 됨. 《알 아라프, 테멀레인 외 다른 시들》출간.

1830 5월 웨스트포인트 육군사관학교 입학. 10월 존 앨런 재혼. 존과 크게 다투고 파양당함.

《시들》 1831 1월 군대 생활이 맞지 않다고 일부러 명령에 불복종하고 퇴학당함. 사관학교의 관행과 인물들을 겨냥한 익살스러운 시를 낼 것이라는 기대를 하며 웨스트포인트 동기들이 모아준 돈으로 "미국 사관생도들"에게 헌사를 쓴 《시들》출간. 3월 볼티모어로 가서 친가 식구들과 함께 생활. 단편 집필 작업을 시작. 8월 형 헨리 사망.

1832 필라델피아의 《새터데이 쿠리어》공모전에 단편을 냈지만 입상하지는 못함. 〈메첸거슈타인〉, 〈예루살렘 이야기〉, 〈오믈렛 공작〉, 〈봉봉〉, 〈호흡 상실〉 다섯 편의 단편이 처음으로 《새터데이 쿠리어》에 익명으로 실림. 공모전에 제출된 작품을 자사 것으로 여기는 관행에 따라 포에게 동의를 얻거나 고료를 지불한 것은 아니라고 추측됨.

1833 10월 〈병 속의 수기〉가 《볼티모어 새터데이 비지터》공모전에서 입상. 포의 작품을 마음에 들어한 심사위원 중 하나인 존 P. 케네디의 소개로 훗날 리치먼드의 토머스 화이트

가 창간한 새 잡지 《서던 리터러리 메신저》
에서 일하게 됨.

1834 3월 존 앨런이 포에게 유산을 전혀 남기지
않고 사망.

1835 케네디의 소개로 리치먼드로 가서 《서던 리
터러리 메신저》의 편집자로 일하기 시작. 10
월 고모 마리아 클렘과 사촌 버지니아가 리
치먼드로 와서 함께 거주.

1836 5월 13세인 사촌 버지니아 클렘과 결혼.

1837 1월 음주 문제와 화이트와의 의견 차로 《서
던 리터러리 메신저》를 그만두고 가족들과
함께 뉴욕으로 가지만 편집자 일을 구하지
못함. 마리아 클렘이 하숙집을 운영해 가족
의 생계를 꾸림.

《낸터킷의 아서 고든 핌 이야기》 1838 가족과 함께 볼티모어로 감. 7월 《낸터킷의
아서 고든 핌 이야기》 출간. 볼티모어의 《아
메리칸 뮤지엄》에 〈라이지아〉, 〈블랙우드식
글쓰기〉, 〈곤경〉을 발표.

《기괴하고 기이한 이야기들》 1839 필라델피아의 《버턴스 젠틀맨스 매거진》의
편집자가 되고 〈윌리엄 윌슨〉, 〈어셔가의 몰
락〉 등을 발표. 12월 25편의 단편을 모은 《기
괴하고 기이한 이야기들》 출간.

1840 버턴에게서 해고당함. 필라델피아의 《새터데
이 이브닝 포스트》 광고란에 자신의 문예지
《펜》(후에 《스타일러스》로 제목을 바꿈)을

창간하겠다는 계획을 발표하고 여러 가지 노력을 하지만 이 계획은 끝내 실현하지 못함. 〈군중 속의 남자〉 발표.

1841 버턴의 잡지사를 사들여 《그레이엄스 매거진》을 창간했던 그레이엄이 1월 포를 편집자로 앉힘. 4월 호에 〈모르그 가의 살인〉, 〈소용돌이 속으로의 하강〉 발표.

1842 3월 존 타일러 대통령 행정부에서 공직을 얻어보려고 워싱턴 디시에 갔으나 술에 취하는 바람에 기회를 날림. 이 시기에도 창작 활동은 계속하여 〈마리 로제 수수께끼〉, 〈구덩이와 추〉, 〈적사병의 가면극〉 등 단편들을 잡지들에 발표. 1월 버지니아가 처음으로 폐결핵 증세를 보이고 이후 계속 병에 시달림. 포는 절망으로 폭음에 빠져들고 5월 《그레이엄스 매거진》을 그만둠.

1843 〈고자쟁이 심장〉, 〈황금 벌레〉, 〈검은 고양이〉 등 단편들을 《파이오니어》를 위시한 잡지들에 발표.

1844 가족과 함께 뉴욕으로 가서 도시 외곽의 포덤에 정착. 10월 《뉴욕 이브닝 미러》에서 일자리를 구함. 〈도둑맞은 편지〉, 〈타르 박사와 페더 교수 요법〉, 〈생매장〉 발표.

《이야기들》 1845 1월 《이브닝 미러》에서 발표한 〈까마귀〉가 화
《까마귀 외 다른 시들》 제가 되면서 명성을 얻음. 〈까마귀〉를 어떻게 썼는지 설명한 에세이 〈작법의 철학〉을 발표. 2월 《브로드웨이 저널》의 편집자가 되고, 이

잡지에 많은 시와 단편을 발표. 7월 《이야기들》 출간. 10월 《브로드웨이 저널》의 소유권을 얻음. 11월 시집 《까마귀 외 다른 시들》 출간. 롱펠로가 표절을 했다는 고발로 논쟁에 휘말림. 버지니아의 병세가 악화됨. 시인 프랜시스 S. 오스굿과 염문에 휩싸임.

1846 1월 우울증과 재정난으로 《브로드웨이 저널》을 폐간. 《고디스 레이디스 북》 11월 호에 〈아몬티야도 술통〉 발표. 프랑스어 번역판 〈검은 고양이〉를 읽은 보들레르가 포의 작품에 매료되어 훗날 포의 작품들을 번역하면서 프랑스에서 굉장한 인기를 누리게 됨.

1847 1월 버지니아가 24세의 나이에 폐결핵으로 사망. 점점 정신적으로 불안정해짐.

《유레카》 1848 금주 서약을 하고 프로비던스의 시인 세라 헬렌 휘트먼과 약혼하지만 한 달 만에 서약을 깬 데다, 이 시기 리치먼드에서 애니 리치먼드에게도 구애했다는 것이 휘트먼의 귀에 들어가면서 약혼이 취소됨. 6월 《유레카》 출간.

1849 2월 〈절름발이 개구리〉 발표. 4월 〈폰 켐펠렌과 그의 발견〉 발표. 폭음과 망상으로 나날이 건강이 피폐해져감. 리치먼드에서 9월 17일과 24일 〈시의 원리〉로 두 번의 강연을 함. 어린 시절 첫사랑이자 지금은 부유한 미망인이 된 세라 엘마이라 로이스터를 다시 만나 약혼하고 잠시 포덤의 집으로 돌아갔다가 결혼하기로 약속. 9월 28일 리치먼드를 떠났다가 10월 3일 볼티모어 길거리에서 인사

불성 상태로 발견된 후 의식을 회복하지 못하고 10월 7일 사망함. 어떻게 그곳에서 발견되었으며 사인이 무엇인지에 대해서는 논란이 분분함. 10월 9일 조촐한 장례식과 함께 웨스트민스터홀 묘지에 묻혔다가 1875년 새로 이장되면서 기념비가 세워짐. 시 〈종들〉과 〈애너벨 리〉가 사후에 발표됨.

옮긴이 권진아

서울대학교에서 영문학을 전공하고 동 대학원에서 〈근대 유토피아 픽션 연구〉로 박사학위를 받았다. 현재 서울대학교 기초교육원 강의교수로 재직하고 있다. 옮긴 책으로는 조지 오웰의 《1984년》《동물농장》, 어니스트 헤밍웨이의 《태양은 다시 떠오른다》《헤밍웨이의 말》, 로버트 루이스 스티븐슨의 《지킬 박사와 하이드 씨》, 더글라스 애덤스의 《은하수를 여행하는 히치하이커를 위한 안내서》(공역) 등이 있다.

에드거 앨런 포 전집 2 | 풍자·유머 단편선

타르 박사와 페더 교수 요법

초판 1쇄 발행일 2018년 11월 23일
초판 3쇄 발행일 2023년 2월 24일

지은이 에드거 앨런 포
옮긴이 권진아

발행인 윤호권
사업총괄 정유한

편집 박윤희 **디자인** 김지연 **마케팅** 윤아림
발행처 ㈜시공사 **주소** 서울시 성동구 상원1길 22, 6-8층(우편번호 04779)
대표전화 02-3486-6877 **팩스(주문)** 02-585-1755
홈페이지 www.sigongsa.com / www.sigongjunior.com

ISBN 978-89-527-9487-1 04840
ISBN 978-89-527-9485-7 (세트)

*시공사는 시공간을 넘는 무한한 콘텐츠 세상을 만듭니다.
*시공사는 더 나은 내일을 함께 만들 여러분의 소중한 의견을 기다립니다.
*잘못 만들어진 책은 구입하신 곳에서 바꾸어 드립니다.

에드거 앨런 포 전집 1 _ 추리·공포 단편선

모르그 가의 살인 | 권진아 옮김

추리소설의 기틀을 완벽하게 마련한 세 편의 뒤팽 시리즈 〈모르그 가의 살인〉 〈마리 로제 수수께끼〉 〈도둑맞은 편지〉와, 인간 내면의 불안과 광기를 탐구함으로써 공포물의 차원을 높인 〈검은 고양이〉 〈어서가의 몰락〉 〈윌리엄 윌슨〉 등 27편의 추리·공포소설 전편 수록

에드거 앨런 포 전집 2 _ 풍자·유머 단편선

타르 박사와 페더 교수 요법 | 권진아 옮김

급격한 시대 변화에 뒤떨려가는 인간성을 코믹하게 풍자한 〈작가 싱엄 밥 씨의 일생〉 〈기묘천사〉 〈사기〉와, 미국 역사의 폭력성을 신랄하게 희화화한 〈아무것도 남지 않은 남자〉, 허를 찌르는 전복이 놀라운 〈타르 박사와 페더 교수 요법〉 등 25편의 풍자·유머소설 전편 수록

에드거 앨런 포 전집 3 _ 환상·비행 단편선

한스 팔의 전대미문의 모험 | 권진아 옮김

공상과학소설의 창시라고 일컬어지는 기상천외한 달나라 모험기 〈한스 팔의 전대미문의 모험〉, 꿈속에서나 볼 법한 환상적인 자연경관을 담은 〈아른하임 영지〉, 죽음과 사후 세계, 무의식을 넘나드는 〈모노스와 우나의 대담〉 등 14편의 환상·비행소설 전편 수록